Öffne die Pforte, und eine Welt der Angst wird sich auftun
Sie ist jung, sie ist zierlich, sie ist das Mädchen ohne Vergangenheit. Denn ihr fehlt jede Erinnerung daran.
Lina Sattler ist Geldeintreiberin in Hamburgs Unterwelt, ein Mädchen, das keine Angst kennt. Schon seit Jahren sucht sie nach Hinweisen zu ihrer Herkunft. Sie weiß nur, dass ihre Eltern ermordet wurden. Doch warum? Es gibt nur einen Menschen, der Licht ins Dunkel bringen kann: Avram Kuyper. Der bittet Interpol-Agentin Emilia Ness um Hilfe, und gemeinsam kommen sie einer verschworenen Gruppe von einflussreichen Politikern und Wirtschaftsbossen auf die Spur, denen jedes Mittel recht ist, um ihre Interessen zu wahren.
Ein knallhartes Buch mit einer neuen Heldin und dem alten Team – auch der vierte Band der Post-Mortem-Serie bietet wieder kompromisslose Spannung.

Mark Roderick ist ein Pseudonym. Seine extrem spannenden Thriller entstehen in den frühen Morgenstunden, wenn nichts und niemand ihn vom Schreiben ablenken kann. Mark Roderick lebt mit seiner Familie in der Nähe von Stuttgart.

Weitere Informationen finden Sie auf www.fischerverlage.de

MARK RODERICK

POST MORTEM

SPUR DER ANGST

THRILLER

FISCHER Taschenbuch

MIX
Papier aus verantwortungsvollen Quellen
FSC® C083411

Originalausgabe

Erschienen bei FISCHER Taschenbuch
Frankfurt am Main, Mai 2018

Die Publikation des Buches erfolgt durch die freundliche Vermittlung der Literarischen Agentur Thomas Schlück GmbH, 30827 Garbsen.

Satz: Pinkuin Satz und Datentechnik, Berlin
Druck und Bindung: CPI books GmbH, Leck
Printed in Germany
ISBN 978-3-596-70227-5

POST MORTEM
SPUR DER ANGST

Prolog

Vor neunzehn Jahren

»Wem hast du davon erzählt?«

Robert Burgmüller wusste sofort, worauf Bernhardt Goller abzielte – und er wusste auch, dass er sich mit einer ehrlichen Antwort in Teufels Küche bringen würde. »Was meinst du damit?«

Goller verzog keine Miene. Wenn überhaupt, spiegelte sich in seinem Gesicht so etwas wie Mitleid wider. »Ich bin nicht zum Spaßen aufgelegt, Robert. Die Angelegenheit ist ernst. Ernster, als du es dir vorstellen kannst. Besser, du sagst uns die Wahrheit. Das wäre für alle am einfachsten. Auch für dich.«

Eindeutig eine Drohung, die nicht zuletzt deshalb wirkte, weil Burgmüller sich auf seinem Stuhl ziemlich isoliert vorkam. Auch die karge Zimmereinrichtung förderte sein Unwohlsein: weißgekalkte, nackte Wände, gefliester Boden, alte Fenster, hohe Decken. In einer Ecke standen ein paar mit Leintüchern abgedeckte Möbel, nach den Konturen zu urteilen zwei Sessel und eine Kommode. Abgesehen davon gab es nur noch Burgmüllers Stuhl und den Tisch daneben. Keine Bilder, keine Dekoration, nichts, was diesen Raum wohnlich machte.

Burgmüller seufzte innerlich auf. Er war der Einzige, der saß. Die drei anderen standen – Goller vor ihm, seine zwei Begleiter hinter ihm. Diese beiden machten Burgmüller besonders nervös, nicht nur, weil sie groß und kräftig waren und er nicht wusste, was sie hinter seinem Rücken taten, sondern vor allem, weil ihre Augen eine Kälte verströmten, die einem durch und durch ging. Das war das Erste, was ihm aufgefallen war, als Goller ihn hereingeführt hatte.

»Ich habe keine Ahnung, worauf du hinaus willst«, log Burgmüller, diesmal selbstbewusster. Ängstliches Verhalten wirkte oft verdächtig. Das wollte er unter allen Umständen vermeiden.

Bernhardt Goller fuhr sich mit zwei Fingern über das glattrasierte Kinn, wie ein Schachspieler, der sich seine nächsten Züge überlegt. Er war groß und sportlich, seine blonde Mähne harmonierte perfekt mit dem braungebrannten Teint, den er zweimal wöchentlich im Sonnenstudio auffrischte, wenn seine Firma ihm keine Zeit fürs Windsurfen oder Reiten ließ.

»Das Problem ist, dass ich dir nicht glaube«, sagte er. Das Bedauern in seiner Stimme klang vorgetäuscht. »Ich denke, du weißt ganz genau, was ich meine.«

Burgmüllers Zunge begann, am Gaumen zu kleben.

Auch das noch! Ein trockener Mund kommt einem Geständnis gleich!

Er versuchte, den Schluckreiz zu unterdrücken, weil er nicht wollte, dass man ihm das schlechte Gewissen ansehen konnte. Aber es gelang ihm nicht. Um abzulenken, legte er den Arm auf den Tisch neben sich, wobei er hoffte, dass die Geste halbwegs locker rüberkam.

Jetzt bloß nicht die Fassung verlieren.

Sein Blick wanderte durchs Fenster, was ihm etwas Zeit zum Nachdenken verschaffte. Draußen war der Himmel grau und wolkenverhangen. An den Bäumen auf der Wiese hing kaum noch Laub. Die Anlage war riesig, beinahe wie ein Park. Unter anderen Umständen und mit einer heißen Tasse Tee in der Hand wäre es das Bild eines perfekten Oktobertags gewesen.

Burgmüller beschloss, sich nicht länger in die Ecke treiben zu lassen. »Ich weiß nicht, was du mir anhängen willst, Bernhardt«, sagte er. »Aber ich lasse mich von dir nicht länger grundlos beschuldigen. Wenn du mir etwas vorzuwerfen hast, dann raus damit. Wenn nicht, schlage ich vor, dass wir wieder zu den anderen gehen.«

Goller sah ihn ein paar Sekunden lang aus seinen eisblauen, unberechenbaren Augen an. Schließlich presste er die Lippen zusammen und nickte.

Eine Sekunde lang dachte Burgmüller tatsächlich, dass es ihm gelungen sei, Goller zu überzeugen. Doch dann spürte er die schraubstockartigen Hände der beiden anderen auf seinen Schultern, die ihn gegen seinen Willen weiter auf den Sitz pressten. Er wollte protestieren, sich losreißen, sich wehren, aber dazu kam es nicht mehr. Eine Schlinge legte sich von hinten um seinen Hals, schon bekam er keine Luft mehr. Bei dem Versuch zu schreien, brachte er kaum mehr als ein Krächzen über die Lippen. Seine Finger wollten sich unter die Schlinge krallen, um sie zu lockern – vergeblich. Burgmüller spürte, wie ihm bereits die Kräfte schwanden.

Goller, der reglos vor ihm stand, als würde ihn die ganze Sache nichts angehen, beugte sich jetzt zu ihm. Er griff nach Burgmüllers Unterarm und zwängte ihn gewaltsam zurück auf den Tisch.

»Mach schon!«, zischte Goller.

Diesmal wusste Robert Burgmüller nicht sofort, was er meinte. Viel zu langsam begriff er, dass die Aufforderung gar nicht ihm galt, sondern einem der Männer hinter ihm. Eine zweite Faust ballte sich um Burgmüllers Unterarm. In seinem Augenwinkel blitzte ein Hammer auf, der auf seine Hand niederfuhr.

Dann explodierte der Schmerz in ihm. Ausgehend von seiner zertrümmerten Hand schoss er ihm durch sämtliche Glieder, bis hinein in die Fußspitzen. Seine Ohren klingelten, vor seinem Gesicht tanzten gleißende Lichtpunkte. Instinktiv wollte er das verletzte Körperteil schützen – es an sich heranziehen, oder es mit der anderen Hand vor dem nächsten Schlag abschirmen –, doch Goller und seine beiden Helfer ließen ihm dafür keinen Spielraum. Einen Moment lang glaubte Burgmüller, das Bewusstsein zu verlieren, entweder wegen des Schmerzes oder wegen des Luftmangels. Viel fehlte dazu jedenfalls nicht.

Sie wollten ihn fertigmachen und hatten jede Möglichkeit dazu.

Als er sich schon beinahe innerlich aufgegeben hatte, lockerte sich wie durch ein Wunder die Schlinge um seinen Hals. Keuchend schnappte er nach Luft, so gierig, dass er sich verschluckte und husten musste. Seine Lungen brannten, in seinen Ohren rauschte das Blut. Nie zuvor war er sich der Vergänglichkeit seines Lebens klarer bewusst gewesen. Nie zuvor hatte er solche Angst verspürt.

Sein Blick fiel auf seine ramponierte Hand. Die Haut war an den Knöcheln aufgeplatzt, aus der offenen Wunde quoll Blut. Noch schlimmer als das Blut war allerdings die Tatsache, dass er zwei seiner Finger nicht mehr bewegen konnte – die Gelenke waren durch den Schlag gebrochen. Er brachte mit ihnen nur noch ein unkontrolliertes Zittern zustande.

Tränen stiegen ihm in die Augen. Er hasste sich dafür, denn auch das war eine Art Schuldeingeständnis. Zumindest würden sie es so interpretieren, und allein darauf kam es an.

»Falls du uns jetzt etwas sagen willst, dann raus mit der Sprache«, raunte Goller. »Wir können aber auch noch eine Weile so weitermachen. Ich schätze, acht Finger sind noch in Ordnung. Wie viele willst du noch opfern, bevor du endlich auspackst?«

Robert Burgmüller versuchte fieberhaft, seine Gedanken zu ordnen, was wegen der Schmerzen, vor allem aber aufgrund seiner Angst, gar nicht so einfach war. Er hatte geglaubt, dass Goller wenn auch nicht sein Freund, so doch wenigstens ein vertrauenswürdiger Geschäftspartner war. Dass er und die anderen ihm vielleicht ein paar unangenehme Fragen stellen oder ihm sogar drohen würden. Aber mit diesem Maß an körperlicher Gewalt hatte Burgmüller nicht gerechnet.

Er hatte sich einen Schritt zu weit in die Höhle der Löwen vorgewagt. Jetzt gab es kein Zurück mehr.

Die Tränen wollten nicht enden. Sie flossen einfach so aus ihm heraus. »Am Anfang fand ich die Vorstellung, bei euch mitzumachen, verführerisch.« Es war nur ein dünnes Wispern. Zu mehr war er im Moment nicht in der Lage. »Aber ich habe erkannt, dass das nichts für mich ist. Ich bin nicht wie ihr. Ich kann das nicht länger. Deshalb habe ich beschlossen auszusteigen, Bernhardt.«

Goller fixierte ihn mit einem undefinierbaren Blick. »Das hättest du dir früher überlegen müssen«, sagte er. »Du hängst schon viel zu tief mit uns drin. Tut mir leid, aber zum Aussteigen ist es zu spät.«

Burgmüller nickte schwach. Hätte er damals gewusst, worauf er sich einlassen würde, wäre er nie hierhergekommen. Ohne es zu ahnen, hatte er einen Pakt mit dem Teufel geschlossen. Jetzt musste er dafür büßen.

»Warst du bei der Polizei?«

Burgmüller zuckte zusammen. »Nein! Ich habe mit niemandem darüber geredet. Das musst du mir glauben!«

»Was ist mit Viktoria?«

Es fühlte sich an, als würde jemand seine Eingeweide zusammenpressen. Woher wusste Goller davon, dass er mit seiner Frau gesprochen hatte?

»Vinzent hat mir gesagt, dass Viktoria bei ihm angerufen hat, weil sie sich Sorgen um dich macht. Hast du mit ihr darüber geredet, Robert?«

Burgmüller schüttelte den Kopf – nicht, weil er leugnen wollte, sondern aus Hilflosigkeit. Was sollte er sagen? Goller wusste ja ohnehin schon alles.

»Viktoria kennt keine Details«, wisperte er. »Ihr fiel nur auf, dass ich mich in letzter Zeit verändert habe. Sie wollte wissen warum, und ich brauchte jemanden, der mir zuhört. Aber sie wird ganz bestimmt mit niemand anderem darüber reden.«

»Mit Vinzent hat sie es getan.«

Wieder nickte Goller. Prompt kam der nächste Schlag mit dem Hammer, diesmal von schräg hinten, mitten ins Gesicht. Im ersten Moment wusste Robert Burgmüller gar nicht, was geschehen war. Er hörte nur ein unheimliches, knackendes Geräusch, während gleichzeitig sein Sichtfeld erschüttert wurde und ihm für ein paar Sekunden die Sinne zu schwinden drohten. Als seine Gedanken wieder aufklarten, spürte er einen dumpfen, nicht genau lokalisierbaren Schmerz. Etwas stimmte nicht mit seinem Mund. Seine Zunge ertastete ein paar ausgeschlagene Zähne.

Robert Burgmüller wusste jetzt endgültig, dass er heute sterben würde. Er hoffte nur noch, dass sie es nicht unnötig in die Länge ziehen würden.

»Mach mit mir, was du willst«, raunte er, erstaunt darüber, wie unverständlich das klang. Der Schlag mit dem Hammer musste stärker gewesen sein als vermutet. »Versprich mir nur, dass Viktoria nichts geschieht.«

»Tut mir leid, aber das kann ich nicht.«

Das Letzte, was Robert Burgmüller sah, war der Blick, den Goller den beiden Männern hinter ihm zuwarf – ein stummes Todesurteil.

Dann zog sich die Schlinge um seinen Hals wieder zu.

Diesmal endgültig.

1

Heute
Hamburg-Wilhelmsburg, südlich der Hafen-City

Es war eine ziemlich verwahrloste Gegend, das konnte selbst die Nacht nicht kaschieren – eine Mischung aus schäbigen, mehrstöckigen Wohnhäusern und leerstehenden Industriegebäuden. Ohne Notwendigkeit wäre Lina Sattler niemals hierhergekommen, schon gar nicht zu dieser Uhrzeit. Aber Samir Habib – der Mann, mit dem sie sich treffen wollte –, arbeitete im Schichtbetrieb. Er kam erst nach Hause, wenn andere Leute ins Bett gingen. Und morgen würde er für vier Wochen nach Kenia in den Urlaub fliegen.

Lina hatte sich in den Kopf gesetzt, unbedingt noch vorher mit ihm zu sprechen. Habib hatte ihr auch einen Termin nach seinem Urlaub angeboten, aber sie wollte nicht warten. Das hatte sie schon viel zu lange getan. Vier Wochen machten zwar kaum einen Unterschied, wenn man bedachte, dass sie schon seit Jahren nach Antworten suchte. Andererseits drängte es sie mit jedem Tag mehr danach, endlich einen Hinweis darauf zu finden, wer sie eigentlich war. Aus anfänglicher Neugier war längst ein sehnliches Verlangen geworden, beinahe so wichtig wie Luft oder Nahrung.

Deshalb hatte sie Samir Habib zu diesem nächtlichen Treffen überredet.

Langsam fuhr die Siebenundzwanzigjährige mit dem Auto die Straße entlang, bis sie endlich die richtige Hausnummer fand. Habib wohnte im fünften Stock. Durch ein paar Schlitze in den Jalousien drang Licht – offenbar war er bereits zu Hause.

Sie warf einen Blick auf das Armaturenbrett ihres Wagens. 23.17 Uhr. Sie hatte noch fast eine Viertelstunde Zeit bis zu ihrer Verabredung. Was sollte sie tun?

Dem ersten Impuls folgend, wollte sie die nächste freie Parklücke suchen, ein paar Minuten warten und dann bei Habib klingeln. Allerdings sahen die Autos, die hier am Straßenrand standen, allesamt ziemlich mitgenommen aus – zerbeult, verkratzt oder beides. Eines hatte zwei platte Reifen. Das konnte kein Zufall sein.

Hundert Meter weiter hockten ein paar Männer an einer Bushaltestelle. Im Schein der Straßenlaterne konnte Lina sehen, dass sie miteinander sprachen und immer wieder verstohlene Blicke zu ihr herüberwarfen. Besser gesagt zu ihrem nagelneuen Ford Mustang, der in dieser Gegend ungefähr genauso auffiel wie ein Diamant zwischen Kohlestücken.

Lina beschloss, lieber weiterzufahren und woanders nach einem Parkplatz zu suchen. Nicht, dass ihr anschließend die Räder fehlten oder gar das ganze Auto. Selbst ein Kratzer im Lack wäre ärgerlich genug.

Dann lieber ein paar Schritte laufen.

Langsam fuhr Lina durch die Nacht, bis sie einige Blocks weiter eine Stelle am Straßenrand fand, die ihr besser gefiel. Allerdings musste sie sich jetzt beeilen, wenn sie es pünktlich zu Samir Habib schaffen wollte.

Es war eine frische Herbstnacht. Eine Windbö trieb das Laub der Bäume, die in regelmäßigem Abstand am Straßenrand wuchsen, über den Gehweg. Am Himmel waren weder Mond noch Sterne zu erkennen, nur eine unheimliche, tiefliegende Wolkenmasse, die träge wie Teer über die Stadt hinwegkroch. Wahrscheinlich würde es bald regnen.

Lina zog den Reißverschluss ihrer Jacke nach oben und machte sich zu Fuß auf den Rückweg zu Samir Habibs Haus. Sie hatte etwa die Hälfte der Strecke zurückgelegt, als sie eine Kneipe sah, die ihr bereits während der Parkplatzsuche aufgefallen war. Sie hieß *Schwarzer Bock*, vor der Tür standen ein paar Skinheads mit Biergläsern und Zigaretten in der Hand. Die Art, wie sie miteinander umgingen, deutete darauf hin, dass sie schon einiges getrunken hatten.

Lina kannte diese Art von Männern. Manche waren einzeln ganz umgänglich, aber in der Gruppe mutierten sie alle zu Alphatieren, die sich gegenseitig etwas zu beweisen versuchten. Bei Alkoholkonsum galt das sogar doppelt.

Deshalb entschied sie sich für einen Umweg. Der führte sie am Parkplatz eines Supermarkts vorbei, dann weiter durch eine Straße mit Sozialbauten aus den 1960ern bis zum Gelände einer stillgelegten Tankstelle. Die Zapfsäulen waren längst abgebaut worden, das Kassenhäuschen stand leer. Nirgends brannte Licht, nur von den Straßenlaternen drang etwas Helligkeit auf das Areal. Die schlauchartige Waschstraße hinter dem Kassenhäuschen verlor sich irgendwo weiter hinten in der Dunkelheit.

Da es keine Absperrung gab und es für Lina, die mittlerweile ohnehin schon spät dran war, eine Abkürzung bedeutete, überquerte sie mit eiligen Schritten das Gelände. Als sie am Kassenhäuschen vorbeikam, trat plötzlich eine Gestalt aus dem Eingangsbereich: ein hagerer Kerl mit eingefallenen Wangen und weit auseinanderstehenden Augen. Er trug Turnschuhe, Jogginghosen und eine Basketballjacke. Auf seiner Schirmmütze war das Emblem des FC Sankt Pauli aufgenäht.

»Wohin denn so eilig, Schätzchen?« Er legte den Kopf schief, vermutlich, weil er das cool fand, und entblößte dabei eine Reihe schlecht gepflegter Zähne.

»Bin auf dem Weg nach Hause«, sagte Lina. Was sie wirklich hier tat, ging niemanden etwas an.

»War das 'ne Einladung?«

Lina schüttelte belustigt den Kopf. »Ich gehe jetzt weiter. Wehe, du folgst mir!«

Gerade wollte sie wieder loslaufen, da stellte er sich ihr in den Weg. Sein breites Grinsen sollte wohl Selbstsicherheit ausstrahlen. Auf Lina wirkte es eher dümmlich. Sie hatte den Eindruck, dass er unter Drogen stand.

»Lust auf 'n Fick?«

Allmählich wurde er entschieden zu aufdringlich. »Ganz bestimmt nicht mit dir«, entgegnete Lina scharf, um ihn spüren zu lassen, dass sie es ernst meinte.

»Ich hab noch zwei Kumpels«, sagte Sankt Pauli. »Vielleicht gefallen die dir besser. Aber ficken tun wir alle drei wie die Weltmeister. Wirst schon sehen ...«

In diesem Moment spürte Lina, wie jemand sie von hinten packte und umklammerte. Gleichzeitig wurde ihr ein Sack über den Kopf gestülpt. Eine Hand presste sich auf ihren Mund und verhinderte, dass sie schrie, obwohl sie es natürlich versuchte. Aber sie wusste, dass das nicht genug sein würde, um auf Hilfe hoffen zu können.

Übelkeit stieg in ihr auf. Der Sack stank nach vergammelten Kartoffeln und Rauch. Der Griff um ihren Körper schien ihr die Luft aus den Lungen zu pressen. Zu allem Übel konnte sie die Arme nicht bewegen.

Hätte ich bloß einen anderen Weg eingeschlagen!

Lina wollte sich losreißen, aber es ging nicht. Als sie versuchte, nach ihren unsichtbaren Gegnern zu treten, griff jemand nach ihren Beinen und hielt sie fest. Sie verlor das Gleichgewicht, wurde von den Kerlen aber aufgefangen. Ohne etwas dagegen tun zu können, musste sie es geschehen lassen, dass sie weggetragen wurde.

Erneut versuchte sie, sich aus den Klammergriffen herauszuwinden – ohne Erfolg. Mit knapp einem Meter sechzig Körpergröße und einem Gewicht von neunundvierzig Kilo hatte sie ihren Gegnern viel zu wenig entgegenzusetzen.

Durch das dünne Gewebe des Kartoffelsacks hörte sie Gelächter. Offenbar waren die Männer sich ihrer Sache ziemlich sicher.

»Die Stute hat Feuer«, zischte einer. »Das gefällt mir.«

»Du kannst sie haben, wenn ich mit ihr fertig bin.«

»Jetzt erst mal weg von der Straße, ihr beiden Trottel. Wir klären drinnen, wie wir es mit ihr machen!«

Also waren sie zu dritt.

Obwohl Lina wusste, dass sie Angst haben sollte, hatte sie keine. Auf andere – insbesondere auf Männer – wirkte sie mit ihrer zierlichen Gestalt häufig wehrlos. Wie ein typisches Opfer eben. Wegen ihres mädchenhaften Aussehens und der geringen Oberweite glaubten außerdem viele, sie sei noch minderjährig – wenn sie Alkohol kaufte, musste sie regelmäßig ihren Personalausweis an der Kasse vorzeigen. Kurz: Die meisten Menschen hielten sie für jung, schwach und ungefährlich.

Aber der Eindruck täuschte.

Die Männer zerrten sie in einen Raum. Lina hörte, wie eine Tür ins Schloss fiel. Nach einigen Schritten brachten sie sie in eine aufrechte Position, bis sie wieder fest stand. Gerade, als sie zu einem kräftigen Tritt ausholen wollte, spürte sie ein Messer an ihrer Kehle.

»Jetzt mal ganz ruhig, mein Kätzchen«, raunte ihr einer

der Kerle ins Ohr. »Wenn du nicht willst, dass wir dir weh tun, bist du sofort ganz lieb zu uns, kapiert?«

Sie nickte. Die Hand löste sich von ihrem Mund, jemand zog ihr den Sack vom Kopf. Endlich konnte sie wieder frei atmen.

Um sie herum war es stockfinster.

»Timmy, mach's Licht an«, zischte jemand.

Ein Feuerzeug sprang an. Lina erkannte, dass man sie auf die Tankstellentoilette verschleppt hatte. Rechts von ihr hing das Waschbecken an der Wand, links ein Pissoir. Hinter dem Kerl, der ihr das Messer gegen den Hals drückte, befanden sich zwei klapprige Klokabinen.

Der mit dem Feuerzeug zündete eine Campinglampe an und stellte sie auf dem Waschbecken ab. Er hatte schiefe Vorderzähne, einen orangeroten Ziegenbart und eine tätowierte Träne auf der Wange.

»Du bist ja mal 'n hübsches Ding«, sagte er.

»Was man von dir nicht gerade behaupten kann.«

Er grinste. »Eine, die sich nichts gefallen lassen will, hä? Mit dir werden wir viel Spaß haben.« Er beugte sich zu ihr und drückte ihr einen langen, intensiven Kuss auf die Lippen, während der mit dem Messer sie in Schach hielt und Sankt Pauli sie nur gierig anglotzte. Die Zunge des Ziegenbarts schob sich tief in ihren Mund, bohrte und forschte – am liebsten hätte sie einfach zugebissen. Aber noch war der Zeitpunkt nicht günstig.

Ohne sich zu wehren, ließ Lina den Kuss, oder was auch immer das sein sollte, über sich ergehen. Sie ertrug den Zwiebelgeschmack, den sauren Atem, die Hand, die sich auf ihre Hüfte legte und von dort langsam zwischen ihre Beine wanderte.

»Knöpf ihr die Hose auf, Pauly«, raunte der Ziegenbart,

ohne den Blick von Lina zu wenden. »Und du, Korre, passt auf, dass sie keine Dummheiten macht. Hörst du, Süße?« – jetzt sprach er wieder mit Lina –, »wenn du schreien willst, wird mein Freund dich mit seinem Messer bearbeiten!«

Seine Hand glitt über ihren Bauch nach oben. Gleichzeitig begann Pauly, an ihrem Jeansknopf herumzunesteln, während der mit dem Messer ihre Brüste begrabschte.

Nur eines hatten die dämlichen Idioten in ihrem Eifer vergessen: sie auf Waffen abzusuchen.

Vorsichtig glitt ihre Hand hinter ihren Rücken und zog die Pistole aus dem Hosenbund – eine Heckler & Koch P8, wie sie auch von der deutschen Bundeswehr benutzt wird. Der schwarze, glasfaserverstärkte Polyamidgriff fühlte sich kühl und vertraut in ihrer Faust an. Das Gewicht der 9 mm-Waffe gab ihr Vertrauen.

»Wird's bald was mit der scheiß Hose, Pauly?«, blökte der Ziegenbart, dem das Warten wohl zu lang dauerte. »Ich will hier nicht bis Weihnachten rumstehen!«

In diesem Moment drückte Lina den Abzug. Ein ohrenbetäubender Knall ließ den Raum erzittern, für den Bruchteil einer Sekunde schien die Welt stillzustehen. Dann ließ Korre das Messer fallen und begann, wie von Sinnen zu brüllen, während er gleichzeitig zu Boden ging und sich das blutende Bein hielt, in das Lina ihm eine Kugel gejagt hatte.

Pauly war vor Schreck wie gelähmt. Mit weit aufgerissenen Augen starrte er auf die Waffe, deren Mündung sich jetzt direkt auf seinen Kopf richtete. Im flackernden Schein der Campinglampe spiegelte sich im Gesicht dieses Arschlochs eine ganze Bandbreite von Emotionen wider, von Fassungslosigkeit bis hin zu schierer Angst. Sein Mund formte lautlose Worte, die wohl so viel wie »Bitte nicht schießen« bedeuten sollten.

Lina feuerte.

Die Kugel durchschlug die Klotür und ließ in der Kabine eine Wandfliese zersplittern, aber sie verletzte Sankt Pauli nur am Ohr. Mit Genugtuung beobachtete Lina, wie der junge Hosenscheißer zusammenbrach und sich wimmernd neben seinem Kumpel auf dem Boden wand, die Beine zum Körper gezogen, die Arme um den Kopf gelegt, als könne er sich so vor weiteren Kugeln schützen.

Aber Lina war gar nicht mehr an ihm interessiert, denn sie jagte dem Ziegenbart nach, der mit erstaunlichen Sprinterqualitäten nach draußen geflüchtet war. Mit wehendem Mantel rannte er davon, weg von dem Toilettenhäuschen, weg von der Straße, weg von den Laternen, hin zu dem mannshohen Dickicht, das auf dem Grundstück hinter der Tankstelle wucherte.

»Stehen bleiben, Arschloch!«, schrie Lina ihm nach.

Aber er tat es nicht. Wie ein gehetztes Tier raste er weiter.

Lina hob ihre Waffe, brachte Kimme und Korn in Einklang, richtete sie auf die Stelle zwischen den Schulterblättern aus. Alles in ihr brannte danach, diesem triebgesteuerten Widerling die letzte Lektion seines Lebens zu erteilen.

Doch dann besann sie sich in letzter Sekunde eines Besseren. Sie war nicht hergekommen, um drei notgeile Halbstarke das Fürchten zu lehren. Sie war hier, weil sie nach Antworten suchte.

2

Hotelübernachtungen waren für Emilia nie erholsam. Oft schlief sie schlecht wegen der unbequemen Betten, manchmal war es zu laut, manchmal zu stickig. Insofern hatte sie diesmal Glück gehabt, es gab nichts zu beanstanden. Dennoch fand sie nicht zur Ruhe.

Der Vortrag, den sie morgen zum Thema »Internationale Schwerverbrechensbekämpfung« im Kölner Congress-Centrum Ost halten sollte, lag ihr im Magen. Über dreihundert Zuhörer waren angemeldet, darunter die polizeiliche Führungsriege des halben Ruhrpotts. Wenn sie nur daran dachte, vor all diesen Leuten am Rednerpult zu stehen, wurde ihr Mund ganz trocken. Aus irgendeinem Grund schaffte sie es nicht, bei solchen Anlässen ihr Lampenfieber auf ein erträgliches Maß herunterzuschrauben. Schon tagelang vorher kreisten ihre Gedanken unentwegt um die Frage, ob wohl alles gutgehen würde – was bisher immer der Fall gewesen war. Dennoch versetzten sie solche Situationen in Stress.

Ein Kollege hatte ihr einmal geraten, sich das Auditorium nackt vorzustellen, das würde helfen, die Aufregung in den Griff zu bekommen. So richtig geklappt hatte das bisher aber nicht.

Emilia starrte durch die schräg stehenden Lamellen ihrer Jalousie in den Nachthimmel und seufzte.

Nein, sie machte sich etwas vor. Ihre innere Anspannung war gar nicht so sehr auf den Vortrag zurückzuführen, sondern auf den morgigen Besuch bei Samuel Witt. Der lag ihr noch viel mehr im Magen.

Wie wird er reagieren, wenn er mich sieht? Hat er mir inzwischen verziehen? Oder wird er mich hassen?

Die Ungewissheit nagte wie Säure an Emilias Nerven. Sie fühlte sich für Samuel Witts Schicksal verantwortlich, auch wenn die Sache schon eine gefühlte Ewigkeit zurücklag. Es war ihr erster Fall bei Interpol gewesen, und als frischgebackene Agentin hatte sie damals unter keinen Umständen versagen wollen. Getrieben von der Gier nach Erfolg hatte sie Samuel Witt zu einer Aufgabe genötigt, der er nicht gewachsen gewesen war.

Mein Ehrgeiz hat ihn ins Unglück gestürzt.

Jahrelang hatte Emilia die Sache verdrängt. Erst, als ihr Chef ihr den Vortrag in Köln aufgebrummt hatte, waren die Erinnerungen zurückgekehrt – wie alte Dämonen, die nur auf eine passende Gelegenheit gewartet hatten, sie endlich wieder heimsuchen zu können.

Schon zum hundertsten Mal sagte sie sich, dass sie sich eigentlich gar nichts vorzuwerfen hatte. Es war eine falsche Entscheidung gewesen, unter Stress gefällt. Alles hatte verdammt schnell gehen müssen, Zeit zum Nachdenken war nicht geblieben.

Unter dem Strich änderte das allerdings nichts: Emilia hatte Samuel Witt in sein eigenes Verderben geschickt.

Sie stand auf, holte aus der Minibar ein Mineralwasser und trank einen Schluck aus der Flasche.

Ich muss endlich schlafen, sonst wird der Vortrag morgen eine Katastrophe.

Zurück im Bett schloss sie eine Weile die Augen, aber das brachte nichts. Sie war glockenwach.

Vielleicht würde es mir helfen, mit Mikka zu sprechen.

Welche Sorgen sie auch plagten, irgendwie schaffte er es immer, sie auf andere Gedanken zu bringen. Leider waren sie häufig getrennt, weil er in Frankfurt arbeitete und sie in Lyon – wenn sie sich nicht gerade auf einer Geschäftsreise befand, so wie heute. Jedenfalls vermisste sie ihn, und im Moment hätte sie sich gerne ein wenig von ihm aufmuntern lassen.

Aber es war schon spät – gut möglich, dass Mikka sich bereits aufs Ohr gelegt hatte. Emilia beschloss, ihn nicht anzurufen, sondern ihm stattdessen eine WhatsApp-Nachricht zu schicken, in der Hoffnung, dass er doch noch wach war und sich bei ihr meldete.

Ein paar Minuten lang starrte sie aufs Display und versuchte, nicht mehr an Samuel Witt zu denken, doch es gelang ihr nicht. Immer wieder sah sie ihn vor sich, blutend und schreiend, unfähig sich zu bewegen. Wie sollte sie mit dieser Schuld leben?

Emilia schluckte, ihre Zunge klebte trocken am Gaumen. Sie stand noch einmal auf, um den Rest ihres Mineralwassers zu trinken. Als sie wieder ins Bett kroch, hatte Mikka immer noch nicht auf ihre Nachricht geantwortet. Sie würde die Nacht wohl alleine mit sich und ihren inneren Dämonen verbringen müssen.

3

Lina erreichte das Haus, in dem Samir Habib wohnte, um Viertel vor zwölf. Trotz ihrer zunehmenden Neugier fühlte sie sich plötzlich unsicher. Würde sie heute Nacht erfahren, wer sie wirklich war? Oder war Samir Habib nur ein gefährlicher Irrer, der Frauen mit sonderbaren, kleinen Briefbotschaften zu sich nach Hause lockte, um anschließend über sie herzufallen?

Sie zog ein zusammengefaltetes Kuvert aus ihrer Tasche, strich es glatt und las die Aufschrift im fahlen Licht der Straßenlaterne:

Für die Frau mit den interessanten Augen.

Das Kuvert hatte sie gestern von Toni Chang bekommen, dem Besitzer eines Asia-Restaurants am Hamburger Hafen, bei dem Lina regelmäßig Schutzgeld für ihren Boss abkassierte.

»Das ist für dich abgegeben worden«, hatte Toni gesagt. »Vor drei oder vier Tagen. Von einem Kerl, den ich hier noch nie gesehen habe. Araber oder Türke, denke ich. Hat mich gefragt, ob du öfter hier bist. Als ich ja gesagt habe, hat er das Kuvert hiergelassen und mich gebeten, es dir beim nächsten Mal zu geben.«

Für die Frau mit den interessanten Augen – im ersten Moment hatte Lina es für einen Liebesbrief gehalten. Sie war zwar nicht gerade eine klassische Schönheit, aber auf manche

Männer wirkte sie scheinbar recht attraktiv. Sie hatte gedacht, dass irgendein schüchterner Typ ihr auf diese Weise ein Kompliment machen wolle.

Aber das Kuvert hatte keinen Liebesbrief enthalten, sondern einen Zettel, auf dem stand:

Bist du das Mädchen aus der Lürmanstraße? Wenn ja, dann melde dich bitte (0162/3454683).

Nach kurzem Zögern hatte sie angerufen. Der Mann am anderen Apparat hatte sich mit dem Namen Samir Habib gemeldet.

»Ich habe Ihren Brief bekommen«, hatte Lina gesagt. »Was wollen Sie von mir?«

»Wenn Sie die sind, für die ich Sie halte, möchte ich Ihnen etwas geben.«

»Und was soll das sein?«

Das hatte er ihr am Telefon nicht sagen wollen, weil sie ihn auf der Arbeit erwischt hatte und er schlecht reden konnte. Also hatten sie dieses nächtliche Treffen vereinbart.

Bist du das Mädchen aus der Lürmanstraße?

Wenn ich das nur wüsste.

Nach dem Telefonat hatte Lina die Lürmanstraße in ihrem Navi eingegeben, sie aber nicht gefunden. Auch die Suche im Internet war erfolglos geblieben. In Hamburg gab es keine solche Straße.

Warum sollte jemand versuchen, mich mit einer falschen Adresse zu ködern? Vielleicht doch ein perverser Irrer?

Nein, eine innere Stimme flüsterte Lina zu, dass Samir Habib etwas über ihre Vergangenheit wusste – mehr als sie selbst. Dass er in der Lage war, die Lücke zu füllen, die seit ihrem achten Lebensjahr in ihrem Gedächtnis klaffte. Zumindest einen Teil davon.

Das alles ging ihr binnen weniger Sekunden durch den Kopf, während sie im Schein der Straßenlaterne vor dem großen Mehrfamilienhaus stand und hinauf in den fünften Stock sah, wo immer noch Licht durch die Lamellen der Jalousie fiel.

Eine kalte Bö riss Lina aus ihren Gedanken und holte sie wieder zurück in die Gegenwart. Sie fasste sich ein Herz, überprüfte den Sitz ihrer Pistole unter der Jacke und klingelte.

Samir Habib war etwa sechzig Jahre alt. Um die Halbglatze auf seinem Kopf kräuselte sich kurzes, graues Haar, in seinem olivfarbenen Gesicht schien das Weiße in seinen Augen förmlich zu strahlen. Das war das Erste, das Lina auffiel, als er die Tür öffnete.

Seine Wohnung war karg eingerichtet: Es gab keine Bilder an den Wänden, keine Dekoration, die wenigen Möbel wirkten einfach und schlicht. Er musste alleinstehend sein – eine Frau hätte sich hier nicht wohl gefühlt.

Im Wohnzimmer setzten sie sich auf die abgewetzte Ledergarnitur. In einer Ecke lag ein halb gepackter Koffer. Habib bot Lina eine Tasse Tee an, doch sie lehnte ab. Stattdessen wollte sie lieber gleich zur Sache kommen.

Habib nickte. »Ich habe dich kürzlich in der Stadt gesehen«, begann er. »Im Hafenviertel beim Störtebeker-Denkmal. Ich darf doch du sagen?«

Lina nickte, obwohl sie es unpassend fand. Sie hatte den Mann noch nie gesehen.

»Du bist aus einem China-Restaurant gekommen und hättest mich dabei fast umgerannt. Aber bis mir klarwurde, dass du es bist, warst du schon verschwunden. Also habe ich dir über den Ladenbesitzer eine Nachricht zukommen lassen.«

Er stockte, zog plötzlich die Stirn in Falten und beugte sich in seinem Sessel nach vorne, um Lina besser sehen zu können. Die musternden Blicke, die er ihr über den Wohnzimmertisch hinweg zuwarf, bereiteten ihr Unbehagen. Als sei sie eine Ware, die er gerade begutachtete.

»Vielleicht habe ich mich getäuscht«, murmelte er. »Vielleicht bist du doch nicht die Frau, die ich meinte. Neulich, am Hafen, da sind mir deine Augen aufgefallen. Zwei verschiedene Farben, sonst hätte ich dich nach all den Jahren gar nicht erkannt. Aber heute sind sie anders.«

»Kontaktlinsen«, sagte Lina. Sie trug normalerweise immer welche, schon so lange sie sich zurückerinnern konnte, nur hatte sie sie letzte Woche wegen einer Bindehautentzündung weggelassen. »Die meisten Menschen finden meine Augen sonderbar. Eins grün, das andere blau. Deshalb habe ich meistens Linsen drin.«

Habib entspannte sich. Ein dünnes Lächeln legte sich auf sein Gesicht, und er lehnte sich wieder in seinen Sessel zurück.

»Woher kennen Sie mich?«, fragte Lina.

»Aus der Lürmanstraße. Das ist bestimmt schon zwanzig Jahre her. Ich besaß damals einen kleinen Tabakwarenladen, den ich von meinem Vater geerbt hatte. Du warst ab und zu bei mir, um Süßigkeiten zu kaufen. Ich glaube, du hast einige Häuser weiter gewohnt. Kontaktlinsen hattest du damals noch nicht.«

»Es gibt hier keine Lürmanstraße«, sagte Lina.

Habib zog die Augenbrauen nach oben. »Nicht in Hamburg. Aber in Bremen.«

Lina suchte in den Tiefen ihres Gedächtnisses nach einer Erinnerung an die Lürmanstraße oder an Samir Habib oder an irgendetwas anderes aus Bremen, aber es gelang ihr nicht. War sie tatsächlich schon mal dort gewesen?

»Gehen wir einmal davon aus, ich wäre dieses Mädchen ...«

»Heißt das, du weißt nicht, ob du früher in Bremen gewohnt hast?«

Sie zögerte. »Ich kann mich an nichts erinnern, was vor meinem achten Lebensjahr geschehen ist«, sagte sie schließlich. Das stimmte nicht ganz. Ein paar wenige Erinnerungen gab es doch, aber die waren zusammenhanglos wie einzelne Puzzlestücke und so unangenehm, dass Lina es nach Möglichkeit vermied, daran zu denken. »Ich hatte einen Unfall«, fuhr sie fort. »Ich muss wohl einen Abhang hinuntergestürzt und mit dem Kopf auf einen Felsen aufgeschlagen sein. Viel weiß ich gar nicht darüber, nur das, was meine Mutter mir erzählt hat.«

Die allerdings gar nicht meine richtige Mutter ist, fügte sie in Gedanken hinzu, und sie spürte, wie die Bitterkeit ihr Herz erkalten ließ. Ihr Leben schien eine einzige große Lüge zu sein. Genau deshalb war es ihr wichtig, zu ihren Wurzeln zurückzufinden.

»Gehen wir also einmal davon aus, dass ich tatsächlich dieses Mädchen bin«, sagte sie. »Warum haben Sie Kontakt mit mir aufgenommen?«

Habib ließ sich mit der Antwort Zeit. Er legte die Stirn in Falten und massierte mit Daumen und Zeigefinger sein Kinn, als müsse er sich über die Antwort erst klarwerden. »Es gibt Situationen, die dich ein ganzes Leben lang nicht mehr loslassen«, sagte er schließlich. »Situationen, die einen noch Jahre später beschäftigen. Erinnerungen, die dich verfolgen, selbst wenn du glaubst, schon längst damit abgeschlossen zu haben.«

»Worauf wollen Sie hinaus?«

»Du bist vor zwanzig Jahren wie vom Erdboden verschwunden. Entführt, hat es damals geheißen. Die Polizei war bei mir, um meine Frau – Gott habe sie selig – und mich zu befragen. Nicht nur uns, die ganze Nachbarschaft. Aber die Ermittlungen hatten keinen Erfolg und wurden bald wieder eingestellt. Die Angelegenheit hat meine Frau so sehr mitgenommen, dass sie kaum mehr über etwas anderes sprechen konnte. Sie hat gelitten, deshalb habe auch ich gelitten.« Habib machte eine Pause, seufzte. »Irgendwann, nach ein paar Wochen, kam jemand in meinen Laden und hat nach dir gefragt«, fuhr er schließlich fort. »Kein Polizist, sondern ein Freund der Familie, glaube ich. Er hat den Fall noch mal aufgerollt, weil er sich nicht damit zufriedengeben wollte, dass die Polizei nichts herausgefunden hat …«

Habib war nachdenklich geworden, sein Blick wirkte verklärt. Vor seinem geistigen Auge spielte sich alles noch einmal ab, das war ihm am Gesicht abzulesen.

»Wissen Sie, wer dieser Mann war?«

Habib schüttelte den Kopf. »Den Namen habe ich vergessen. Aber er hat mir damals etwas dagelassen – eine Art Steckbrief, auf dem stand, dass du gesucht wirst. Meine Frau hat ihn über all die Jahre aufgehoben. Nach ihrem Tod brachte ich es nicht über mich, ihn wegzuwerfen. Ich habe ihn schon herausgesucht. Wenn du willst, kannst du ihn haben.«

Lina spürte, wie sich ihr Magen zusammenzog – ein Gefühl, das sie normalerweise nicht kannte. Gerade wegen ihrer starken Nerven hatte sie den Geldeintreiberjob bei

Dmitrij Tashkov ergattert, einem der einflussreichsten Untergrundbosse in Hamburg.

»Wenn Sie mir den Brief geben könnten, wäre ich Ihnen sehr dankbar«, sagte sie.

Habib stand auf, ging ins Nebenzimmer und kam kurz darauf mit einem DIN-A4-Papier in der Hand zurück, das er Lina hinhielt. Sie schluckte, nahm es an sich und betrachtete es eingehend.

Das Papier war an den Rändern ein wenig vergilbt, ansonsten aber in tadellosem Zustand. Der Text lautete:

Gesucht: Ivana Battista
Alter: 8 Jahre
Vermisst seit dem 20. Mai 1999
Wenn Sie irgendetwas wissen, das helfen könnte, sie zu finden, dann melden Sie sich bitte unter Tel.: 0161/3243556

Darunter war die Farbkopie eines Fotos zu sehen, besser gesagt ein Ausschnitt davon. Er zeigte das Gesicht eines Mädchens mit dunklem Haar, das glatt bis zu den Schultern herabfiel. Der Mund des Mädchens stand halb offen, als habe es während der Aufnahme geplappert. In der oberen Zahnreihe klaffte eine breite Lücke, auf beiden Wangen zeichneten sich hübsche, kleine Grübchen ab. Noch mehr als die Zahnlücke und die Grübchen stachen jedoch die Augen aus dem Bild hervor – eins grün, eins blau. Wie zwei lichtdurchflutete Edelsteine glänzten sie auf dem Papier, selbst jetzt noch, viele Jahre später – ein Smaragd und ein Saphir.

Das Mädchen auf dem Foto war eindeutig Lina.

Auf den Bildern in den Alben ihrer Mutter oder besser gesagt der Frau, die sie fälschlicherweise für ihre Mutter gehalten hatte, sah sie genauso aus. Vielleicht einen Tick älter, weil es dort nur Aufnahmen gab, die nach ihrem achten Geburtstag entstanden waren. Ihre Mutter hatte ihr einmal erzählt, das Album mit ihren Baby- und Kleinkindfotos sei bei einem Umzug verlorengegangen. Aber das war eine Lüge gewesen, genau wie alles andere.

Ivana Battista – ist das mein richtiger Name?

Er fühlte sich fremd an, ja geradezu falsch, wenngleich sie sich eingestehen musste, dass ihr schwarzes Haar viel besser zu einer Ivana Battista passte als zu einer Lina Sattler.

Ihr Blick wanderte zu den beiden Gesichtern links und rechts des Mädchens. Sie waren nicht einmal zur Hälfte auf dem Bild – der Ersteller des Steckbriefs hatte sie mittendrin abgeschnitten.

Es waren zwei Männer. Der linke hatte ein schmales Gesicht, eingefallene Wangen, einen dichten, schwarzen Bartansatz und eine kleine Narbe an der Schläfe. Der rechte war fülliger und wirkte dadurch freundlicher. Er trug einen buschigen Schnauzbart unter der Nase und lächelte in die Kamera. Auf seinem Kopf wuchsen wirre, blonde Locken.

»Wissen Sie, wer die beiden sind?«, fragte Lina.

Habib beugte sich zu ihr und betrachtete das Bild. »Der da ist dein Vater, glaube ich«, sagte er und deutete mit dem Finger auf den schmalgesichtigen Mann mit dem südländischen Aussehen. »Ich kann es aber nicht beschwören. Ihr wart nur wenige Male gemeinsam bei mir im Laden. Aber an den hier« – er tippte auf den Lockenkopf mit dem Schnauzer – »kann ich mich noch genau erinnern. Der hat den Steckbrief verteilt. Auf dem Bild wirkt er so fröhlich, aber damals bei mir im Laden hat er ausgesehen wie der leibhaftige Tod.«

»Wissen Sie, wie er heißt?«

»Nein, tut mir leid. Falls er es damals erwähnt hat, habe ich es mir nicht gemerkt.«

Obwohl der Name natürlich hilfreich gewesen wäre, spielte er im Moment keine große Rolle. Lina hatte von Samir Habib wesentlich mehr Informationen über ihr früheres Leben erhalten, als sie es sich erhofft hatte. Sie kannte jetzt ihren Geburtsnamen. Und sie hatte ein – wenn auch unvollständiges – Porträt ihres Vaters in den Händen.

Nach Jahren der Suche war sie ihrem Ziel heute Nacht einen großen Schritt nähergekommen.

4

Eingehüllt in ihre Bettdecke, zuckte Emilia zusammen und öffnete die Augen. Im ersten Moment wusste sie nicht, wo sie war. Dann erinnerte sie sich an den Vortrag, den sie halten musste, und an das Hotel in Köln. Müde warf sie einen Blick auf ihren Wecker.

00.23 Uhr.

Sie hatte kaum mehr als eine halbe Stunde geschlafen.

Mit zwei Fingern strich sie sich eine Haarsträhne aus der schweißnassen Stirn und klemmte sie hinters Ohr. Ihr Herz hämmerte wild in ihrer Brust, so dass sie den Puls bis in die Schläfen spürte.

Sie hatte geträumt, so plastisch und real, als erlebe sie die Durchsuchung des Hartweiler-Hauses noch einmal – in allen grausamen Details.

Begonnen hatte das Unglück in einer kalten, verregneten Novembernacht des Jahres 2010 in einem Einsatzfahrzeug der Kölner Polizei, einem umgebauten Lieferwagen, der bis unters Dach mit modernster Überwachungstechnik ausgestattet gewesen war. Emilia, damals frischgebackene Interpol-Agentin, saß zwischen zwei Polizisten. Der eine war Hauptkommissar Granitz, Leiter des Kölner Morddezernats, ein Mann mit knapp zwei Metern Körperlänge, der beim Sitzen den Kopf einziehen musste, um nicht an der Decke anzustoßen. Sein vierköpfiges Team wartete in einem anderen Polizeifahrzeug draußen am Wegrand. Links von Emilia saß Oberkommissar Jurak, der Leiter des Sondereinsatzkommandos, das für diesen Fall abkommandiert worden war. Im Gegensatz zu Granitz hatte Jurak einen eher untersetzten, fassförmigen Körperbau. Seine Männer warteten in einem Polizeikleinbus auf weitere Befehle.

»Das Haus wird von einem Mann namens Joachim Hartweiler bewohnt«, sagte Emilia. »Er ist alleinstehend und arbeitet als selbständiger Unternehmensberater. Seine Kundschaft befindet sich nicht nur in Deutschland, sondern auch in Österreich, in der Schweiz und in Luxemburg, deshalb kommt er viel herum. Hartweiler steht im Verdacht, in den letzten Jahren mindestens ein Dutzend Menschen in diesen Ländern entführt zu haben, vielleicht sogar mehr. Vor einer Woche war er in Salzburg, wo er tagsüber ein Projekt für eine Niederlassung von Siemens leitete. Abends hat er in einem Salzburger Schnellimbiss etwas gegessen und später eine dreiundzwanzigjährige Frau überwältigt, Miryam Goldmann, die am Zentrum für Jüdische Kulturgeschichte arbeitet. Er hat sie auf dem Nachhauseweg abgepasst, ihr einen Sack über den Kopf gezogen und sie betäubt. Danach fuhr er wieder in Richtung Köln, aber zwischen Ulm und Würzburg legte er eine Toilettenpause ein. Miryam Goldmann wachte auf und konnte fliehen. Sie hat Hartweiler zwar nicht gesehen und sich auch nicht das Nummernschild seines Wagens gemerkt, aber an ihrer Bluse hafteten ein paar von Hartweilers Haaren, anhand derer eine DNA-Analyse durchgeführt werden konnte.«

»Das heißt, dass Hartweiler vorbestraft ist.« Die Anmerkung kam von Oberkommissar Jurak. Mit den Fingern tippelte er ständig gegen seine kugelsichere Weste.

»Er ist vor etlichen Jahren in Frankreich wegen Körperverletzung verurteilt worden«, sagte Emilia. »Er hat eine Prostituierte misshandelt und sie halb totgeprügelt.«

»Woher wissen Sie, dass er zwölf Menschen entführt hat?«, fragte Hauptkommisar Granitz. Er trug keine kugelsichere Weste, sondern seine Uniform.

»Hartweiler fährt seit Jahren dasselbe Auto – einen dunkelblauen Kastenwagen, genauer gesagt einen VW T5. Laut unserer Datenbank in Lyon gab es seit dem Jahr 2005 achtundsiebzig Entführungsfälle, bei denen ein blauer T5 gesehen wurde. In rund zwölf dieser Fälle passt die Beschreibung des Fahrers auf Joachim Hartweiler. Das ist zwar kein Beweis, aber zumindest ein hinreichender Verdacht für eine Hausdurchsuchung.«

»Außerdem wurden in den letzten Jahren immer wieder Schreie aus dem Hartweiler-Haus gemeldet«, ergänzte Granitz für Jurak, denn der war mit seinem SEK-Team erst heute Nacht zu dem Fall hinzugezogen worden. »Vor sechs Monaten hat ein Postbote die Polizeidienststelle in Bensberg informiert, vor anderthalb Jahren hat ein Spaziergänger Meldung bei der Wache in Rösrath erstattet. Die Kollegen haben Hartweiler beide Male einen Besuch abgestattet, konnten aber nichts Verdächtiges feststellen.«

Jurak nickte. »Sonst noch etwas, das wir wissen sollten?«

»Nur noch eines«, sagte Emilia ernst. »Er besitzt einen gültigen Waffenschein und übt regelmäßig auf dem Schießstand. Wir müssen davon ausgehen, dass er bei seiner Festnahme Widerstand leisten wird.«

»Ist er im Augenblick daheim?«

»Das wissen wir nicht mit Sicherheit«, sagte Granitz. »Zwei meiner Männer beobachten das Haus schon seit den frühen Abendstunden. Es scheint leerzustehen. Laut Anrufbeantworter in seinem Büro befindet er sich noch bis übermorgen auf Geschäftsreise. Die Chancen stehen also gut, dass wir uns ohne unangenehme Zwischenfälle drinnen umsehen können. Darauf verlassen würde ich mich allerdings nicht.«

»Also gut, wir werden vorsichtig sein«, sagte Jurak. »Haben Sie einen Grundriss?«

Granitz zog ein großes Blatt Papier aus einer Aktentasche und entfaltete es zwischen sich und den beiden anderen. »Das hier ist Hartweilers Grundstück«, sagte er, während er mit dem Finger eine rechteckige Umrisslinie nachfuhr. »Fünftausend Quadratmeter, das meiste davon Wald. Die nächsten Nachbarn wohnen einen Kilometer entfernt. Die einzige Anbindung zur Straße ist die geschotterte Zufahrt, auf der wir im Moment stehen. Sie führt von der Überlandstraße durch zwei Weizenfelder hindurch, macht dann einen Knick, wie Sie sehen, und mündet schließlich vor dem Haus. Das hier« – er deutete auf eine schraffierte Fläche zwischen dem Haus und dem Ackergelände – »ist der Vorgarten. Dann kommt das Haus, daneben die Garage. Nach hinten raus, also in den Wald hinein, ist das komplette Areal eingezäunt. Dort hängen auch überall Betreten-verboten- und Gefahrenschilder. Hartweiler will keinen unerwarteten Besuch auf seinem Grundstück haben.«

»Was ist das?« Jurak deutete auf ein kleines Rechteck hinter dem Gebäude.

»Ein altes Räucherhäuschen«, sagte Granitz. »Das Anwesen hat bis 1960 dem hiesigen Förster gehört. Der hat dort sein Wild geräuchert.«

Jurak nickte nachdenklich. Er studierte noch einen Moment lang die örtlichen Gegebenheiten und erklärte den beiden anderen schließlich, wie das Sondereinsatzkommando bei der Einnahme des Hauses vorgehen würde. Team 1 würde sich durch den Vordereingang Zutritt verschaffen, Team 2 würde seitlich ein Loch in den Zaun schneiden und versuchen, von hinten über die Terrasse einzudringen. Die Teams 3 und 4 sollten den Außenbereich rund um das Grundstück sichern, falls Hartweiler wider Erwarten daheim war und flüchtete.

»Ihre Leute bleiben draußen, bis das Haus gesichert ist«, schloss Jurak und sah dabei Granitz an. »Sie auch.« Das galt Emilia. »Ich will nicht, dass wir versehentlich einen Polizisten erschießen, nur, weil der es nicht erwarten kann. Noch irgendwelche Fragen? Wenn nicht, dann schlage ich vor, dass wir loslegen.«

5

Es war bereits weit nach Mitternacht, als Lina in ihrem Ford Mustang durch die Innenstadt fuhr. Leichter Nieselregen hatte eingesetzt, das monotone Hin und Her des Scheibenwischers machte sie müde. Aber bevor sie nach Hause gehen konnte, gab es noch etwas für sie zu erledigen.

Etwas ziemlich Unangenehmes.

Die vorbeiziehenden Straßenlaternen warfen breite Streifen aus Licht und Schatten durch die Seitenfenster. Der Steckbrief, den Lina von Samir Habib erhalten hatte, lag neben ihr auf dem Beifahrersitz. Immer wieder wanderte ihr Blick dorthin, angezogen wie von einem magischen Sog.

Dieser Steckbrief konnte der Schlüssel zu ihrer Vergangenheit sein. Zu ihrer Kindheit.

Zu ihrem wahren Ich.

Nach jahrelanger, erfolgloser Suche hatte sie jetzt endlich etwas, mit dem sie arbeiten konnte. Einen Namen – Ivana Battista. Das Porträt ihres Vaters, zumindest eine Hälfte davon. Die Lürmanstraße in Bremen. Damit musste sich doch etwas anfangen lassen können.

Nur eine Sache brachte sie ins Grübeln: Sie hatte gehofft, dass der Besuch bei Samir Habib ein paar Saiten in ihrem Kopf zum Schwingen bringen würde, aber das war nicht der Fall. Weder der Steckbrief noch das, was Habib ihr erzählt hatte, weckte eine Erinnerung in ihr.

Das bereitete ihr Sorgen.

Wenig später hielt sie den Mustang auf einem der reservierten Parkplätze hinter dem Club Sauvage, einer Szene-Disco, die ihr Boss, Dmitrij Tashkov, in Altona betrieb. Um diese Uhrzeit waren er und sein Buchhalter immer hier anzutreffen. Sie liebten das Nachtleben mit all seinen Zerstreuungen.

Lina stieg aus und holte aus dem Kofferraum ihres Wagens einen silbern glänzenden Metallkoffer, außerdem ihre Ersatzpistole, eine kleinkalibrige Ruger, die sie sich unter den Saum ihres Strumpfs schob. Sie hatte das Gefühl, dass sie sie heute noch brauchen würde.

Mit Koffer und Ersatzwaffe ausgestattet, ging sie zum Hintereingang, wo sie die Klingel an der massiven Stahltür betätigte. Beinahe im selben Moment wurde eine Sichtluke aufgeschoben, und ein Kerl, den Lina nur als Kalle kannte, warf einen Blick hindurch.

»Ah, du bist's«, raunte er.

Die Luke schloss sich wieder, ein Summer ertönte, und Lina trat ein. Drinnen gab sie Kalle freiwillig ihre Pistole aus dem Holster, dann tastete er sie kurz ab. Es war das übliche Pro-forma-Ritual, mehr nicht. Deshalb übersah er auch die Ruger, die sie diesmal dabei hatte.

Vom Hintereingang aus führte eine Treppe nach oben. Dieser Teil des Gebäudes war für die Öffentlichkeit gesperrt und nur Tashkovs Vertrauten sowie den geladenen Gästen vorbehalten. Begleitet vom dumpfen Dröhnen der Musik aus dem Tanzsaal kam Lina in der oberen Etage an. Die Treppe mündete in einen kleinen Vorraum mit stylischen Stühlen, einem Stehtisch und einem Getränkeautomaten. An der Wand hingen zwei riesige Warhol-Nachdrucke.

Vor der Tür zur VIP-Lounge saßen zwei von Tashkovs Bodyguards – Grizzlybären in Menschengestalt. Aber auch sie kannten Lina lange genug, um sie dem Boss gegenüber als ungefährlich einzustufen. Mit einem Nicken ließen sie sie passieren.

Lina trat durch die Sicherheitstür und fand sich in einem weitläufigen Areal wieder, in dem Echtholzparkett, weißes Leder und Chrom das Bild beherrschten. Links von ihr standen zwei Mädchen in Bunnykostümen hinter der geschwungenen Bar, rechts befanden sich ein paar Flipperautomaten und Billardtische. Den größten Teil des Raums nahmen die fünf kreisrunden Sitzgruppen ein, von denen im Moment jedoch nur eine belegt war. Umhüllt von einer dicken Rauchwolke saßen dort etwa ein Dutzend Personen um einen niedrigen Tisch, der vor Cocktailgläsern, Champagnerflaschen, Erdbeerschalen und Tellern mit Lachshäppchen förmlich überquoll: Dmitrij Tashkov, ihr Boss, außerdem Leonid Schumann, sein Buchhalter, und drei Männer in Anzügen, die Lina nie zuvor gesehen hatte – vermutlich Geschäftspartner. Alle anderen am Tisch waren weiblich, spärlich bekleidet und noch keine zwanzig Jahre alt. Tashkov und Schumann hatten eine Vorliebe für junge Mädchen, die als Gegenleistung für etwas Bargeld eine gewisse Offenherzigkeit an den Tag legten.

Lina ging zur Bar und legte den Metallkoffer auf den Tresen, damit Tashkov ihn von seiner Sitzgruppe aus sehen konnte. Stören wollte sie ihn nicht, die Stimmung schien gerade ziemlich gut zu sein. Und seine gute Stimmung schlug meistens ins krasse Gegenteil um, wenn man ihn bei seinen sogenannten Geschäftsbesprechungen unterbrach.

Noch dazu hatte Lina schlechte Nachrichten für ihn. Es war auf jeden Fall ratsam, zu warten, bis Tashkov sie entweder zu sich winkte oder er zu ihr kam.

Lina bestellte bei einer der Bardamen eine Cola und ließ

den Blick durch die breite, blaugetönte Fensterfront wandern, durch die man in den Tanzbereich hinunterschauen konnte. Dort bewegten sich die Discobesucher wie eine homogene Masse zum rhythmischen Stampfen der Musik. Zum Glück wurde die Lautstärke durch das dicke Glas gedämpft, so dass im VIP-Bereich eine angenehme Atmosphäre herrschte. Nur der Zigarren- und Marihuanarauch war hier so dick, dass man die Luft schier schneiden konnte.

Lina ging zur Toilette, wo sie sich ihre Ruger vom Strumpf in den Hosenbund am Rücken steckte. Falls nötig, wollte sie die Waffe gerne griffbereit haben.

Einen kurzen Moment lang überlegte sie, ob es vielleicht besser gewesen wäre, heute Nacht nicht hierherzukommen, doch sie verwarf den Gedanken sofort wieder. Tashkov wartete auf seine Geldlieferung. Wenn die nicht pünktlich kam, war der Teufel los.

Zurück in der Lounge nippte sie an ihrer Cola und wartete. Nach einigen Minuten gab Tashkov ihr mit einer Handbewegung zu verstehen, dass er sie registriert hatte. Sie deutete mit dem Kinn auf den Stahlkoffer, der neben ihr auf dem Tresen lag. Daraufhin entschuldigte Tashkov sich bei seinen Gästen und kam zu ihr an die Bar.

Er hatte getrunken, das sah man an seinen glasigen Augen. Außerdem war er so aufgedreht, dass er garantiert irgendwelche Aufputschdrogen genommen hatte. Er war einen Kopf größer als Lina und mit seinen Muskelbergen, die sich unter dem taubengrauen Maßanzug abzeichneten, bestimmt doppelt so schwer. Unter seiner eingedrückten Nase – dem Ergebnis diverser Schlägereien – zeichnete sich ein schiefes Grinsen ab.

»Wie viel ist das?«, fragte er mit Blick auf den Geldkoffer.

»Etwa siebzigtausend«, antwortete Lina wahrheitsgemäß.

»Heißt das, dass Lehmann, Keller, Brazcek und Markowitz gezahlt haben?«

»Bis auf den letzten Cent.«

Tashkov nickte zufrieden, gab eine Zahlenkombination in das Kofferschloss ein und öffnete den Deckel. »Was ist mit Pandrelli? Hat der auch endlich seine Schulden beglichen?«

Das war die Frage, die Lina befürchtet hatte.

»Die Hälfte«, sagte sie. »Der Rest soll bis Ende des Monats kommen.«

Tashkovs Miene blieb nahezu unverändert – nur sein Blick verhärtete sich. »Nichts als Ärger mit dem scheiß Itaker«, zischte er. »Der vertröstet mich schon seit Wochen.«

»Bei meinem nächsten Besuch wird er zahlen. Ich habe ihm heute die Nase gebrochen. Der Denkzettel wird helfen.«

Tashkov lächelte kalt. »Ach, meinst du?«

»Ja, das meine ich. Mach dir wegen des Geldes keine Sorgen.« Doch Lina spürte, dass das Gespräch in eine falsche Richtung abdriftete.

»Du hast ihm also eins auf die Nase gegeben und denkst, dass er jetzt zahlt.« Der Hohn in seiner Stimme war unüberhörbar. »Und was, wenn er nur wieder Zeit schindet?«

»Ich bin sicher, dass er das Geld beim nächsten Mal zusammenhat.«

Tashkovs Kieferknochen begannen zu mahlen. »Beim nächsten Mal, beim nächsten Mal – wenn ich das schon höre!«, brauste er auf. »Wofür brauche ich dich, wenn du nicht in der Lage bist, mein Geld pünktlich einzutreiben?«

Der Vorwurf machte Lina wütend. Es ging nur um fünftausend Euro, die Hälfte davon hatte Pandrelli ihr heute gegeben. Also regte Tashkov sich über zweieinhalbtausend Euro auf, was für ihn allenfalls Spielgeld war. Der heutige

Abend mit dem Schampus, den Häppchen und den leichten Mädchen kostete ihn garantiert ein Vielfaches davon.

»Ich will, dass du diesem Bastard nicht nur die Nase brichst«, zischte Tashkov. »Schieß ihm ins Knie. Oder schlag seinen Kindern die Zähne ein. Ist mir scheißegal, wie du es anstellst, Lina, aber wage es nicht, noch mal ohne mein verdammtes Geld hier aufzutauchen. Dein Versagen macht mich zum Gespött, das kann ich mir nicht leisten, kapiert?«

Noch ein Vorwurf. Lina biss die Zähne zusammen. Sie hasste es, wenn man so mit ihr redete. Das hatte sie sich schon früher nicht bieten lassen, weder von ihren Freunden noch von ihrer Mutter, noch von ihren Lehrern.

Von niemandem.

Tashkov bildete da keine Ausnahme. Sie war genauso jähzornig wie er, vielleicht sogar noch mehr. Solange sie beide sich im Griff hatten, kamen sie gut miteinander aus. Aber wehe, sie gingen aneinander hoch. Dann konnte alles passieren.

»Ich habe dir von Anfang an geraten, Pandrelli kein Geld mehr zu leihen«, sagte Lina und sah ihrem Boss dabei fest in die Augen. Angst verspürte sie keine. Eher so etwas wie Kampflust. »Wenn du einem schlechten Schuldner Geld gibst und dich hinterher aufregst, dass du es nicht pünktlich zurückbekommst, machst du dich selbst zum Gespött, Dmitrij.«

Jetzt platzte Tashkov endgültig der Kragen. »Wage es nicht, so mit mir zu sprechen, *kurwa*!«, knurrte er. »Du hast dich in meiner Organisation weit hochgearbeitet, aber vergiss nie, dass du mir gehörst.«

Blitzschnell packte er sie an der Gurgel.

»Du tust mir weh!«, röchelte Lina.

»Das ist noch gar nichts!« Sein schraubstockartiger Griff

wurde enger, sie bekam kaum noch Luft. Plötzlich hielt er in der anderen Hand auch noch ein Messer, mit dem er vor Linas Gesicht herumwedelte – ähnlich wie dieser notgeile Idiot von der Tankstelle, der sie mit seinen beiden Kumpels vergewaltigen wollte. Nur, dass Tashkov kein Anfänger war.

»Hör mir genau zu, Lina«, raunte der Russe, wobei seine schwarzen Augen glänzten wie polierter Obsidian. »Wenn du nicht willst, dass ich dir deine hübsche Visage zerschneide, schlage ich vor, dass du deinen Arsch zu Pandrelli bewegst, und zwar jetzt, auf der Stelle, und dass du ihn so lange weichprügelst, bis er endlich mit meiner Kohle herausrückt.«

»Und ich schlage vor, dass du mich in Ruhe lässt«, keuchte Lina. »Sonst schieß ich dir dein bestes Stück weg.«

Einen Moment lang schien er nicht zu begreifen, was sie meinte. Dann spürte er wohl den Lauf der Ruger zwischen den Beinen.

Etwas in seinem Gesicht veränderte sich. Seine Lippen wurden schmal, ein Augenwinkel zuckte. Er stand kurz davor, vor Wut zu explodieren. Aber gerade als sie glaubte, er werde tatsächlich mit dem Messer zustechen, ließ er es langsam sinken, und der Griff um Linas Hals lockerte sich.

Sein Mund verzog sich zu einem kalten Lächeln. »Du hast Mut, Mädchen«, sagte er. »Das bewundere ich an dir. Keiner der anderen würde es wagen, mir so die Stirn zu bieten. Aber ich rate dir, es nicht zu übertreiben. Beim nächsten Mal hast du vielleicht nicht so viel Glück wie heute.« Er steckte das Messer wieder weg, strich sich den Anzug glatt, klappte den Geldkoffer zu und nahm ihn an sich.

»Morgen gehst du zu Pandrelli und besorgst mir mein Geld, verstanden? Egal wie, aber du tauchst erst wieder hier auf, wenn du es hast.«

»Ich werde die nächsten Tage nicht in Hamburg sein«, entgegnete Lina. Die Pistole behielt sie sicherheitshalber in der Hand.

»Du willst mich unbedingt provozieren, was?« Die Röte in Tashkovs Gesicht zeigte, dass er schon wieder zu kochen begann.

»Ich will mich nicht mit dir anlegen, Dmitrij. Aber ich habe endlich eine Spur, die mich zu meiner Kindheit führen könnte.«

Tashkov kannte Linas Gedächtnislücke, hatte aber noch nie nachvollziehen können, weshalb es ihr so wichtig war, sie zu füllen. »Du suchst deine Erinnerungen, seit wir uns kennen. Was macht es da aus, einen Tag länger zu warten? Besorg mir mein Geld, danach kannst du tun, was du für richtig hältst.«

»Ich bin seit meinem achten Lebensjahr ein unvollständiger Mensch – eine verdammt lange Zeit, Dmitrij. Genau deshalb werde ich nicht noch länger warten. Wenn dir deine zweieinhalbtausend Euro so wichtig sind, dann wirst du jemand anderen zu Pandrelli schicken müssen.«

Sekundenlang fixierte Tashkov sie mit Blicken, aber schließlich erkannte er, dass er sie nicht würde einschüchtern können.

»Geh mir aus den Augen«, sagte er tonlos. »Verschwinde von hier, und komm nicht so schnell wieder, verstanden?«

Lina drehte sich um und ging.

6

November 2010.

Jedes SEK-Mitglied war mit einer lichtempfindlichen Helmkamera ausgestattet, die Bilder wurden live auf einen Monitor im zentralen Einsatzwagen übertragen. Oberkommissar Jurak konnte wahlweise zwischen den Kameraeinstellungen hin- und herschalten oder die Monitoranzeige nach Belieben kombinieren. Im Moment waren die vier Aufnahmen von Team 1 und 2 zu sehen, die sich Zutritt zum Haus verschaffen sollten. Der Ton wurde über die Headsets übertragen. Auf diese Weise bekamen Emilia, Granitz und Jurak einen genauen Überblick über den Fortschritt bei der Einnahme des Hartweiler-Hauses.

Nachdem die Spezialkräfte sich am Waldrand in Position gebracht hatten, dauerte es nur wenige Minuten, bis Team 1 und 2 im Haus waren. Alles daran wirkte alt und reparaturbedürftig, als seien schon seit Jahrzehnten keine Ausbesserungsarbeiten mehr durchgeführt worden.

Als Erstes sicherte das Sondereinsatzkommando das Erdgeschoss, wo sich die Küche, eine Toilette und das Wohnzimmer befanden. Alle Räume standen leer. Danach machten sich drei der Männer an das Obergeschoss, wo sie das Schlafzimmer, das Bad und ein Büro durchsuchten. Der Vierte blieb unten, um dort die Lage weiter unter Kontrolle zu behalten.

»Oben ist alles gesichert«, sagte eine Stimme. Es war Gruppenführer Neuffert, der das operative Kommando über die beiden Innenteams hatte. »Keine besonderen Vorkommnisse, abgesehen vielleicht von den vielen Tierpräparaten.«

Das war Emilia auch schon aufgefallen. Im Wohnzimmer, im Flur, im Schlafzimmer und im Büro standen eine Reihe von ausgestopften Tieren – Eichhörnchen, Wiesel, Marder und verschiedene Vögel, wie man sie gelegentlich bei Sammlern fand. Allerdings gab es auch ein paar ganz und gar ungewöhnliche Exponate, bei deren Anblick Emilia ein Schauder über den Rücken lief: eine Perserkatze, ein Labrador und ein Kapuzineräffchen.

Irgendwie gruselig.

»Wir nehmen uns jetzt den Keller vor«, kam Neufferts Stimme durch den Lautsprecher.

Vom Eingangsbereich führte eine steinerne Innentreppe eine Etage tiefer. Die restlichtverstärkten Bilder der Helmkameras schimmerten grünlich und verliehen der Situation eine gespenstische Atmosphäre. Unten zweigten vier Räume von einem kleinen Flur ab. Einer diente als Vorratskammer für Lebensmittel und Getränke, der zweite als Waschraum, der dritte als Werkzeugkeller.

Der Vierte war vollgestopft mit toten Tieren. Die kleineren Präparate lagerten dicht gedrängt in den deckenhohen Wandregalen, ein Schäferhund und ein Seeadler standen links hinten in der Ecke. Über einem großen Edelstahltisch in der Mitte des Raums hing eine schmucklose Lampe mit einem Griff, an dem man sie in der Höhe verstellen konnte. Offenbar war das der Ort, an dem die Tiere präpariert wurden.

»Was ist das da auf dem Boden?«, fragte eine Stimme. Gleichzeitig richtete die Kamera sich nach unten. Auf dem Monitor stand der Name Roth.

»Ich denke, das ist Blut«, sagte Neuffert.

Mangels Licht gab es kein rotes Farbspektrum, nur unterschiedlich intensive Grau- und Grüntöne. Viele dunkle Flecke verliehen dem Estrich ein unregelmäßiges Muster.

Oberkommissar Jurak drückte einen Knopf. »Die Spurensicherung wird sich das später genau ansehen und feststellen, ob es sich nur um tierisches Blut oder auch um Menschenblut handelt«, sagte er.

»Gibt es im Keller noch irgendwelche anderen Räume?«, fragte Emilia in Richtung des Mikrophons, das neben dem Monitor stand.

»Sieht nicht so aus.« Das war wieder Neuffert.

»Ich möchte, dass Sie sich das genau ansehen. Wenn Hartweiler ein mehrfacher Entführer ist, wird er ein Versteck für seine Opfer haben.«

»Vielleicht hinter dem Haus«, mutmaßte Neuffert. »Groß genug wäre das Waldgrundstück.«

»Stimmt schon. Aber der Postbote, der die Schreie gehört haben will, sagt, dass sie aus dem Haus kamen. Bitte durchsuchen Sie den Keller genau. Falls es dort eine Art Verlies gibt, will ich es wissen.«

»In Ordnung. Wir schalten dazu das Licht ein.«

»Aber stellen Sie Ihre Helmkameras vorher um«, sagte Jurak. »Sonst sehen wir hier nichts mehr.«

Einen Moment lang erschien auf dem Monitor Schneegestöber, dann wurde das Bild wieder klar. Die Übertragung war nun farbig, wenngleich aufgrund des schummrigen Lichts ziemlich dunkel. Dadurch wirkten die Räume noch beengter als zuvor.

Das SEK-Team nahm sich nacheinander den Waschraum, den Vorratsraum und den Werkzeugkeller vor, fand aber weder eine in die Wand eingelassene Tür noch eine Bodenluke, die zu einem Versteck hätte führen können.

Erst im Präparationsraum wurden sie fündig: Ein Teil des Regalgestells stand nicht auf dem Boden, sondern war an die dahinterliegende Mauer montiert. Wenn man einen Riegel zur Seite schob und daran zog, konnte man das Konstrukt wie eine Tür aufklappen. Vor den Kameras des SEK-Teams tat sich ein abweisendes, finsteres Loch auf.

Emilia ahnte, dass das die Pforte in eine Welt der Angst sein musste.

7

In der Nacht tat Lina Sattler kein Auge zu. Eine Weile versuchte sie, im Internet etwas über ihre Entführung vor neunzehn Jahren herauszufinden, aber keine der von ihr verwendeten Suchmaschinen spuckte ein zufriedenstellendes Ergebnis aus. Lina erfuhr kaum mehr als das, was sie bereits wusste.

Sie rief auch bei der auf dem Steckbrief angegebenen Handynummer an, erreichte aber nur eine Bandansage mit der Auskunft, dass der Anschluss nicht existiere. Im Internet war auch nichts über die Nummer herauszufinden, nur, dass die Vorwahl zum sogenannten C-Netz gehörte, das im Jahr 2001 außer Betrieb genommen worden war. So kam sie nicht weiter.

Nach einer Weile legte sie sich aufs Bett und starrte an die Decke, während ihre Gedanken unentwegt um die Frage kreisten, ob der morgige Tag neue Erkenntnisse für sie bringen würde. Erst im Morgengrauen nickte sie endlich ein.

Deshalb wachte sie am nächsten Tag auch viel später auf, als sie es eigentlich vorgehabt hatte. In aller Eile packte sie ihre Sporttasche für ein paar Hotelübernachtungen, nebenher aß sie einen Apfel. Auch ihre beiden Pistolen steckte sie ein – nicht, weil sie glaubte, sie in Bremen wirklich zu brauchen, sondern weil sie sich damit ganz allgemein sicherer fühlte.

Im morgendlichen Berufsverkehr ging es auf der A1 nur langsam voran – der übliche Wahnsinn. Am Bremer Kreuz bog Lina auf die A27 in Richtung Bremerhaven ein, aber schon nach wenigen Kilometern verließ sie die Autobahn wieder. Danach war es nicht mehr weit bis zu ihrem Ziel.

Die Lürmanstraße befand sich in unmittelbarer Nähe des Bremer Bürgerparks unweit der Stadtmitte und bestand größtenteils aus hübschen, aber in die Jahre gekommenen Mehrfamilienhäusern. Als Lina in ihrem Ford Mustang die erste Sichtung vornahm, kam ihr nichts davon bekannt vor. Dennoch wollte sie optimistisch bleiben. Das hier war ihre beste Chance, seit sie sich erinnern konnte.

Natürlich glaubte sie nicht an ein Wunder. Der Arzt, bei dem sie jahrelang in Behandlung gewesen war, hatte ihr die Hoffnung darauf längst genommen. Die Wahrscheinlichkeit der vollständigen Wiederherstellung ihres Langzeitgedächtnisses tendierte gegen null. Doch es lag durchaus im Bereich des Möglichen, dass sie sich wenigstens wieder an ein paar Dinge würde erinnern können, wenn der Auslöser dafür nur stark genug war. Mehr als das erhoffte sie sich gar nicht. Gesunde Menschen konnten sich schließlich auch nicht an jedes Detail ihrer Kindheit erinnern.

Zwei Blocks weiter fand Lina einen Parkplatz, wo sie ihren Wagen abstellte, um die Lürmanstraße noch einmal zu Fuß zu erkunden. Die Sporttasche und ihre Waffen ließ sie im Kofferraum.

Es war ein kühler Tag, trist und grau. Obwohl kaum Wind wehte, kroch ihr die Kälte rasch unter die Haut. Die dunklen Wolken am Himmel kündigten Regen an.

Lina stellte den Kragen ihrer Lederjacke auf und zog den Reißverschluss bis nach oben. Während sie zu Fuß durch die Lürmanstraße streifte, betrachtete sie alles ganz genau: die Häuser, ihre Fenster, Giebel und Erker, die Vorgärten, die Straßenlaternen, die Bäume, die Menschen, die hier und da über den Bürgersteig gingen – einfach alles. Kam ihr irgendetwas davon bekannt vor? Eine Fassade? Eine Garageneinfahrt? Ein Gesicht?

Das große Fenster in Haus Nummer 23 zog ihre Aufmerksamkeit auf sich. War sie in diesem Gebäude aufgewachsen? Irgendetwas daran kam ihr vertraut vor, aber vielleicht war das auch nur Wunschdenken. Jedenfalls sagten ihr die Namen auf den Klingelschildern nichts.

Die meisten Gebäude in der Straße waren Wohnhäuser. Den Tabakwarenladen, den Samir Habib vor zwanzig Jahren geführt hatte, gab es nicht mehr, nur einen kleinen Shop, der sich auf Mode für stillende Mütter spezialisiert hatte. Er sah so neu aus, dass Lina es für ausgeschlossen hielt, dort etwas über ihre Vergangenheit erfahren zu können.

Also klingelte sie auf gut Glück bei den verschiedenen Wohnparteien, bis sie jemanden fand, der bereit war, ihr die Tür zu öffnen: einen etwa fünfzigjährigen Rollstuhlfahrer, der im zweiten Stock wohnte. Er kannte zwar niemanden namens Battista, und als Lina ihm den Steckbrief zeigte, wusste er auch nichts über die damaligen Vorkommnisse, aber er hatte einen Tipp.

»Drüben, auf der anderen Straßenseite, da wohnt Frau Wiedinger«, verriet er. »Die ist zwar über achtzig, aber geistig noch topfit. Und sie lebt schon seit einer Ewigkeit in dieser Straße. Wenn Ihnen jemand weiterhelfen kann, dann die.«

Konstanze Wiedinger war eine schrullige alte Dame mit eingefallenen Wangen und faltiger Pergamenthaut. Auf der Nase trug sie eine dicke Hornbrille. Über ihre weiße Rüschenbluse hatte sie ein bordeaurotes Strickcape gelegt. Ihre Füße steckten in dicken, karierten Filzpantoffeln.

Der unerwartete Besuch war für sie ganz offensichtlich eine willkommene Abwechslung. Obwohl sie trotz Krücke kaum gehen konnte, ließ sie es sich nicht nehmen, Lina einen Tee und etwas Gebäck zu servieren.

»Jetzt erzählen Sie noch mal ganz genau, was Sie zu mir führt«, sagte sie und setzte sich zu Lina an den Küchentisch. »Aber sprechen Sie laut, mein Hörgerät ist kaputt.«

Lina nickte. »Ich bin auf der Suche nach einem Mann namens Battista. Viel weiß ich nicht über ihn, nur, dass er vor einigen Jahren hier in der Straße gewohnt haben soll. Wenn Sie wollen, kann ich Ihnen ein Bild von ihm zeigen.«

Sie wollte gerade den Steckbrief aus ihrer Jackentasche ziehen, als Konstanze Wiedinger die Hand hob.

»Ich erinnere mich gut an Herrn Battista«, krächzte sie nachdenklich. »War ein netter Mann, wenn auch ein bisschen eigenartig. Nein, nicht eigenartig – ein Eigenbrötler, so nennt man das, nicht wahr? Hat nicht viel gesprochen, obwohl wir quasi Nachbarn waren. Aber wenn wir uns auf der Straße begegnet sind, hat er mich immer freundlich gegrüßt.«

Lina schluckte. »Sie sprechen in der Vergangenheit. Wohnt er nicht mehr hier?«

»Herr Battista ist schon lange von uns gegangen. Hat sich umgebracht, der Ärmste.« Über den Rand ihrer Brille hinweg sah sie Lina mit großen Augen an. »Das Schicksal hat es nicht gut mit ihm gemeint. Zuerst hat er seine Frau verloren, dann auch noch seine Tochter. Hat wohl keinen anderen Ausweg mehr gesehen, als sich das Leben zu nehmen. Sie haben ihn damals in seiner Wohnung gefunden, mit einer Flasche Schnaps und einer Überdosis Tabletten im Blut. Aber warum wollen Sie das eigentlich so genau wissen, Kindchen?«

Lina brauchte eine Sekunde, um sich zu fangen. Sie hatte insgeheim gehofft, ihren Vater in Bremen zu finden. Die Nachricht von seinem Suizid musste sie erst verkraften.

»Ich stelle ein paar Nachforschungen über den damaligen Entführungsfall an«, wich sie aus. Hätte sie sich als Tochter des Toten zu erkennen gegeben, hätte das nur eine Flut von Fragen ausgelöst.

»Arbeiten Sie bei der Polizei?«

»Nein, für eine Zeitschrift.« Lina hatte sich das schon auf der Herfahrt zurechtgelegt. Die Lüge kam ihr leicht über die Lippen. »Für ein Kriminalmagazin. Ich bin Reporterin.«

»Ah«, machte die Alte und nickte. Offenbar genügte ihr die Erklärung. »Ja, das war eine schreckliche Geschichte damals. Das hat jeden hier in der Straße mitgenommen. Die Polizei hat tagelang alle Anwohner befragt. Auch mich, aber ich wusste ja nichts. Das Mädchen ist eines Tages einfach verschwunden. Wie vom Erdboden. Keine Spuren, kein Erpresserbrief, nichts. Herr Battista muss in dieser Zeit fürchterlich gelitten haben. Er hat kaum ein Wort gesprochen und tagelang nichts gegessen.«

Lina nahm ihre Teetasse zur Hand, pustete den Dampf weg und nippte daran. »Sie haben vorhin erwähnt, dass Sie Herrn Battista nur flüchtig kannten. Woher wissen Sie dann so genau über ihn Bescheid?«

»Lydia hat mir damals alles erzählt. Lydia Kast. Sie hat bei Herrn Battista geputzt, nach dem Tod seiner Frau, meine ich. Für mich hat sie die Einkäufe besorgt – ich war schon damals nicht gut zu Fuß. Lydia und ich haben oft Tee oder Kaffee getrunken, so wie Sie und ich. Da habe ich natürlich einiges über Herrn Battista mitbekommen. Lydia war es übrigens auch, die ihn tot im Bett gefunden hat. Die Ärmste hat einen Schock fürs Leben bekommen.«

»Können Sie mir sagen, wo ich Frau Kast finde?«, fragte Lina. »Ich würde gerne mit ihr sprechen.«

Tiefe Falten legten sich auf die Stirn von Konstanze Wiedinger. »Tut mir leid, aber das wird nicht möglich sein«, entgegnete sie. »Lydia hat Alzheimer. Ist in einem Altersheim in Bergisch Gladbach untergebracht. Letztes Jahr habe ich sie dort mal besucht, aber sie ist nicht mehr sie selbst.«

»Hat sie Angehörige, die sie vielleicht ins Vertrauen gezogen haben könnte?«

»Nicht, dass ich wüsste. Aber das können Sie bestimmt über das Altersheim herausbekommen.«

Lina überlegte. Lydia Kast führte sie im Moment nicht weiter. Vielleicht würde sie später daran anknüpfen. Sie zog den Steckbrief aus der Tasche, entfaltete ihn und schob ihn über den Tisch.

»Kennen Sie dieses Bild?«, fragte sie.

Konstanze Wiedinger nickte und wirkte plötzlich ernst, als würde das Foto böse Erinnerungen in ihr auslösen.

»Links und rechts neben dem verschwundenen Mädchen sind zwei Männergesichter zu sehen«, fuhr Lina fort. »Zumindest Teile davon. Der Mann links von ihr ist Ivana Battistas Vater, nicht wahr?«

Wieder nickte Frau Wiedinger.

»Kennen Sie auch den Mann auf der rechten Seite? Den mit den blonden Locken und dem Schnauzbart?«

Die Alte nahm den Steckbrief zur Hand und betrachtete ihn aus der Nähe.

»Gesehen habe ich ihn ein paarmal«, murmelte sie, mehr zu sich selbst als zu Lina. »Der hat damals auch den Steckbrief verteilt. Aber so ganz geheuer war der mir nicht. Zwischen ihm und Herrn Battista gab es ziemlich oft Streit, einmal sogar so heftig, dass die Polizei kommen und ihn abführen musste. Lydia hat mir mal erzählt, dass der Mann so eine Art Mafioso ist. Finden Sie das nicht unheimlich? Ich weiß nicht, in was für eine Angelegenheit die Battistas verstrickt waren, aber es muss etwas Schreckliches gewesen sein.«

»Kennen Sie auch den Namen des Mannes?«

Konstanze Wiedingers nachdenklicher Blick huschte unruhig über die Küchentischplatte, als würde er irgendwo dort geschrieben stehen. »Ich glaube, ich habe ihn mir notiert, damals, als er den Steckbrief verteilt hat. Aber ich weiß nicht, ob ich den Zettel noch habe. Da müsste ich erst suchen. Wenn Sie solange warten wollen ...«

»Lassen Sie's gut sein«, entgegnete Lina. »So wichtig ist es nicht. Mit dem, was Sie mir erzählt haben, haben Sie mir schon sehr weitergeholfen.«

Sie trank ihre Tasse leer und stellte sie wieder auf dem Tisch ab. »Ich muss jetzt auch wirklich weiter, Frau Wiedinger«, sagte sie. »Vielen Dank für den Tee und die Auskünfte. Nur eine Frage habe ich noch: Sie sagten, dass die Battistas gewissermaßen Ihre Nachbarn waren. Wissen Sie noch, in welchem Haus sie gewohnt haben?«

»Aber natürlich«, lächelte Konstanze Wiedinger und deutete mit einer Kopfbewegung zur Küchenwand. »Nummer 25. Gleich hier nebenan.«

Wieder draußen, betrachtete Lina vom Bürgersteig aus das Haus mit der Nummer 25 – vier Etagen, eine weiße Fassade, altmodische, dicke Glasbausteine dort, wo sich der Treppenaufgang befand. In einem kleinen Vorgarten stand eine Teppichstange, umsäumt von einigen Rosenstöcken. Der kurze Weg vom Gartentor zum Hauseingang war mit Waschbetonplatten ausgelegt.

So oder ähnlich musste es hier schon vor zwanzig Jahren ausgesehen haben, aber so sehr Lina es sich auch wünschte – nichts davon kam ihr bekannt vor.

Als sie klingelte, hatte sie auch diesmal Glück und fand sofort jemanden, der ihr öffnete. Das Treppenhaus war ihr ebenfalls völlig fremd.

Ich muss Geduld haben!

»Hallo, wer ist da?« Die Stimme kam von oben. »Haben Sie ein Päckchen für mich?«

Lina ging hinauf. »Entschuldigung, wenn ich störe«, sagte sie. »Aber ich suche die Wohnung von Herrn Battista. Er hat bis vor etwa zwanzig Jahren hier gelebt.«

Der Mann, der ihr gegenüberstand, zog abwägend die Mundwinkel nach unten. Er trug Jogginghosen, ein weißes Unterhemd und mochte um die sechzig Jahre alt sein. »Battista? Klar kannte ich den. Hat in der Wohnung unter mir gewohnt. Warum wollen Sie das wissen?«

Lina wiederholte ihre frei erfundene Geschichte von der Reportage.

Der Mann zögerte. »Wenn ich Ihnen erzähle, was ich weiß – was springt dabei für mich raus?«

Lina seufzte innerlich auf. Viel Bargeld hatte sie nicht dabei. »Dreißig Euro, vorausgesetzt, Ihre Informationen bringen mich weiter«, sagte sie.

»Fünfzig. Im Voraus. Und das sollte es Ihnen auch wert sein. Von allen Hausbewohnern, die Battista kannten, bin ich der Einzige, der noch hier ist. Die anderen sind längst weggezogen oder gestorben.«

Lina beschloss, ihm zu glauben. Nachdem sie ihm das Geld gegeben hatte, ließ er sie in die Wohnung.

»Sie müssen entschuldigen, dass es bei mir so unaufgeräumt ist«, sagte er auf dem Weg ins Wohnzimmer. »Aber seit meine Frau mich verlassen hat, versinke ich im Chaos. Übrigens, mein Name ist Bednartz.«

Sie setzten sich auf eine durchgesessene Kunstledercouch, und der Mann steckte sich eine Zigarette an.

»Auch eine?«, fragte er.

Lina lehnte ab. »Ich stehe noch ganz am Anfang meiner Recherchen. Deshalb interessiert mich alles, was Sie mir über den Entführungsfall oder über Herrn Battista erzählen können«, sagte sie. »Auch über seine Frau, wenn Ihnen etwas dazu einfällt. Fangen Sie einfach mal an. Ich hake dann nach, wenn ich Detailfragen dazu habe.«

Bednartz kratzte sich am Kopf, nickte und dachte einen Moment nach. »Am Anfang waren die Battistas eine ganz normale, kleine Familie«, begann er schließlich. »Die Mutter war eine anständige Frau. Soweit ich mich erinnere, haben sie und ihr Mann geheiratet, kurz bevor sie hier eingezogen sind. Sie hatten beide einen Job an der Uni, deshalb habe ich ihnen die Wohnung gerne gegeben.«

»Wie meinen Sie das?«

»Mir gehört das Haus. Als Vermieter sucht man sich natürlich Leute aus, die sich die Miete leisten können. Aber wie gesagt – finanziell standen die beiden ganz gut da. Bis dann die Frau gestorben ist. Das war etwa ein Jahr später. Danach ging's rapide bergab.«

»Inwiefern?«, wollte Lina wissen.

»Battista hat angefangen zu saufen. Und zu spielen. Ich weiß es natürlich nicht genau, aber ich glaube, er hat dann auch irgendwann den Job verloren. Jedenfalls stand er mehr als einmal bei mir in der Tür und hat gebeichtet, dass die Miete erst später kommt. Was sollte ich da machen? Er war ja wirklich 'ne arme Sau. So ein Schicksalsschlag kann einem den Boden unter den Füßen wegziehen. Also bin ich ihm entgegengekommen, so gut ich es konnte. Machen Sie sich gar keine Notizen?«

Die Frage verwirrte Lina. Dann fiel ihr ein, dass sie hier ja als Reporterin auftrat. »Ich habe ein ganz gutes Gedächtnis«, sagte sie. »Außerdem schicke ich Ihnen meinen Bericht vor dem Druck zu, damit Sie ihn freigeben können.« Sie hatte keine Ahnung, ob das normalerweise so lief, aber sie fand, dass es sich professionell anhörte. Jedenfalls schien die Erklärung Herrn Bednartz zu genügen.

»Noch mehr als Robert Battista muss das Mädchen unter der Situation gelitten haben«, fuhr Bednartz fort. »Die Mutter tot, der Vater kaum noch ansprechbar ... Und dann auch noch die Entführung. Ich weiß nicht, woran es liegt, aber es gibt Menschen, die das Unglück regelrecht anziehen. Ivana – ich glaube, so hieß die Kleine – gehörte offenbar zu denen. Ist eines Tages verschwunden und wurde nie wieder gesehen. Das hat Battista den Rest gegeben. Kurz nach der Entführung hat er sich das Leben genommen.«

»Liegen Herr und Frau Battista hier in Bremen begraben?«, fragte Lina.

»Ja, auf dem Osterholzer Friedhof. Ich war bei den Beerdigungen dabei.«

Lina nickte. Später würde sie dort vorbeischauen, aber im Moment wollte sie versuchen, Herrn Bednartz weitere Informationen zu entlocken.

Sie zog den Steckbrief aus der Tasche und schob ihn über den Tisch. Ein paar Sekunden lang studierte er das Foto, aber er schien nicht zu erkennen, dass Lina das Mädchen auf dem Bild war.

»Eigenartiges Gefühl«, sagte er nachdenklich. »Die Geschichte ist schon so lange her, aber wenn man das Foto sieht, kommt es einem vor wie gestern.«

»Kennen Sie den Mann rechts auf dem Bild?«, fragte Lina.

Bednartz nahm den Steckbrief und hielt ihn nah vors Gesicht. »Der mit dem Schnauzbart und den Locken? Ja, der war oft hier, um die Battistas zu besuchen. Nach dem Absturz von Herrn Battista – ich meine, als das mit seinen Spielschulden immer schlimmer wurde – hat der Mann ein paarmal die Miete beglichen, wenn Herr Battista knapp bei Kasse war.«

Das klang ganz anders als die Beschreibung von Konstanze Wiedinger. »Ich habe gehört, dass es zwischen den beiden Männern auch Auseinandersetzungen gegeben haben soll«, sagte Lina.

Bednartz nickte. »Ja, das stimmt. Ich glaube, sie stritten, weil der mit dem Schnauzbart Herrn Battista zur Vernunft bringen wollte. Einmal ist der Streit so eskaliert, dass sie sich in der Wohnung geprügelt haben. Der Schnauzbart hat Herrn Battista die Nase gebrochen. Eine Tür ist auch draufgegangen. Jedenfalls musste ich die Polizei rufen, um die beiden wieder zur Vernunft zu bringen.«

»Wie ging es danach weiter?«

»Ich glaube, die beiden haben sich danach nicht mehr gesehen. Ich kann mich jedenfalls nicht erinnern, dass der Schnauzbart hinterher noch mal hier war.«

»Wissen Sie, wie der Mann heißt?«

Bednartz zog an seiner Zigarette und stieß den Rauch aus der Nase wieder aus. »Ich glaube, er hat mir irgendwann mal seine Kontaktdaten gegeben«, sagte er. »Die müssten noch irgendwo bei den alten Mietverträgen sein. Wenn Sie wollen, kann ich nachschauen. Dauert nur eine Sekunde.«

»Ja, bitte. Vielen Dank.«

Bednartz verschwand aus dem Wohnzimmer und kehrte kurz darauf mit einem Zettel zurück, den er Lina überreichte. Darauf standen der Name Georg Rudeck, eine Festnetznummer und eine Handynummer – diese stimmte mit der Nummer auf dem Steckbrief überein.

»Was wissen Sie über die Entführung von Ivana Battista?«, fragte Lina. Es fiel ihr nach wie vor schwer, den Namen mit sich selbst in Verbindung zu bringen. Irgendwie fühlte er sich falsch an, wie ein Fremdkörper.

»Das meiste habe ich damals aus der Zeitung erfahren«, sagte Bednartz und setzte sich wieder. »Soweit ich mich erinnern kann, ist das Mädchen eines Tages nicht von der Schule heimgekommen. Wurde angeblich am helllichten Tag auf dem Nachhauseweg entführt. Keine Zeugen, keine Spuren, nichts. Von einem Moment auf den anderen war sie wie vom Erdboden verschwunden. Anfangs hieß es, dass jemand die Kleine entführt hat, um Geld zu erpressen, aber es gab nie eine Lösegeldforderung. Später kam der Verdacht auf, dass sie einem Mörder zum Opfer gefallen ist. Jedenfalls hat man die Suche irgendwann aufgegeben. An Ihrer Stelle würde ich bei der Polizei nachfragen. Dort gibt es bestimmt noch ein paar alte Akten zu dem Fall.«

»Das werde ich tun«, log Lina. Sie stand mit der Polizei auf Kriegsfuß und hatte in Hamburg trotz ihrer jungen Jahre ein beachtliches Vorstrafenregister. Wenn es sich vermeiden ließ, wollte sie sich ihrer Vergangenheit lieber ohne polizeiliche Hilfe nähern. Viel herausgefunden hatten die Beamten damals ja ohnehin nicht.

»Ich würde mir die ehemalige Wohnung der Battistas gerne ansehen«, sagte Lina. »Darf ich unten mal klingeln?«

»Die Wohnung steht leer. Sie wird momentan saniert und erst nächsten Monat wieder vermietet. Wenn Sie wollen, dürfen Sie aber gerne einen Blick reinwerfen.«

Lina nickte.

Einen Stock tiefer blieb Herr Bednartz im Eingangsbereich stehen, während Lina durch die Räume streifte. Alles war kahl und leer, nirgends standen Möbel. Einige Wände waren bereits frisch gestrichen, es roch nach Farbe und Lösungsmittel, in einer Ecke lagerten Malerutensilien. Im Wohnzimmer war das Laminat herausgerissen worden, dort sah es aus wie auf einer Baustelle. Über den Schränken der Einbauküche hing weiße Folie als Staubschutz.

Während Lina von Raum zu Raum ging, versuchte sie, sich vorzustellen, wie es vor zwanzig Jahren hier ausgesehen haben mochte. Welches war ihr Zimmer gewesen? Wie hatte die Wohnzimmereinrichtung ausgesehen? Wie die Küche, das Esszimmer, die Garderobe?

Um ihrem Gedächtnis auf die Sprünge zu helfen, warf sie auch aus allen Fenstern einen Blick – hinaus auf die Straße beziehungsweise nach hinten in den kleinen Gartenbereich. In ihrer frühen Kindheit musste sich ihr eine sehr ähnliche Aussicht geboten haben.

Doch wohin sie auch sah, nichts davon kam ihr auch nur ansatzweise bekannt vor.

8

Den Vormittag verbrachte Emilia damit, in ihrem Hotelzimmer E-Mails zu schreiben. Die meisten betrafen einen Fall, den sie vor kurzem übernommen hatte. Dabei ging es um einen Drogenhändlerring in den Benelux-Staaten, doch die Ermittlungen kamen nur schleppend voran. Deshalb bat sie einige Kollegen in Lyon um deren Unterstützung.

Außerdem ging sie noch einmal die Präsentation durch, die sie am Nachmittag vor über dreihundert Beamten aus Köln und Umgebung halten musste. Zwischendurch checkte sie aus. Nach dem Vortrag und der anschließenden Diskussion wollte sie zu Mikka nach Frankfurt fahren und übers Wochenende dortbleiben.

Vom Hotelparkplatz aus führte sie noch einige Telefonate mit Interpol, aber sie erwischte sich immer wieder dabei, dass ihre Gedanken auch zu Samuel Witt wanderten und zu dem, was ihm vor acht Jahren im Haus von Joachim Hartweiler zugestoßen war.

Emilia hatte Witts Adresse bereits im Lauf der Woche herausgefunden. Er wohnte unweit des Hauptbahnhofs in der Jakordenstraße. Von dort aus wollte sie direkt zum Congress-Centrum Ost weiterfahren, das nur wenige Autominuten entfernt lag.

Sie hatte ihren Besuch nicht angekündigt und fragte sich, ob das eine gute Idee gewesen war. Vielleicht war Samuel Witt gar nicht zu Hause.

Andererseits hoffte ein Teil von ihr genau das, um einer etwaigen Konfrontation aus dem Weg zu gehen.

Komplizierte Situation.

Auf der Fahrt durch die Stadt stiegen wieder die alten Erinnerungen in ihr auf. Sie sah noch genau den Kellerraum mit den vollgestopften Regalen vor sich – die vielen Tierpräparate, den Edelstahltisch in der Raummitte, die Schalen mit den Glasaugen und Werkzeugen, die Kanister für die Chemikalien, die Bücher über Taxidermie ... und die aufgeklappte Betonmauer, die ihr in diesem Moment wie eine Pforte zu einer anderen Welt vorkam.

Vom Einsatzwagen aus hatte Emilia mitverfolgt, wie das SEK-Team in den engen Schacht vorgestoßen war. Nach wenigen Metern kam eine schalldichte Tür, die in einen etwa viermal vier Meter großen Raum mündete. Als Gruppenführer Neuffert den Lichtschalter betätigte, sprangen ein paar bläulich schimmernde Neonröhren an, die der Szene eine frostige Atmosphäre verliehen.

Der Raum war weiß gestrichen und mit dunklem Linoleumboden ausgelegt. Fenster gab es keine. Die Decke schien etwas niedriger zu sein als im anderen Keller. Das Gefühl der Enge war sogar über den Bildschirm deutlich spürbar.

Eingerichtet war der Raum wie ein karges Büro. Auf einem alten Schreibtisch lagen, sauber aufeinandergestapelt, mehrere Notizbücher sowie ein Lederetui mit Stiften, Linealen, Radiergummis und so weiter. In dem Edelstahlregal daneben fanden sich wieder diverse Tierpräparate sowie die dazugehörigen Werkzeuge und Präparationsutensilien. Auffallendster Gegenstand im Zimmer war aber die Fahne an der rechten Wand: roter Grund mit einem weißen Kreis, in dessen Mitte sich ein Hakenkreuz befand.

»Hier geht's weiter«, sagte einer der Männer.

Tatsächlich gelangte das SEK-Team durch eine Tür in einen kerzengeraden, schmalen Gang mit weiteren Türen an beiden Seiten.

»Hartweiler scheint sich hier sein eigenes Reich erschaffen zu haben«, murmelte Jurak, der neben Emilia im Einsatzwagen saß und gebannt auf den Übertragungsmonitor starrte. »Dieser Bereich des Kellers führt unterirdisch hinters Haus. In den Plänen ist davon nichts eingezeichnet.«

Das SEK-Team erreichte die erste Tür im Gang. Sie war nicht abgeschlossen. Mit entsicherten Pistolen stießen Neuffert und seine Kollegen in den Raum, aber dort befand sich nur ein Vorratslager an Konservendosen, eingeschweißtem Schwarzbrot und anderen haltbaren Lebensmitteln.

»Hartweiler hat es sich hier wohl für schlechte Zeiten eingerichtet«, sagte Jurak.

Oder er füttert damit seine Opfer, dachte Emilia. Was hieße, dass er sie nicht sofort tötete, sondern sie – zumindest noch eine Zeitlang – am Leben ließ.

Während das SEK-Team sich weiter durch den geheimen Kellerbereich vorarbeitete, rief Emilia noch einmal die Liste der potentiellen Opfer von Joachim Hartweiler an ihrem Handy auf. Über eine gesicherte Verbindung hatte sie Zugriff auf die Daten in Lyon. Sie ließ sich die Liste in alphabetischer Reihenfolge anzeigen:

Suraya Bayhal, weiblich, 161 cm groß, ca. 50 kg schwer, rotes Haar, Alter zum Zeitpunkt des Verschwindens: 39 Jahre, kein fester Wohnsitz, lebte bis zu ihrem Verschwinden in einem Wohnwagen mit wechselnden Standorten innerhalb einer Gruppe Sinti, Arbeitgeber: --- (arbeitslos gemeldet), zuletzt lebend gesehen von ihrem Ehemann Ashkal Bayhal am 03.01.2006 um die Mittagszeit (keine genaueren Angaben möglich), Religionszugehörigkeit: keine, Besonderheiten: keine

Reinhold Eckert, männlich, 1,69 cm groß, ca. 80 kg schwer, blondes, kurzes Haar, Alter zum Zeitpunkt des Verschwindens: 34 Jahre, letzte bekannte Wohnadresse: Elper Weg 55 in 45657 Recklinghausen, Arbeitgeber: --- (arbeitslos gemeldet), zuletzt lebend gesehen am 24.08.2007 um ca. 20.00 Uhr von seiner Pflegerin Hermine Folkerts, Religionszugehörigkeit: römisch-katholisch, Besonderheiten: Reinhold Eckert leidet an Trisomie 21.

Lydia Levy, weiblich 1,65 cm groß, 55 kg schwer, schwarzes, lockiges Haar, Alter zum Zeitpunkt des Verschwindens: 30 Jahre, letzte bekannte Wohnadresse: Tuffernstraße 7 in 5300 Hallwang bei Salzburg/Österreich, Arbeitgeber: Universität Salzburg, zuletzt lebend gesehen am 28.10.2009 um ca. 18.15 Uhr von ihrem Kollegen Benjamin Stadler, Religionszugehörigkeit: jüdisch.

Die nachfolgenden Personenangaben bestätigten nur, was Emilia bereits vermutete: Alle Opfer wiesen Merkmale auf, die mit der Ideologie des Nationalsozialismus nicht vereinbar waren – sie gehörten ethnischen oder religiösen Gruppen an, die im Dritten Reich hatten vernichtet werden sollen, manche waren geistig behindert oder kleinwüchsig.

Emilia schaute wieder auf den Monitor. Dort war jetzt ein Raum zu sehen, der ebenso gut in ein Konzentrationslager gepasst hätte. Links stand eine altmodische Waage auf dem Boden, daneben hing eine rotweiß gestreifte Messlatte an der Wand, mit einem Schieberegler zum exakten Feststellen der Körpergröße. Auf einer Art Labortisch fanden sich Mikroskope, chirurgisches Besteck, Gestelle mit Reagenzgläsern, Messbecher, Glaskolben, Petrischalen und so weiter. An einer Garderobe hing ein Arztkittel. In dünne Holzrahmen eingefasst, hingen alte Schwarzweißfotos an den Wänden. Auf den unteren Rahmenleisten standen genauere Erläuterungen zu den Bildern, geschrieben in altdeutscher Handschrift, zum Beispiel *Dr. Mengele im KZ Auschwitz, Oktober 1943* oder *Todesmarsch der ungarischen Juden von Mauthausen, April 1945.*

Diese Bilder waren ein grausiger Ausflug in das dunkelste Kapitel der deutschen Geschichte.

»Hartweiler hat sich da unten sein eigenes, kleines KZ geschaffen«, murmelte Emilia.

Ihr Blick fiel auf das bettartige Gestell in der Mitte des Raums. Mehrere breite Lederriemen mit Schnallen und Gurtlöchern ließen vermuten, dass Hartweiler seine Opfer dort festband, um sie anschließend zu misshandeln.

Was hat er mit ihnen gemacht?

Ein kalter Schauder lief Emilia über den Rücken, während sie die Übertragung auf dem Bildschirm weiterverfolgte.

Das Labor war der letzte Raum von Hartweilers unterirdischem Reich. Danach führte der Gang ohne weitere Türen oder Abzweigungen geradeaus, bis er nach etwa zwanzig Metern einen Knick nach rechts machte und dann abrupt endete.

»Sackgasse«, kommentierte Neuffert. »Hier geht's nicht weiter.«

»Sind Sie sicher?«, fragte Oberkommissar Jurak ins Mikro. »Ist da nirgends eine verborgene Tür oder etwas in der Art?«

Das SEK-Team untersuchte die Stelle genau, fand aber

nichts, selbst, als Neuffert gegen die Wand klopfte, um eventuell dahinterliegende Hohlräume zu erkennen.

»Alles massiv«, kommentierte er.

Zu guter Letzt suchten er und seine Männer auch noch das Räucherhäuschen hinter der Terrasse ab, aber es stand ebenfalls leer, und verborgene Kammern gab es hier nirgends. Damit endete die Arbeit des SEK, Joachim Hartweiler war offenbar nicht zu Hause. Es lag die Vermutung nahe, dass er sich tatsächlich auf Geschäftsreise befand, so, wie er es auf der Bandansage seines Büro-Anrufbeantworters angegeben hatte.

»Vielen Dank für die Hilfe«, sagte Hauptkommissar Granitz zu Oberkommissar Jurak. »Ab hier kommen wir allein zurecht.«

Während Jurak sein Team zurückbeorderte, forderte Granitz per Funk die Spurensicherung an, außerdem eine Suchmannschaft, die zusammen mit den im Bereitschaftswagen wartenden Beamten das Waldgrundstück hinter dem Haus durchkämmen sollte. Denn bislang waren noch keine Hinweise über den Verbleib von Joachim Hartweilers Opfern aufgetaucht.

Bis zum Eintreffen der Verstärkung wollten Emilia und Granitz aber nicht warten. Deshalb beschlossen sie, sich in Begleitung des Bereitschaftstrupps ins Haus vorzuwagen, um sich dort mit eigenen Augen einen ersten Überblick über die Situation zu verschaffen.

»Falls es Überlebende gibt, müssen wir sie so schnell wie möglich finden«, sagte Emilia. Aber tief im Innern glaubte sie nicht daran.

Obwohl im Haus überall Licht brannte, wirkte es auf Emilia bedrohlich, vor allem, als sie die Treppe zum Keller hinabstiegen. Hier war es viel enger, als es auf dem Monitor im SEK-Einsatzwagen ausgesehen hatte. Noch dazu der unterschwellige Geruch nach Chemikalien und modriger Erde – das alles schürte Emilias Unbehagen.

Als sie den Präparationsraum betrat, richteten sich ihre Nackenhaare auf. Dutzende von Augenpaaren starrten ihr entgegen, beleuchtet von der kahlen Glühbirne an der Decke und der Taschenlampe in Emilias Hand. Wie Wächter der Unterwelt standen die Tiere in den Regalen. Dabei wirkten sie so echt, so vollkommen lebendig, als könnten sie jederzeit davonlaufen oder auch angreifen, wenn sie nur wollten.

Emilia trat hinter Hauptkommissar Granitz durch das offenstehende Tor in den anderen Kellertrakt und fand sich in Hartweilers Schreibstube wieder. Durch die an der Wand hängende Fahne mit dem Hakenkreuz verstärkte sich das Gefühl der Bedrohung noch.

»Sehen Sie sich das an«, sagte Granitz und deutete auf eine Reihe von Büchern, die sauber nebeneinander aufgereiht im Regal standen, in Leder eingebunden, mit goldenen Lettern versehen.

Fleckfieberversuche in Buchenwald, 1943/1944
Sulfonamidexperimente in Ravensbrück, 1942/1943
Sterilisationsversuche in Auschwitz, 1942–1944
Unterwasserversuche in Dachau, 1942/1943

Emilia zog aus ihrer Hosentasche eine Plastikverpackung, riss sie auf und streifte sich die darin befindlichen Latexhandschuhe über, um keine Spuren zu verwischen. Vorsichtig zog sie eines der Bücher aus dem Regal und schlug es auf. Es war in altdeutscher Schrift geschrieben, in Sütterlin, für sie kaum lesbar, aber die darin enthaltenen Bilder sprachen Bände: KZ-Ärzte, die grausame Versuche an ihren unfreiwilligen Probanden vornahmen, Männer, Frauen und Kinder mit offenen Wunden, Verbrennungen oder Erfrierungen, manche vorsätzlich mit gefährlichen Viren oder anderen lebensbedrohenden Erregern infiziert. Lange Tabellen dokumentierten wissenschaftlich exakt, was man den Probanden angetan und wie lange man sie ihrem Leiden ausgesetzt hatte. Auch die anschließenden Gegenmaßnahmen und der daraufhin einsetzende Heilungsprozess – oder, im negativen Fall, der Sterbeverlauf – wurden mit akribischer Genauigkeit aufgeführt.

Emilia schluckte trocken. Sie hatte schon über diese Art von Experimenten gelesen, die im Dritten Reich in diversen Konzentrationslagern durchgeführt worden waren, mit dem Ziel, daraus Erkenntnisse für die deutsche Wehrmacht zu gewinnen. Hitler hatte sich dadurch Antworten auf Fragen erhofft wie beispielsweise, welche Temperaturen, wie viel Schmerz oder welche Krankheitssymptome ein Mensch aushalten konnte, bevor er daran zugrunde ging, und welche Rahmenbedingungen nötig waren, um das Sterben hinauszuzögern oder gar zu verhindern. Mit diesem Wissen sollten den deutschen Soldaten die bestmöglichen Überlebenschancen in Kriegszeiten eingeräumt werden.

Mit einem unangenehmen Kribbeln im Magen stellte Emilia das Buch wieder zurück. Im Regal darunter standen eine Reihe moderner, wissenschaftlicher Werke, die meisten davon aus dem Bereich der Medizin – Abhandlungen zu Themen wie Anästhesie, Blutgerinnung, Organtransplantation und Chirurgie.

»Vielleicht hat Hartweiler in seinen Notizbüchern etwas über seine Opfer aufgeschrieben«, meinte Granitz.

Emilia ging zum Schreibtisch und nahm das oberste Buch vom Stapel. Beim Durchblättern entpuppte es sich rasch als eine Art Fortführung der Aufzeichnungen aus den Konzentrationslagern, nur, dass die darin dokumentierten Experimente nicht an vielen Opfern durchgeführt worden waren, sondern nur an einem – einer dreißigjährigen Frau namens Lydia Levy.

Emilia überflog die mit krakeliger Handschrift vorgenommenen Eintragungen. Es war ein Ausflug in Lydia Levys ganz persönliche Hölle.

Tag 1: Verbrühung ohne Narkose mit jeweils 100 ml kochendem Wasser am rechten Arm, um 8.00 Uhr, um 12.00 Uhr und um 20.00 Uhr. Das Opfer schrie vor Schmerz, später bettelte es darum, freigelassen zu werden und bot dafür Geld. Als ich darauf nicht einging, weinte es. Die Zeiten zwischen den Behandlungen verbrachte das Opfer in seiner Zelle. Es nahm weder die von mir zur Verfügung gestellte Nahrung noch das Wasser zu sich, entweder aus Angst oder aus Trotz.

Tag 2: 8.00 Uhr: Aufstechen der Wundblasen und Entfernen der obersten Hautschicht ohne Narkose (ca. 25 Quadratzentimeter). Das Opfer schrie in den Knebel, den ich ihm zuvor angelegt hatte, ca. 5 Minuten lang. Danach beruhigte es sich allmählich, und ich sperrte es für den Rest des Tages in seine Zelle. Wieder verweigerte es Wasser und Nahrung.

Tag 3: 8.00 Uhr: Die Wunde nässt und eitert. Das Opfer bot mir noch mehr Geld an. Als ich ablehnte, offerierte es mir sexuelle Gefälligkeiten, wenn ich ihm keine weiteren Schmerzen zufüge. 8.15 Uhr: Verbrühung der offengelegten Wunde mit 100 ml siedendem Öl. Das Opfer schrie ...

Jede Eintragung war mit diversen Fotografien unterlegt, die Lydia Levy auf dem Labortisch zeigten, nur mit BH und Slip bekleidet, an Hand- und Fußgelenken festgeschnallt, ebenso am Hals und an der Hüfte. Manche Bilder zeigten auch Großaufnahmen der wunden Stellen. Als Emilia weiterblätterte, stellte sie fest, dass den Verbrühungen noch diverse andere Verletzungen gefolgt waren.

Die letzte Eintragung, etwa in der Mitte des Notizbuchs, lautete:

> Tag 28: 10.20 Uhr: Aufschneiden der Haut am Oberschenkel des Opfers (ca. 30 cm) ohne Narkose mit einem Skalpell. Das Opfer schrie, leistete ansonsten aber wenig Widerstand. Beim anschließenden Zunähen der Wunde verstarb das Opfer (26. 11. 2009, um 10.32 Uhr).

Ein Foto des aufgeschlitzten und wieder halb zugenähten Oberschenkels der armen Frau bildete den Schlussstrich unter das letzte leidvolle Kapitel ihres Lebens.

Emilia legte das Notizbuch auf den Tisch zurück und warf einen kurzen Blick in die anderen. Offenbar hatte Joachim Hartweiler für jedes seiner Opfer ein eigenes Buch angelegt. Wenn sich darauf nun auch noch seine Fingerabdrücke finden ließen, würde ihn das für den Rest seines Lebens hinter Gitter bringen.

Emilias Mund fühlte sich trocken an, sie hätte jetzt nichts gegen einen Schluck Wasser einzuwenden gehabt. Auf dem Tisch lagen vierzehn Bücher. Das älteste datierte von 1997. Seit vielen Jahren entführte, folterte und ermordete Joachim Hartweiler Menschen auf bestialische Weise, aus einer fehlgeleiteten, politischen Gesinnung heraus, die ihren Ursprung in den 1930ern hatte. Aber wo waren die Leichen?

»Wie lange wird es noch dauern, bis die Spurensicherung und der Suchtrupp hier sind?«, fragte Emilia.

Hauptkommissar Granitz warf einen Blick auf seine Armbanduhr. »Ich schätze, etwa fünfzehn Minuten«, antwortete er.

Sie gingen weiter ins Labor. Auf dem Weg dorthin kamen sie an dem Raum vorbei, den Hartweiler als Zelle für seine Gefangenen genutzt hatte. Licht gab es dort keines, aber durch die offene Tür fiel genügend Helligkeit hinein, dass man gut sehen konnte. An der hinteren Wand lag eine alte Matratze, die Flecken darauf stammten wahrscheinlich von getrocknetem Blut. In einer Ecke stand ein Blecheimer für die Notdurft. Ansonsten gab es nur noch einen Holzstuhl, das war alles. Wer hier gefangen gehalten worden war, hatte nichts mehr gehabt, außer seinem Schmerz und der bitteren Gewissheit, dass es für ihn kein Entkommen geben würde.

Ein paar Schritte weiter erreichten sie das Labor. Beim Anblick der Folterbank mit ihren ledernen Riemen und Schnallen wurde Emilia ganz übel. Sie musste sich zwingen, nicht daran zu denken, was Joachim Hartweiler seinen vierzehn Opfern hier angetan hatte, über Tage und Wochen hinweg, bis ihre Körper schließlich unter dem Einfluss der permanenten Gewalteinwirkung aufgegeben hatten.

Emilia zog ihr Handy aus der Tasche. Nach allem, was sie heute Nacht gesehen hatte, stand außer Frage, dass Joachim Hartweiler ein Serienmörder war, dem schleunigst das Handwerk gelegt werden musste.

Sie rief in Lyon an und bat einen Kollegen aus der Nachtschicht, einen internationalen Haftbefehl gegen Joachim Hartweiler zu erlassen. »Angeblich ist er auf Geschäftsreise, nach unseren Ermittlungen in Lindau am Bodensee, aber bisher hat die Polizei ihn dort nicht ausfindig machen können«, sagte sie. »Lindau liegt kurz vor der Grenze zu Österreich und der Schweiz. Aus der Gegend hat er sich in der Vergangenheit schon mehrere Opfer geholt. Es ist also nicht auszuschließen, dass er wieder Jagd macht, nachdem das letzte potentielle Opfer ihm entwischt ist. Informiere die Behörden im Großraum Bodensee. Möglicherweise hat er eine Schusswaffe bei sich.«

Der Kollege bei Interpol sicherte zu, alles Notwendige zu veranlassen. Im Lauf der nächsten dreißig Minuten würden alle zuständigen Polizeidienststellen in Deutschland, Österreich und der Schweiz informiert.

Als Emilia ihr Handy wieder wegsteckte, hatte sie ein gutes Gefühl. Mit etwas Glück würden sie noch heute Nacht einen grausamen Psychopathen zur Strecke bringen. Sie spürte, dass sie ihm schon ganz nahe waren ...

Und dann stand Joachim Hartweiler plötzlich keine drei Meter vor ihr.

9

Lina parkte ihren Wagen vor dem Osterholzer Friedhof und stellte den Motor ab. Bevor sie ausstieg, nahm sie noch einmal den Zettel zur Hand, den Herr Bednartz – der ehemalige Vermieter – ihr gegeben hatte.

Georg Rudeck.

Der Name sagte ihr nichts. Dennoch schien er auf irgendeine Weise mit der Familie Battista verbunden zu sein. Georg Rudeck hatte den Steckbrief verteilt, nachdem die Polizei die Suche nach Lina aufgegeben hatte. Sein Gesicht war auf dem Foto abgedruckt, neben ihrem eigenen und dem ihres Vaters. Und er hatte sogar teilweise ihre Mietschulden bezahlt. Wer war er? Offenbar ein Freund ihres Vaters, sonst hätte er ihm nicht so viel geholfen. Deshalb beschloss Lina, mit ihm Kontakt aufzunehmen.

Dass seine Mobilfunknummer nicht mehr gültig war, hatte sie bereits herausgefunden. Jetzt wollte sie es auf dem Festnetz probieren. Sie tippte die Nummer in ihr Handy und wartete.

Es kam keine Meldung, dass der Anschluss nicht existierte.

Kein Belegtzeichen.

Sehr gut!

Dann sprang der Anrufbeantworter an, und Lina hinterließ Georg Rudeck die Nachricht, dass sie sich gerne mit ihm treffen wolle, weil sie sich für den Entführungsfall Ivana Battista interessiere.

Ihre nächste Station war die Friedhofsverwaltung. Dort erfuhr sie, wo ihre Eltern begraben waren. Mit einem kopierten Lageplan schlenderte sie über die asphaltierten Wege, bis sie die richtige Stelle fand.

Es war ein Doppelgrab. Auf dem anthrazitfarbenen Granitstein standen weder eine Widmung noch ein frommer Text, sondern nur die Namen ihrer Eltern sowie deren Geburts- und Sterbedaten, eingraviert in die polierte Oberfläche:

SOFIA BATTISTA
23.04.1965–02.09.1998
ROBERT BATTISTA
15.06.1956–14.06.1999

Vielleicht lag es an dem schmucklosen Stein, vielleicht an dem trüben Wetter – der Himmel hatte sich noch weiter zugezogen –, vielleicht auch daran, dass das Grab nur mit pflegeleichten Bodenpflanzen bedeckt war und Blumen komplett fehlten. Auf Lina wirkte der Anblick jedenfalls ziemlich trist.

Eine Weile stand sie am Grab, während sie versuchte, sich ein Bild von ihren Eltern zu machen. Sie wartete auch auf eine emotionale Reaktion – Trauer, Wehmut, Verbundenheit, innere Leere –, irgendetwas, das ihr das Gefühl vermitteln würde, zu den beiden Menschen zu gehören, die hier unter der Erde lagen. Doch nichts davon wollte sich bei ihr einstellen. Ebenso gut hätte sie am Grab zweier Fremder stehen können.

Ein Tropfen traf sie ins Gesicht und holte sie aus ihren Gedanken. Nicht mehr lange, und es würde zu regnen beginnen. Kalt war ihr ohnehin schon.

Enttäuscht kehrte sie zum Auto zurück.

10

Emilias Hände waren klamm, als sie den Klingelknopf am Hauseingang der Jakordenstraße 24 betätigte. Der bevorstehende Besuch bei Samuel Witt beschäftigte sie schon seit Tagen, aber jetzt, unmittelbar vor dem Treffen, hatte ihre Nervosität noch einmal spürbar zugenommen. Es fühlte sich an wie vor einem Polizeieinsatz, wenn man nicht wusste, ob es zu einer Schießerei oder zu einer anderen bedrohlichen Situation kommen würde. Auf dem Herweg hatte sie sich zwar schon hundertmal gesagt, dass ihre Angst in keinem Verhältnis zur tatsächlichen Gefahr stand – im schlimmsten Fall würde Samuel Witt sie mit Vorwürfen konfrontieren. Dennoch ließ die Angst sie nicht los.

Sie nahm das Buch, das sie als Mitbringsel gekauft hatte, in die andere Hand, weil sie befürchtete, ihre feuchten Finger würden das Cover aufweichen.

Jetzt reiß dich zusammen! Du ziehst nicht in den Krieg!

Es knackte in der Gegensprechanlage. »Ja, bitte?« Eine Frauenstimme.

»Mein Name ist Ness. Ich würde gerne Herrn Witt sprechen.«

»Ich bin seine Frau. Was wollen Sie?«

»Ich bin heute zufällig in Köln und wollte Ihrem Mann einen Besuch abstatten, wenn er zu Hause ist.«

»Wie heißen Sie gleich noch mal?«

»Ness. Emilia Ness. Ich habe vor ein paar Jahren mit Ihrem Mann zusammengearbeitet.«

»Augenblick.« Eine Minute lang blieb die Gegensprechanlage stumm, vermutlich, weil Frau Witt Rücksprache mit ihrem Mann hielt. Endlich knackte der Lautsprecher wieder. »Kommen Sie rauf. In den dritten Stock.«

Der Summer ertönte, und Emilia trat ein. Im Foyer standen ein paar Fahrräder und ein Kinderwagen. Die Luft roch muffig wie in einem alten Keller.

Da es keinen Aufzug gab, nahm Emilia die Treppe. Die Bewegung half ihr, die Aufregung ein wenig in den Griff zu bekommen. Als sie den dritten Stock erreichte, fühlte sie sich etwas besser.

In einer offenen Tür stand eine zierliche Frau mit einem schlechtsitzenden, grauen Pullover und schwarzen Jeans. Ihr ungewaschenes Haar fiel ihr in dünnen Strähnen glatt auf die Schultern. Mit ihrem verhärmten Gesichtsausdruck und den dunklen Ringen unter den Augen sah sie aus wie vierzig, obwohl sie bestimmt zehn Jahre jünger war.

Sie begrüßte Emilia mit einem unsicheren Kopfnicken und trat zur Seite, um sie in die Wohnung zu lassen.

»Den Flur entlang und dann links«, sagte sie. »Mein Mann ist im Wohnzimmer.«

Frau Witt folgte Emilia durch den dunklen Gang, an dessen Ende sie sie überholte und den Kopf ins Zimmer steckte. »Der Besuch für dich, Samu«, sagte sie.

»Soll reinkommen.«

Frau Witt machte wieder einen Schritt zur Seite. »Wenn Sie etwas brauchen – ich bin in der Küche« sagte sie.

Emilia fasste sich ein Herz und trat ins Wohnzimmer. Obwohl draußen die Sonne nicht schien, waren die Rollläden weit heruntergelassen, so dass sie im Dämmerlicht zunächst kaum etwas erkennen konnte. Rechts befand sich das verdunkelte Fenster, links eine Schrankwand mit laufendem Fernseher, der wenigstens ein kleines bisschen Helligkeit spendete. Wenige Schritte von Emilia entfernt stand eine Couchkombination mit einem kleinen Tisch in der Mitte. Dort saß eine Männergestalt – Samuel Witt.

Er beugte sich vor, griff nach einer Fernbedienung und stellte den Fernseher auf stumm.

»Ich weiß, wer Sie sind«, begann er. Es klang weder freundlich noch abweisend. Es war einfach nur eine Feststellung.

»Danke, dass Sie mich reingelassen haben«, sagte Emilia.

»Warum haben Sie nicht vorher angerufen?«

Emilia hatte sich das einige Male überlegt, aber aus irgendeinem Grund immer wieder verworfen, wohl, weil sie die Gefahr größer einschätzte, am Telefon abgewiesen zu werden als bei einem persönlichen Gespräch.

»Ich bin heute zum ersten Mal seit damals zufällig wieder in Köln, und ich dachte, das wäre eine gute Gelegenheit für einen Besuch«, log sie. »Es war eine spontane Idee.«

In der kleinen, unangenehmen Pause, die danach entstand, fragte Emilia sich, ob Samuel Witt ihr das abkaufte.

Nein, vermutlich ahnt er die Wahrheit.

»Ich habe Ihnen etwas mitgebracht«, fuhr sie fort, um die Stille zu überbrücken. »Den neuen Adler-Olsson. Ich hoffe, Sie mögen Krimis.«

Da Witt nicht antwortete, legte Emilia das Buch auf den Wohnzimmertisch.

»Möchten Sie sich setzen? Oder etwas trinken? Bitte entschuldigen Sie, ich bin es nicht mehr gewohnt, Gäste zu empfangen. Ist schon eine ganze Weile her, seit zum letzten Mal welche hier waren.«

Emilia nahm Platz. Obwohl das Gespräch besser begann als befürchtet, war das Magenkribbeln noch da, was vor allem daran lag, dass sie ihr Gegenüber in der Dunkelheit kaum erkennen konnte.

»Ich kann den Rollladen hochfahren, wenn Ihnen das lieber ist«, sagte Witt, als habe er ihre Gedanken erraten.

»Ja, bitte. Das wäre sehr nett.«

Er drückte wieder einen Knopf auf seiner Fernbedienung, woraufhin der Rollladen mit leisem Summen nach oben fuhr. Im heller werdenden Licht offenbarte sich Emilia ein schrecklicher Anblick.

Samuel Witt saß im Rollstuhl. Er hatte nur noch ein Bein und einen Arm, am anderen Arm fehlten ihm der Daumen und ein Finger. Noch schlimmer sah sein Gesicht aus – wie ein Zerrbild seiner selbst. Die Haut war an unzähligen Stellen vernarbt, von Schnitten und anderen grässlichen Wunden. An der Oberlippe befand sich eine Art Hasenscharte, die Stirn war eingedellt, das rechte Auge mit einer medizinischen Augenklappe abgedeckt. Samuel Witts ganzer Kopf wirkte irgendwie deformiert – ein kaum zu ertragender Anblick.

»Vielen Dank für das Buch«, sagte er. Es klang ehrlich, konnte aber auch ironisch gemeint sein. »Ich werde meine Frau bitten, es mir vorzulesen.«

Emilia versuchte, sich ihr Entsetzen nicht anmerken zu lassen, wusste allerdings nicht, ob ihr das gelang. Sie hatte mit vielem gerechnet, aber nicht damit, dass Samuel Witt völlig invalide war.

Sofort meldeten sich wieder die Schuldgefühle.

Ohne mich wäre er heute noch ein gesunder, junger Mann.

»Was führt Sie nach all den Jahren zu mir?«, fragte er und verzog sein Gesicht zu einer Fratze, was wohl der Versuch eines Lächelns sein sollte.

»Ich muss heute einen Vortrag in Köln halten«, antwortete Emilia. »Da dachte ich, es wäre eine gute Idee, Sie vorher zu besuchen.« Nur, dass sie es inzwischen nicht mehr für eine gute Idee hielt, sondern für einen schrecklichen Fehler. Durch dieses Treffen half sie niemandem. Sie riss nur alte Wunden wieder auf – bei Samuel Witt und bei sich selbst.

»Warum sind Sie damals nicht ins Krankenhaus gekommen?« Es klang nicht vorwurfsvoll, sondern eher traurig.

Ein Dutzend Erklärungsversuche schossen Emilia durch den Kopf – keiner davon stichhaltig, alles nur Ausreden. Schließlich gab sie sich einen Ruck und entschied sich für die Wahrheit.

»Ich habe einmal vorbeigeschaut«, sagte sie. »Aber da lagen Sie auf der Intensivstation. Das war kurz nach Ihrer Operation. Sie waren von oben bis unten bandagiert und nicht bei Bewusstsein. Tags darauf wurde ich wegen eines anderen Falls aus Köln abberufen. Ehrlich gesagt, war mir das sogar ziemlich recht, weil ich Angst vor Ihrer Reaktion hatte, wenn Sie aufwachen. Später fand ich mein Verhalten falsch, und ich wollte meinen Besuch nachholen, aber immer kam etwas dazwischen. Und irgendwann war dann so viel Zeit vergangen, dass ich es unpassend fand, mich noch bei Ihnen zu melden.«

»Aber jetzt haben Sie es doch getan.«

»Weil ich in den letzten Tagen gemerkt habe, wie sehr die Sache mich noch beschäftigt. Ich dachte, wenn ich es jetzt nicht schaffe, Sie zu besuchen, dann wird es wohl gar nichts mehr.«

»Wollten Sie Ihr Gewissen beruhigen?«

»So in etwa. Aber vielleicht hätte ich lieber nicht kommen sollen.«

Samuel Witt sah sie lange und eindringlich an, ohne etwas zu erwidern. »Damals hat sich schlagartig alles verändert«, sagte er schließlich. »Leider nicht zum Guten. Es vergeht kein Tag, an dem ich nicht an dieses verdammte Haus am Königsforst denke. Daran, wie wohl alles geworden wäre, wenn ich damals nicht auf Sie gehört hätte. Manchmal träume ich nachts, dass ich wieder laufen kann. Dass ich beide Arme habe und mein Gesicht nicht entstellt ist. Aber jedes Mal wache ich wieder auf, in einem Albtraum namens Leben, gefangen in einem Körper, der zu nichts mehr zu gebrauchen ist.«

Emilia wurde abwechselnd warm und kalt. Am liebsten wäre sie aufgestanden und gegangen, um nicht länger mit Vorwürfen konfrontiert zu werden, so gerechtfertigt sie auch sein mochten. Aber sie war gekommen, um sich der Situation zu stellen, also würde sie jetzt auch bis zum Schluss durchhalten.

»In der ersten Zeit habe ich Sie gehasst«, fuhr Samuel Witt fort. Aus dem Auge, das ihm geblieben war, rann eine einzelne Träne. »Ich habe Sie gehasst, weil Sie mich auf Hartweiler angesetzt und mich dadurch ins Verderben geschickt haben. Aber heute weiß ich, dass es nicht Ihre Schuld war. Sie haben nur versucht, die Situation in den Griff zu bekommen und Hartweiler dingfest zu machen. Sie haben Ihr Bestes gegeben. Wir alle haben das. Aber manchmal ist das eben nicht genug.«

Eine Zentnerlast fiel Emilia vom Herzen. Samuel Witt hegte keinen Groll mehr gegen sie, obwohl er weiß Gott allen Grund dazu gehabt hätte. Die Jahre hatten ihn milde gestimmt, Emilia fühlte sich glücklich wie selten.

Eine Weile unterhielten sie sich noch über jene verhängnisvolle Nacht und über die anschließenden Ermittlungen. Aber nach einer halben Stunde musste Emilia weiter, weil sie nicht zu spät zu ihrem Vortrag kommen wollte.

»Vielen Dank, dass Sie es mir so leichtgemacht haben«, sagte sie und drückte zum Abschied seine lädierte Hand. »Ich finde allein raus.«

Im Flur stand Frau Witt, als habe sie das Gespräch belauscht. In ihrer Miene lag etwas Kaltes, beinahe Feindseliges, als sie Emilia zur Wohnungstür begleitete.

»Samu mag Ihnen vielleicht vergeben haben, aber ich nicht«, raunte sie mit belegter Stimme, als Emilia schon im Treppenhaus stand. »Sie haben ihm das angetan und dadurch unser Leben zerstört. Ich hoffe, dass Sie eines Tages dafür büßen müssen.«

11

Nachdem Lina einen Happen zu Mittag gegessen hatte, stattete sie der Bremer Stadtbibliothek einen Besuch ab. Dort erfuhr sie, dass die alten Ausgaben der regionalen Zeitungen in einem Online-Archiv abrufbar waren. Lina ließ sich von einer Bibliothekarin den Umgang mit dem Archiv zeigen und machte sich an die Arbeit.

Es war mühsam, weil die alten Microfiche-Aufnahmen nur gescannt, nicht aber verschlagwortet waren. Lina blieb nichts anderes übrig, als sich durch schier endlose Seiten zu scrollen und anhand der Überschriften und Bilder herauszufiltern, was für sie interessant war. Tatsächlich stieß sie immer wieder auf Berichte zu ihrem Entführungsfall. Den ersten fand sie im Weser-Kurier vom 25.05.1999. Er lautete:

Achtjährige verschwunden.
Bremen-Schwachhausen. Wie ein Sprecher der Polizei gestern mitteilte, wird seit vergangenem Dienstag die achtjährige Ivana Battista gesucht. Sie verließ gegen 12.30 Uhr die Grundschule am Baumschulenweg, um nach Hause zu gehen, doch dort kam sie nie an. Am darauffolgenden Tag gab ihr Vater bei der Polizei eine Vermisstenanzeige auf. Die behördlichen Ermittlungen brachten bislang jedoch keinen Erfolg, von dem Mädchen fehlt nach wie vor jede Spur. Mittlerweile schließt die Polizei ein Gewaltverbrechen nicht mehr aus. Sachdienliche Hinweise zu dem Fall nimmt jede Polizeidienststelle entgegen (dp).

Zwei Tage später brachte die Zeitung eine neue Meldung:

Verdächtiger im Fall Battista gefunden
Bremen-Schwachhausen. Im Fall der vermissten Ivana Battista hat die Polizei gestern einen Verdächtigen in vorläufigen Gewahrsam genommen, den 24jährigen Damir K. Zwei Zeugen gaben an, den wegen mehrerer Sexualdelikte vorbestraften Deutschtürken am vergangenen Dienstagnachmittag zusammen mit dem verschwundenen Mädchen gesehen zu haben. In der Wohnung des Verdächtigen fand die Polizei ihre Armbanduhr, konkrete Hinweise auf ein Gewaltverbrechen gab es jedoch nicht. Damir K. streitet bislang alle Vorwürfe ab.

In den darauffolgenden Tagen gab es nur gelegentliche Kurzmeldungen über den weiteren Verlauf der polizeilichen Ermittlungen, doch die stagnierten mehr oder minder. Mangels Beweisen wurde Damir K. wieder auf freien Fuß gesetzt. Weitere Verdächtige fand die Polizei nicht. Dennoch festigte sich die Vermutung, dass das vermisste Mädchen entführt worden sein musste, gleichzeitig schwanden die Hoffnungen, es irgendwann lebend wiederzufinden.

Ein Erpresserbrief blieb aus, weitere zielführende Spuren gab es nicht. Bald wurden die Berichterstattungen über den Fall Ivana Battista weniger.

Nach dem Weser-Kurier nahm Lina sich noch die Bremer Nachrichten, Die Norddeutsche sowie den wöchentlich erscheinenden Weser-Report vor. Die Artikel unterschieden sich zwar bezüglich des Textaufbaus sowie der verwendeten Fotos, inhaltlich waren sie aber nahezu identisch. Bis Lina alle Zeitungen durchgesehen hatte, war es bereits später Nachmittag.

Als sie die Bücherei verließ, regnete es in Strömen. Mit dem kleinen Faltschirm aus ihrer Jackentasche machte Lina sich auf den Weg zu ihrem Auto.

Sie hatte sich gerade hinters Lenkrad geklemmt, als ihr Handy klingelte. Lina ließ den nassen Schirm in den Fußraum der Beifahrerseite fallen und nahm das Gespräch an.

»Guten Tag, hier Rudeck«, sagte eine angenehm klingende Baritonstimme.

Im ersten Moment wusste Lina nichts damit anzufangen. Dann fiel es ihr wieder ein: der zweite Mann auf dem Steckbrief-Foto.

»Ich komme gerade nach Hause und habe Ihre Nachricht auf Band abgehört«, fuhr Georg Rudeck fort. »Wie kann ich Ihnen helfen?«

»Ich interessiere mich für den Entführungsfall Ivana Battista«, sagte sie.

»Inwiefern?«

»Ich recherchiere für eine Kriminalzeitschrift und würde Ihnen gerne ein paar Fragen stellen.«

»Interessant – für welche Zeitschrift schreiben Sie denn?«

Mit der Frage hatte Lina nicht gerechnet – bisher hatte das niemand wissen wollen. Die Rädchen in ihrem Kopf begannen zu rattern – nach ihrem Empfinden viel zu lang. Dann fiel ihr endlich etwas Passendes ein. »Ich arbeite an einer Geo Spezial-Ausgabe«, log sie. »Ein Bericht über ungelöste Entführungsfälle.«

»Verstehe. Welche Fälle bearbeiten Sie noch?«

Schon wieder musste Lina einen Moment überlegen. »Es gibt noch einen Fall in Berlin und einen in Hamburg«, improvisierte sie. »Aber im Moment konzentriere ich mich auf den Battista-Fall.«

»Und warum gerade der?«

Was sollte das werden? Wollte Rudeck ihr auf den Zahn fühlen? »Die Fälle werden mir von meiner Redaktion vorgegeben«, sagte Lina. »Ich kümmere mich nur um die Recherche und den Text.«

Sie hoffte, damit alle Zweifel beseitigt zu haben, war sich aber nicht sicher.

Rudeck schwieg einen Moment. Schließlich fragte er: »An welchen Termin hatten Sie gedacht?«

Lina fiel ein Stein der Erleichterung vom Herzen. Offenbar hatte sie ihn überzeugt. »Wie wäre es mit sofort?«

»Sind Sie in Bremen?«

»Ja.«

»Also gut, meinetwegen. Geben Sie mir eine Stunde, ich muss noch etwas erledigen. Danach können wir uns treffen. Wo sind Sie im Moment?«

»In der Nähe der Stadtbücherei.«

»Okay, dann hole ich Sie um 18.30 Uhr an der Ostertorstraße, Ecke Buchtstraße ab. Wissen Sie, wo das ist?«

»Nein, aber ich werde es finden.«

»Wie kann ich Sie erkennen?«

»Ich bin Mitte zwanzig, habe schwarzes, schulterlanges Haar und trage eine Lederjacke zu meiner Bluejeans.«

»Dann bis nachher.«

Lina steckte ihr Handy wieder weg und lehnte sich in ihren Sitz zurück. Eine Weile lauschte sie dem Regen, der gegen das Autodach prasselte, und beobachtete, wie das Wasser in kleinen Rinnsälen an der Frontscheibe herabrann, während sie sich fragte, ob sie mit Georg Rudeck endlich jemanden gefunden hatte, der ihr die Erinnerung zurückgeben konnte.

Im Moment fehlte ihr dazu der Glaube.

12

Emilias Vortrag im Offenbachsaal des Congress-Centrums Ost auf dem Kölner Messegelände verlief reibungslos, aber sie fühlte sich dabei nicht sonderlich inspiriert. Das Auditorium war größer als erwartet – rund vierhundert Zuhörer saßen im Plenum, während sie über ihr Thema »Internationale Schwerverbrechensbekämpfung« referierte, über die Wichtigkeit der Aufgabenteilung zwischen Interpol, Europol und den Polizeidienststellen der einzelnen Länder. Alle Besucher hörten ihr aufmerksam zu, lachten bei den wohldosierten Pointen und stellten in der anschließenden Diskussionsrunde viele Fragen. Am Ende war Emilia recht zufrieden mit sich, auch wenn sie wusste, dass sie mit ihren rhetorischen Fähigkeiten und dem Lampenfieber niemals eine wirklich begabte Rednerin sein würde. Sie hoffte, ihr Chef in Lyon würde sie nun wieder eine Weile damit in Ruhe lassen.

Nach der Diskussion war der offizielle Teil der Veranstaltung beendet, aber einige Besucher ließen es sich nicht nehmen, Emilia noch ein paar Fragen unter vier Augen zu stellen. Zuletzt war eine Gruppe von zehn hochrangigen Kölner Beamten übrig, die Emilia aus Dank für den Vortrag zum Abendessen einladen wollten. Doch sie lehnte ab, weil sie sich fest vorgenommen hatte, das Wochenende bei Mikka in Frankfurt zu verbringen. Heute war Freitag, und sie hatte ihm versprochen, pünktlich zum Abendessen zu Hause zu sein. Dieses Versprechen wollte sie auf keinen Fall brechen.

In letzter Zeit hatten sie sich nur selten gesehen, auch nicht an den Wochenenden, weil einer von ihnen immer Dienst gehabt hatte. Umso wichtiger war es Emilia, dass diesmal nichts dazwischenkam. Für den heutigen Abend hatte Mikka ihr sein mariniertes Rinderfilet versprochen – eine seiner Spezialitäten. Und sie wusste auch schon, wie sie sich danach bei ihm bedanken würde.

Bei dem Gedanken daran wurde Emilia ganz warm.

Die Fahrt auf der A3 von Köln nach Frankfurt verlief im Feierabendverkehr nur schleppend, weshalb sie viel Zeit zum Nachdenken hatte. Beinahe zwangsläufig wanderten ihre Gedanken wieder zu Samuel Witt. Vor allem die kalten Worte seiner Frau hallten in ihrem Kopf nach.

Sie haben ihm das angetan und dadurch unser Leben zerstört. Ich hoffe, dass Sie eines Tages dafür büßen müssen.

Es hatte nicht nur feindselig geklungen, sondern auch so verzweifelt, als könne sie nie wieder ein glücklicher Mensch werden.

Weil ich Samuel Witt etwas abverlangt habe, das er in diesem Moment gar nicht leisten konnte.

Während sie im dichten Verkehr der Autobahn folgte, formte sich vor ihrem geistigen Auge wieder das Bild von Joachim Hartweilers Nazi-Labor: die Mikroskope auf dem Tisch, das chirurgische Besteck, die Reagenzgläser, Bunsenbrenner und Petrischalen, die Schwarzweißfotografien aus den deutschen Konzentrationslagern ...

Das SEK hatte das Haus als sicher eingestuft und längst wieder verlassen. Emilia war Hauptkommissar Granitz und seinem vierköpfigen Kripoteam in den Keller gefolgt, in der Hoffnung, schnellstmöglich herauszufinden, wo die Opfer sich aufhielten. Erst beim Durchblättern der Notizbücher war ihnen klargeworden, dass keines von ihnen noch lebte.

Dann war er plötzlich wie aus dem Nichts vor ihnen gestanden: Joachim Hartweiler. Groß, hager, mit kurzem, schwarzem Haar und randloser Brille. Er hatte eine Jeans und ein braunes T-Shirt getragen. Und noch bevor Emilia es richtig registrierte, hatte die Pistole in seiner Hand den ersten Schuss abgegeben.

Granitz wurde von der Wucht des Aufpralls so heftig nach hinten gerissen, dass er gegen das Regal mit den Reagenzien krachte. Der nächste Schuss brachte seinen Kollegen Hallbrich zur Strecke, der dritte eine Kommissarin namens Stocker. Jeder Schuss traf mitten in die Stirn.

In diesem Moment löste sich Emilias Schreckensstarre, und sie warf sich zu Boden – gerade noch rechtzeitig, denn schon pfiff die vierte Kugel über sie hinweg.

Endlich erwiderte ein Polizist das Feuer. Er war klein, drahtig, braungebrannt und höchstens fünfundzwanzig Jahre alt. Emilia glaubte, dass er Güler hieß. Leider verfehlte sein Schuss das Ziel und traf nur die Wand. Aber immerhin bewirkte das, dass Hartweiler den Kopf einzog und davonlief. Für seine Flucht wählte er nicht den Weg zum Haupthaus, denn dort stand der letzte Mann aus dem Kripo-Team, Samuel Witt. Stattdessen machte er auf der Stelle kehrt und rannte den Gang entlang nach hinten.

Ich dachte, das ist eine Sackgasse!

»Sind Sie okay?«, rief Güler.

»Mit mir ist alles in Ordnung!«, entgegnete Emilia. Sie war unverletzt, ihr klingelten nur die Ohren.

Während sie auf dem Boden zu Granitz robbte und seine Pistole an sich nahm – sie selbst trug keine Waffe bei sich –, nahm Güler bereits die Verfolgung auf.

»Warten Sie!«, rief Emilia.

Doch der junge Polizist schien sie nicht zu hören. Mit polternden Schritten bog er in den Gang ein.

Verdammter Idiot!

Noch bevor Emilia sich aufgerichtet hatte, fielen wieder Schüsse. Dann ein dumpfer Aufprall. Kein Schrei, nichts. Emilia eilte zum Gang und spähte vorsichtig um die Ecke. Die strahlend weißen Wände waren blutbesudelt. Güler lag nur wenige Meter vor ihr mit dem Rücken auf dem Linoleumboden, ein Bein angewinkelt, das andere ausgestreckt, die Arme willkürlich verdreht. Die Waffe war ihm aus der Hand geglitten und lag neben seinem rechten Stiefel. In seiner Stirn prangten zwei Löcher, unter seinem Kopf bildete sich eine dunkelrote Lache.

Hartweiler war nicht zu sehen, er musste am Ende des Ganges um die Ecke gebogen sein und sich dort verschanzt haben.

»Werfen Sie Ihre Pistole in den Gang und kommen Sie mit erhobenen Händen heraus!«, rief Emilia.

Nichts tat sich. Das Einzige, das ihr auffiel, war eine kühle Brise im Gesicht.

»Kommen Sie!« Diesmal galten ihre Worte nicht Joachim Hartweiler, sondern Samuel Witt, der wie festgenagelt im Zugang zum Kellerbüro stand. Er war etwa gleich alt wie Güler, also noch ein junger Bursche, und die Angst stand ihm ins Gesicht geschrieben.

Mit großen Schritten kam Emilia auf ihn zu. »Sie müssen mir helfen, diesen Psychopathen zu stellen!«

Um ihn aus seiner Lethargie zu reißen, legte sie ihm eine Hand auf die Schulter und drückte sie. Das schien den Bann zu brechen, obwohl die Panik in seinen Augen unübersehbar war.

»Ihr Name ist Witt, nicht wahr?«

Er nickte. Dabei zitterte sein Kinn, als würde es ein Eigenleben führen.

»Hartweiler hat gerade vier Polizisten erschossen«, sagte Emilia eindringlich. »Wir müssen ihn stoppen.«

»Wir sollten auf die Verstärkung warten.«

»Wenn ich glauben würde, dass dieser Gang tatsächlich eine Sackgasse ist, würde ich Ihnen beipflichten«, entgegnete Emilia. »Aber spüren Sie den Durchzug?«

Kalte Luft durchströmte den Keller jetzt wie ein Todeshauch. Bis vor wenigen Momenten war das noch nicht der Fall gewesen.

»Ich glaube, dass es dort hinten einen Weg nach draußen gibt«, fuhr Emilia fort. »Wenn wir Hartweiler nicht verfolgen, wird er womöglich entkommen!«

Kommissar Witt zögerte noch eine Sekunde. Dann nickte er wieder und brachte das zitternde Kinn unter Kontrolle, indem er die Lippen zusammenpresste.

Sie eilten zum Gang zurück, und Emilia warf einen vorsichtigen Blick hinein. Güler lag unverändert auf dem Boden, nur die Blutlache unter seinem Kopf war größer geworden.

»Herr Hartweiler! Werfen Sie Ihre Waffe in den Gang und kommen Sie mit erhobenen Händen heraus!«, rief Emilia für den Fall, dass ihre Theorie gar nicht stimmte und der Mistkerl sich irgendwo dort hinten verschanzt hatte.

Alles blieb ruhig. Von Joachim Hartweiler kam keine Reaktion. Aber das konnte natürlich auch ein Bluff sein.

»Ich gehe voraus, Sie geben mir Feuerschutz«, sagte Emilia zu Kommissar Witt, verwundert darüber, wie dünn ihre Stimme plötzlich klang. Auch sie hatte Angst, sogar ganz gewaltige. Aber sie wollte diesen kaltblütigen Killer nicht entwischen lassen.

Mit der Pistole im Anschlag pirschte sie durch den Gang. Neben Güler ging sie in die Hocke, um seinen Puls zu überprüfen, doch als sie ihm zwei Finger an die Halsschlagader legte, spürte sie nichts. Seine Augen starrten leer an die Decke. Hier war jede Hoffnung vergebens.

Sie richtete sich wieder auf, schlich weiter. Je näher sie dem Ende des Gangs kam, desto schneller raste ihr Herz. Würde Hartweiler hinter der nächsten Ecke auf sie lauern? Wenn ja, wer würde zuerst treffen? Sie oder er?

Eine Sekunde lang drifteten ihre Gedanken zu Becky, ihrer Tochter.

Was wird aus ihr, wenn ich heute sterbe?

Würde sie zu ihrem nutzlosen Vater kommen? Oder würde man sie in ein Heim einweisen?

Besser, ich konzentriere mich auf Hartweiler, damit es gar nicht erst so weit kommt!

Von ihrer Position aus konnte sie bereits ein gutes Stück in den abknickenden Gang sehen. Wo zum Teufel steckte Hartweiler? Hatte er sich ganz hinten in die Ecke gepresst? Oder gab es dort tatsächlich einen Weg nach draußen?

Emilia fasste sich ein Herz und sprang in den Gang, bereit zu feuern, sobald sich ein Ziel bot. Doch vor ihr befanden sich nur leere Wände.

»Dort oben!«, rief sie. »Da ist ein Loch in der Decke!«

Es war eine Art Luke, gerade groß genug für eine Person. Eine Klappe hing herab, eine ausziehbare Leiter führte bis zum Boden. Dort lag auch abgebröckelter Putz und Farbe – Hartweiler musste die Luke perfekt kaschiert haben, sonst wäre sie Emilia oder einem der Polizisten bestimmt schon früher aufgefallen.

Sie warf einen Blick über die Schulter. Kommissar Witt war ihr durch den Gang gefolgt und stand hinter ihr.

»Ich gehe rauf und schaue, ob die Luft rein ist«, sagte sie. »Sobald ich oben bin, kommen Sie nach.«

Durch das enge Loch in der Decke war nichts als Schwärze zu erkennen. Lauerte dort oben der Tod?

Einer spontanen Eingebung folgend, löste Emilia ihre Armbanduhr vom Handgelenk. Der Puls hämmerte in ihren Schläfen, als sie den Fuß auf die erste Sprosse setzte. Mit nach oben gerichtetem Pistolenlauf erklomm sie die klapprige Leiter, gerade so weit, dass ihr Kopf noch nicht aus der Luke ragte.

Emilia lauschte. Oben schien alles ruhig zu sein.

Kalte Luft schlug ihr ins Gesicht, aber sie roch nicht nach Wald, sondern nach kalter Asche und Ruß. Emilia ging auf, dass die Luke ein Zugang zum Räucherhäuschen sein musste, das hinter dem Haupthaus im Wald stand.

Ein letztes Mal atmete sie tief durch. Dann warf sie die Uhr in hohem Bogen in die Hütte. Scheppernd krachte sie irgendwo auf den Boden. Im selben Moment erklomm Emilia die nächste Sprosse.

Ein Schuss löste sich, aber wie erhofft, ging die Kugel nicht in ihre Richtung, sondern dorthin, von wo das Geräusch gekommen war. Für einen winzigen Moment tauchte das Mündungsfeuer die Szene in ein gedämpftes Licht – gerade lange genug, um die Umrisse des Mannes mit der Waffe zu erkennen.

Emilia drückte ab. Sie war ziemlich sicher, Hartweiler getroffen zu haben, aber in diesem Moment begriff er, dass er ihr auf den Leim gegangen war und erwiderte das Feuer. Die Kugel schlug so dicht neben ihrem Kopf in den Boden ein, dass sie vor Schreck fast das Gleichgewicht verlor. Als sie sich wieder gefangen hatte, war Hartweiler aus der Hütte verschwunden.

So schnell es das klapprige Gestell zuließ, eilte Emilia den Rest der Leiter hinauf. Oben angelangt, kam sie auf die Beine und nahm die Verfolgung auf.

Die Tür war geschlossen. Mit der Waffe im Anschlag stieß Emilia sie auf.

Mittlerweile hatte die Morgendämmerung eingesetzt, so dass von draußen fahles Licht in die Hütte drang. Vorsichtig, um nicht blindlings in eine Falle zu laufen, trat Emilia ins Freie.

Wohin war Hartweiler geflüchtet?

Ein Rascheln im nassen Laub verriet es ihr, noch bevor sie ihn sah. Aber er rannte nicht vor ihr davon, sondern er hatte auf sie gewartet. Den Körper fast vollständig hinter einem Baumstamm verborgen, zielte er mit der Pistole auf sie.

Es war geradezu bizarr, wie sich die Zeit in diesem Augenblick dehnte. Emilia wusste, dass sie sich bewegen musste, wenn sie nicht getroffen werden wollte, dennoch dauerte es eine gefühlte Ewigkeit, bis sie aus ihrer Starre erwachte. Im selben Moment, in dem Hartweilers Schuss die Stille zerriss, hechtete sie sich auf den Boden, aber noch bevor sie aufschlug, spürte sie, dass die Kugel sie erwischt hatte. Schmerz jagte wie siedendes Öl durch ihre rechte Körperhälfte. Einen Moment lang befürchtete sie, das Bewusstsein zu verlieren.

Der nächste Schuss wird dich töten! Steh auf, wenn du leben willst!

Doch der Schmerz war übermächtig, aufstehen unmöglich. Wenigstens schaffte sie es, sich mit zusammengebissenen Zähnen hinter den nächsten Baumstumpf zu rollen.

Wieder donnerte ein Schuss durch den Morgennebel. Holz splitterte, nur wenige Zentimeter von ihrem Kopf entfernt. Dann erschien endlich Kommissar Witt im Türrahmen der alten Räucherhütte.

»Hände hoch!«

Er schrie lauter als nötig, brüllte seine Angst frei heraus. Als Hartweiler auf ihn zielen wollte, schoss Witt ohne zu zögern. Emilia sah, wie Hartweiler von den Beinen gerissen wurde und seine Waffe in hohem Bogen durch die Luft flog. Doch er war noch längst nicht am Ende. Keuchend stand er wieder auf. Einen Arm an den Körper gepresst schleppte er sich davon.

Kommissar Witt kam mit großen Schritten auf Emilia zu. »Alles okay mit Ihnen?«

»Ich komme schon zurecht, aber Sie müssen Hartweiler erwischen. Er darf uns nicht entkommen!«

Witt zögerte. Sein Kinn zitterte wieder. Ganz offensichtlich war er der Situation nicht gewachsen.

»Herrgott nochmal, Witt, tun Sie Ihre Pflicht!«, fuhr Emilia ihn an. »Das Arschloch hat gerade vier Ihrer Kollegen erschossen!«

»Ich ... kann nicht ...«

Emilia packte ihn am Kragen. »Hartweiler ist unbewaffnet und verletzt«, sagte sie. »Aber wenn er erst im Wald ist, entwischt er uns womöglich!«

Witt starrte sie mit großen Augen an. Sein Atem ging schnell, als stünde er kurz vor dem Kollaps. Einen Moment lang wirkte er noch unentschlossen, dann riss er sich mit einem Ruck von ihr los und nahm die Verfolgung auf.

»Stehen bleiben, oder ich schieße!«, brüllte er, ohne seinen Lauf zu unterbrechen.

Emilia sah ihm hinterher. Rasch verschmolzen seine Konturen mit dem milchigen Morgendunst.

Hartweiler, der etwa fünfzig Meter Vorsprung hatte, war kaum mehr als ein grauer Schemen. So schnell, wie er lief, schien ihn seine Verletzung kaum zu behindern. Dann wurde er jedoch plötzlich langsamer, machte ein paar Schritte nach links und blieb dann stehen. Er hob sogar die Hände, um zu demonstrieren, dass er unbewaffnet war, während er sich gleichzeitig umdrehte.

»Keine falsche Bewegung!«, brüllte Witt. Auch er hatte sein Tempo verringert. Emilia schätzte, dass zwischen ihm und Hartweiler höchstens noch zwanzig Meter lagen. »Drehen Sie sich wieder um, damit ich Ihnen Handschellen anlegen kann.«

Hartweiler rührte sich nicht. Er stand einfach nur da und beobachtete den näher kommenden Polizisten. Durch den Nebel konnte Emilia keine Details erkennen, aber irgendetwas an Hartweilers Gesicht schien falsch zu sein.

Er lächelte.

Warum ist er nach links gegangen, bevor er stehen blieb?

Die Frage schien Emilia plötzlich von zentraler Bedeutung zu sein.

»Bleiben Sie stehen, Kommissar Witt!«, rief sie. »Ich glaube, Hartweiler führt etwas im Schilde.«

Sie wollte sich aufrappeln, um Witt bei der Verhaftung zu unterstützen. Dabei suchte sie einen Moment lang nach einem festen Halt am nächstgelegenen Baum. Als ihr Blick sich wieder nach vorne richtete, stand Joachim Hartweiler unverändert mit erhobenen Händen da, aber Kommissar Witt war wie vom Erdboden verschluckt.

Dann gellte plötzlich ein markerschütternder Schrei durch den Wald.

13

Am frühen Abend ließ der Regen in Bremen nach, Lina brauchte keinen Schirm mehr, während sie an der Ostertorstraße wartete. Sicherheitshalber hatte sie sich eine Pistole in den Hosenbund gesteckt, nicht die Heckler & Koch, sondern die kleinere und damit unauffälligere Ruger. Zwar glaubte sie nicht, dass sie sie brauchen würde, aber man konnte nie wissen.

Pünktlich um 18.30 Uhr hielt ein weißer Audi A4 vor ihr. Das Beifahrerfenster surrte herunter. Hinter dem Steuer saß ein korpulenter Mann mit Brille.

»Sind Sie die Reporterin?«

»Ja.«

»Steigen Sie ein.«

Lina zögerte. Das wenige, das sie über Georg Rudeck wusste, hatte bei ihr ein ambivalentes Bild hinterlassen. Einerseits war er ein Freund der Familie, der ihren Vater finanziell unterstützt und den Steckbrief in Umlauf gebracht hatte. Andererseits hatte er sich aber auch mit ihrem Vater geprügelt, und Konstanze Wiedinger, die alte Dame aus der Lürmanstraße, hielt ihn sogar für einen Mafioso. Wie sollte man das einschätzen?

Hinter Georg Rudeck hupte ein Wagen. Lina gab sich einen Ruck und stieg ein.

»Wohin fahren wir?«

»Wie wär's mit einem Happen zu essen? Mögen Sie Italienisch? Aber zuerst möchte ich Ihnen etwas zeigen, das Sie interessieren wird.« Er drückte aufs Gas und fuhr an der nächsten Ampel nach rechts ab.

»Sie machen es aber spannend«, sagte Lina. »Was genau soll das sein?«

»Der Ort, an dem Ivana Battista verschwunden ist.«

Das machte Lina stutzig. »Ich dachte, niemand weiß, wo sie zuletzt gesehen wurde«, sagte sie.

Rudeck lächelte. »Warten Sie's ab.«

Im Feierabendverkehr kamen sie nur langsam voran. Lina nutzte die Zeit, um sich ein genaueres Bild von dem Mann auf dem Fahrersitz zu machen.

Er sah anders aus als auf dem Steckbrieffoto – aufgedunsen und irgendwie müde. Der ehemals blonde Lockenschopf war jetzt grau und zum Teil kahl. Unter den Augen hatten sich dicke Tränensäcke gebildet. Die kleinen Äderchen auf Nase und Wangen deuteten darauf hin, dass er dem Alkohol nicht abgeneigt war.

Nach einiger Zeit erreichten sie ein Industriegebiet, wo der Verkehr dünner wurde. Georg Rudeck steuerte seinen Wagen zielsicher auf eine verwahrloste Lackiererei zu.

»Hier ist es«, sagte er und umfuhr eine kleine Wellblechhalle, auf der bereits der Namenszug abblätterte. »Kommen Sie, wir sind gleich da.«

Sie stiegen aus. Mittlerweile war es fast dunkel, und die Temperatur war empfindlich gefallen. Dort, wo Rudeck geparkt hatte, gab es kein Licht. Die Straßenlaternen befanden sich auf der anderen Seite des Gebäudes.

Lina folgte Georg Rudeck zu einer Stahltür und versuchte, sich dabei vorzustellen, wie dieses Areal bei Tag wirkte. War sie vor neunzehn Jahren tatsächlich schon einmal hier gewesen? War sie hier entführt worden?

Außerdem gab es noch eine ganz andere Frage zu klären: Warum wusste Georg Rudeck, wo sie damals verschwunden war? Bedeutete das nicht zwangsläufig, dass er in den Entführungsfall verwickelt gewesen sein musste? Jedenfalls beschloss Lina, vorsichtig zu sein. Möglicherweise würde ihr die Ruger heute Abend noch wertvolle Dienste leisten.

Rudeck schloss die Stahltür auf und trat ein. »Augenblick, ich schalte das Licht ein.«

Lina folgte ihm in eine Art Lagerraum. In den Regalen an den Wänden standen diverse Blechteile und Farbkübel. In der Luft hing der scharfe Geruch nach Lösungsmitteln.

Ihr fiel auf, dass es in diesem Raum keine Fenster gab, nur die Stahltür, durch die sie gekommen waren, und eine weitere Tür schräg gegenüber. Die Neonröhre an der Decke verströmte kaltes, weißes Licht.

Der ideale Platz für eine Entführung.

Hinter ihr fiel die Tür ins Schloss.

»Dort drüben ist es passiert«, sagte Georg Rudeck und deutete auf eine Regalecke.

Unwillkürlich zog es Lina dorthin. Was war an dieser Stelle so besonders? Hatte es vor neunzehn Jahren hier auch so ausgesehen? Warum konnte sie sich immer noch an nichts erinnern? Einen besseren Auslöser für die Reaktivierung ihres Gedächtnisses konnte es wohl kaum geben. Wenn ihr das hier nicht auf die Sprünge half, was dann?

Aber so sehr sie sich auch bemühte, ihre Kindheit blieb in ihrem Kopf ein großes, schwarzes Loch.

Ein metallisches Klicken hinter ihr ließ sie aufhorchen.

»Nehmen Sie die Hände hoch«, befahl Rudeck. »Ganz langsam.« Seine Stimme klang plötzlich kalt und abweisend. Lina begriff, dass sie in eine Falle geraten war.

»Jetzt bleiben Sie genauso stehen«, fuhr Rudeck fort. »Ich

ziele mit einer .45er Magnum genau zwischen Ihre Schulterblätter. Eine falsche Bewegung, und Sie sind tot.«

Lina schluckte. Mit den Händen über dem Kopf gab es für sie keine Möglichkeit, schnell an ihre Waffe zu gelangen. Sie würde versuchen müssen, sein Vertrauen zu gewinnen – eine andere Chance hatte sie nicht.

»Ich bin keine Reporterin«, gestand sie. »Ich habe das nur behauptet, um Sie zu diesem Treffen zu überreden.«

»Wer schickt Sie? Falcone? Hat der es tatsächlich schon so nötig, dass er mir eine Anfängerin schickt?«

Anfängerin – das Wort versetzte Lina einen Stich. Sie sah sich als Profi, aber wer konnte schon ahnen, dass Rudeck paranoid war?

»Ich habe den Namen Falcone noch nie gehört«, sagte sie.

Rudeck erwiderte nichts. Stattdessen kam er von hinten auf sie zu, um sie abzutasten.

»Sieh mal einer an – eine Pistole«, raunte er und zog ihr die Ruger aus dem Hosenbund. »Warum überrascht mich das nicht? Wie lautet dein Auftrag? Will Falcone, dass du mir nur ein bisschen Angst einjagst, oder sollst du mir gleich das Licht ausblasen?«

»Das ist ein Missverständnis«, sagte Lina, bemüht, ihre Stimme ruhig klingen zu lassen. »Mich hat niemand geschickt. Ich bin aus eigenem Antrieb hier, weil ich wissen will, was vor neunzehn Jahren passiert ist. Sie haben damals einen Steckbrief verteilt. Ich habe ihn bei mir – in meiner Jackentasche. Sie können das nachprüfen, wenn Sie wollen.«

Lina spürte, wie eine Hand in ihre Jacke griff und das Blatt herauszog. Sie hörte, wie es mit einem leisen Rascheln hinter ihr entfaltet wurde.

»Der Mann links auf dem Foto ist Robert Battista, mein Vater. Der Mann am rechten Bildrand sind Sie«, sagte Lina.

»Ich wollte mit Ihnen reden, weil ich dachte, Sie können mir helfen, meine Erinnerung wiederzufinden. Mein Name ist Ivana Battista, das müssen Sie mir glauben.«

Eine Weile herrschte Schweigen. Schließlich raunte Georg Rudeck: »Dreh dich um.«

Lina tat es. Sekundenlang wanderte der Blick des Mannes zwischen ihr und dem Steckbrief in seinen Händen hin und her. Schließlich ließ er das Blatt und die Pistole sinken. Seine Augen glänzten feucht.

»Mein Gott, du bist es wirklich«, murmelte er.

14

November 2010.

In eine dicke Wolldecke gehüllt, saß Emilia auf dem Beifahrersitz eines Einsatzwagens, in der Hand eine heiße Tasse Tee. Der Notarzt hatte sie bereits versorgt und ihr gesagt, dass sie nur eine Fleischwunde habe. Er hatte ihr auch einen vorläufigen Verband angelegt und eine Spritze gegen die Schmerzen gegeben.

Rein körperlich fühlte Emilia sich im Moment wieder ziemlich in Ordnung, dennoch zitterte sie am ganzen Leib. Der Schock von heute Morgen war noch längst nicht verarbeitet.

Durchs heruntergelassene Fenster beobachtete sie, wie Kommissar Witt auf einer Trage in einen der beiden bereitstehenden Krankenwagen gehoben wurde. Die Sanitäter hatten ihn ruhiggestellt, oder vielleicht war er auch einfach bewusstlos geworden. Jedenfalls schrie er nicht mehr, wofür Emilia dankbar war.

Es nieselte, und durchs Fenster drang eine kühle Brise. Überall flackerten Blaulichter. Polizisten sperrten das Gelände ab, Suchtrupps durchstreiften das Areal um Joachim Hartweilers Grundstück. Vor wenigen Minuten war ein Spurensicherungsteam eingetroffen und hatte die Arbeit im Haus aufgenommen.

Nicht nur Kommissar Witt wurde abtransportiert, auch die Leichen der getöteten Polizisten. Emilia fröstelte, ließ das Fenster aber dennoch offen. Sie wollte die frische Luft im Gesicht spüren, gewissermaßen als Bestätigung dafür, dass sie noch lebte. Im Vergleich zu den anderen hatte sie unendlich viel Glück gehabt.

Der diensthabende Einsatzleiter, Kriminalhauptkommissar Hentze, kam zu ihr, um sich nach ihrem Befinden zu erkundigen.

»Danke, es geht schon«, sagte Emilia. Aus irgendeinem Grund wollte sie nicht darüber sprechen, wie nahe ihr die Angelegenheit ging. »Gibt es schon etwas Neues über Hartweiler?«

Hentze schüttelte den Kopf. »Im Moment noch nicht. Er ist offenbar durch den Wald geflüchtet, aber er verliert Blut. Weit wird er nicht kommen. Ich habe eine Hundestaffel losgeschickt, die ihn verfolgt. Außerdem wurde das Gebiet weiträumig gesperrt. Für den Fall, dass er mit einem Auto fliehen will, habe ich für den Großraum Köln und Umgebung eine Fahndungsmeldung ausgegeben. Wenn wir ihn in den nächsten zwei Stunden nicht fassen, dehne ich die Meldung auf Gesamtdeutschland aus und informiere auch die Kollegen in Frankreich und den Benelux-Staaten. Aber ich bin zuversichtlich, dass es gar nicht erst so weit kommen wird.«

Emilia beruhigte das wenig. Sie hatte heute Morgen schreckliche Dinge erlebt. Sie hatte gesehen, wie Menschen vor ihren Augen erschossen worden waren – von Kommissar Witts grausamem Schicksal ganz zu schweigen. Immer wieder stellte sie sich die Frage, wie es überhaupt dazu hatte kommen können? Offenbar hatte Joachim Hartweiler sich irgendwo im Keller verschanzt gehabt, in einem Versteck, das Emilia und den Polizisten entgangen war. Dort hatte er ausgeharrt, gewartet, gelauert wie eine Spinne im Netz, bis ihm der Zeitpunkt günstig erschienen war. Dann hatte er zugeschlagen.

Das Funkgerät in Hauptkommissar Hentzes Hand knackte. Jemand gab durch, dass die Polizeikontrollen auf der B484, der B55 und der A4 ihre Positionen eingenommen hatten. Hentze ging ein paar Schritte beiseite und gab weitere Anweisungen durch. Erneut schweiften Emilias Gedanken ab.

Sie war jetzt wieder bei der Räucherhütte, und sie hatte es gerade geschafft, sich an einem Baumstamm nach oben zu ziehen. Eine Hand auf die Wunde an ihrer Seite gepresst, schleppte sie sich vorwärts, in der anderen Hand hielt sie ihre Waffe. Sie wollte Kommissar Witt bei der Verhaftung helfen, weil sie ahnte, dass Hartweiler etwas ausheckte.

Dann war Witt plötzlich wie vom Erdboden verschwunden gewesen. Aber er schrie, als würde er bei lebendigem Leib verbrennen.

Durch den dichten Nebel erkannte Emilia, dass Hartweiler sich umdrehte und davoneilte. Auch er war verletzt, dennoch kam er viel schneller voran als sie.

Sie schoss auf ihn, traf aber nur Zweige und Baumstämme. Schließlich gab die Waffe nur noch ein metallisches Klicken von sich, als das Magazin leer war.

Am liebsten hätte Emilia sich wieder hingesetzt und auf das Eintreffen der Verstärkung gewartet, so erschöpft fühlte sie sich. Doch Witts heisere Schreie trieben sie dazu an, den Schmerz zu verdrängen und weiterzugehen.

Auf wackeligen Beinen näherte sie sich der Stelle, wo ihr Kollege verschwunden war.

»Kommissar Witt, was ist los mit Ihnen? Wo stecken Sie?«

Aber er schrie so laut, dass er sie nicht hören konnte.

Emilia humpelte weiter. Es ging leicht bergauf, was das Vorankommen noch mühsamer machte. Der Blutverlust machte sie träge, die Anstrengung ließ sie keuchen.

Endlich erreichte sie den brüllenden Kommissar.

Er lag in einer Fallgrube, etwa zwei Meter tief, aufgespießt von angespitzten Stahlrohren, die von unten aus der Erde ragten.

»Sie sollten mit uns ins Krankenhaus fahren.«

Emilia zuckte zusammen. Ein Sanitäter stand neben ihr, sie hatte ihn gar nicht bemerkt, so tief war sie in ihrem Tagtraum gefangen gewesen.

»Der Verband, den der Arzt angelegt hat, ist nur provisorisch«, fuhr der Sanitäter fort, weil Emilia nicht reagierte. »Im Krankenhaus sollte die Wunde gründlich gereinigt und genäht werden. Dort bekommen Sie auch etwas gegen die Infektionsgefahr.«

Emilia nickte. Sie stieg aus und ließ sich auf dem Weg zum Krankenwagen von dem Sanitäter stützen.

»Was ist mit Kommissar Witt?«, fragte sie. »Wird er wieder gesund?«

»Es ist noch zu früh, das zu sagen«, antwortete der Sanitäter. »Es hat ihn übel erwischt. In ein paar Tagen wissen wir mehr.«

Unvermittelt traten Emilia Tränen in die Augen. Witt war gewissermaßen gepfählt worden, und sie würde für den Rest ihres Lebens mit der Schuld leben müssen, dass sie ihn in diese Situation gebracht hatte.

15

»Du kannst dich wirklich an nichts erinnern?«

Georg Rudeck und Lina saßen in einer gemütlichen, kleinen Pizzeria und unterhielten sich.

»An nichts, was sich vor meinem achten Geburtstag abgespielt hat«, bestätigte Lina.

Sie nippte an ihrer Cola und beobachtete über den Rand des Glases hinweg ihr Gegenüber. Im Moment schien jede Gefährlichkeit von ihm gewichen zu sein, aber sie wusste noch nicht genau, was sie von ihm halten sollte. Jedenfalls wollte sie nicht noch einmal den Fehler begehen, ihn zu unterschätzen.

»Was haben Sie mit meinem Verschwinden vor neunzehn Jahren zu tun?«, fragte sie.

»Gar nichts.«

»Woher wissen Sie dann, dass ich in der Lackiererei entführt wurde?«

»Das habe ich nur erfunden, um dich in die Falle zu locken. Ich dachte …« Er stockte, als die Bedienung das Essen brachte.

Lina stieg ein köstlicher Duft in die Nase, ihr lief das Wasser im Mund zusammen. Mit Heißhunger begann sie, den Rand ihrer Pizza abzuschneiden.

»Ich dachte, dass Lorenzo Falcone dich geschickt hat, um mich unter Druck zu setzen«, sagte Georg Rudeck, als die Bedienung wieder weg war. »Also musste ich mir was einfallen lassen. Da kam mir die alte Lackiererei gerade recht.«

»Lorenzo Falcone«, wiederholte Lina. »Wer ist das?«

Rudeck machte eine wegwerfende Handbewegung. »Unwichtig. Er hat ein paar Dinge für mich geregelt. Dafür schulde ich ihm Geld, und das will er jetzt haben. In finanziellen Dingen versteht er keinen Spaß. Da kann es schon mal sein, dass er seine Schläger auf einen hetzt. Ich dachte, du bist eine von denen. Warum trägst du eine Waffe?«

»Das geht nur mich etwas an. Lassen Sie uns jetzt auf die Entführung zurückkommen.« Sie schob sich ein Stück Pizza in den Mund.

»Du kannst mich ruhig duzen. Sag Georg. Oder Onkel Georg, so wie früher.«

Lina nickte, aber es kam ihr irgendwie unpassend vor. »Ich bin also nicht in dieser Lackiererei gekidnappt worden?«

»Nein, aber ich habe leider keine Ahnung, was wirklich mit dir passiert ist. Niemand weiß das. Ich nicht, die Polizei nicht, und dein Vater hat es auch nicht gewusst. Deshalb habe ich ja die Steckbriefe verteilt.«

Das Papier lag zwischen ihnen auf dem Tisch. Georg Rudeck nahm es noch einmal an sich und betrachtete das Foto darauf.

Obwohl Lina für gewöhnlich Schwierigkeiten damit hatte, die Gefühle anderer Menschen richtig zu interpretieren, entging ihr nicht, wie sentimental Georg Rudeck darauf reagierte.

Onkel Georg.

Seine Augen wurden wässrig, das Blatt zitterte in seinen Händen. Er war das genaue Gegenteil dessen, was er vorhin in der Lackiererei verkörpert hatte.

»Vielleicht war dieses Treffen doch keine so gute Idee«, murmelte er.

»Doch, das war es. Ich bin froh, dass wir hier sind und

miteinander reden können. Meine Eltern sind tot. Du bist der Einzige, der mir etwas über sie erzählen kann.«

Er presste die Lippen zusammen und ließ den Steckbrief wieder sinken. »Was ist mit deinen Augen? Kontaktlinsen?«, fragte er.

»Ja.« Lina nickte. »Meine Mutter hat von Anfang an darauf bestanden, dass ich welche trage – besser gesagt, die Frau, die mich in den letzten Jahren großgezogen hat.«

Sie kam sich schlecht vor, so lieblos über jemanden zu sprechen, der sich aufopferungsvoll um sie gekümmert hatte. Aber die Enttäuschung darüber, von ihr belogen worden zu sein, saß tief. Jahrelang hatte Lina sie für ihre richtige Mutter gehalten, dabei war sie nur irgendeine Frau, die keine eigenen Kinder bekommen konnte und sich deshalb zu einer Adoption entschieden hatte.

Georg Rudeck schob Lina den Steckbrief hin und nahm nun ebenfalls einen Bissen von seiner Pizza. »Deine Mutter – ich meine, deine leibliche Mutter – hat dieses Bild aufgenommen. Im Zoo, kurz vor ihrem Tod. Deine Eltern, du und ich, wir hatten einen Ausflug gemacht. Ich glaube, es war so etwas wie der verzweifelte Versuch deiner Mutter, deinen Vater und mich zusammenzubringen, weil wir nie besonders gut miteinander ausgekommen sind. Sofia war damals schon ziemlich schwach und wusste, dass sie nicht mehr lange leben würde. Und sie wollte unbedingt dieses Bild mit uns dreien aufnehmen.«

Sein Blick wirkte verklärt. Für einen kurzen Moment schien er den Besuch im Zoo noch einmal zu durchleben. Dann wurde seine Miene plötzlich ernst.

»Ich war ein Freund deiner Mutter«, sagte er. »Schon bevor sie deinen Vater kennenlernte.«

»Heißt das, du ... warst mit ihr zusammen?«

Rudeck lächelte freudlos. »Nein, nicht so, wie du es meinst – auch wenn ich es mir damals gewünscht hätte. Ich war verschossen in Sofia, und ich glaube, sie konnte mich auch ganz gut leiden. Aber zu mehr hat es bei ihr nicht gereicht. Also waren wir nur gute Freunde.«

Er nahm einen großen Schluck Bier, als müsse er seine Kehle für die Wahrheit ölen.

»Irgendwann lernte Sofia dann Robert Battista kennen«, fuhr er fort. »Sie verfiel ihm regelrecht, und innerhalb kürzester Zeit heirateten sie. Anfangs lief es wohl auch ganz gut, soweit ich das beurteilen kann. Aber schon bald kam es zu den ersten Streitigkeiten ...«

Wieder geriet er ins Stocken. Das Pizzastück, das er sich in den Mund schob, kaute er auffallend gründlich. Er brauchte Zeit zum Nachdenken.

»Warum stritten meine Eltern?«, hakte Lina nach.

Er zuckte mit den Schultern.

»Bitte, Onkel Georg, du musst es mir sagen! Ich bin hier, weil ich etwas über meine Familie erfahren will, auch, wenn es vielleicht unangenehm ist.«

Er nickte, wich ihrem Blick aus, überlegte. »Sie stritten wegen dir, Ivana«, antwortete er schließlich. »Robert hat sich leider nie besonders gut mit dir verstanden. Allerdings muss ich einräumen, dass du auch nicht gerade einfach warst.«

»Was soll das heißen?«

»Du warst ein Dickkopf – mehr als jedes andere Kind. Launisch, trotzig, ständig auf Krawall gebürstet. Und du hast Robert nie als Vaterfigur akzeptiert.«

»Warum?«

»Robert war nicht dein leiblicher Vater.«

Das kam unerwartet. Lina brauchte einen Moment, um

die Neuigkeit zu verarbeiten. »Wer ist dann mein leiblicher Vater?«

»Ich weiß es nicht. Als ich Sofia kennenlernte, warst du schon auf der Welt und dein Vater über alle Berge. Sofia hat nie viel über ihn erzählt. Ich glaube, er hat sie sitzengelassen, als er erfuhr, dass sie schwanger ist.«

Lina versuchte, sich ihre Enttäuschung nicht anmerken zu lassen. Ihr bisheriges Leben schien eine einzige Aneinanderkettung von Schicksalsschlägen zu sein. Ihr Vater hatte sie noch vor ihrer Geburt verlassen, ihre Mutter war früh gestorben, ihr Stiefvater hatte sie nicht leiden können. Am Ende war sie entführt und von einer fremden Frau aufgezogen worden. Hatte sich das Leben gegen sie verschworen?

»Sei nicht traurig«, sagte Georg Rudeck, der ihre Gedanken wohl erraten hatte.

»Wie würdest du dich an meiner Stelle fühlen?«

»Scheußlich. Aber du solltest versuchen, die Vergangenheit zu vergessen.«

»Dazu müsste ich mich erst mal daran erinnern können.« Lina nippte an ihrer Cola, versuchte, sich wieder zu beruhigen. »War ich als Kind wirklich so schlimm?«

Rudeck lächelte milde. »Allerdings. Aber falls es dich beruhigt: Robert war noch schlimmer. Ein Querkopf wie er im Buche steht, und obendrein noch ein Trinker. Solange deine Mutter da war, hatte er sich im Griff, doch nach ihrem Tod ließ er sich gehen. Dazu noch seine Spielsucht … Je höher die Schulden wurden, desto reizbarer wurde er. Und mit deiner Krankheit ist er eh nie klargekommen. Daraus hat er auch kein Geheimnis gemacht. Für ein kleines Mädchen muss das ziemlich verletzend gewesen sein.«

Lina schluckte. Ihre Vergangenheit wurde immer kurioser. »Krankheit? Was meinst du damit?«, fragte sie.

Georg Rudecks Augenwinkel zuckte, als habe er etwas gesagt, das er nun bereute. »Genau weiß ich es nicht«, sagte er. »Aber deine Mutter hat mir einmal erzählt, dass du an einem genetischen Defekt leidest.«

»Du meinst das mit meinen Augen?«

»Schon möglich, dass das auch damit zusammenhängt. Aber es geht nicht in erster Linie um deine Augen, sondern um das hier.« Er tippte sich mit seinem Zeigefinger gegen die Schläfe. »Um dein Gehirn. Daher kommen wohl auch deine Verhaltensauffälligkeiten.«

Normalerweise war Lina kaum aus der Fassung zu bringen. Heute häuften sich jedoch die unangenehmen Neuigkeiten so sehr, dass sie mit sich ringen musste.

»Was für ein Gendefekt soll das sein?«, fragte sie.

»Keine Ahnung. Spielt das überhaupt noch eine Rolle? Ich sehe eine kerngesunde, junge Frau vor mir. Allein darauf kommt es doch an.«

Das sah Lina völlig anders, aber entweder konnte Onkel Georg ihr keine genaueren Auskünfte geben, oder er wollte es nicht. Im Moment kam sie in dieser Hinsicht jedenfalls nicht weiter.

»Warum hast du damals den Steckbrief verteilt?«, fragte sie, um das Gespräch wieder in eine andere Richtung zu lenken.

»Ich habe deiner Mutter auf dem Sterbebett versprochen, mich um dich zu kümmern«, sagte Georg Rudeck. »Ich glaube, sie ahnte, dass dein Vater und du euch entzweien würdet. Also hat sie mir das Versprechen abgenommen, dass ich ein Auge auf dich habe.«

Lina stocherte lustlos in ihrer Pizza herum. »Als ich hörte, dass du ab und zu die Miete für Robert Battista bezahlt hast, dachte ich, ihr wart Freunde.«

»Das habe ich nicht für Robert getan, sondern für dich – um mein Versprechen gegenüber deiner Mutter zu erfüllen. Robert konnte ich nicht leiden. Er war ein verdammter Egoist und ein Idiot obendrein. Einmal hat er das Geld, das ich ihm gegeben habe, an einem einzigen Abend verzockt. Da bin ich ausgerastet. Es kam zu einer Schlägerei, bei der ich ihm die Nase gebrochen habe. Danach habe ich ihn nie mehr gesehen.« Rudeck trank von seinem Bier und wartete offenbar auf eine Reaktion Linas. Als die nicht kam, fuhr er fort: »Ich weiß, was du jetzt denkst – dass ich dich im Stich gelassen und mein Versprechen gegenüber deiner Mutter gebrochen habe. Aber so war es nicht. Ein paar Tage nach der Schlägerei wurdest du entführt. Ich hatte keine Chance mehr, die Sache wieder einzurenken.«

»Und mit Robert Battista hast du dich nicht mehr ausgesöhnt?«

»Er hat sich umgebracht, bevor wir noch mal miteinander reden konnten. Das war kurz, nachdem du verschwunden warst. Ich glaube, obwohl Robert dich nie richtig lieben konnte, hat ihn die Entführung doch sehr mitgenommen. Am schlimmsten war es für ihn, als die Polizei begann, ihn als Täter zu verdächtigen.«

Darüber hatte Lina in den Zeitungsberichten nichts gelesen. »Du meinst, er stand im Verdacht, mich entführt zu haben?«

»Entführt oder sogar ermordet – man wusste ja nicht, was mit dir geschehen war. Das schwierige Verhältnis zwischen euch beiden war wie gesagt kein Geheimnis. Also dachte die Polizei, dass Robert dich vielleicht hat verschwinden lassen.«

»Denkst du auch, dass er etwas damit zu tun hatte?«

Georg Rudeck seufzte und fuhr sich mit zwei Fingern über den Schnauzbart. »Nein, das kann ich mir nicht vorstellen. Robert hatte viele Fehler, aber so durchtrieben war er dann doch nicht. Ich glaube, er litt tatsächlich unter deinem Verschwinden, vielleicht, weil er dadurch Schuldgefühle gegenüber deiner Mutter hatte. Dass er als Täter oder zumindest als Mittäter verdächtigt wurde, hat ihm den Rest gegeben. Deshalb hat er den Freitod gewählt.«

Ein junges Paar kam näher und setzte sich an den Tisch neben ihnen, aber die beiden waren so verliebt, dass sie nichts um sich herum mitbekamen.

»Hast du mit dem Steckbrief etwas erreichen können?«, fragte Lina, als sie sicher war, dass sie keine Mithörer hatten. »Ich meine, konntest du damit etwas über meine Entführung herausfinden?«

»Ich habe den Steckbrief in der halben Stadt verteilt. Überall, wo ich eine Chance sah, dass man etwas über deinen Verbleib wissen könnte – in der Lürmanstraße, in deiner Schule, in den Geschäften, die sich auf deinem Schulweg befanden, an Bushaltestellen ... Gebracht hat es nichts. Die wenigen Hinweise, die ich bekommen habe, sind alle im Sand verlaufen. Du warst unauffindbar. Deshalb habe ich die Angelegenheit irgendwann in die Hände eines Profis gelegt.«

»Du meinst einen Privatdetektiv?«

»So ähnlich.«

»Und hatte der mehr Erfolg?«

»Ich weiß nicht, ob man das als Erfolg bezeichnen kann.« Georg Rudecks Mundwinkel verzogen sich zu einem bitteren Lächeln, das andeutete, dass die unangenehmste Überraschung dieses Gesprächs erst noch kam. »Er hat dich tatsächlich gefunden. Das hat nicht mal lange gedauert. Hatte gute Quellen, der Mann. Er hat auch herausgefunden, dass du es irgendwie geschafft hast, dich aus der Hand deiner Kidnapper zu befreien.«

Lina verstand gar nichts mehr. »Warum hast du mich dann nicht zurückgeholt?«

»Die Kidnapper haben nach dir gesucht. Sie haben mich beschattet, weil sie wussten, dass ich ein Freund deiner Mutter war. Und sie waren keine Amateure. Einmal hat mich ein Typ besucht und nach dir befragt – der war richtig unheimlich. Hat die ganze Zeit mit einem Schraubenzieher herumgespielt, während er sich mit mir unterhalten hat, so ein kleiner, wie man ihn zum Reparieren von Uhren verwendet. Aber die Art, wie er damit umgegangen ist, hat deutlich gemacht, was er mit dem Ding alles anstellen kann, wenn ich nicht kooperiere.« Rudeck schluckte, sein Gesicht war plötzlich fahl geworden. »Ich hatte Angst, dass ich verraten könnte, wo du steckst, wenn der Kerl noch mal auftaucht und mich in die Mangel nimmt. Deshalb habe ich es mir gar nicht erst sagen lassen.«

»Du hast all die Jahre nicht gewusst, was aus mir geworden ist?«

Rudeck schüttelte traurig den Kopf. »Ich wusste, dass du in Sicherheit warst – nur das war wichtig.«

»Das heißt, der Einzige, der mir weiterhelfen kann, ist der Mann, der mich damals für dich suchen sollte.«

»Ich fürchte, so ist es.«

»Und wie heißt er?«

»Sein Name ist Avram Kuyper.«

16

Wegen eines Unfalls und der unvermeidlichen Baustellen auf der A3 dauerte die Fahrt nach Frankfurt viel länger als geplant. Von unterwegs aus rief Emilia bei Mikka an, um ihm Bescheid zu geben. Er nahm es locker und meinte, dass er in der Küche sowieso am liebsten alleine arbeite.

Hinter dem Steuer ihres Wagens lächelte Emilia still in sich hinein. Wann immer ihr etwas dazwischenkam, machte Mikka es ihr leicht. Nie war er eingeschnappt, wenn sie zu spät kam, nie beleidigt, wenn sie ihn unerwartet versetzen musste, so wie am letzten Wochenende. Zumindest versuchte er, es sie nicht spüren zu lassen. Und nachtragend war er sowieso nicht.

Mikka war der perfekte Mann für sie.

Als Emilia um neun Uhr abends in seiner Frankfurter Wohnung ankam, stieg ihr schon an der Eingangstür ein köstlicher Duft in die Nase. Erst jetzt spürte sie das Loch im Magen, sie hatte seit einer gefühlten Ewigkeit nichts mehr gegessen.

In der Küche war Mikka voll in seinem Element. Auf dem Herd brutzelte etwas in der Pfanne, und in einem Topf köchelte bereits das Wasser für die selbstgemachten Bandnudeln. An ihm war ein Sternekoch verlorengegangen. Außerdem sah er in seiner Bluejeans und dem hochgekrempelten, blauen Hemd verdammt sexy aus.

»Kann ich noch etwas helfen?«

Er drehte sich um und schob sich mit dem Handrücken die Brille zurecht.

»Nicht nötig«, sagte er und gab ihr einen Kuss. »Aber dein Timing ist perfekt. In zehn Minuten ist das Essen fertig. Wenn du willst, kannst du uns schon mal den Wein einschenken. Die Karaffe steht auf dem Tisch. Südafrikanischer Pinotage – der passt hervorragend zum Rind. Du wirst es lieben. Und weil Liebe bekanntlich durch den Magen geht, wirst du auch den Koch lieben.«

»Das ist also deine Masche?«

Er grinste. »Das und eine Mischung aus Zimt, Nelke und Koriander. Wusstest du, dass diese drei Gewürze gemeinhin als Aphrodisiaka gelten? Ich habe eine ordentliche Portion davon in die Soße gemischt – nur, falls du dich wunderst, warum du heute Nacht über mich herfallen willst.«

Emilia schmunzelte. Am liebsten wäre sie jetzt schon ein bisschen über ihn hergefallen.

»Becky ist mit einer Freundin auf einem Reiterhof«, sagte Emilia. »Wir haben das ganze Wochenende für uns allein. Also teil dir die Soße gut ein, damit sie die nächsten zwei Tage reicht. Von mir aus können wir bis Sonntag im Bett bleiben.«

Wieder küsste Mikka sie, diesmal länger und sinnlicher. »Ich glaube, die Soße brauchen wir gar nicht«, sagte er.

Dennoch ließen sie sich zuerst das Essen schmecken, während sie sich über die Geschehnisse der Woche austauschten. Mikka erzählte von seinem aktuellen Fall – er war Hauptkommissar bei der Frankfurter Kripo –, bei dem es um einen toten Teenager ging, der am vergangenen Dienstag auf der Toilette des Hauptbahnhofs gefunden worden war. Am Telefon hatte er in den letzten Tagen nichts davon erwähnt, deshalb fasste er für Emilia den bisherigen Stand der Ermittlungen zusammen. Das Problem war die Vielzahl der irreführenden Spuren, die eine öffentliche Toilette mit sich brachte. Noch stand nicht einmal fest, ob es sich um Mord oder um Selbstmord handelte.

»Hattest du heute nicht deinen Vortrag?«, fragte er schließlich. »Wie ist er gelaufen?«

Emilia schluckte ihren Bissen hinunter. »Ziemlich gut, wenn man bedenkt, wie es dazu gekommen ist.«

»Klingt geheimnisvoll. Wie meinst du das?«

»Varamont hat mir diesen Vortrag regelrecht aufgebrummt – angeblich, weil ich in seinen Augen die Einzige bin, der er eine solche Präsentation auf Deutsch zutraut.«

Jerome Varamont war seit einiger Zeit ihr neuer Chef in Lyon, aber aus irgendeinem Grund hatten sie es bisher nicht geschafft, sich aneinander zu gewöhnen. Er war nicht viel älter als Emilia, etwa vierzig, und sah ziemlich gut aus, doch er war so erpicht darauf, die Karriereleiter weiter nach oben zu klettern, dass ihm Eigenschaften wie Kollegialität und Einfühlungsvermögen gänzlich fehlten. Emilia konnte ihn nicht leiden.

»Dass du die Einzige bist, der er das zutraut, ist doch ein Kompliment«, meinte Mikka.

»Aber es fühlt sich nicht so an«, erwiderte Emilia. »Eher so, als wollte er mir bewusst eine unangenehme Arbeit aufhalsen.«

»Im Keller Akten vernichten zu müssen ist eine unangenehme Arbeit«, sagte Mikka. »Oder Zahlen für eine dämliche Statistik zusammenzustellen. Aber einen Vortrag vor fachkundigem Publikum zu halten – das ist doch eine Ehre.«

»Nicht für mich. Ich glaube, Varamont will mir eins auswischen, weil ich ihn vor einem halben Jahr bei der Internen gemeldet habe.«

Mikka hob die Augenbrauen. »Jetzt wird's interessant. Darüber hast du mir gar nichts erzählt.«

Emilia schob sich den nächsten Bissen in den Mund. Das Rinderfilet war auf den Punkt gegart und zerging beinahe auf der Zunge. »Ich habe Varamont im März mit Pierre Malasseur gesehen. In seiner Wohnung.«

»Pierre Malasseur? Wer soll das sein?«

»Der Sohn von Yves Malasseur.«

»Ah, das erklärt alles.« Mikka machte ein erstauntes Gesicht, als habe er mit einem solch schwergewichtigen Namen nicht gerechnet, aber dann grinste er. »Wer um alles in der Welt ist Yves Malasseur?«

»Ein Untergrundboss, der im letzten Jahr verhaftet wurde. Ihm werden mindestens zehn Morde nachgesagt. Interpol hat einige dicke Akten über ihn angelegt.«

»Und sein Sohn hat deinem Chef einen Hausbesuch abgestattet?«

»Genau. Du musst zugeben, dass das sonderbar ist.«

Mikka zog abwägend die Mundwinkel nach unten. »Mich interessiert eher, warum *du* Varamont einen Hausbesuch abstatten wolltest.«

»Das sollte kein Hausbesuch werden. Ich brauchte sein Okay für eine verdeckte Operation, die ich am nächsten Tag mit der Straßburger Polizei durchführen wollte. Ich war damals ziemlich unter Stress und hatte tagsüber keine Zeit gefunden, um mit ihm zu sprechen. Seine Wohnung liegt auf meinem Nachhauseweg. Da dachte ich, es wäre eine gute Idee, bei ihm vorbeizufahren. Aber gerade, als ich meinen Wagen vor dem Haus geparkt hatte, öffnete sich die Tür, und Pierre Malasseur kam heraus. Die beiden wirkten ziemlich vertraut. Außerdem hat Malasseur meinem Chef einen Briefumschlag zugesteckt.«

»In dem sich deiner Meinung nach was befand?«

»Bestechungsgeld, was sonst? Varamont war einer der Hauptbelastungszeugen im Untersuchungsprozess gegen Yves Malasseur. Tatsächlich hat er seine Aussage im Lauf der Verhandlungen drastisch abgemildert. Außerdem ist auf ungeklärte Weise ein Beweisstück aus der Asservatenkammer verschwunden, zwei Wochen nach dem Treffen mit Pierre Malasseur. Wenn da kein Zusammenhang besteht, weiß ich auch nicht mehr.«

»Und du denkst, Varamont hat herausgefunden, dass du ihn bei der Beschwerdestelle verpfiffen hast?«

»Davon bin ich überzeugt. Jedenfalls versucht er seit damals, mir unliebsame Aufträge zuzuschanzen, am besten weit außerhalb von Lyon. Er will mich aus dem Weg haben.«

Mikka tupfte sich den Mund mit seiner Serviette ab und nahm sein Weinglas zur Hand. »Lass uns nicht länger von der Arbeit sprechen, sondern darüber, ob meine Zimt-Nelken-Koriander-Soße schon erste Wirkungen bei dir zeigt, okay?« Dabei setzte er sein typisches Spitzbubengrinsen auf, weil er wusste, dass er Emilia damit fast immer herumbekam. Der dunkle Dreitagebart, die süßen Grübchen, dazu die Wuschelfrisur – einfach zum Anbeißen.

»Ja, ich glaube, die Soße wirkt schon«, sagte sie. Mit einem vieldeutigen Blick nahm sie ihr Weinglas und stieß mit ihm an.

17

Als Avram seinen 5er-BMW vor dem alten Zechengebäude parkte, war es stockfinster. Licht brannte hier nirgends – Braunkohle wurde auf diesem Areal schon lange nicht mehr abgebaut, und die Scheinwerfer seines Wagens hatte er ausgemacht, um keine Aufmerksamkeit zu erregen. Nicht, dass irgendwo jemand herumlungerte, der neugierig war oder gar nach dem Rechten sehen wollte.

Einen Zeugen hätte Avram im Moment überhaupt nicht gebrauchen können.

Der terrassenförmige Canyon, den der Schaufelradbagger bis 2016 in die Landschaft gefressen hatte, hob sich dunkelgrau gegen den Nachthimmel ab, ebenso wie die Stahlgerippe, die hier und da auf dem verwaisten Gelände herumstanden: alte Baukräne, Überreste von Wellblechcontainern, Förderbändern und Rüttelanlagen – Reliquien aus einer Zeit, in der hier noch aktiver Tagebau betrieben worden war.

Avram stieg aus und zündete sich eine Zigarette an. Zigarettenglut konnte bei Nacht zwar über weite Strecken hinweg gesehen werden, aber er hielt das Risiko für vertretbar. Im Moment war es ihm wichtiger, seine Nerven zu beruhigen.

Man hätte meinen sollen, dass er mit dem Alter immer abgeklärter wurde, aber genau das Gegenteil war der Fall. Er glaubte, dass es etwas mit dem Mord an seinem Sohn zu tun hatte. Saschas tragischer Tod hatte etwas in ihm verändert. Ihn weicher gemacht.

Vielleicht sollte ich den Job an den Nagel hängen.

In letzter Zeit dachte er häufiger darüber nach. Nicht nur, weil Sascha gestorben war, auch weil Avram allmählich die Jahre in den Knochen spürte. Mit Mitte fünfzig fielen ihm manche Dinge deutlich schwerer als früher. Körperliche Anstrengung brachte ihn schneller ins Schwitzen, wenn er rennen musste, geriet er rascher aus der Puste. Und das in einer Branche, in der es überlebenswichtig war, physisch wie psychisch voll auf der Höhe zu sein.

Er zog an seiner Zigarette, genoss einen Moment lang die beruhigende Wirkung des Rauchs in den Lungen und ließ ihn schließlich durch die Mundwinkel in die Nacht entweichen. Mit Blicken sondierte er das umliegende Gelände. Weit und breit war nichts Verdächtiges zu sehen. Beste Voraussetzungen für sein Vorhaben.

Wenn ich nicht rechtzeitig aufhöre, lande ich eines Tages mit einer Kugel im Kopf in der Gosse.

Aber was sollte er stattdessen tun? Er hatte sich die Frage schon oft gestellt, ohne eine Antwort darauf zu finden. In dem, was er tat, war er ziemlich gut – zumindest war er es einmal gewesen. Menschen für Geld töten. Leider hatte er nie etwas anderes gelernt. Etwas *Vernünftiges.* Einen Beruf, in den er wieder hätte einsteigen können.

Selbst wenn – wer würde einen alten Idioten wie mich noch nehmen?

Erneut nahm er einen Zug von seiner Zigarette, tief und intensiv. Am liebsten hätte er sich zur Ruhe gesetzt und seine letzte Lebensphase auf den Bermudas verbracht – nirgends auf der Welt war es schöner als dort. Das Problem war nur, dass er nicht genug Geld besaß. Zwar hatte er sich im Lauf der Jahre ein hübsches Vermögen zusammengespart, aber das meiste davon hatte die Polizei eingefroren. Der Vorruhestand kam also noch lange nicht in Frage.

Avram seufzte und drückte seine Zigarette aus. Die Kippe schnippte er nicht weg, sondern entsorgte sie im Aschenbecher seines Wagens, weil er nicht wollte, dass die Polizei ihn später anhand seines Speichels identifizieren konnte. Kleine Fehler konnten in seinem Beruf weitreichende Folgen haben.

Er holte seine Taschenlampe aus dem Handschuhfach und betrat das Zechengebäude – einen einstöckigen Ziegelsteinbau mit verbarrikadierten Fenstern, in dem die Kohlekumpel früher Pause gemacht und sich umgezogen hatten. Der ehemalige Aufenthaltsraum stand leer, es gab weder Tische noch Stühle. In der Mitte stützte ein massiver Betonpfosten das Flachdach. Eingebettet in eine dicke Staubschicht, lagen an einigen Stellen leere Getränkeflaschen, Konservendosen, alte Zeitungen und Pommestüten.

Dasselbe Bild wie heute Mittag. Außerdem sind im Staub keine Spuren außer meinen eigenen zu erkennen. Also ist in der Zwischenzeit niemand hier gewesen.

Avram entspannte sich ein wenig. Dennoch warf er sicherheitshalber auch einen Blick in die Umkleidekabinen.

Aber der Bau stand leer.

Er kehrte zum Wagen zurück, um die Ausrüstung zu holen, die auf dem Rücksitz unter einer Wolldecke lagerte: zwei Benzinkanister, eine kleine, batteriebetriebene Stehlampe, ein nagelneues Handy, ein Dreibeinstativ und eine zwanzig Meter lange Wäscheleine – billig und reißfest. Er brachte alles nach drinnen und stellte die Lampe auf. Sie verströmte nur einen fahlen Schimmer, kaum genug, um die Ecken auszuleuchten. Durch die Bretterverschläge an den Fenstern würde man das Licht draußen kaum wahrnehmen.

Wenn doch, spielt es keine Rolle. Wir werden hier nicht lange brauchen.

Nachdem er das Handy auf das Stativ montiert hatte, positionierte er es drei Meter vor dem Betonpfosten. Anschließend ging er noch mal zum Auto und klappte den Kofferraum auf. Darin lag ein großer, verschnürter Sack, der aufstöhnte, als Avram ihn schulterte.

Sehr gut. Er wacht langsam auf.

Avram brachte den Sack in den Zechenraum, legte ihn auf dem Boden ab und öffnete ihn mit einem Klappmesser aus seiner Hosentasche. Zum Vorschein kam ein junger Schwarzer, noch keine achtzehn Jahre alt. Er war groß, mindestens einsfünfundachtzig, und dürr wie eine Bohnenstange. Dunkles, kurzgeschorenes Haar kräuselte sich auf seinem Kopf, die Augen hatte er geschlossen. Er sah friedlich und unschuldig aus, beinahe zerbrechlich. Die Reinheit in Person.

Aber Geschäft ist Geschäft.

Seine Lider begannen zu flackern. Nicht mehr lange, und er würde zu sich kommen. Avram wollte keine unnötigen Komplikationen eingehen, deshalb zerschnitt er mit ein paar routinierten Bewegungen den Sack und legte den jungen Mann vollends frei.

Er trug ein weißes Seidenhemd und schwarze Armani-Stoffhosen. Die Lederslipper schienen ebenfalls teuer gewesen zu sein, von der protzigen Breitling-Uhr an seinem Handgelenk ganz zu schweigen.

Avram band die Wäscheleine so um den Betonpfosten, dass sie eine große Schlaufe bildete. Dann zerrte er den jungen Mann auf die Beine und schnürte ihn am Hals daran fest. Der röchelte und würgte, aber bis er begriff, was mit ihm geschah, hatte Avram ihm schon die Hände hinter der Säule zusammengebunden. Auch den Rest des Körpers fixierte er mit Wäscheleine.

Zu guter Letzt gab er der Halsschlinge etwas mehr Spiel. Er wollte sein Opfer nicht strangulieren – der Auftrag sah etwas anderes mit ihm vor. Das lose Ende der Schlinge behielt Avram allerdings in der Hand, falls der Kerl zu schreien begann.

Momentan schien er dazu allerdings nicht in der Lage. Er konnte zwar seine Augen schon wieder offen halten, aber sein Blick war noch längst nicht klar. Avram gab ihm ein paar kräftige Ohrfeigen, um ihn wachzurütteln. Als das nicht half, stach er ihm mit dem Klappmesser in den Oberschenkel.

Das half.

Obwohl der Schnitt nicht tief war, jaulte der Schwarze auf und sackte in sich zusammen, doch die Fesseln hielten ihn auf den Beinen. Erst jetzt schien er seine Situation zu begreifen. Er zerrte an der Nylonschnur und versuchte, sich loszureißen, schaffte es aber nicht. Als er einsah, dass Gegenwehr keinen Sinn hatte, begann er zu schreien.

Avram straffte die Leine. Sofort zog sich die Schlinge um den Hals des Schwarzen zu, und er verstummte. Zuckend und röchelnd stand er an dem Betonpfosten. Ein jämmerlicher Anblick.

Avram gab der Schlinge wieder mehr Spiel. Der Schwarze hustete und japste nach Luft wie ein Ertrinkender. Sein Blick war jetzt vollkommen klar – selbst im Dämmerlicht der 30-Watt-Lampe schien das Weiße in seinen Augen zu leuchten. Seine Lippen bewegten sich, tonlose Zischlaute kamen zwischen seinen Zähnen hervor. Er sagte etwas in einer Sprache, die Avram nicht verstand. Es klang wie ein Fluch.

»Wir werden uns jetzt ein bisschen auf Deutsch unterhalten«, sagte Avram. »Ich weiß, dass du mich verstehst, also versuch nicht, mich für dumm zu verkaufen.«

Einen Moment lang sah der Schwarze ihn mit großen, fragenden Augen an, dann nickte er.

»Gute Entscheidung«, raunte Avram. »Das erspart dir ein paar Schmerzen.«

Der Junge schluckte, wobei sein Kehlkopf an der Wäscheleine tanzte. Sein Blick änderte sich – er war jetzt nicht mehr trotzig wie am Anfang, sondern plötzlich voller Angst. Im Licht der Lampe erkannte Avram einen feuchten Glanz in seinen Augen.

»Bitte – ich habe nichts getan.«

Avram ging nicht darauf ein. Jedes Opfer wollte sich auf irgendeine Weise herausreden. Aber er hielt sich stets an seine Grundsätze. Einer davon lautete: Lass dich von deinem Opfer nicht einwickeln.

Avram stellte sich hinter das Stativ, schaltete das Handy an und startete die Kamerafunktion. »Idd al Ghanam. Was fällt dir dazu ein?«, fragte er.

Der junge Mann schüttelte den Kopf. Schweißtropfen waren ihm auf die Stirn getreten. »Keine Ahnung, was das sein soll. Ich habe den Begriff noch nie gehört.«

Doch Avram sah ihm an, dass er die Anspielung ganz genau verstand.

»Ich kann Ihnen Geld geben«, sagte der Schwarze. »Wie viel wollen Sie? Hunderttausend? Zweihunderttausend? Wenn Sie mich laufen lassen, haben Sie morgen früh einen Koffer voll Geld.«

Avram schwieg. Man hatte ihm für den Job nur fünfzigtausend Euro geboten, zehntausend als Vorauszahlung, den Rest nach Erledigung. Wenn er das Angebot dieses jungen Mannes annahm, wäre er mit einem Schlag für eine ganze Weile seine Geldsorgen los.

Zweihunderttausend. Damit kann ich mich zwar noch nicht auf den Bermudas zur Ruhe setzen, aber es wäre ein deutlicher Schritt in die richtige Richtung.

Nur leider gab es in seiner Branche so etwas wie Berufsethos. Man nahm keinen Auftrag an, ohne ihn nach bestem Gewissen auszuführen, sonst sprach sich das ganz schnell herum, und niemand wollte einen mehr engagieren.

»Dein Geld interessiert mich nicht«, log er.

»Wer hat Sie geschickt?«, fragte der Schwarze. »Cualva? Kotambe? Ich wette, dass einer von denen dahintersteckt. Hören Sie, ich biete Ihnen eine halbe Million Euro, wenn Sie mich gehen lassen.«

Eine halbe Million – das war verdammt viel Geld, selbst in Avrams Geschäft. Dass der junge Mann eine solche Summe kurzfristig auftreiben konnte, stand außer Frage – Bjorndahl hatte erwähnt, dass er einen dreistelligen Millionenbetrag auf dem Konto hatte. Insofern waren fünfhunderttausend Euro schon beinahe eine Provokation.

»Wie wäre es mit zwanzig Millionen?«, erwiderte Avram, nur um zu sehen, wie der Bursche reagieren würde.

Der zögerte kurz, nickte dann aber. »Einverstanden«, sagte er. »Aber das dauert ein bisschen länger. Binden Sie mich los und lassen Sie mich telefonieren, dann bekommen Sie das Geld im Lauf des morgigen Tages.«

Avram biss die Zähne zusammen. Warum hatte er nur gefragt? Zwanzig Millionen Euro – war sein Berufsethos tatsächlich mehr wert als dieser Betrag?

»Was ist in Idd al Ghanam passiert?«, presste er hervor. »Ich möchte, dass du es in die Kamera sagst, laut und verständlich.«

Der Junge schüttelte wieder den Kopf. »Ich weiß nicht, wovon Sie reden! Ich schwöre es.«

Eindeutig eine Lüge. Avram zog die Schlinge wieder zu,

diesmal länger. Der Körper des Schwarzen verkrampfte, die Augen schienen beinahe aus ihren Höhlen herauszuquellen. Dabei gab er Geräusche von sich wie ein defekter Motor.

Ein letztes Mal löste Avram die Leine. Der Junge schnappte nach Luft, seiner Kehle entrang sich ein nasses Röcheln, als müsse er seine Lunge auswürgen. Endlich bekam er sich wieder in den Griff.

»Idd al Ghanam«, sagte Avram hinter der Kamera. »Ich will wissen, was dort am 15. Juli 2016 vorgefallen ist. Ich will, dass du in die Kamera siehst und alles erzählst. Und, dass du dich dafür entschuldigst.«

Der Schwarze sah ihn mit kalten Augen an. Von seiner Lippe troff ein Speichelfaden. »Es würde nichts ändern, oder?«

»Es gäbe den Betroffenen ein Gefühl der Genugtuung, wenn du sie um Verzeihung bittest.«

»Aber töten würden Sie mich trotzdem. Aus welchem Grund sollte ich dann tun, was Sie von mir verlangen?«

»Um deinen inneren Frieden zu finden.«

Aber Avram erkannte am Blick des anderen, dass er niemals nachgeben würde.

»Sie können mir drohen. Sie können mir mit Ihrem Messer Gewalt antun. Sie können mir die Luft mit Ihrer dämlichen Wäscheleine abschnüren«, zischte er. »Aber Sie werden von mir niemals erfahren, was am 15. Juni 2016 in Idd al Ghanam passiert ist. Und entschuldigen werde ich mich dafür auch nicht. Haben Sie das kapiert, alter Mann? Wenn Sie also nicht wollen, dass meine Leute Sie finden und Ihnen die Hände abhacken, bevor sie Sie in irgendeinem beschissenen Wald den Tieren zum Fraß vorwerfen, schlage ich vor, dass Sie sich mein Angebot noch einmal überlegen. Zwanzig Millionen Euro. Und die Garantie dafür, dass keiner meiner Männer Ihnen je ein Haar krümmen wird. Also was ist?«

Avram schluckte trocken. Die Summe war extrem verführerisch. Aber noch war er nicht an dem Punkt angelangt, wo er seine Ehre für Geld verkaufen musste.

Er zog die Waffe und richtete sie auf den Schwarzen. »Ich habe mich entschieden«, sagte er. Dann schoss er ihm dreimal in den Kopf und dreimal in die Brust, bevor er es sich noch einmal anders überlegen konnte.

18

Als Emilia aufwachte, war es stockfinster, obwohl die Rollläden im Schlafzimmer einen Spalt breit offen standen. Sie fühlte sich verschwitzt und erschöpft. Bei dem Gedanken daran, wie sie und Mikka sich nach dem Essen geliebt hatten, durchströmte sie auch jetzt wieder eine wohlige Hitze.

Einen Moment lang überlegte sie, ob sie sich noch einmal an ihn heranmachen solle - ihn küssen, sich an ihn kuscheln und ihn an Stellen berühren, wo er nicht nein sagen konnte. Aber er schlief so friedlich neben ihr, dass sie es einfach nicht übers Herz brachte, ihn zu wecken. Also verschob sie die nächste Runde auf später.

Sie warf einen Blick auf den Wecker. 03.27 Uhr - noch viel Zeit zum Schlafen. Sie legte sich wieder hin, grub den Kopf ins Kissen und versuchte, sich zu entspannen. Aber die Müdigkeit verflog immer mehr, anstatt sie zu übermannen.

Ihre Gedanken wanderten zu Becky, und sie fragte sich, ob sie wohlbehalten auf dem Reiterhof angekommen war. Leider befand ihre Tochter sich in einem Alter, in dem sie es als unzumutbare Einschränkung ihrer Persönlichkeitsrechte empfand, ihrer Mutter einmal am Tag ein Lebenszeichen zu geben.

Emilia seufzte und versuchte, nicht mehr an Becky zu denken - was beinahe zwangsläufig dazu führte, dass sie wieder über die Arbeit nachgrübelte. Danach konnte sie überhaupt nicht mehr einschlafen.

Es war ein Teufelskreis.

Um kurz nach halb fünf bemerkte Mikka, dass sie wach im Bett lag. Müde drehte er sich zu ihr. »Alles in Ordnung?«

»Hm«, machte Emilia. »Alles gut.« Sie wollte ihn nicht mit ihren Sorgen belasten.

Doch Mikka hatte ein feines Gespür für ihre Stimmungslage. Auch jetzt schien er zu erahnen, dass sie etwas belastete. »Worüber denkst du nach?«

Sie zögerte einen Moment, beschloss dann aber, sich ihm anzuvertrauen. Vielleicht würde sie sich danach besser fühlen und wieder einschlafen können.

»Ich war vor meiner Präsentation am Freitag bei einem Polizisten in Köln, um ihm einen Besuch abzustatten«, sagte sie. »Er war Teil eines Ermittlerteams, das vor einigen Jahren einen Serienmörder zur Strecke gebracht hat, einen Mann namens Joachim Hartweiler. Der lebte in einem Haus am Waldrand und hat über Jahre hinweg Menschen entführt, um sie grausam zu foltern ...«

Sie erzählte von dem Keller im Stil eines Konzentrationslagers, von den Opfern, die alle sozialen Gruppen widerspiegelten, die auch die Nationalsozialisten verfolgt hatten, von den Notizbüchern und den darin enthaltenen Aufzeichnungen über Wundzufügungen und Heilungsverläufe, und natürlich von Hartweilers bluttriefendem Fluchtversuch.

Als sie die Fallgrube erwähnte, standen ihr Tränen in den Augen. »Ich habe Samuel Witt seitdem nicht mehr gesehen«, sagte sie. »Wäre der Vortrag nicht in Köln gewesen, hätte ich vielleicht nie mehr mit ihm gesprochen. Aber die ganze Sache beschäftigt mich schon seit Tagen, und da dachte ich, es wäre eine gute Idee, ihn zu besuchen.«

»Wie geht es ihm heute?«

Emilia räusperte sich. »Er ist invalide. Hat durch den

damaligen Unglücksfall einen Arm, ein Bein und ein Auge verloren. Sein Gesicht ist völlig deformiert ... Ich kann dir nicht sagen, wie schuldig ich mich bei diesem Anblick gefühlt habe.«

»Mach dich nicht dafür verantwortlich.«

»Ich habe von Witt verlangt, dass er Hartweiler verfolgt, um ihn an der Flucht zu hindern.«

»Du konntest nicht ahnen, was geschehen würde.«

»Dennoch habe ich ihn ins Verderben geschickt. Ohne mich wäre er heute noch ein gesunder, junger Mann.«

Mikka schwieg einen Moment. Im matten Licht der Funkweckerbeleuchtung sah Emilia, wie seine Hand sich ihrem Gesicht näherte und ihr eine Haarsträhne aus der Stirn strich. »Macht er dir Vorwürfe wegen damals?«, fragte er.

»Nein, aber seine Frau. Wenn es nach ihr ginge, sollte nicht ihr Mann im Rollstuhl sitzen, sondern ich.«

»Trotzdem bist nicht du der Bösewicht in der Angelegenheit, sondern dieser Nazi-Psychopath. Welcher Kategorie gehörte er an? Auf der Stone-Skala, meine ich. Zwanzig, oder sogar mehr?«

Die Stone-Skala war nach einem US-amerikanischen Psychiater benannt, der die Abgründe menschlichen Verhaltens in zweiundzwanzig Kategorien eingeteilt hatte. Serienmörder wurden bei Interpol immer nach dieser Skala klassifiziert, um den Grad ihrer Abnormität und Gefährlichkeit ermessen zu können. Seit Mikka mit Emilia zusammen war, interessierte er sich sehr dafür.

Aber Emilia zuckte mit den Schultern. »Weiß ich nicht mehr«, gestand sie. »Joachim Hartweiler war oberes Mittelfeld, glaube ich. Irgendwo zwischen fünfzehn und achtzehn, wenn ich mich nicht täusche.«

In die Kategorien zwanzig bis zweiundzwanzig fielen nur

Psychopathen, deren Hauptmotiv das Foltern war. Aber Hartweiler hatte eine – wenn auch fehlgeleitete – politische Gesinnung gehabt.

»Wurde der Typ damals geschnappt?«, fragte Mikka.

»Ja, aber er erlag im Krankenhaus seinen Verletzungen.«

»Und was hat er mit den Leichen angestellt?«

»Drei hat er in seinem Garten vergraben«, sagte Emilia. »Groß genug war der ja.«

»Und die anderen?«

»Hat man nie gefunden.«

Eine Weile redeten sie noch über den Fall – Mikka stellte Fragen, Emilia antwortete darauf, so gut es ihre Erinnerung zuließ. Obwohl sie dadurch alles noch einmal durchleben musste, fühlte sie sich immer besser.

Auch die Müdigkeit kehrte endlich wieder zurück. Emilia gab Mikka einen Kuss fürs Zuhören, drehte sich um und schmiegte sich mit dem Rücken an ihn.

»Halt mich ganz fest, bis ich wieder eingeschlafen bin«, bat sie.

Mikka legte seinen Arm um sie.

19

Die Schatten der Nacht verfolgten Avram am kommenden Morgen wie Dämonen – Erinnerungen an den schwarzen Jungen, den er erschossen hatte. Jeweils drei Kugeln ins Herz und in die Stirn. Um sicherzugehen, dass er nicht durch einen glücklichen Zufall überleben würde, hatte Avram anschließend den gefesselten Körper mit Benzin übergossen und den Rest kreuz und quer im Raum verteilt. Anschließend hatte er die alte Zechenbaracke in Brand gesteckt und so lange mit dem Handy gefilmt, bis der junge Mann vollkommen von den Flammen verschluckt worden war.

Jetzt saß Avram am Steuer seines Wagens und versuchte, die Bilder aus seinem Kopf zu vertreiben. So recht gelingen wollte ihm das nicht. Er fragte sich, wie lange es noch dauern würde, bis sie in den Radionachrichten etwas über den nächtlichen Mord in der alten Zeche brachten. Bestimmt waren die polizeilichen Ermittlungen schon in vollem Gang.

Das Navi kündigte an, dass Avram an der nächsten Abzweigung nach links fahren müsse. Er tippte gegen den Blinker und bog ab. Von hier war es nicht mehr weit bis zur Anwaltspraxis von Dr. Borchert, die sich nördlich der Dresdener Innenstadt im Stadtteil Trachau befand.

Avram stellte seinen BMW auf dem Mandantenparkplatz ab, betrat das ockerfarbene Sandsteingebäude und fuhr mit dem Aufzug in die dritte Etage, wo eine Sekretärin mit weißer Bluse und hochgesteckten Haaren ihn in ein Besprechungszimmer führte.

»Herr Dr. Borchert wird gleich bei Ihnen sein«, sagte sie, während Avram es sich in einem wuchtigen Echtledersessel bequem machte. »Darf ich Ihnen solange einen Kaffee anbieten?«

Avram lehnte dankend ab, weil Kaffee ihm in den letzten Jahren immer mehr auf seinen ohnehin nervösen Magen schlug. Manchmal fühlte es sich an, als würde jemand seine Eingeweide mit einem glühenden Dolch aufschlitzen. Aus diesem Grund übte er sich meistens in Verzicht.

Während er wartete, sah er sich im Zimmer um. Es war geräumig und hochwertig ausgestattet. Nicht nur die Ledergarnitur war teuer gewesen, sondern bestimmt auch die Ölgemälde an der Wand - moderne, farbenfrohe Interpretationen von Savannen- und Steppenszenen: Tiere an einer Wasserstelle, Antilopen auf der Flucht, ein Nashorn beim Angriff auf einen Geländewagen, ein Massai-Krieger mit Speer und Lanze. All das wirkte trotz - oder vielleicht auch gerade wegen - der Leuchtkraft der Farben so lebensecht, dass Avram regelrecht in die Bilder hineingesogen wurde.

»Sie sind magisch, nicht wahr?«, fragte eine Stimme.

Im Eingang stand ein etwa siebzigjähriger, rundlicher Mann mit schütterem, glatt zurückgekämmtem Haar und einer randlosen Brille auf der Nase. Er trug einen Zweireiher mit Weste und einem zur Krawatte passenden Einstecktuch. Als er näher kam, fiel Avram auf, dass die Manschettenknöpfe, die unter den Anzugärmeln hervorlugten, goldene Miniaturnachbildungen des afrikanischen Kontinents waren.

Avram stand auf, damit sie sich die Hände schütteln konnten.

»Dr. Albrecht Borchert. Sehr erfreut. Das hier ist mein Mandant David Ogambe.«

Borchert trat einen Schritt zur Seite und deutete mit einer jovialen Handbewegung auf einen muskulösen Schwarzen, etwa Mitte vierzig, der aussah wie ein Schwergewichtsboxer. Er trug ein abgewetztes Jackett, Blue Jeans und Wildlederboots. Seine Augen verströmten nichts als Misstrauen.

Auch er kam auf Avram zu, aber nicht, um ihn zu begrüßen, sondern, um ihn zu durchsuchen.

»Ich bin unbewaffnet«, sagte Avram.

Ogambe tastete ihn aber dennoch ab, von oben bis unten, auch entlang der Hosenbeine. Obwohl er dabei gründlich vorging, übersah er die halbe Rasierklinge, die Avram stets für den Notfall bei sich trug. Auch das Pflaster, das Avram sich auf die Brust geklebt hatte, bemerkte er nicht.

»Haben Sie das Video?«, fragte Ogambe mit leichtem Akzent.

Avram wusste, dass der andere die Sprache von einem deutschen Missionar gelernt hatte, der die Schule in M'Boko führte. Alle in dem Dorf sprachen daher besser Deutsch als Englisch. Das war wohl auch der Grund, warum sie Avram engagiert hatten.

Er nickte. »Ich habe das Video dabei.«

»Wo ist es?«

»Wo ist das Geld?«

Ogambe zögerte. Dann zog er ein Kuvert aus der Innentasche seines Jacketts, öffnete es und hielt es so, dass Avram einen Blick hineinwerfen konnte.

Ob es wirklich vierzigtausend Euro waren, konnte Avram nicht erkennen, aber nach seiner Erfahrung mochte es ungefähr stimmen. Zusammen mit der Anzahlung ergab das die vereinbarten fünfzigtausend Euro.

Hätte ich den Jungen laufen lassen, hätte er mir dafür das Vierhundertfache bezahlt. Zwanzig Millionen. Damit hätte ich mich zur Ruhe setzen können.

Er fragte sich, ob seine Entscheidung richtig gewesen war. Es hatte eine Zeit gegeben, in der er in der Branche ein gefragter, gutbezahlter Profi gewesen war. Doch seit Saschas Tod und der Auszeit, die Avram sich daraufhin genommen hatte, hatte die Situation sich verändert. Das Geschäft war schnelllebig geworden. Avram zählte sich noch nicht zum alten Eisen, doch mittlerweile waren andere Leute nachgerückt. *Jüngere* Leute, die für weniger Geld ein höheres Risiko in Kauf nahmen und dadurch die Preise kaputtmachten. Wahnsinnige, denen der Nervenkitzel wichtiger war als ihre Zukunft.

»Was ist mit dem Video?«, drängte Ogambe. »Ich möchte es sehen, bevor ich Ihnen das Geld gebe.«

Avram öffnete die obersten Knöpfe seines Hemds und zog das Pflaster von der Brust ab. Darunter kam ein SD-Speicherchip zum Vorschein, den er Ogambe reichte, nachdem er die Fingerabdrücke darauf abgewischt hatte.

»Dr. Borchert, ich muss Sie bitten, draußen zu warten«, sagte Ogambe.

Borchert schien damit gerechnet zu haben und verließ das Zimmer. Ogambe zog ein Handy aus der Tasche, entfernte die Rückenplatte und legte die SD-Karte ein. Kurz darauf hatte er das Gerät hochgefahren.

»Wie lautet das Passwort?«, wollte er wissen.

»M'Boko«, antwortete Avram.

Ogambe tippte es in sein Handy, stöpselte einen Kopfhörer ein und steckte sich den Knopf ins Ohr. Schließlich startete er das Video. Ohne eine Miene zu verziehen, sah er es sich an, von Anfang bis Ende. Avram konnte den Ton nicht hören, nur die sechs Schüsse, die er abgefeuert hatte.

Kurz darauf sah Ogambe vom Display auf und wirkte dabei sehr zufrieden. »Endlich ist das Schwein tot«, murmelte er. »Ich danke Ihnen, auch im Namen meiner Freunde in M'Boko und Kisali. Wir werden jetzt wieder ruhig schlafen können.«

Als er Avram das Kuvert reichte, wirkte er plötzlich nervös.

»Bevor Sie das Geld nachzählen, muss ich Ihnen sagen, dass es sich nur um etwa fünftausend Euro handelt. Bitte interpretieren Sie das nicht als Respektlosigkeit. Es ist nur – das ist alles, was wir zusammenbringen konnten.«

Avram spürte, wie seine Kehle austrocknete. Er war übers Ohr gehauen worden.

»Wir hatten einen Deal«, presste er hervor.

»Und wir haben alles versucht, um unseren Teil der Abmachung einzuhalten. Aber wir konnten einfach nicht mehr Geld auftreiben.« Ogambe ballte die Fäuste, wohl weil er mit einem Angriff rechnete.

Avram war auch kurz davor. Aber was hätte es geändert? Seinem Geld würde er dadurch nicht näherkommen.

»Es tut mir leid«, sagte Ogambe mit ehrlichem Bedauern in der Stimme. »Wir wussten, dass Sie für so wenig Geld keinen Auftrag annehmen würden, also haben wir mehr geboten, als wir uns leisten konnten. Es war eine Notlüge. Der Mann, der das Geschäft eingefädelt hat, meinte, Sie würden das verstehen.«

Offenbar sprach Ogambe von Rutger Bjorndahl, Avrams langjährigem Freund und Kontaktmann – den er dringend zur Rechenschaft ziehen musste.

Rutger soll lukrative Aufträge für mich an Land ziehen, keine Wohltätigkeitseinsätze!

Er unterdrückte ein Seufzen und versuchte, seinen Blutdruck wieder in den Griff zu bekommen. Von Anfang an hatte er kein gutes Gefühl bei diesem Auftrag gehabt. Es lohnte sich nicht, für Ideale zu kämpfen, schon gar nicht für die Ideale anderer. Dabei gab es nur Scherereien, noch dazu für wenig Geld. Herrgott, wie sehnte er sich nach den Zeiten zurück, als er noch dick im Geschäft gewesen war!

David Ogambes Fäuste lösten sich. Er spürte offenbar, dass von Avram keine ernsthafte Gefahr mehr ausging. »Vielleicht tröstet es Sie, dass Sie die Welt heute Nacht ein bisschen sicherer gemacht haben«, sagte er.

Avram verließ das Zimmer ohne Abschiedsgruß.

20

»Guten Morgen.«

Mikka stand in der Küche und war offenbar bester Laune – er strahlte über das ganze Gesicht. Müde blinzelte Emilia ihm entgegen. Sie fühlte sich wie gerädert.

»Wie willst du dein Frühstücksei?«, fragte Mikka.

»Weichgekocht, bitte.«

»Wird gemacht. Und wenn ich dich so anschaue, kannst du auch eine ordentliche Tasse Kaffee vertragen.«

Emilia lächelte. »Ich weiß nicht, ob ich den Tag ohne Kaffee überleben würde«, sagte sie. »Kann ich noch etwas helfen?«

Doch Mikka winkte in gespieltem Ernst ab. »In deinem Zustand wärst du keine Hilfe, sondern ein latentes Sicherheitsrisiko. Setz dich an den Frühstückstisch und lass dich von mir verwöhnen.«

Auf unsicheren Beinen tippelte Emilia in den Flur zurück. Die Müdigkeit steckte ihr tief in den Knochen, außerdem hatte sie wieder mal Kopfweh – das alte Leiden. Mit den Jahren war es immer schlimmer geworden. Der Stress, der permanente Zeitdruck, das Wissen, dass jeder Fehler Menschenleben kosten konnte – das alles schlug sich bei ihr in Form von Verspannungen nieder. Noch dazu das wachsende Arbeitspensum: Mörder und Serienkiller schienen inzwischen wie Pilze aus dem Boden zu schießen, und seit der Öffnung der europäischen Grenzen jagten viele von ihnen auch außerhalb ihres Heimatlands. Die Zahl der bei Interpol registrierten Serienmorde stieg ständig, nur leider wurde aus Kostengründen das Personal in Lyon nicht im selben Maß aufgestockt.

Emilia holte sich im Badezimmer eine Kopfschmerztablette, die sie mit einem Schluck Wasser aus dem Zahnputzbecher hinunterspülte. Der Druck hinter den Augen war noch halbwegs erträglich, die Chancen standen also ganz gut, dass die Tablette den Schmerz vertreiben würde.

Danach ging sie ins Esszimmer, wo der Tisch bereits fertig gedeckt war. In einem silbernen Ständer brannte eine weiße Kerze. Sogar frische Brötchen und Croissants hatte Mikka gekauft.

Emilia warf einen Blick auf die Uhr an der Wand. Schon fast halb elf. Unfassbar! Sie konnte sich nicht erinnern, wann sie zuletzt so lange geschlafen hatte.

Mikka kam mit dem Kaffee herein und stellte ihre Tasse neben dem Teller ab.

»Vielen Dank«, sagte Emilia. Wieder einmal wurde ihr bewusst, wie viel Glück sie mit diesem Mann hatte. Er trug sie auf Händen, las ihr jeden Wunsch von den Lippen ab, sah überdies hervorragend aus, und seine Qualitäten als Liebhaber ließen auch nicht zu wünschen übrig. Manchmal fragte sie sich, ob sie ihn überhaupt verdiente.

Sie nahm die Tasse, pustete den Dampf weg und nippte vorsichtig daran. Das köstlich-intensive Aroma auf der Zunge belebte ihre Sinne. Sofort fühlte sie sich besser.

Mikka setzte sich zu ihr. »Du bist heute Nacht zwar schnell wieder eingeschlafen, aber danach hast du kaum noch zur Ruhe gefunden«, sagte er. »Schlecht geträumt?«

Sie zuckte mit den Schultern. »Keine Ahnung.«

»Du hast ein paarmal im Schlaf gesprochen.«

»Was habe ich gesagt?«

»Immer nur ein Wort. Genau habe ich es nicht verstanden. Für mich klang es wie *Engel.* Na ja, eigentlich eher wie *Mängel*, aber das ergibt wohl keinen Sinn.«

Im ersten Moment konnte Emilia sich darauf keinen Reim machen. Dann fiel es ihr wieder ein.

»Mengele«, sagte sie.

Mikka sah sie fragend an.

»Dr. Josef Mengele«, erklärte sie. »Der KZ-Arzt.«

»Hat das auch etwas mit diesem Fall zu tun, von dem du mir erzählt hast?«

Sie nickte, nahm ein Croissant und biss davon ab. »Joachim Hartweiler hatte in seinem Folterkeller ein paar Bilder an der Wand hängen«, sagte sie. »Als wir heute Nacht miteinander sprachen, habe ich gar nicht mehr daran gedacht.«

»Was für Bilder waren das?«, fragte Mikka.

»Alte Fotografien. Ich denke, Hartweiler hat sie aus Büchern über das Dritte Reich herausgeschnitten und anschließend gerahmt. Das Warschauer Ghetto, der Todesmarsch von Mauthausen ... solche Dinge. Eines der Bilder zeigte Mengele im KZ von Auschwitz.«

»Und was war daran so besonders, dass du sogar im Schlaf darüber sprichst?«

»Das Bild ist damals verschwunden.«

»Wie meinst du das?«

»Es wurde wie alles andere aus Hartweilers Keller sichergestellt, aber kurz darauf verschwand es aus der Asservatenkammer der Polizei.«

»Und sonst kam nichts weg?«

Emilia schüttelte den Kopf. »Nur das Bild von Josef Mengele«, sagte sie. »Für irgendjemanden musste es eine ganz besondere Bedeutung gehabt haben.«

21

In Avram rumorte immer noch die Enttäuschung. Sieben Bodyguards hatte er außer Gefecht setzen müssen, um Hassan Omar aus seinem vorübergehenden Wohnsitz in Leipzig zu entführen.

Er hatte sein Leben riskiert.

Für fünfzehntausend Euro.

Jetzt saß Avram in der Innenstadt von Dresden, mit einem belegten Brötchen in der Hand, während er gleichzeitig versuchte, über das Handy Rutger Bjorndahl zu erreichen, der ihm diese unglückselige, afrikanische Wohltätigkeitsmission eingebrockt hatte. Leider sprang nur die Voicebox an.

Ist er tatsächlich verhindert, oder nimmt er bloß nicht ab, weil er meine Reaktion ahnt?

Avram befand sich in bester Stimmung für einen offenen Wortwechsel. Seinen Unmut auf Band zu sprechen hätte ihm keine Genugtuung verschafft. Deshalb hinterließ er nur eine kurze Nachricht.

»Ruf mich zurück, Rutger«, sagte er. »Nicht erst morgen, sondern so bald wie möglich. Du weißt, wie du mich erreichen kannst.«

Er beendete das Gespräch und stellte seinen Jackenkragen auf. Obwohl es ein sonniger Vormittag war, pfiff ein unangenehm kühler Wind durch die Häuserzeilen.

Avram aß sein Brötchen und fragte sich, was Bjorndahl dazu bewogen hatte, diesen Auftrag anzunehmen? Laut

Ogambe hatte er gewusst, dass die Bezahlung weit unter Wert liegen würde. Was sollte das?

Bin ich inzwischen so schwer zu vermitteln, dass sich keine vernünftigen Preise mehr für mich erzielen lassen?

Die Frage war wie ein Stich ins eigene Fleisch. Lagen seine besten Jahre tatsächlich schon hinter ihm? War er mit Mitte Fünfzig bereits am Ende seiner Karriere angelangt?

Lustlos warf er seine Papiertüte in den Mülleimer neben ihm. Wenn er etwas hasste, dann das Gefühl, auf die Reservebank geschoben zu werden.

Als er seine E-Mails checkte, sah er, dass eine Nachricht von Rutger Bjorndahl eingegangen war, bereits in der Nacht. Avram hatte seinen Account seit gestern nicht mehr durchgesehen – es war ja nicht gerade so, dass die Auftragseingänge sich bei ihm häuften.

Der Betreff bestand wie üblich nur aus dem Begriff »Auftrag« und dem geplanten Datum.

Das war heute.

Avram zog die Stirn in Falten. Hatte er einen Termin übersehen? Seines Wissens war für den heutigen Tag nichts geplant.

Bjorndahls eigentliche Nachricht beschränkte sich ebenfalls nur auf wenige Details:

20.10., 19.00 Uhr, Marktplatz Bremen,
am Roland.
Eine Frau mit weißer Rose, i.O.?

Offenbar handelte es sich um eine neue Auftraggeberin, was Avram in seiner derzeitigen finanziellen Lage nur recht sein konnte. Er warf einen Blick auf die Uhr. Viertel vor elf. Nach Bremen waren es von Dresden aus geschätzt fünfhundert

Kilometer. Bis 19.00 Uhr musste das locker zu schaffen sein, selbst bei voller Autobahn.

Avram drückte das »Antworten«-Symbol und schrieb Bjorndahl ein kurzes »Ja« zurück.

Auf dem Weg zu seinem Auto fühlte er sich zum ersten Mal beobachtet. Dafür gab es keinen konkreten Anlass, niemanden, der ihn auffällig aus der Entfernung beäugte oder ihm durch die Fußgängerzone folgte. Es war nur eine vage Ahnung, ein Kribbeln im Nacken, das sich vor drohenden Gefahrensituationen bei Avram einstellte. Instinkt und Erfahrung hatten dieses Frühwarnsystem über die Jahre hinweg geschärft, und es war ihm bisher stets ein guter Ratgeber gewesen. Avram beschloss, von nun an die Augen offen zu halten.

Um den unsichtbaren Schatten abzuschütteln, schlug er ein paar unbelebtere Seitengassen ein. Hin und wieder hielt er vor einem Schaufenster, aber nicht, um die Auslagen zu begutachten, sondern um unauffällig einen Blick nach hinten erheischen zu können. Aus demselben Grund band er sich auch einmal die Schuhe.

Aber ihm fiel niemand Verdächtiges auf.

Vielleicht habe ich mich geirrt.

Dennoch blieb das Kribbeln im Nacken, umso mehr, als Avram seine Pistole im Auto gelassen hatte. Möglicherweise ein Fehler. Falls es tatsächlich jemand auf ihn abgesehen hatte, würde ihm die halbe Rasierklinge in der Jackentasche wohl nicht viel helfen.

Aber wer kam dafür in Frage? Ließ David Ogambe ihn verfolgen? Wenn ja, warum?

In seiner Zeit als Profikiller hatte Avram schon vieles erlebt. Es gab Auftraggeber, die sich nach der Übergabe ihr

Geld zurückholen wollten, und solche, denen Avram als unliebsamer Mitwisser ein Dorn im Auge war. Gehörte Ogambe zu einer dieser beiden Kategorien?

Natürlich gab es noch eine andere Möglichkeit, nämlich, dass Hassan Omars Männer ihm auf den Fersen waren. Avram glaubte zwar nicht, dass er bei der Entführung einen Fehler begangen hatte – die Bodyguards, die zu Omars Schutz eingeteilt gewesen waren, hatte er alle ausgeschaltet. Aber er konnte nicht ausschließen, dass David Ogambe auf dem Weg zu seinem Anwalt verfolgt worden war – von jemandem, der sich nun an ihn geheftet hatte.

22

Mit gleichgültiger Miene saß Jens Lindfeller auf seiner Lieblingsparkbank im Augsburger Naherholungsgebiet Siebentischanlagen. Von hier aus bot sich ein wundervoller Blick über die weitläufigen Rasenflächen und den schönen, alten Baumbestand, sogar bis zum Schaerzlerbrunnen konnte man sehen. Aus einem Grund, den er sich selbst nicht erklären konnte, war ihm dieser Platz wichtig, obwohl er für die Schönheit des Parks schon lange keine Augen mehr hatte.

Die Sonne schien von einem wolkenlosen Himmel herab. Nach ihrem Stand zu urteilen, musste es etwa elf Uhr vormittags sein, doch von ihrer wärmenden Kraft war bislang wenig zu spüren. Nur noch ein paar Wochen bis zum Winterbeginn. Für die kommende Nacht war erstmals Frost angesagt.

Jens Lindfellers Gedanken wanderten hin und her. In letzter Zeit dachte er viel über sein Leben nach. Darüber, wohin es ihn hätte führen können. Und darüber, wohin es ihn tatsächlich geführt hatte.

Oft dachte er über seine Familie nach, auch jetzt. Aus der Innentasche seiner Jacke zog er ein Foto. Es zeigte seine Frau Irene, seine Tochter Melanie, seinen Sohn Tim und ihn. Sie strahlten alle, vor allem Melanie mit ihrer breiten Zahnlücke. Eine Vorzeigefamilie wie aus dem Bilderbuch – traurige Erinnerungen an eine Zeit, in der er noch glücklich gewesen war.

Melanie und Tim liebte er über alles, er vermisste sie jeden Tag. Seine Frau vermisste er nicht. Im Gegenteil – es gab Phasen, in denen der Zorn auf sie so gewaltig wurde, dass er sie, hätte sich ihm die Gelegenheit geboten, am liebsten erwürgt hätte.

Irene hatte ihm alles genommen. Die Kinder, das Haus, seine Würde.

Seit fünf Monaten lebte Jens Lindfeller nun schon auf der Straße.

Doch er wusste, dass auch ihn ein Teil der Schuld an seiner Situation traf. Tief im Inneren war er immer davon ausgegangen, dass seine Ehe eine feste Größe in seinem Leben sei. Eine unumstößliche Konstante. Dass die Liebe zwischen Irene und ihm für die Ewigkeit halten würde, und vielleicht hätte sie das sogar getan, wenn er sich nicht so hätte gehen lassen. Aber wenn er ehrlich zu sich war, lagen Welten zwischen dem gutaussehenden, sportlichen Mann auf dem Familienfoto und dem Mann, der er in den letzten Jahren geworden war. Nicht nur, dass er zwanzig Kilo zugelegt und kaum noch Wert auf seine Klamotten gelegt hatte. Nach seiner Entlassung war er auch zu faul geworden, sich regelmäßig zu rasieren oder zu duschen – wozu brauchte man das, wenn man ohnehin nur den ganzen Tag zu Hause vor der Glotze hockte?

Schließlich kam noch der Alkohol dazu. Jens Lindfeller hatte sich schon immer gern ein Glas genehmigt, manchmal auch mehr, zum Abendessen oder auch mal mit Freunden in einer Kneipe. Aber in den letzten zwei Jahren hatte es überhandgenommen. Nicht nur Bier und Wein, sondern auch immer mehr Schnaps. Einige Male hatte Irene versucht, ihn zur Rede zu stellen. Im Nachhinein glaubte er, dass das ihre verzweifelten Versuche gewesen waren, ihre Ehe zu retten.

Damals hatte er es nur als Bevormundung verstanden. Irene und er waren nach diesen Gesprächen immer im Streit auseinandergegangen, am Ende hatte er sie sogar zweimal geschlagen.

Jens Lindfeller biss seufzend die Zähne zusammen. Er hatte alles verloren, was ihm einmal lieb und teuer gewesen war. Aber er durfte Irene nicht die Schuld dafür zuschieben.

Ich hätte sie besser behandeln müssen. Stattdessen habe ich meine Ehe mit Füßen getreten. Kein Wunder, dass Irene sich einen anderen gesucht hat.

Leider war dieser andere ein Jurist gewesen, genauer gesagt ein Anwalt für Scheidungsrecht. Dr. Florian Harlan. Und der hatte ihn vor Gericht regelrecht ausbluten lassen. Jetzt teilte er mit Irene das Bett, während Jens Lindfeller die Nächte in der Gosse verbrachte.

Scheiße, wie hat es nur so weit kommen können?

Jens Lindfeller kannte die Ursache für seinen Absturz ganz genau. Weder Irene noch er hatten Schuld an der Situation, nicht einmal Dr. Harlan. *Kalafgan* – das war der entscheidende Punkt gewesen. Der Anfang vom Ende. Nach den Ereignissen vom 05. Mai 2013 war er nie mehr der Alte gewesen.

Lindfeller steckte das Foto wieder weg – es riss nur alte Wunden auf. Stattdessen zog er aus einer anderen Tasche seinen Flachmann und nippte daran. Billigschnaps aus dem Norma in Haunstetten – der günstigste Fusel, den man in der Umgebung kriegen konnte, Kopfweh inklusive. Aber wenigstens half er, den Alltag zu vergessen.

Einen Moment lang schloss Jens Lindfeller die Augen. Er genoss die wohltuende Wärme in seiner Kehle und wartete auf die betäubende Wirkung des Alkohols. Leider klappte es diesmal nicht.

Vielleicht ist mein Pegel schon zu hoch. Würde mich nicht wundern.

Zum Frühstück hatte er drei Underberg auf leeren Magen getrunken, seitdem nippte er immer wieder an seinem Flachmann. Gegessen hatte er nur ein halbes Sandwich, das er in einem Abfalleimer am Bahnhof gefunden hatte, ohne Belag und vom Vortag. Mehr hatte es heute noch nicht für ihn gegeben.

Als er die Augen wieder öffnete, sah er einen Mann auf sich zukommen, mittelgroß, mit zerschlissenem Tweedmantel und wirrem, grauem Haar – Frieder Matthes. Von allen Menschen, die Lindfeller auf der Straße kennengelernt hatte, kam Frieder einem Freund am nächsten. Angeblich war er erst zweiundvierzig Jahre alt – das behauptete er zumindest. Aber er sah eher aus wie sechzig.

Das Leben auf der Straße war hart.

Lindfeller und Matthes waren sich zum ersten Mal im Juli begegnet, genau hier, auf dieser Parkbank. Matthes hatte ein zutrauliches Eichhörnchen mit einem Stück Brotrinde angelockt und wollte es aus der Hand fressen lassen. Das war ihm zwar nicht gelungen, aber immerhin zeigte es, dass sein Herz sich am rechten Fleck befand. Also hatte Lindfeller sich zu ihm gesetzt und ein Gespräch mit ihm begonnen. Seitdem trafen sie sich alle paar Tage hier, um ein wenig zu plaudern.

Mit unsicheren Tippelschritten kam Matthes näher.

Der hat noch viel mehr intus als ich.

Lindfeller grinste.

Als Matthes endlich die Parkbank erreichte, klopfte er seinem Kumpel freundschaftlich auf die Schulter und nahm mit einem gedehnten Ächzen neben ihm Platz.

»Schluck gefällig?« Mit diesen Worten hielt er Lindfeller die halbvolle Bierflasche hin, die er bei sich hatte.

Lindfeller nahm einen Schluck und gab die Flasche zurück. »Verdammt frisch heute«, sagte er.

»Es wird sogar noch kälter«, sagte Matthes. »Heute Nacht soll's unter null Grad gehen.«

»Das habe ich auch gehört.«

»Wenn ich dir einen Rat geben darf: Besorg dir einen anderen Mantel.« Er griff nach Lindfellers Ärmel, knetete ihn durch, befühlte ihn. »Der hier taugt nichts. Du brauchst einen, der dich durch den Winter bringt. Einen, der richtig warm gibt. Oder einen, der so weit ist, dass du ihn gut mit Zeitungspapier ausstopfen kannst. Der hier bringt's nicht.«

»Zeitungspapier?«

»Sieht nicht besonders sexy aus, aber du findest es in jeder Mülltonne, und es hält den Körper warm. Wart's ab, du wirst mir für den Tipp noch dankbar sein.«

Lindfeller nickte. Im Gegensatz zu seinem Kumpel hatte er noch keinen Winter auf der Straße mitgemacht, aber er glaubte ihm jedes Wort.

Zeitungspapier – nie hätte er gedacht, dass er einmal so tief fallen würde.

»Siehst du den Kerl dort drüben?«, fragte Matthes plötzlich. »Den mit dem Trenchcoat. Ich glaub, der will was von uns.« Er deutete mit dem Kinn über die Wiese, wo ein Mann mit einem Handy am Ohr auf einer Parkbank saß. Tatsächlich schweifte sein Blick einmal kurz zu ihnen herüber, aber nichts daran schien Lindfeller verdächtig.

»Vielleicht hat er ein Auge auf dich geworfen«, frotzelte er. »Ihr zwei wärt ein ganz hübsches Paar.«

Matthes gab einen undefinierbaren Laut von sich. »Mach dich ruhig lustig über mich«, sagte er. »Aber ich wette, dass an dem Kerl was faul ist. Ich lebe seit fünf Jahren auf der Straße – da lernt man, wem man vertrauen kann und wem nicht. Und dem da kannst du definitiv *nicht* vertrauen. Siehst du nicht, wie der immer wieder zu uns rüberschielt? Vielleicht ist der wirklich vom anderen Ufer. So 'n Perverser, der Obdachlose überfällt und sie dann missbraucht.«

Lindfeller hatte keine Lust mehr auf dieses Thema. Deshalb lenkte er das Gespräch in eine andere Richtung. Eine Weile unterhielten sie sich darüber, welche Übernachtungsplätze sich am besten für den Winter eigneten. U-Bahn-Stationen waren trocken, wurden aber manchmal durchsucht und geräumt. Unter Brücken blieb man ebenfalls trocken, allerdings waren diese Plätze rar und zudem nicht windgeschützt. Von Obdachlosenheimen und Notunterkünften riet Matthes ab.

»Dort schnarchen alle, und es stinkt«, meinte er. »Manche klauen dir dort auch noch deine letzten Habseligkeiten. Letzten Winter hat mir einer 'n Schlüsselanhänger gestohlen. Nein, ins Heim geh ich höchstens in den richtig kalten Nächten.«

Danach schwelgten sie wie üblich in Erinnerungen. Matthes erzählte von der Zeit, in der seine kleine Elektrofirma noch gut gelaufen war, bis ihm die Krankheit einen Strich durch die Rechnung gemacht hatte. Osteoporose. Von da an war es bergab gegangen.

Lindfeller brachte ein paar Anekdoten aus seinen Tagen bei der Bundeswehr zum Besten. Vor allem die Saufgelage interessierten Matthes, aus irgendeinem Grund hatten sie es ihm besonders angetan.

»Wenn du willst, können wir uns über den Winter zusammentun«, schlug Matthes irgendwann vor.

Den Vorschlag hatte er schon einmal gemacht, doch Lindfeller war nicht darauf eingegangen. Er war ein Einzelgänger, schon immer gewesen, und obwohl Matthes ihm in den letzten Monaten sehr ans Herz gewachsen war, lehnte er auch jetzt wieder ab. Jemanden an seiner Seite zu haben konnte das Leben zwar erträglicher machen, aber es bedeutete auch Verantwortung. Außerdem würde er damit wieder eine emotionale Bindung eingehen. Das gefiel ihm nicht. Er wollte nicht schon wieder jemanden verlieren, der ihm nahestand. Frieder machte es höchstens noch ein oder zwei Jahre. Er sah jetzt schon aus wie ein lebender Toter.

Nein, Jens Lindfeller wollte diese Freundschaft nicht intensivieren, aus purem Eigenschutz.

Nachdem sie für den heutigen Tag alles besprochen hatten, was es zu besprechen gab, verabschiedete Matthes sich wieder und schlurfte davon. Lindfeller sah ihm einen Moment nach, dann legte er den Kopf zurück und schloss die Augen. Er war müde, der Alkohol schläferte ihn ein. Hätte er Geld gehabt, hätte er sich jetzt irgendwo eine ordentliche Tasse Kaffee gekauft, schön stark, so wie Irene ihn früher zubereitet hatte.

Wie sehr er sie immer noch vermisste, wenn er sie nicht gerade hasste! Es war zum Verrücktwerden.

Er hörte ein Geräusch neben sich, das Rascheln von Stoff, dann spürte er eine leichte Erschütterung. Jemand hatte sich neben ihn gesetzt. Als er die Augen wieder aufschlug, sah er, dass es der Anzugträger war.

Aus der Nähe sah er eigentlich recht sympathisch aus, oder zumindest seriös. Auf jeden Fall nicht wie jemand, der mit ihm ins Bett wollte. Er war etwa sechzig Jahre alt, hatte kurzes, graues Haar, intelligente Augen, ein markantes, glattrasiertes Kinn und hohe Wangenknochen. Seine ganze Erscheinung verströmte eine natürliche Autorität, ohne dabei angsteinflößend zu wirken. Eher erhaben, wie bei einem englischen Gentleman.

Distinguiert.

Das war das richtige Wort. Besser konnte man ihn nicht beschreiben.

»Sie sind Herr Lindfeller, nicht wahr?«, sagte der Mann und sah ihm dabei fest in die Augen.

Lindfeller nickte. »Woher kennen Sie mich?«

»Sie haben ab 2005 in der Bundeswehr gedient. Einen Teil der Zeit in Afghanistan. Unehrenhaft entlassen am 30. September 2013.«

Der Mann wusste offenbar ziemlich genau über ihn Bescheid. Er stellte keine Fragen, er traf Feststellungen. Lindfeller spürte, wie der Ärger in ihm hochkochte. Er wollte nicht mehr an dieses beschissene Kapitel in seinem Leben denken. Nie mehr.

»Wer sind Sie?«

»Jemand, der Ihnen helfen kann.«

Lindfeller schnaubte. Er hatte seinen Job verloren, seine Familie, sein gesamtes Hab und Gut, sogar seine Selbstachtung. »Ich danke Ihnen für das Angebot«, sagte er. »Aber ich fürchte, dass es auf dem ganzen verdammten Planeten niemanden gibt, der mir noch helfen kann.«

Die schmalen Lippen des Mannes verzogen sich zu einem dünnen Lächeln. »Ich schon«, sagte er.

23

Avram hatte seinen Wagen in einer öffentlichen Tiefgarage geparkt, in einer ziemlich dunklen Ecke, weil kein anderer Stellplatz frei gewesen war. Auch als er zurückkam, standen die Autos in einer lückenlosen Reihe, dennoch war weit und breit kaum jemand zu sehen. Allerdings erkannte er einen Schemen, genau in der Ecke, wo er geparkt hatte.

Als wolle er sich dort verstecken. Nach der Statur zu urteilen ein Mann, groß und ziemlich kräftig.

Sofort schrillten die Alarmglocken in Avrams Hinterkopf. Wie hatten die Verfolger seinen Wagen gefunden? Er konnte sich das nicht erklären. Gerne hätte er jetzt seine Pistole bei sich gehabt, doch die lag im Handschuhfach.

Instinktiv schlüpfte seine Hand in die Jackentasche, um die halbe Rasierklinge herauszuziehen. Falls der Kerl in der Ecke eine Schusswaffe besaß, würde er mit der Klinge zwar nicht viel ausrichten können, dennoch gab ihm das scharfgeschliffene Stückchen Metall ein besseres Gefühl. Der andere wusste nichts von der bearbeiteten Rasierklinge. Mit List und etwas Glück würde er ihn vielleicht überraschen können.

Er tat so, als habe er den Mann im Schatten nicht gesehen und lief weiter, die Klinge fest zwischen Daumen und Zeigefinger geklemmt. Gerade, als er um das Heck seines Wagens bog, trat der andere aus seiner dunklen Ecke. Er trug eine alte Daunenjacke, hatte schütteres Haar und einen Vollbart. Avram wollte schon auf ihn losstürmen und ihm die Rasierklinge übers Gesicht ziehen, da bemerkte er die ungelenken Bewegungen des anderen. Er ging nicht geradeaus, er wankte vielmehr. Dabei versuchte er umständlich, seinen Hosenladen zu schließen. Es war nur ein Betrunkener, der seine Notdurft an der Garagenmauer verrichtet hatte.

Nicht besonders appetitlich, aber ungefährlich.

Nachdem der Mann verschwunden war, stieg Avram in seinen Wagen und versuchte, sich wieder zu entspannen. Wurde er allmählich paranoid? Litt er unter Verfolgungswahn?

Lässt mein Instinkt mich langsam im Stich?

Aus Erfahrung wusste er, wie wichtig seine innere Stimme war – schon mehr als einmal hatte sie ihm das Leben gerettet. Was, wenn er sich nicht mehr darauf verlassen konnte?

Er verstaute das Kuvert mit dem Geld im Handschuhfach und steckte seine Pistole ins Schulterholster. Auch wenn der Säufer von eben sich als harmlos erwiesen hatte, war Avram noch längst nicht davon überzeugt, außer Gefahr zu sein.

Besser paranoid als tot.

Um auch für härtere Fälle gewappnet zu sein, stieg er noch einmal aus und holte aus dem Geheimfach in seinem Kofferraum sein AR70-Gewehr. Im Magazin befanden sich dreißig Patronen – genug, um eine gewaltsame Auseinandersetzung auf offener Straße für sich entscheiden zu können. Das Scharfschützengewehr und die Pumpgun ließ er im Kofferraum, weil er sie beim Fahren mit einer Hand nicht nachladen konnte.

Zurück im Wagen gab er die von Rutger Bjorndahl genannte Adresse ins Navi ein und verließ das Parkhaus. 476 Kilometer zeigte das Gerät an. Keine Staus auf der gesamten Strecke, zumindest im Moment. Er würde seinen 19.00-Uhr-Termin locker schaffen.

Auf der Fahrt durch die Innenstadt von Dresden suchte

er im Rückspiegel immer wieder nach etwaigen Verfolgerfahrzeugen, aber er konnte keine entdecken. Einmal fiel ihm ein weißer A6 auf, der ihm in einiger Entfernung am Heck klebte. Der Wagen besaß ein Kfz-Zeichen von Leipzig, also der Stadt, in der Hassan Omar sich während seines Deutschlandaufenthalts niedergelassen hatte. Aber nach zwei Kilometern bog der Audi an einer Kreuzung ab, während Avram weiter geradeaus auf den Zubringer zur Autobahn zusteuerte. Danach schien alles wieder ruhig.

Erst zwei Stunden später stach ihm der A6 wieder ins Auge, kurz vor Hannover, als Avram auf dem Rastplatz Hohenwarsleben eine Pause einlegte, um sich die Beine zu vertreten und eine heiße Milch mit Honig zu trinken. Er kam gerade frisch gestärkt aus der Rastplatzcafeteria, da sah er den Wagen. L-TS-2355. Er parkte in der ersten Reihe, und es saßen zwei Schwarze darin. Beide trugen Anzug und Sonnenbrille, beide hielten eine Zeitschrift in den Händen, die sie nicht sonderlich zu interessieren schien. Hinter den dunklen Gläsern ihrer Brillen konnte Avram ihre Augen nicht erkennen, aber er war plötzlich absolut sicher, dass die Kerle es auf ihn abgesehen hatten.

Sein BMW stand etwa fünfzig Meter weiter. Ohne sich etwas anmerken zu lassen, ging Avram dorthin. Anstatt einzusteigen, eilte er jedoch in geduckter Haltung um das Heck herum über die Straße und verschwand in Richtung der Lkw-Parkplätze. Er ging davon aus, dass die beiden Verfolger schon bald nach ihm suchen würden, wenn er nicht, wie erwartet, seine Fahrt fortsetzte. Von daher hatten die Laster zwei Vorteile: Erstens boten sie aufgrund ihrer Größe bessere Deckung, und zweitens liefen dort nur wenige Menschen herum – und damit wenige potentielle Zeugen.

Hinter einem hüfthohen Doppelachsrad blieb er stehen, um sich umzusehen – weit und breit achtete niemand auf ihn.

Sehr gut.

Rasch zog er den Schalldämpfer aus seiner Tasche und schraubte ihn auf seine Pistole. Die Waffe mit der Jacke kaschierend, ging er hinter der Lkw-Reihe zurück, bis er zwischen zwei Sattelschleppern eine Schneise fand, die ihm freie Sicht auf den weißen A6 bot.

Die beiden Kerle waren noch im Wagen. Ihre Zeitschriften hatten sie weggelegt, sie achteten jetzt nur noch auf Avrams BMW.

Sie warten darauf, dass ich endlich losfahre, und fragen sich, warum das so lange dauert.

Auf die Entfernung konnte Avram keine Details erkennen, aber er konnte die zunehmende Nervosität der Männer förmlich spüren. Endlich stiegen sie aus, um nach dem Rechten zu sehen.

Wäre dies ein verlassener Ort gewesen, hätte Avram ihnen vielleicht eine Kugel verpasst. Aber hier war definitiv zu viel los. Zwei Leichen auf einem öffentlichen Rastplatz hätten sofort ein polizeiliches Großaufgebot auf den Plan gerufen. Innerhalb kürzester Zeit wäre die Autobahn gesperrt und eine Eilfahndung ausgerufen worden, Hubschrauberüberwachung inklusive. Deshalb beschloss Avram, die beiden Schmeißfliegen ohne Gewaltanwendung loszuwerden.

Langsam pirschte er sich zwischen den Sattelschleppern vorwärts, so dass er seine Verfolger im Auge behalten konnte. Sie schlenderten scheinbar ohne festes Ziel an den Parkplätzen entlang. Als sie bemerkten, dass Avram gar nicht in seinem Wagen saß, sahen sie sich fragend an.

Der Ältere gab dem Jüngeren mit einer Kopfbewegung zu

verstehen, dass sie sich aufteilen sollten. Die Art, wie sie von da an ihre Hände unter die Jacken klemmten, bewies, dass sie Waffen trugen.

Der Ältere orientierte sich in Richtung der Sitzgelegenheiten, die vor allem von Familien mit Kleinkindern genutzt wurden, um sich für die Weiterfahrt zu stärken. Der Jüngere kam über die Straße zu den Lastern herüber.

Als beide aus seinem Sichtfeld verschwunden waren, zerschoss Avram die beiden Hinterreifen des Audis. Im allgemeinen Motorenlärm der vorbeifahrenden Autos ging das Ploppen des Schusses und der Reifen komplett unter.

Avram gestattete sich ein dünnes Lächeln. Mit diesen Rädern würde der Wagen nirgends mehr hinfahren.

Da er befürchtete, dass der jüngere Schwarze irgendwann auf die Idee käme, zwischen den Lastern zu suchen, eilte Avram zurück zur Cafeteria. Diesmal setzte er sich nicht nach drinnen, sondern er blieb draußen, versteckt hinter ein paar Müllcontainern, von wo aus er zwar gute Sicht auf die Anlage hatte, selbst aber nur schwer entdeckt werden konnte.

Zwanzig Minuten lang suchten die beiden Verfolger alles ab – erfolglos. Schließlich trafen sie sich wieder an ihrem Wagen und unterhielten sich aufgeregt. Einer der beiden trug ein Headset, wahrscheinlich erstattete er gerade irgendjemandem Bericht, dass Avram ihnen entwischt war.

Die platten Hinterreifen bemerkten sie nicht.

Eine Gruppe japanischer Touristen strömte aus der Cafeteria auf einen Reisebus zu. Avram nutzte die Gelegenheit, um in der Menschenmenge unterzutauchen und ungesehen zu seinem BMW zu gelangen. Ein kurzer Blick in die Radkästen und unters Auto genügte, um sicher zu sein, dass die beiden weder einen Peilsender noch eine Haftmine angebracht hatten. Kurz darauf fuhr er in gemächlichem Tempo an seinen Verfolgern vorbei.

Im Rückspiegel sah er, wie der A6 aus der Parklücke stieß, um sich an ihn zu heften, doch schon nach wenigen Metern blieb er wieder stehen. Eine Tür öffnete sich, und der Fahrer stieg aus, um den Schaden an seinem Auto zu überprüfen.

Mit einem dünnen Lächeln auf den Lippen gab Avram Gas und fädelte sich in den Autobahnverkehr ein.

24

Die Limousine musste mindestens eine Viertelmillion Euro wert sein. Eher mehr. Ein Maybach. Elegant, hochwertig, massiv. Teuer, ohne dabei allzu protzig zu wirken.

Distinguiert.

Genau wie der Mann, der neben Jens Lindfeller im Fond des Wagens saß. Besonders gesprächig war er nicht. Immerhin hatte Lindfeller inzwischen seinen Namen erfahren: Goller. Bernhardt Goller. Er arbeitete für das Rupert-Greeve-Institut, das – so hatte er gesagt – sich mit der Rehabilitation von körperlich versehrten und traumatisierten Personen befasste.

Auch mit Bundeswehrveteranen.

»Ich habe Ihre Akten studiert«, hatte Goller im Park gesagt. »Sie wurden aus der Bundeswehr entlassen, weil Sie seit Ihrem Afghanistan-Einsatz unter extremen Angstattacken leiden. Unter Panikzuständen, die Sie nicht kontrollieren können, wenn sie Sie heimsuchen. Aufgrund dieses Zustands waren Sie nicht mehr in der Lage, Ihrer Arbeit nachzugehen. Anfangs waren Sie in psychologischer Betreuung, die auch nach Ihrem Ausscheiden aus der Bundeswehr eine Zeitlang fortgesetzt wurde. Aber irgendwann haben Sie die Behandlung abgebrochen.«

»Weil sie keinen Sinn hatte«, war Lindfeller dazwischengegangen. »All das Gelaber, Woche für Woche. Jedes Mal wieder daran erinnert werden – an Kalafgan. Waren Sie bei der Armee?«

»Ist schon ziemlich lange her.«

»In einem Krisengebiet?«

»Ja. Ich weiß, wie es ist, wenn man angegriffen wird und töten muss. Und ich weiß, wie stark einem so was an die Nieren gehen kann. Unsere Experten sind genau darauf spezialisiert. Wir betreiben unsere Forschungen seit über dreißig Jahren.«

»Ich werde mir eine Behandlung bei Ihnen nicht leisten können«, hatte Lindfeller geantwortet.

»Wenn Sie bereit sind, mit mir ins Institut zu kommen, wird Sie die Behandlung nichts kosten. Sie erhalten von uns sogar eine Entschädigung.«

Das hatte Lindfeller aufhorchen lassen. »Entschädigung?«

»Zweihundert Euro für jeden Behandlungstag, gewissermaßen als Aufwandsentschädigung für Ihre Zeit – und dafür, dass Sie sich als Freiwilliger für unsere Testreihe zur Verfügung stellen.«

Eine Menge Geld für Jens Lindfeller. Dennoch war eine gewisse Skepsis geblieben. »Was meinen Sie mit Testreihe?«, hatte er gefragt.

»Das Rupert-Greeve-Institut beschreitet bei seinen Behandlungsansätzen unkonventionelle Wege. Uns fehlt noch die offizielle Unbedenklichkeitsbescheinigung seitens des Gesundheitsamts.«

»Das heißt, ich stelle mich als Versuchskaninchen zur Verfügung?«

»Herkömmliche Methoden haben bei Ihnen versagt. Was haben Sie zu verlieren?«

Da war etwas Wahres dran. »Wie lange dauert so eine Behandlung bei Ihnen?«

»Das ist von Fall zu Fall unterschiedlich. Manche sind

schon nach wenigen Tagen geheilt, bei anderen dauert es Wochen.«

»Was, wenn Ihre Methode bei einem Patienten nicht funktioniert?«

»Wir haben eine Erfolgsquote von hundert Prozent. Nach spätestens einem Monat sind Sie geheilt.«

Dieses Versprechen hallte auch jetzt noch in Jens Lindfellers Kopf nach. Er wollte es gerne glauben, aber es klang einfach zu gut, um wahr zu sein.

Zu verführerisch.

Seit Kalafgan verging keine Nacht, in der er nicht schweißgebadet aufwachte, von Panikattacken geplagt, mit einem Puls von über zweihundert. Weder die Bundeswehr- noch die Zivilpsychologen, bei denen er in Behandlung gewesen war, hatten seinen Zustand ändern können, und das, obwohl er sich anderthalb Jahre lang jede Woche auf die Couch gelegt hatte.

Er kam sich vor wie in einem Traum – kein Albtraum diesmal, sondern einer dieser Träume, in denen eine gute Fee erscheint und einem seinen größten Wunsch erfüllt. Er konnte sich nichts Schöneres vorstellen, als endlich von seinen Angstzuständen befreit zu werden. Sie waren eine Plage, ein regelrechter Fluch. Ohne sie würde er sein Leben ganz sicher schnell wieder in den Griff kriegen.

War dieser Traum real? Lindfellers Blick wanderte zu Bernhardt Goller. Konnte dieser distinguierte, ältere Herr tatsächlich eine Wunschfee sein?

Oder war an der ganzen Sache etwas faul?

Mal ehrlich: Ein wildfremder Mann kommt auf dich zu und bietet dir Hilfe an, an die du schon längst nicht mehr geglaubt hast. Du wirst in einer sündhaft teuren Limousine in ein Institut gefahren, in dem sich angeblich ein Haufen Experten um dich kümmern werden. Obendrein soll dich die ganze Behandlung keinen Cent kosten, im Gegenteil, du bekommst sogar noch Geld dafür – da kann doch etwas nicht stimmen!

Andererseits: Warum sollte er nach all den Schicksalsschlägen der letzten Jahre nicht auch mal Glück haben? Vielleicht würde es jetzt endlich wieder mit ihm bergauf gehen!

Jens Lindfeller beschloss, seine Bedenken fallenzulassen. Im Grunde hatte er sich ja auch schon längst entschieden, sonst wäre er gar nicht in den Maybach eingestiegen.

Ein wohliges Gefühl durchflutete ihn bei der Vorstellung, schon in wenigen Wochen wieder ein normales Leben zu führen. Ohne die Angstzustände würde er wieder gut schlafen, er würde weniger Alkohol brauchen und endlich auch wieder arbeiten können.

Er würde sich ein neues Leben aufbauen.

Sein Blick wanderte durchs Wagenfenster über die letzten Ausläufer der Stadt hinauf zum wolkenfreien Himmel, und ein Lächeln legte sich auf seine Lippen. Irgendjemand dort oben meinte es offenbar gut mit ihm.

25

Avram verließ die Autobahn wenige Kilometer nach dem Rastplatz Hohenwarsleben und schlug den Überlandweg ein. Besonders eilig hatte er es nicht – bis 19.00 Uhr würde er allemal in Bremen sein. Er wollte unterwegs nur nicht noch einmal eine unliebsame Überraschung erleben. Die beiden Kerle in dem A6 hatten ein Headset benutzt. Offenbar gab es jemanden, der exakt über Avrams Schritte unterrichtet werden wollte.

Bei Celle hielt er an einer Tankstelle und versuchte noch einmal, Rutger Bjorndahl anzurufen – nicht nur, weil er mit ihm noch ein Hühnchen zu rupfen hatte, sondern auch, weil er David Ogambes Nummer wollte.

Da Bjorndahl immer noch nicht abnahm, versuchte Avram sein Glück bei Rechtsanwalt Borchert. Der behauptete zwar, dass er nicht befugt sei, die Nummer herauszugeben, aber er bot einen Rückruf Ogambes an. Tatsächlich meldete Ogambe sich schon eine Minute später.

»Falls das Ihre Leute sind, die mich seit heute Vormittag verfolgen, stellen sie sich nicht besonders geschickt an«, sagte Avram. »Ich schlage vor, dass Sie sie zurückpfeifen, sonst verletzen sie sich am Ende noch.«

»Ich weiß nicht, wovon Sie sprechen«, entgegnete Ogambe.

»Zwei O.J. Simpson-Doppelgänger. Einer etwa vierzig, der andere etwas jünger.«

»Die gehören nicht zu mir. Seit unserem Treffen habe

ich selbst das Gefühl, verfolgt zu werden. Möglich, dass es sich um Hassan Omars Leute handelt. Nehmen Sie sich vor denen in Acht. Die haben schon so viele Menschenleben auf dem Gewissen, dass es auf ein paar mehr oder weniger nicht mehr ankommt. Hat einer ihrer beiden Verfolger einen goldenen Eckzahn?«

»Keine Ahnung.«

»Der Kerl mit dem goldenen Eckzahn heißt Ahmad Sharif. Das ist der Schlimmste von allen. Omars rechte Hand – dem ist keine Brutalität widerwärtig genug. Also hören Sie auf meinen Rat, wenn Ihnen Ihr Leben wichtig ist, und seien Sie auf der Hut. So leicht wie heute werden Sie die Kerle normalerweise nicht los.«

Avram beendete das Gespräch. Sagte Ogambe die Wahrheit, oder wollte er ihn nur ablenken? Leider brachte es sein Job mit sich, dass er oft nicht wusste, wem er trauen konnte. Schon viel zu oft hatten vermeintlich wohlwollende Auftraggeber versucht, ihn nach getaner Arbeit aus dem Weg zu räumen. Manchen war kein Trick zu schmutzig, um ihn als Mitwisser zu beseitigen oder um das vereinbarte Honorar zu sparen. In Avrams Branche musste man mit allem rechnen. Überall und jederzeit. Jede noch so kleine Unaufmerksamkeit konnte den Tod bedeuten.

Deshalb beschloss er, wachsam zu bleiben.

Aber im Augenblick schien er außer Gefahr zu sein.

26

Der Maybach bog von der Autobahn ab und fuhr eine Weile auf der Schnellstraße nach Hof. Irgendwann steuerte er auf ein zweistöckiges Flachdachgebäude mit viel Beton und Glas zu.

Durchs Fenster sah Jens Lindfeller ein Schild mit der Aufschrift Rupert-Greeve-Institut für alternative Heilmedizin und moderne Rehabilitationspraxis. Er war gespannt, was ihn in den nächsten Tagen erwarten würde.

Obwohl die meisten Parkplätze vor dem Institut leer standen, fuhr der Maybach in die Tiefgarage. Nach einer Biegung hielt er vor einem massiv wirkenden Edelstahltor, das sich öffnete, als der Fahrer einen Knopf auf einer Fernbedienung drückte.

Danach ging es noch ein paar hundert Meter weiter geradeaus, durch einen engen, weißgestrichenen Tunnel, an dessen Ende sie auf einer Art unterirdischer Wendeplatte parkten.

»Den Rest des Wegs müssen wir zu Fuß bestreiten«, sagte Goller.

Der Fahrer stieg aus und öffnete zuerst ihm und danach Jens Lindfeller die Tür.

Das ist ja beinahe wie bei einem Staatsbesuch. Fehlt nur noch die Blaskapelle.

Eigentlich wäre es ihm lieber gewesen, wenn sie nicht so viel Aufhebens um ihn gemacht hätten. Er war nichts weiter als ein ehemaliger Soldat, der ein Problem damit hatte, zu verkraften, was ihm während der Dienstzeit zugestoßen war. Deshalb war ihm das ganze Brimborium ein bisschen suspekt.

Dennoch fühlte er sich auch geschmeichelt. So gut wie heute war er schon lange nicht mehr behandelt worden.

»Hier entlang bitte«, sagte Goller. Er wies mit der Hand auf eine Aufzugtür, ging voran und drückte den Knopf. Die Kabine war schmal, aber lang genug, um nötigenfalls ein Krankenbett darin zu transportieren. Eine Wand bestand aus Spiegelglas. Erst als er sich darin betrachtete, fiel Lindfeller auf, wie abgehalftert er im Vergleich zu seinem tadellos gekleideten Begleiter aussah. Nicht nur seine Kleidung war schäbig, auch seine Frisur sah zum Erschrecken aus. Die fettige Mähne hing ungekämmt von seinem Kopf herab, er hätte dringend einen Haarschnitt benötigt. Und eine Nassrasur. Außerdem musste er ziemlich streng riechen, denn seine letzte Dusche lag schon mehr als eine Woche zurück.

Auf einmal war ihm das alles unheimlich peinlich.

Der Aufzug fuhr nicht nach oben, wie Lindfeller es ganz automatisch vermutet hatte, sondern nach unten ins zweite UG. Aus irgendeinem Grund löste das in ihm ein Gefühl der Beklemmung aus.

Sie betraten einen mit hellem Neonlicht beschienenen Gang. An den Wänden hingen Schwarzweißfotografien von kargen Landschaften – Bilder aus der Tundra, der Taiga und dem ewigen Eis. Lindfeller fand sie weder besonders schön noch auf andere Art ästhetisch. Irgendwie verstärkten sie in ihm nur den Eindruck der Isolation, und das gefiel ihm nicht.

Oder kündigte sich gerade wieder eine Panikattacke an? Falls ja, befand er sich wenigstens schon am richtigen Ort.

Die Angst blieb, während er Goller den Gang entlang folgte. Außer ihnen war niemand zu sehen. Nichts war zu hören. Es schien, als seien sie beide hier unten ganz allein.

Wenn mir etwas zustößt, weiß niemand, wo ich bin.

Ein sonderbarer Gedanke, den er sofort wieder beiseiteschob, um nicht vollends von der Angst aufgefressen zu werden. Was sollte ihm hier schon passieren?

Endlich erreichten Sie eine Tür mit der Aufschrift *Befragung.* Goller klopfte und trat ein, ohne eine Reaktion abzuwarten. Drinnen saß ein etwa sechzigjähriger Mann in einem weißen Arztkittel hinter einem Schreibtisch. Er hatte eine große Stirn und tiefe Falten in den Wangen. Über den Rand seiner altmodischen Nickelbrille hinweg fixierte er Goller, ohne die Miene zu verziehen.

»Wie ich sehe, warst du erfolgreich«, stellte er fest.

Goller nickte. »Ein Afghanistan-Veteran«, antwortete er. »Laut Akte ein Kategorie-Zehn-Kandidat.«

»Hat er ein Handy?«

»Nein. Das hat er vor ein paar Monaten verloren.«

Der Mann im Arztkittel schien zufrieden. Jedenfalls hellte sich seine Miene ein wenig auf. »Dann wollen wir ihn uns mal ansehen.«

Goller winkte Jens Lindfeller zu sich, der mangels anderslautender Anweisungen im Türrahmen stehen geblieben war. »Kommen Sie, Herr Lindfeller, ich will Ihnen Professor Wartberg vorstellen.«

Während er näher trat, betrachtete Jens Lindfeller den Raum, der seltsam spärlich eingerichtet war. Über die linke Wand erstreckte sich ein hüfthohes Sideboard in Hochglanzoptik, ein zweites stand hinter dem Professor. Abgesehen davon gab es nur noch zwei leere Stühle vor dem Schreibtisch. Keine Regale mit Büchern, keine Blumenvasen, keine Bilder an den Wänden – nichts, was das Zimmer auch nur ansatzweise freundlich gemacht hätte.

»Herr Lindfeller, ich freue mich, dass Sie hier sind. Bitte, nehmen Sie Platz.« Wartberg deutete auf die beiden Stühle vor sich. Sein Lächeln wirkte allerdings nicht freundlich, sondern kalt. Und arrogant.

Als würde er sich mir überlegen fühlen – nein, nicht nur mir, der ganzen Welt. Ein Menschengott in Weiß.

Scheiß drauf, Hauptsache, er kann mir helfen.

Lindfeller setzte sich, Goller nahm den anderen freien Stuhl und schob eine Mappe über den Tisch, die er aus seinem Aktenkoffer holte. Professor Wartberg griff danach und warf einen Blick hinein. Es war ein dünner Ordner mit etwa fünfzig eingehefteten DIN-A4-Seiten. Auf der Klappe klebte ein Etikett, darauf stand: *Krankheitsverlauf J. Lindfeller.*

Eine Minute lang überflog Wartberg die Seiten. »Sie wurden im Jahr 2013 aus dem aktiven Dienst der Bundeswehr entlassen, weil Sie Ihrer Arbeit nicht mehr nachkommen konnten. Was ist passiert?«

»Kalafgan«, antwortete Lindfeller. »Das ist ein Bergdorf in Afghanistan. Im Hindukusch. Dort kam es am 5. Mai 2013 zu einem Kampfeinsatz.«

»An dem Sie teilgenommen haben?«

»Ja.«

»Erzählen Sie mir davon.«

Lindfeller zögerte. Er hatte schon so oft mit Psychologen, Seelsorgern, sogar mit Priestern darüber gesprochen, aber nie war es ihm danach bessergegangen.

Würde es diesmal anders sein?

»Nur zu«, ermutigte ihn Professor Wartberg. Seine Stimme klang plötzlich eigenartig einfühlsam und gerade dadurch irgendwie unangenehm. »Erzählen Sie uns, was Sie damals erlebt haben. Ich kann mir vorstellen, dass Ihnen das nicht leichtfällt, weil Sie schon zu oft enttäuscht wurden. Aber es ist wichtig, dass Sie Vertrauen zu uns fassen. Nur so kann die Therapie ihre volle Wirkung entfalten.«

Das behaupteten alle. *Vertrauen Sie mir, dann wird es Ihnen hinterher bessergehen.* Aber nie hatte es gestimmt.

Plötzlich hatte er gute Lust, die ganze Sache abzublasen. Einfach aufzustehen und das Institut zu verlassen. Er wollte sich nicht schon wieder mit seinen Erinnerungen herumquälen, nur um später festzustellen, dass sie sich durch die ständigen Wiederholungen noch fester in seinem Kopf verankert hatten, als es ohnehin schon der Fall war.

Andererseits lockte ihn das Geld.

»Herr Goller hat eine Aufwandsentschädigung erwähnt«, sagte er. »Als Gegenleistung dafür, dass ich mich für Ihre Testreihe zur Verfügung stelle. Wird das in einem schriftlichen Vertrag vereinbart?«

Professor Wartberg lächelte. »Selbstverständlich machen wir einen schriftlichen Vertrag. Die Höhe der Aufwandsentschädigung ist darin genau festgelegt. Ich mache Ihnen einen Vorschlag: Sie erzählen mir jetzt Ihre Geschichte, anschließend erkläre ich Ihnen, wie die Therapie verläuft. Danach entscheiden Sie, ob Sie den Vertrag unterzeichnen möchten oder nicht.«

Lindfeller nickte. Das klang in seinen Ohren vernünftig.

27

Avram erreichte die Innenstadt von Bremen gegen 17.15 Uhr, er lag also gut in der Zeit. Deshalb parkte er den Wagen in der Nähe des Rathauses und machte sich auf die Suche nach einer Pizzeria, um wenigstens einmal am Tag in Ruhe zu essen.

Sein Arzt riet ihm schon seit langem zu einem gesünderen Lebenswandel. Weniger Alkohol, weniger Stress, stattdessen regelmäßige Mahlzeiten und regelmäßige Pausen. Avrams Magengeschwür hatte inzwischen die Größe eines Tennisballs erreicht. Es fühlte sich an wie ein Messerstich, wenn der Stress überhandnahm, oder wenn er etwas aß, das ihm nicht bekam. Fettige Speisen rächten sich sofort mit Schmerzen, eigentlich alles, was wirklich schmeckte. Bei den Getränken war Kaffee wie Gift. Säfte vertrug er auch nicht mehr. Ebensogut hätte er Pflanzendünger trinken können. Also war er auf Milch und Wasser umgestiegen.

Meistens.

Den Stresspegel herunterzuschrauben war schwieriger. Durchatmen, ein bisschen runterkommen, loslassen. Gerüche bewusst wahrnehmen, der Hintergrundmusik im Restaurant lauschen. Die Menschen um sich herum wahrnehmen, ohne sie als potentielle Feinde zu betrachten. Nicht ständig an irgendwelche Aufträge denken. Nicht hinter jeder Ecke eine Gefahr vermuten.

Sich als ganz normaler Teil der Gesellschaft fühlen.

Das wollte bei Avram einfach nicht funktionieren – auch

heute nicht. Immer wieder ertappte er sich dabei, wie er sich fragte, ob er einzelne Personen in der Pizzeria im Lauf des Tages schon gesehen hatte, in Dresden oder auf dem Autobahnrastplatz vor Hannover. Aus Gründen der Vorsicht hatte er auch keinen Tisch am Fenster gewählt, mit schöner Aussicht auf die Fußgängerzone, weil er sich dort zu exponiert vorgekommen wäre. Stattdessen saß er ganz hinten auf einer Eckbank, mit dem Rücken zur Wand, um den Eingang, die Glasfront und den Gästebereich im Auge behalten zu können. Von seinem Platz aus entging Avram nichts. Er sah jeden, der das Restaurant betrat oder verließ, jeden, der den Weg zur Toilette einschlug oder von dort zurückkam. Unentwegt scannte er seine Umgebung, nicht bewusst, sondern ganz automatisch – es war so tief in ihm verwurzelt, dass er es trotz seiner guten Vorsätze nicht abstellen konnte.

»Sie müssen lernen, sich zu entspannen«, hatte der Arzt gesagt. Aber natürlich hatte er keine Ahnung von Avrams Job.

Wenigstens schmeckte die Lasagne hervorragend und der Wein, den Avram bestellt hatte, ebenfalls. Nur ein Glas für die Nerven, um ein bisschen herunterzukommen – auch wenn er wusste, dass er lieber darauf verzichten sollte.

Um 18.30 Uhr, also eine halbe Stunde vor dem geplanten Treffen, stand Avram am Rand des Bremer Marktplatzes und sondierte die Lage. Von seiner Position aus hatte er einen guten Überblick: links die hübsch restaurierten, historischen Herrenhäuser, rechts die Glasfassade des Landtagsgebäudes, dazwischen – auf der gegenüberliegenden Seite der großen Freifläche – der Dom und das Rathaus, vor dem wiederum die Rolandstatue stand, eines der Wahrzeichen der Stadt.

Aber die Dame mit der Rose war noch nirgends zu sehen.

Deshalb nutzte Avram die Gelegenheit, um sich mit seiner Umgebung vertraut zu machen. Auch das war keine bewusste Entscheidung, es passierte instinktiv, obwohl er gar nicht mit einer unliebsamen Überraschung rechnete. Aber über die Jahre hinweg war es ihm in Fleisch und Blut übergegangen, stets das Unerwartete zu erwarten. Er hatte schon viel zu viel erlebt, um sorglos mit solchen Situationen umzugehen.

Der Bremer Marktplatz war am Samstagabend sehr belebt. Die Menschenmenge bot natürlich einen gewissen Schutz, aber darüber hinaus gab es hier nicht sehr viel Deckung, nur die Rolandstatue und die Rathausarkaden. Einziger Vorteil des Platzes war, dass man im Notfall nach allen Seiten flüchten konnte.

Die Zeit schritt voran. Mittlerweile war es Viertel vor sieben. Noch immer war die Rosendame nirgends zu sehen. Möglicherweise war sie schon hier, noch ohne die Rose, und beobachtete wie Avram das Geschehen. Manche Auftraggeber waren noch vorsichtiger als er.

Um zehn vor sieben beschloss Avram, sich in Position zu begeben. Ohne Eile schlenderte er zur Rolandstatue. Dort blieb er stehen und wartete, während er sich vorkam wie auf dem Präsentierteller.

Unentwegt wanderte sein Blick über den Platz. Passanten strömten in der zunehmenden Dämmerung in alle Richtungen, manche gingen wohl von der Arbeit nach Hause, manche erledigten vor dem Heimweg noch ein paar Einkäufe, und manche bummelten nur durch die Schaufensterauslagen.

In der Menge fielen Avram auch ein paar Schwarzafrikaner auf – zwei Straßenmusiker und ein Pärchen. Unauffällig behielt er sie im Auge, aber sie schienen sich nicht für ihn zu interessieren.

Plötzlich spürte er, wie sich jemand neben ihn stellte, wesentlich näher als nötig – ein Mann in einem sandfarbenen Trenchcoat, ohne Aktentasche, etwas jünger als Avram, Mitte vierzig vielleicht, und ziemlich groß. Auf seinem kantigen Schädel wuchs dünnes, blondes Haar.

Über die Köpfe der Menschenmenge hinweg sah er einfach nur geradeaus. Dennoch war Avram sicher, dass seine volle Aufmerksamkeit ihm galt.

Wenn ich schnell genug bin, kann ich meine Pistole ziehen, bevor er reagieren kann.

»Denken Sie nicht mal dran«, raunte der Mann unvermittelt und steckte sich eine Zigarette an. Offenbar hatte er Avrams Gedanken erraten. »Sie wären tot, bevor Ihr Finger den Abzug berührt.«

Die offene Arroganz in seiner Stimme ärgerte Avram, aber er ahnte, dass sie einen Grund hatte.

»Ich bin nicht allein«, fuhr der Kantenschädel fort. »Hinter Ihnen stehen zwei meiner Männer.«

Ein kurzer Blick über die Schulter bestätigte Avram, dass dort tatsächlich zwei finstere Gestalten standen. Sie schienen regelrecht auf Widerstand zu warten.

»Der dort drüben gehört auch zu mir.« Der Mann deutete mit dem Kinn auf einen untersetzten Typen mit Kapuzenjacke, etwa drei Meter entfernt.

Ich bin also mehr oder weniger umzingelt. Vier gegen einen – zu viele für einen offenen Kampf.

»Was wollen Sie von mir?«, fragte Avram.

»Wir verfolgen Sie seit Dresden«, antwortete der Blonde. »Sie waren so auf meine beiden schwarzen Kollegen fixiert, dass wir Ihnen gar nicht aufgefallen sind.«

Avram schluckte. Da war etwas Wahres dran.

»Das beantwortet nicht meine Frage«, sagte er. »Warum sind Sie hinter mir her?«

»Weil es jemanden gibt, der sich mit Ihnen unterhalten will. Kommen Sie mit.«

Avram zögerte, doch ein unsanfter Stoß in den Rücken versetzte ihn in Bewegung. Ihm blieb keine Wahl. Der Kapuzenmann gab die Richtung vor, und er folgte ihm, eskortiert von den drei anderen.

Sie verließen die Fußgängerzone in Richtung Weserufer, erreichten ein öffentliches Parkhaus und nahmen den Aufzug. Niemand außer ihnen befand sich in der Kabine. Avram ahnte, was jetzt kam.

Er spürte einen Schlag in die Niere, ein stechender Schmerz explodierte in seinem Körper. Seine Beine gaben unter ihm nach, und er ging in die Knie. Nach Luft ringend, sah er nur noch, wie einer der Männer ihm einen Elektroschocker gegen die Brust drückte. Im selben Moment durchzuckte ihn auch schon der Stromstoß, der ihn nun vollständig die Kontrolle über seinen Körper verlieren ließ.

Zitternd und krampfend verlor er das Bewusstsein.

28

»Wie gefällt es dir? Ganz ehrlich!«

Emilia fühlte sich in dem Kleid wunderhübsch – nach monatelanger Suche hatte sie es vor ein paar Wochen in dieser bezaubernden, kleinen Boutique im Herzen der Frankfurter Innenstadt gefunden. Es war ein Traum aus Beige und Weiß, schnörkellos und gerade geschnitten. Der geschlossene Halsausschnitt hatte für Emilia das gewisse Etwas, andererseits ließ er sie ein bisschen streng wirken. Zumindest befürchtete sie das. Deshalb war ihr Mikkas Meinung wichtig.

»Du siehst perfekt darin aus«, sagte er.

Im künstlichen Licht des Ankleidebereichs schienen seine Augen beinahe zu leuchten. Emilia fühlte sich dadurch noch attraktiver.

»Ich hoffe nur, dass es kein Unglück bringt, wenn ich dich schon vor der Hochzeit in deinem Kleid sehe.«

Sie lächelte und gab ihm einen Kuss. »Das wird es nicht. Wir heiraten schließlich nicht kirchlich.«

Er nahm ihre Hand, zog sie nach oben und brachte sie dadurch dazu, sich einmal um die eigene Achse zu drehen.

»Auch von hinten ein absoluter Leckerbissen«, raunte er ihr ins Ohr.

Emilia spürte eine wohlige Wärme in sich aufsteigen. Sie fand es immer ein bisschen peinlich, wenn er ihr solche Sachen sagte, gleichzeitig schaffte er es dadurch aber meistens, sie in Stimmung zu bringen. So auch jetzt. Sie freute sich schon darauf, zu Hause auf der Couch wieder mit ihm zu schmusen.

»Und du bist sicher, dass du keine große Hochzeit willst?«, fragte er.

Emilia nickte. Sie wusste, dass er einer kirchlichen Trauung mit großer Gesellschaft nicht abgeneigt gewesen wäre, doch sie konnte sich das nicht mehr vorstellen. Ihre erste Ehe war ein rauschendes Fest gewesen, mit allem, was dazugehörte: ein ausladendes, weißes Kleid, Orgelmusik in der Kirche, Ansprachen, Champagner und Tanz. Doch was war am Ende daraus geworden? Enttäuschung, Streit und schließlich die Scheidung.

Diesmal wollte sie ihre Hochzeit im kleinen Rahmen feiern. Nur mit der Familie und dem engsten Freundeskreis. Zwanzig Personen, höchstens dreißig. Nicht, weil sie sich bei Mikka nicht sicher war, sondern weil ihr ein großes Fest wie ein schlechtes Omen vorgekommen wäre. So, als würde sie ihr Glück erzwingen wollen und es dadurch umso mehr gefährden.

»Ich werde eine Feier im kleinen Kreis viel mehr genießen können«, sagte sie. »Wenn das der schönste Tag in meinem Leben werden soll, will ich etwas davon haben und mich nicht um hundert Gäste kümmern müssen.«

Er lächelte und wirkte dabei irgendwie verletzlich. »Ich will nur, dass du glücklich bist«, sagte er.

»Und ich will, dass du weißt, dass die Größe des Fests nichts mit einem Mangel an Gefühlen dir gegenüber zu tun hat. Ich liebe dich von ganzem Herzen. Ich möchte mit niemandem auf der Welt lieber zusammen sein als mit dir.«

Sekundenlang sahen sie sich tief in die Augen – ein Moment absoluter Vertrautheit.

Dann klingelte Emilias Handy.

Wie immer im unpassendsten Augenblick.

Sie griff nach ihrer Handtasche und zog das Gerät heraus. Auf dem Display erschien die Nummer von Jerome Varamont, ihrem Chef.

Was will der denn am Samstagabend von mir?

Einen Moment lang überlegte sie, ob sie das Handy einfach weiterklingeln lassen solle – immerhin war es ihr erstes freies Wochenende seit Wochen, und sie war hier, um zusammen mit ihrem Verlobten ihr Hochzeitskleid auszusuchen. Doch letztlich siegte ihr Pflichtbewusstsein.

»Hier Emilia, was gibt's?«, fragte sie mit gedämpfter Stimme, weil sie nicht wollte, dass die Verkäuferin mithören konnte.

»Gut, dass ich Sie erreiche!«, begann Varamont in seinem üblichen Businessgehabe. »Sie können mir glauben, dass ich Sie nicht am Wochenende behelligen würde, wenn es nicht wichtig wäre. Aber ich brauche für kommenden Montag unbedingt jemanden, der die Kriminalpolizei in Genua unterstützt. Dort sind in den letzten Monaten acht Frauen am Hafen ertränkt worden. Vorwiegend Prostituierte aus der Gegend, aber auch eine Anwältin aus Florenz.«

»Was hat der Fall mit Interpol zu tun?«, fragte Emilia und versuchte erst gar nicht, ihren Unmut zu verbergen. Sie war es leid, von Varamont andauernd in der Gegend herumgeschickt zu werden, während sich auf ihrem Schreibtisch die Arbeit häufte.

»In den letzten fünf Jahren gab es ähnliche Fälle in Barcelona, Marseille, Bordeaux und Kiel. Genua hat bei Interpol offiziell um Unterstützung angefragt.«

»Ich war vergangene Woche in Köln, um einen Vortrag zu halten, davor in Luzern, um die Verhaftung von Edwin Allgard zu begleiten. Ich kann nicht mal Italienisch. Gibt es bei

Interpol tatsächlich niemanden, der für die Aufgabe besser geeignet wäre?«

»Ich hatte ursprünglich Meittinger vorgesehen, aber der ist gestern Vater geworden.«

»Was ist mit Gandolfo oder Ruíz?«

»Gandolfo ist an der Roeg-Sache dran, davon kann ich ihn nicht abziehen. Und Ruíz muss nächste Woche eine Auswertung für den Generalsekretär erstellen, die er für eine Rede vor der Generalversammlung braucht. Abgesehen davon kann er genauso wenig Italienisch wie Sie.«

Emilia seufzte innerlich auf, weil sie ahnte, dass sie aus der Nummer nicht herauskommen würde.

»Auf meinem Schreibtisch stapeln sich die Akten«, sagte sie – ihr letztes Argument.

Aber auch das ließ Varamont nicht gelten. »Genua hat Priorität. Ich will dort jemanden haben, der erfahren genug ist, um die Sache schnell und sauber über die Bühne zu bringen. Außerdem kommen Sie bei den Polizeidienststellen vor Ort immer sehr gut an.«

Je mehr er ihr schmeichelte, desto ärgerlicher wurde Emilia. Sie hatte gute Lust, es auf eine offene Konfrontation ankommen zu lassen, das Problem war nur, dass sie dabei den Kürzeren ziehen würde – das wusste sie aus Erfahrung.

Vielleicht sollte ich nächste Woche ein paar Tage krankmachen.

Aber so verlockend die Vorstellung auch war, sie wusste genau, dass sie das nicht durchziehen würde. Dafür war ihr Pflichtgefühl viel zu ausgeprägt – leider. Also würde sie schön brav nach Genua fliegen, um dort die polizeilichen Ermittlungen mit den Erkenntnissen aus den Hafenmorden der anderen Länder abzugleichen.

»Wer ist in Genua mein Ansprechpartner?«, fragte sie.

»Ich habe Ihnen gerade eine E-Mail mit allen Rahmendaten geschickt. Die müsste jeden Moment bei Ihnen ankommen. Sie werden schon am Montagmorgen von einem gewissen Commissario Belloni erwartet. Am besten, Sie nehmen einen Flug direkt ab Frankfurt. Ach übrigens: Was machen Ihre Hochzeitsvorbereitungen?«

29

Als Avram erwachte, war sein Hals staubtrocken, und sein Schädel brummte. Mühsam gelang es ihm, die Augen zu öffnen. Seine Lider fühlten sich an wie aus Blei.

Er befand sich in einer Art Kellerraum – wohin er auch sah, überall gab es nur Beton. Irgendwo über ihm hing eine nackte Glühbirne von der Decke herab, eine 30-Watt-Funzel, wie aus einem billigen Horrorfilm.

Im ersten Moment wusste er nicht, wie er hierhergekommen war. Erst als sich das blasse Gesicht des blonden Kantenschädels in sein Sichtfeld schob, kamen die Erinnerungen.

Der Bremer Marktplatz.

Die vier Männer, die ihn gezwungen hatten mitzukommen.

Die Aufzugkabine.

Der Elektroschocker.

Avram hatte gute Lust, den Kantenschädel am Schopf zu packen und ihm die Visage an der Betonwand zu polieren, doch als er zur Tat schreiten wollte, musste er feststellen, dass er sich kaum rühren konnte. Seine Hand- und Fußgelenke steckten in engen Handschellen, die wiederum an der Pritsche angekettet waren, auf der er lag. Zusätzliche Riemen an Hals, Brust und Hüfte verdammten auch den Rest seines Körpers zur Bewegungslosigkeit.

Ich liege auf dieser Holzpritsche, festgeschnallt wie ein Patient im Irrenhaus.

»Er kommt zu sich«, sagte der Blonde. »Genau zur rechten Zeit.«

Avram hörte Schritte. Der Kapuzenmann erschien neben dem Blonden. An die linke Seite der Pritsche traten die beiden anderen Gestalten, die Avram auf dem Bremer Marktplatz gefangengenommen hatten.

Und dann tauchte noch ein fünfter Mann auf, direkt neben Avrams Gesicht. Er war etwas kleiner als die vier anderen, kompakter, mit einem maßgeschneiderten Anzug. Der einzige Schwarze in der Runde.

»Wo ist Hassan Omar?«, fragte er mit einem bedrohlichen Unterton in der Stimme, der sofort klarmachte, dass er nicht zum Spaßen aufgelegt war. Sein frostiges Lächeln legte einen goldenen Eckzahn frei.

Sofort kam Avram das Telefonat mit David Ogambe in den Sinn.

Ahmad Sharif. Das ist der Schlimmste von allen. Omars rechte Hand – dem ist keine Brutalität widerwärtig genug.

»Ich kenne keinen Hassan Omar«, log Avram. Was sollte er sonst sagen? Dass er ihn in der Nacht erschossen hatte?

Sharifs lächeln wurde breiter – und kälter. »Ich will wissen, was Sie mit Hassan gemacht haben. Wo steckt er?«

Avram schwieg.

»Wenn Sie nicht kooperieren, werde ich Sie zum Reden zwingen.«

Wenn dir das gelingt, Arschloch.

Sharif gab einen schnaubenden Laut von sich, geringschätzig, geradezu höhnisch. »Warten wir ab, ob Sie in ein paar Minuten gesprächiger sind«, schien dieser Laut zu sagen.

»Ich bin sicher, Sie haben schon viel über Waterboarding gehört«, raunte Sharif und beugte sich jetzt dicht über Avrams Gesicht. »Haben Sie es schon einmal ausprobiert? Als Opfer meine ich.«

Avram schwieg.

»Ich wurde schon einmal mit Waterboarding gefoltert«, fuhr Sharif fort. Er kam noch näher, sein Atem roch nach vergorener Milch. »Das Militär in Khartum hatte mich damals erwischt und mir ein paar Fragen gestellt. Ganze zwei Minuten hat es gedauert, bis ich geredet habe – die längsten zwei Minuten meines Lebens. Ich bin gespannt, wie lange Sie der Illusion des Ertrinkens standhalten können, auch wenn Ihr Verstand weiß, dass es nicht wirklich geschieht. Und wenn Sie tatsächlich so viel hartgesottener sind als ich, greifen wir eben auf die altmodische Methode zurück und schneiden Ihnen ein paar Finger ab. Irgendwie bekomme ich meine Antworten, Sie werden sehen.«

In Avrams Kopf arbeitete es fieberhaft. Er hatte Hassan Omar erschossen, aber das konnte er Sharif aus naheliegenden Gründen nicht sagen. Also musste er ihm ein Lügenmärchen auftischen, in der Hoffnung, dass er es ihm abkaufen würde.

Am wichtigsten ist es jetzt, eine glaubhafte Vorstellung zu liefern. Wenn ich zu schnell einlenke, wird Sharif garantiert misstrauisch. Er muss das Gefühl haben, mich zur Kooperation gezwungen zu haben.

»Ich kenne keinen Hassan Omar«, wiederholte Avram, während er überlegte, wie er sich am besten aus seiner Lage befreien konnte.

Sharif fixierte ihn noch einen Moment lang mit Blicken, dann gab er seinen Leuten mit einem knappen Nicken zu verstehen, dass sie loslegen sollten. Einer tränkte einen groben Lappen in einem bereitgestellten Wassereimer, zwei andere hoben das Fußende der Pritsche an. Avram befürchtete im ersten Moment, kopfüber von der Bank zu gleiten, aber die Riemen hielten ihn fest.

Jetzt keine Panik! Ich muss die Nerven behalten, wenn ich den heutigen Tag überleben will.

Der Kerl am Eimer klatschte ihm das nasse Tuch aufs Gesicht und hielt es mit stählernem Griff am Kinn fest, damit es nicht wegrutschen konnte. Ein anderer Kerl hielt Avrams Kopf fest, damit er ihn nicht bewegen konnte.

Avram versuchte, ruhig zu bleiben, aber obwohl die Folter noch gar nicht begonnen hatte, raubte ihm der nasse Lappen schon jetzt den Atem. Das Gefühl, sich nicht wehren zu können, verstärkte die Furcht zusätzlich.

Zwei Minuten.

Avram hatte gar nicht vor, so lange durchzuhalten – erstens würde er sich damit nur unnötig quälen, und zweitens würde er Sharif dadurch weiter provozieren.

Dreißig Sekunden. Vielleicht fünfundvierzig. Je nachdem, wie hart es wird.

Dann spürte er plötzlich, wie jemand ihm Wasser übers Gesicht leerte. Wegen des Lappens konnte er nichts sehen, weder wie viel Wasser es war, noch wie viel davon noch kommen würde. Genau das machte es so unheimlich. Flüssigkeit stieg ihm in die Nase. Instinktiv hielt er die Luft an, aber ein Schlag in die Magengrube ließ ihn aufkeuchen.

Und Wasser einatmen.

Jetzt wurde aus der Angst Hysterie.

Avrams Hände ballten sich zu Fäusten. Sein Körper bäumte sich auf der Pritsche auf. Wild zerrte er an seinen Fesseln – vergeblich.

Du wirst nicht ertrinken!, schrie ihn seine innere Stimme an. Er wusste, dass durch die schräge Körperhaltung das Wasser in seiner Nase nicht die Lungen erreichen würde.

Aber es fühlte sich so an.

Gerade als er glaubte, die Besinnung zu verlieren, riss jemand ihm den Lappen vom Gesicht, und er wurde wieder in die Waagerechte gebracht. Avram keuchte und hustete, schnappte nach Luft, spuckte Wasser. Er wollte den Oberkörper aufrichten, wurde aber von den Riemen am Körper zurückgehalten. Ihm blieb nichts anderes übrig, als so lange zu japsen, bis der Husten endlich aufhörte und seine brennenden Lungen dem Gehirn signalisierten, dass es wieder mit Sauerstoff versorgt wurde.

Sein Blick fiel auf die Männer, die ihn umringten wie Chirurgen einen OP-Tisch.

»Eine halbe Minute«, sagte Sharif mit Blick auf seine goldene Armbanduhr. »Lust auf mehr, oder wollen Sie jetzt mit mir sprechen?«

Avram hustete noch einmal und räusperte sich. »Ich sage Ihnen wo Hassan Omar ist«, raunte er schwach. Dabei musste er noch nicht einmal schauspielern, er fühlte sich so elend wie selten. »Schnallen Sie mich los, dann bringe ich Sie zu ihm.«

Sharifs Lippen verzogen sich wieder zu einem höhnischen Lächeln. »So läuft das Spiel nicht«, entgegnete er. »Sie verraten mir, wo Hassan ist, und ich schicke jemanden hin, um ihn zu holen.«

»Ohne mich finden Sie das Versteck nicht.«

»Lassen wir es drauf ankommen. An Ihrer Stelle würde ich versuchen, es möglichst gut zu beschreiben. Sie wissen, was passiert, wenn wir Hassan nicht finden.«

Avram schluckte. Sharif war offenbar nicht bereit, ihn von den Riemen und Fesseln zu befreien.

Ich muss versuchen, Zeit zu schinden. Dann fällt mir vielleicht noch etwas ein.

»Er ist in einem alten Lagerschuppen eingesperrt«, improvisierte er. »Gefesselt und geknebelt. In der Nähe von Kamenz. Das liegt zwischen Dresden und Bauzen. Schönteichen heißt das Kaff. Dort gibt es einen verlassenen Bauernhof zwischen zwei Seen, etwa einen Kilometer westlich.« Die Ortsnamen kannte Avram von einem früheren Auftrag, das leerstehende Gehöft gab es nicht. Hatte es dennoch glaubwürdig geklungen?

Sharifs Blicke bohrten sich in ihn, als könne er auf diese Weise den Wahrheitsgehalt seiner Aussage überprüfen. Schließlich zog er sein Handy aus der Tasche und tippte etwas ins Display ein. »Dank Google Maps können wir ganz leicht herausfinden, ob es einen Ort namens Schönteichen bei Kamenz gibt«, sagte er. »Ich hoffe für Sie, dass Sie mich nicht zum Narren halten. Falls doch, wird Sie das den rechten Daumen kosten ...«

Wieder gab er etwas in sein Handy ein. Schließlich schien er zufrieden.

»Immerhin scheint Ihre Geschichte so weit zu stimmen«, fuhr er fort. Dann wandte er sich an zwei seiner Helfer. »Ihr beide fahrt dorthin und sucht Hassan. Meldet euch bei mir, wenn ihr ihn gefunden habt.«

Die Angesprochenen nickten knapp und verschwanden aus dem Raum.

Avram atmete erleichtert auf. Er hatte Zeit gewonnen und zwei Gegner weniger. Dennoch wusste er, dass seine Chancen nach wie vor schlecht standen. In ein paar Stunden würde Sharif merken, dass Avram nur geblufft hatte. Dass es gar keinen verlassenen Bauernhof bei Schönteichen gab, in dem Hassan Omar versteckt war. Was dann?

Irgendwie muss es mir gelingen, dass sie mich losschnallen, sonst sieht es düster für mich aus. Vielleicht habe ich noch meine halbe

Rasierklinge in der Tasche. Mit etwas Glück könnte ich sie damit überwältigen, vor allem, wenn ich das Überraschungsmoment auf meiner Seite habe.

Noch während er überlegte, ob er einen Asthmaanfall vortäuschen solle, klingelte ein Handy. Der blonde Kantenschädel nahm ab, machte ein paarmal »Mhm« und reichte das Gerät schließlich Ahmad Sharif. Der sagte etwas in einer Sprache, die Avram nicht verstand, dann lauschte er eine ganze Minute lang, während die Farbe immer mehr aus seinem Gesicht verschwand. Als er das Handy wieder seinem Besitzer zurückgab, glich seine Miene der eines Leichenbestatters. »Ruf Hardy und Solomon zurück«, murmelte er. »Sie können sich den Weg sparen.«

»Was ist los, Ahmad?«

Sharif schien ihn es gar nicht zu hören. Wie in Zeitlupe näherte er sich wieder der Pritsche.

»Gestern Nacht wurde in einer alten Zeche bei Leipzig ein Mann erschossen«, sagte er. »Ein Schwarzer, um die zwanzig Jahre alt. Jemand hat ihn an einen Betonpfosten gebunden und ihm drei Kugeln ins Herz und noch mal drei Kugeln in den Kopf gejagt. Anschließend wurde der Leichnam verbrannt.«

»Falls Sie denken, das hat etwas mit mir zu tun, täuschen Sie sich«, bluffte Avram.

Doch Ahmad Sharifs Gesichtsausdruck verriet, dass seine Geduld am Ende war.

»In den verkohlten Trümmern fand man eine Halskette mit dem Zahn eines Löwen. Hassan trug eine solche Kette. Ich habe den Jungen verehrt.«

In seinen Augen standen Tränen, aber auch Hass war darin zu finden. Sogar eine ganze Menge davon.

Er zog einen Stuhl heran, setzte sich neben Avrams Pritsche, knöpfte seine Manschetten auf und krempelte die Ärmel nach oben. Den Blick fest auf Avram gerichtet, sagte er zu seinen Leuten: »Bringt mir meine Messer.«

30

»The Ivory Club« in der Frankfurter Taunusanlage galt als indisches Restaurant für den gehobenen Geschmack. Kein Wunder also, dass Mikka Emilia nach der Anprobe dorthin ausführte – er war ein Gourmet und als solcher durchaus bereit, für ein gutes Essen etwas mehr Geld als üblich zu bezahlen.

Insofern tat es Emilia leid, dass sie im Augenblick weder die schöne, gediegene Kolonialstilatmosphäre noch das kulinarische Erlebnis würdigen konnte, das er ihr bot. Dabei war die auf dem Tisch angerichtete Tapas-Platte mit dem klangvollen Namen »The Marvellous Maharaja Menu« ein wahrer Augen- und Gaumenschmaus.

Doch ihre Laune befand sich auf einem Tiefpunkt, denn sie war noch nicht darüber hinweg, dass Varamont sie so kurzfristig nach Genua abkommandiert hatte. Mit ihm als Chef war ihre Arbeit viel unberechenbarer geworden als zu Zeiten von Tréville, mit dem sie sich trotz mancher Meinungsverschiedenheiten hervorragend verstanden hatte. Tréville hatte seine Mitarbeiter wenigstens ernst genommen. Varamont hingegen verteilte nur Anweisungen. Zugegebenermaßen verpackte er sie oft in schmeichelnde Worte, aber letztlich änderte es nichts daran, dass alle nach seiner Pfeife tanzen mussten.

»Und dann noch die scheinheilige Frage nach den Hochzeitsvorbereitungen«, maulte Emilia. »Das hätte er sich wirklich schenken können.«

»Vielleicht wollte er nur ein bisschen Smalltalk machen, weil er wusste, dass dir der Genua-Auftrag nicht gefallen wird«, erwiderte Mikka. »Ein bisschen die Wogen glätten. Dir zeigen, dass er sich auch für dich als Mensch interessiert, nicht nur als Arbeitskraft. Das ist im Grunde genommen doch sehr nett von ihm.«

»Meine Stimmung wird nicht besser, wenn du ihn in Schutz nimmst«, sagte Emilia barsch.

»Ich nehme ihn nicht in Schutz. Ich versuche nur, die Dinge auch von einer anderen Warte aus zu sehen als du. Er hat nächste Woche einen Engpass und braucht jemanden, der die Lücke füllt. Jemanden, dem er vertraut.«

»Das behauptet er, weil ich bei dieser Masche wenig Widerstand leisten kann. Ich bin nach wie vor davon überzeugt, dass er mich nur deshalb so viel in der Gegend herumschickt, weil er mich aus Lyon weghaben will.«

»Übertreibst du da nicht etwas?«

»Varamont kann mich nicht leiden.«

»Und trotzdem vertraut er dir die schwierigen Fälle an.«

Emilia seufzte stumm in sich hinein. Mikka machte ihr die Situation nicht leichter.

Wenn ich nur wüsste, was Varamont wirklich von mir hält.

Sie war immer noch sauer, weil er über ihren Kopf hinweg Entscheidungen über sie fällte. Aber ein Teil von ihr wollte auch glauben, dass er das tatsächlich tat, weil er in ihr eine wertvolle Mitarbeiterin sah, dazu befähigt, auch schwierige Fälle kompetent zu meistern. Zum Beispiel in Genua. Ohne Italienischkenntnisse.

»Lass uns nicht mehr darüber sprechen, okay?«, sagte sie. »Wollen wir lieber versuchen, den Rest des Wochenendes unbeschwert zu genießen. Denkst du, in den Tapas sind auch Zimt, Koriander und Nelken drin?«

Mikkas Mundwinkel verzogen sich zu einem betont anzüglichen Grinsen. »Da bin ich mir absolut sicher«, antwortete er.

31

Avram brüllte.

Er lag festgeschnallt auf seiner Holzpritsche und zerrte an seinen Fesseln, während Ahmad Sharif ihn mit einem Jagdmesser bearbeitete. Dabei hatte er noch nicht einmal richtig begonnen – Avram besaß noch alle seine Finger. Sharif schnitt nur ein bisschen herum, scheinbar wahllos am Arm und an der Brust, als wolle er sich für die eigentliche Arbeit erst warmmachen. Aber das tat er sehr effektiv. Er nutzte nicht die glattgeschliffene Klingenseite, sondern die gezackte, und er schnitt auch nicht schnell, sondern bewusst langsam, um den maximalen Schmerzeffekt zu erzeugen. Langsam und tief. Er wusste, wie man folterte. In diesem Fall genoss er es sogar, weil er Hassan Omars Tod rächen wollte.

Gerade setzte er zu einem neuen Schnitt an, als ein ohrenbetäubender Knall den Kellerraum erfüllte. Nicht nur Avram zuckte zusammen, auch Sharif und dessen Männer. Instinktiv sprangen sie von ihren Stühlen auf. Irgendwo rieselte Putz von der Decke.

Jemand schrie: »Keine Bewegung! Das ist ein Befehl! Hände nach oben, damit ich sie sehen kann – wird's bald?«

Avram hatte keine Ahnung, was sich gerade abspielte. War er in einen Bandenkrieg geraten? Noch während er versuchte, sich über die Situation klarzuwerden, versuchte der blonde Kantenschädel, seine Waffe zu ziehen: Er griff nach seinem Schulterholster, während er gleichzeitig versuchte, hinter einem im Raum stehenden Schrank Schutz zu suchen. Doch er war nicht schnell genug. Begleitet vom nächsten Knall, traf ihn eine Kugel in den Oberkörper. Er schrie auf und krachte mit einem dumpfen Geräusch zu Boden.

Dennoch hielt er plötzlich seine Waffe in der Hand.

Der dritte Schuss traf ihn direkt in die Brust. Die Wucht des Aufpralls ließ seinen Körper zusammenzucken. Diesmal blieb er liegen und regte sich nicht mehr.

Ein weiterer Schuss streckte den Kapuzenträger nieder, der den Zwischenfall dazu nutzen wollte, ebenfalls Gegenwehr zu leisten.

Sharif und sein letzter verbleibender Mann im Raum waren schlau genug, die Hände zu heben und den Widerstand einzustellen.

»Das Messer weg!«, schrie die Stimme.

Sharif gehorchte und ließ es fallen. Scheppernd schlug es auf dem Betonboden auf.

»Ich will auch alle anderen Waffen!«

Wieder gehorchte Sharif. Sein Gefolgsmann tat es ihm gleich. Langsam zogen sie ihre Pistolen, legten sie auf den Boden und schoben sie mit dem Fuß von sich.

»Gut so. Jetzt Hände hoch und weg von der Pritsche! Dort rüber! Wer Dummheiten versucht, kriegt eine Kugel ab, verstanden?«

Mit erhobenen Händen bewegten sich die beiden Männer in eine Ecke. Ihnen war anzusehen, wie es hinter ihren scheinbar gefassten Mienen ratterte. Sie suchten nach einer Möglichkeit, wieder Herr über die Lage zu werden.

Avram hörte Schritte. Dann erschien eine junge Frau in seinem Gesichtsfeld, dünn, beinahe zierlich, mit dunklem Haar, Bluejeans und einer Lederjacke. In der geballten Faust hielt sie eine Heckler & Koch P8, mit der sie die beiden anderen in Schach hielt, während sie die Lederriemen um Avrams Körper löste. Sie tat es rasch, aber ohne Hektik, wie jemand, der es gewohnt war, mit Gefahren umzugehen. Zuletzt hielten Avram nur noch die Hand- und Fußschellen auf der Pritsche.

»Die Schlüssel!«, rief die Frau den beiden Männern in der Ecke zu.

Niemand reagierte.

»Wenn ihr wollt, kann ich euch auch zuerst erschießen und dann eure Taschen absuchen. Ganz wie ihr wollt.« Um ihren Worten Nachdruck zu verleihen, schoss sie zwischen den beiden Männern in die Wand. Die Kugel pfiff so dicht an ihren Köpfen vorbei, dass sie zusammenzuckten.

Sharifs Kompagnon hatte ein Einsehen. Er zog einen kleinen Schlüsselbund aus der Hosentasche und warf ihn zur Pritsche. Mit der Waffe im Anschlag hob die Frau ihn auf. Schnell hatte sie Avrams rechte Handschelle geöffnet.

»Schaffen Sie den Rest allein?«, fragte sie.

»Ja«, keuchte Avram. Die Schnittwunden schmerzten, sein Hemd war voller Blut. Aber er hatte schon Schlimmeres überlebt. Bolivien zum Beispiel. Oder Mexiko. Dagegen war das hier ein Pappenstiel.

Mit dem Schlüsselbund öffnete er die restlichen Fesseln, während die Frau die beiden Männer im Visier behielt. Avram fragte sich, wer sie war. Er hätte schwören können, sie noch nie im Leben gesehen zu haben. Wie kam sie hierher? Und warum hatte sie ein Interesse daran, ihn zu befreien?

Im Moment war jedoch nicht der richtige Zeitpunkt, diese Dinge zu klären. Später würde er ein paar Antworten von ihr verlangen. Jetzt war er erst einmal nur erleichtert über seine Rettung.

Er richtete sich auf und rutschte von der Pritsche. »Geben Sie mir Ihre Pistole«, sagte er.

»Vergessen Sie's. Kommen Sie mit, mein Wagen steht draußen.«

»Was wird aus den beiden da?« Mit einer Kopfbewegung deutete er auf Sharif und seinen Handlanger.

»Ist mir egal«, antwortete die Frau. »Sperren wir sie hier ein. Bis sie sich befreit haben, sind wir über alle Berge.«

»Sie waren vorhin zu fünft«, hielt Avram dagegen. »Einer muss noch irgendwo draußen sein. Wenn er mitbekommen hat, was hier passiert ist, wird er seine Freunde befreien. Dann haben wir drei Verfolger am Hals.«

»Nicht, wenn wir uns beeilen.«

Mit diesen Worten steuerte die Frau auf die Tür zu, doch Avram dachte gar nicht daran, einfach so von hier zu verschwinden. Sein Blick fiel auf die Pistole des blonden Kantenschädels, die nur wenige Meter entfernt neben dessen reglosem Körper lag. Kurzentschlossen hob Avram sie vom Boden auf und feuerte damit auf die beiden Männer in der Ecke.

Erst, als sie tot am Boden lagen, folgte er der Frau nach draußen.

32

Mikka und Emilia gingen nach dem Essen ins Kino. Der Spaziergang tat gut, Emilia fühlte sich pappsatt.

Beim Inder hatten sie zunächst in Erwägung gezogen, sich gleich wieder auf den Heimweg zu machen, um die nächste Schmuserunde einzuläuten. Aber dann war ihnen klargeworden, wie selten sie einen Abend nur für sich hatten, ganz ohne Kind – das wollten sie in vollen Zügen genießen. Schließlich lief das Bett zu Hause ja nicht weg, außerdem hatten sie noch die ganze Nacht vor sich.

Und den Sonntag.

Als sie das Kino erreichten, stand dort eine beachtliche Menschenmenge. Aber die meisten Besucher beabsichtigten wohl, sich den neuen Denzel Washington-Film anzusehen, der am Donnerstag neu ins Programm gekommen war. Emilia und Mikka hatten sich dagegen für eine Komödie entschieden, die schon in der achten Woche lief.

Während Mikka die Karten kaufte, bemerkte Emilia, dass Becky ihr eine WhatsApp-Nachricht geschickt hatte: ein Foto von ihr auf einem Pferd, mit Reithelm, Stiefeln und Gerte, übers ganze Gesicht strahlend. Dazu schrieb sie: *Hier ist es suuuuuper!!!*

Der ersten Freude über das unerwartete Lebenszeichen folgte die Enttäuschung. Ein bisschen mehr Text wäre schön gewesen. Becky meldete sich ohnehin viel zu selten bei ihr. Wenn sie mit ihren Freundinnen kommunizierte, schrieb sie oft ganze Romane.

Andererseits hat sie wenigstens daran gedacht, mich zu benachrichtigen. Immerhin etwas. Vielleicht darf man als Mutter eines Teenagers nicht mehr erwarten.

Emilia betrachtete noch einmal das Bild, und wie aus dem Nichts überkam sie eine Welle tiefempfundener Dankbarkeit. Sie war unendlich froh über Beckys neugewonnenes Glück. Nach der Entführung hatte es über ein Jahr gedauert, bis sie endlich wieder Vertrauen ins Leben fassen konnte.

Emilias Blick fiel auf Mikka, der immer noch in der Warteschlange stand. Sie beschloss, die Zeit zu nutzen, um für Montagmorgen einen Flug von Frankfurt nach Genua zu buchen. Dazu las sie zuerst die E-Mail mit den Details ihres Italieneinsatzes, die Varamont ihr geschickt hatte. Auch ein Anhang befand sich dabei.

Den sah sie sich an, als sie wenig später neben Mikka im Kinosaal saß.

»Das nennst du also *den Rest des Wochenendes genießen?*«, fragte er amüsiert.

Sie lächelte verlegen. »Du hast recht, entschuldige. Ich bin ein Workaholic.«

Es war das alte Problem: Sie konnte nicht abschalten. Einmal mit der Arbeit begonnen, fiel es ihr unendlich schwer, wieder damit aufzuhören. Sie wusste, dass das auch die Ursache für ihre permanenten Kopfschmerzen war – ihr Physiotherapeut predigte ihr das schon seit Jahren. Doch in gewissem Sinn war sie dagegen machtlos.

Sie steckte das Handy wieder in die Tasche.

»Siehst du? Schon ist es weg«, sagte sie.

Aber in Gedanken war sie immer noch bei Varamonts Nachricht.

33

»Sie brauchen einen Arzt.«

»Ich brauche einen Verbandskasten.«

Die Wunden, die Ahmad Sharif ihm beigebracht hatte, schmerzten, aber verglichen mit dem, was Avram schon alles überlebt hatte, waren sie nur Kratzer.

Er saß auf dem Beifahrersitz eines nagelneuen Ford Mustang. Die junge Frau hinter dem Steuer hatte sich auf der Flucht als ziemlich schweigsam erwiesen, aber vielleicht war sie auch nur konzentriert. Die Decke, die sie Avram aufgedrängt hatte, hatte er sich um den Oberkörper gelegt. Er fragte sich, ob sie dazu dienen sollte, ihn zu wärmen, oder um zu verhindern, dass er den Sitz vollblutete.

Ihm fiel auf, dass ihr Blick immer wieder zwischen dem Rückspiegel und dem Außenspiegel hin- und herwanderte.

»Haben wir das Arschloch abgeschüttelt?«, fragte er.

»Ich denke schon. Aber ich will sichergehen.«

Beim Verlassen des Kellers hatte sie jemand verfolgt – Sharifs fünfter Mann, ein untersetzter Kerl mit Stiernacken und schwarzem Bürstenhaarschnitt. Nachdem Avram ein paar Schüsse auf ihn abgefeuert hatte, war er verschwunden – um später wieder in einem silberfarbenen X6 aufzutauchen und wie ein Schatten an ihrem Auspuff zu kleben. Aber nach einem gewagten Wendemanöver und ein paar Haken quer durch die Stadt waren sie jetzt offenbar endlich allein.

»Sie fahren sehr gut«, sagte Avram. »Nur der Wagen war eine schlechte Wahl.«

»Das Auto hat über 400 PS.«

»Und fällt auf wie ein Eisbär in der Wüste.«

»Als ich heute nach Bremen gefahren bin, wusste ich noch nicht, dass ich Sie retten muss und wir verfolgt werden. Also beklagen Sie sich nicht. Ohne mich wären Sie jetzt tot.«

Avram schluckte. Er war es nicht gewohnt, dass man so mit ihm sprach. Aber die Frau hatte zweifellos recht.

»Vielleicht wäre jetzt der richtige Zeitpunkt, dass Sie mir Ihren Namen verraten«, sagte er.

»Das mache ich. Sobald wir oben sind.«

Mit diesen Worten bog sie in einen Hinterhof ein und parkte den Mustang auf einem der freien Stellplätze.

»Wo sind wir?«, fragte Avram.

Die Frau wies mit dem Kinn auf das nebenstehende Gebäude. »Das ist mein Hotel. Kommen Sie mit. In meinem Zimmer können wir uns um Ihre Wunden kümmern.«

Die *Solbach-Herberge* sah von außen ziemlich schäbig aus, geradezu renovierungsbedürftig. Von innen entpuppte sie sich aber als kleine Perle. Um die Blutflecke auf seinem Hemd zu kaschieren, schlang Avram die Autodecke um sich wie einen Poncho, doch das wäre gar nicht nötig gewesen, denn die Lobby stand leer, und die Empfangstheke war im Moment unbesetzt. Mit dem Aufzug gelangten sie in den dritten Stock, ohne gesehen zu werden.

Die Frau öffnete die Tür, und sie traten ein.

»Hier ist das Bad«, sagte sie.

Erst jetzt bemerkte Avram, dass sie den Verbandskasten aus dem Auto mitgenommen hatte. Sie legte ihn neben das Waschbecken, doch er schob sich an ihr vorbei und ging mit großen Schritten zum Fenster, wo er den Vorhang einen Spalt breit auseinanderschob. Von hier aus hatte man freie Sicht auf die vom Laternenlicht beschienene Straße.

Sehr gut. Wenn der X6 dort unten vorbeifährt oder der Stiernacken gar zu Fuß auftaucht, werde ich darauf vorbereitet sein.

Avram überprüfte die Pistole. Im Magazin befanden sich nur noch drei Patronen.

»Wieviel Munition haben Sie noch?«, wollte er wissen.

»Elf Schuss in der Heckler & Koch und zehn in der Ruger.«

»Sie haben zwei Pistolen und sagen mir das nicht? Geben Sie mir eine davon.«

»Ganz im Gegenteil. Sie geben mir jetzt Ihre Waffe, und zwar sofort!«

Die plötzliche Schärfe in ihrer Stimme ließ ihn aufhorchen. Als er den Kopf zu ihr drehte, bemerkte er, dass sie mit der Heckler & Koch auf ihn zielte.

»Sie haben mir gerade das Leben gerettet, und jetzt wollen Sie mich erschießen?« Es klang selbstsicherer, als er sich im Moment fühlte, denn die Frau hielt nicht zum ersten Mal eine Pistole in der Hand, so viel stand fest. Er kannte sie nicht, wusste nichts darüber, warum sie ihn aus dem Keller befreit hatte. Vielleicht entsprang ihre Motivation nur irgendeinem krankhaften Rachetrieb.

Oder sie wird dafür bezahlt, dass sie mich umlegt.

»Was wollen Sie von mir?«, fragte Avram.

»Zuerst mal will ich, dass Sie Ihre Waffe auf den Boden legen und sie dann mit dem Fuß zu mir rüberschieben.«

Die Frau sagte es mit einer derart sachlichen Kälte in der Stimme, dass Avrams Nackenhaare sich aufstellten. Sie wirkte weder verängstigt noch unüberlegt, sondern schien ganz genau zu wissen, was sie tat.

»Sie werden mich nicht erschießen«, sagte Avram, ohne sich zu bewegen.

»Das stimmt«, gab die Frau zu. »Aber ich werde Ihnen

nötigenfalls in beide Arme schießen, damit Sie keine Pistole mehr halten können. Solange ich Sie für gefährlich halte, will ich nicht, dass Sie eine Waffe haben. Also zum letzten Mal: Her damit!«

Diesmal gehorchte Avram. Mit einem schabenden Geräusch schlitterte die Pistole über den Boden. Sicherheitshalber streckte Avram auch die Hände vom Körper, damit die Frau nicht glaubte, dass er irgendwelche Tricks versuchen würde.

»Was jetzt? Ich dachte, wir sind hier, um meine Wunden zu versorgen.«

»Und ich dachte, dass Sie sich zumindest bei mir bedanken. Stattdessen nieten Sie jeden um, der Ihnen vor den Lauf kommt.« Sie hob die Waffe vom Boden auf und steckte sie in den Hosenbund. Die Mündung ihrer Heckler & Koch zeigte dabei ständig auf Avrams Brust.

Avram seufzte still in sich hinein. Offenbar wollte die Frau ihm nichts Böses, aber durch den Mord an Ahmad Sharif und seinen Männern hatte er sie verunsichert.

»Ich danke Ihnen«, sagte Avram, in der Hoffnung, das verlorene Vertrauen zurückzugewinnen. »Ich weiß nicht, wer Sie sind oder wer Sie geschickt hat, aber ich danke Ihnen von ganzem Herzen. Wären Sie nicht gewesen, wäre ich jetzt wahrscheinlich schon tot. Es tut mir leid, dass Sie glauben, ich könnte Ihnen etwas antun. Ich verspreche Ihnen, dass Sie nichts von mir zu befürchten haben.«

Sie ließ die Worte auf sich wirken, ging aber nicht darauf ein, sondern sagte nur: »Im Bad können Sie Ihre Wunden auswaschen und sich verbinden.«

Avram nickte. Als er sich in Bewegung setzte, ließ die Frau ihn nicht aus den Augen.

Im Bad streifte er mit einem Ächzen die Überwurfdecke

ab. Das Adrenalin ließ nach der Flucht allmählich nach, so dass die Schmerzen jetzt wieder stärker wurden.

Mit einem Blick in den Spiegel stellte er fest, dass er noch schlimmer aussah, als er sich fühlte. Sein blutdurchtränktes Hemd klebte nass am Körper. Vorsichtig knöpfte Avram es auf und ließ es zu Boden fallen.

Als er sich das Unterhemd über den Kopf streifte, musste er die Zähne zusammenbeißen. Die Wunden am Bizeps waren erträglich, aber die zwei Schnitte quer über die Brust brannten wie Feuer. Sein einziger Trost war, dass Ahmad Sharif bereits dafür bezahlt hatte.

Er nahm ein Handtuch, ließ warmes Wasser darüberlaufen und wusch sich damit notdürftig das Blut ab. An manchen Stellen war es bereits auf der Haut angetrocknet, hier und da leckte es aber immer noch aus den Wunden. Es würde eine Weile dauern, bis die Schnitte wieder zuwuchsen.

Ihm fiel auf, dass die Frau in der Tür stand und ihn anstarrte – besser gesagt die zahlreichen Narben auf seinem Körper. Stiche, Schnitte, Brandwunden, diverse Schussverletzungen ... vor allem die sieben Kugeln aus Bolivien – sichtbare Folgen seiner Fehler als Profikiller. Jede Unachtsamkeit konnte in seinem Beruf schwerwiegende Folgen haben.

Der Frau war anzusehen, dass sie sich fragte, wie es zu all den Narben gekommen war, aber sie sagte nichts.

Avram zog eine Mullbinde aus dem Verbandskasten und riss die Verpackung auf. Obwohl es etwas umständlich war, gelang es ihm schließlich, sich die Binde um die blutigen Striemen am Oberkörper zu wickeln und sie mit einem Knoten zu fixieren. Dasselbe Prozedere führte er an seinem Oberarm durch. Da er beim Zusammenbinden die rechte Hand nicht benutzen konnte, behalf er sich mit den Zähnen. Auch das klappte ohne Probleme.

»Jetzt fehlt mir nur noch ein frisches Hemd«, sagte er.

Die Frau nickte, als sei ihr klar gewesen, dass dieses Thema kommen musste. »Drehen Sie sich um.«

Avram tat es. Er erwartete, dass sie ihn im Bad einsperren oder ihm vielleicht sogar Handschellen anlegen würde. Doch dann spürte er einen Schlag im Genick, und augenblicklich wurde es schwarz um ihn herum. Die Beine knickten unter ihm weg. Irgendwie schaffte er es gerade noch, sich am Waschbecken abzustützen, um den Sturz abzufedern, dennoch ging er unwillkürlich in die Knie.

Noch bevor er wieder einen klaren Gedanken fassen konnte, spürte er, wie ihm die Hände auf den Rücken gezwungen wurden und sich eine Schnur um seine Gelenke wickelte. Ein Ruck durchzuckte seinen Körper, als die Frau das andere Ende der Schnur um seine Fußknöchel schlang und sie gekonnt verknotete. Als sein Gesichtsfeld sich wieder lichtete, konnte er sich kaum noch rühren.

»Bleiben Sie ruhig liegen, dann tut es am wenigsten weh«, sagte die Frau. »Ich besorge Ihnen ein frisches Hemd. Wenn Sie versuchen, Krach zu schlagen, komme ich zurück und bringe Sie zur Vernunft, verstanden?«

»So schwer war's ja nicht.«

Mit einem freudlosen Lächeln verschwand die Frau aus dem Zimmer.

Avram wartete, bis die Schritte im Flur verklangen. Als er sicher war, dass die Frau ihn nicht mehr hören konnte, begann er, sich auf dem Boden zu winden. Die Wunden schmerzten unter dem Verband, aber darauf konnte er keine Rücksicht nehmen. Noch unangenehmer war die unnatürliche Biegung, die er mit dem Rücken vollführen musste. Wie ein Bogen drückte er sich ins Hohlkreuz, wodurch er genügend Bewegungsfreiheit gewann, um seine Hände in die Hosentasche zu wühlen. Endlich fanden seine Fingerkuppen die halbe Rasierklinge, die er für den Notfall immer bei sich trug. Zwischen zwei Finger geklemmt, fischte er sie heraus und begann, die Schnur damit zu bearbeiten. Er war völlig außer Puste, als er es endlich geschafft hatte. Keuchend blieb er auf dem Boden hocken, den pochenden Oberkörper gegen die Duschkabine gelehnt.

Nur kurz durchatmen …

Doch schon hörte er wieder Schritte auf dem Flur. Er musste sich beeilen, wenn er das Überraschungsmoment für sich nutzen wollte.

Mit beiden Händen zog er sich am Waschbecken hoch und schlich aus dem Bad. Auf leisen Sohlen eilte er zum Zimmereingang, um sich hinter der Tür zu verstecken. Alles kam jetzt auf das richtige Timing an.

Die Schritte im Flur verhallten. Von außen wurde die Schlüsselkarte ins Schloss geschoben. Mit einem metallischen Geräusch schlug die elektrische Entriegelung an. Die Tür öffnete sich. Avram machte sich bereit.

Eine Hand mit einem Kleiderbügel und einem weißen Hemd schob sich in seinen Sichtbereich. Ohne zu zögern, packte Avram das Gelenk, mit einem kräftigen Ruck zog er daran. Die Frau stolperte ins Zimmer, verlor das Gleichgewicht und stürzte bäuchlings auf den Teppich. Den Kleiderbügel mit dem Hemd ließ sie dabei fallen.

Avram gab der Tür einen Stoß und warf sich auf die Frau, die ein gequältes Stöhnen von sich gab, als er auf ihr landete. Rasch fasste er nach der Hand mit der Heckler & Koch. Seinem schraubstockartigen Griff hielt sie nicht stand. Ihre Faust löste sich und ließ die Waffe fallen.

Doch die Frau gab längst noch nicht auf. Sie fuchtelte und strampelte, versuchte zu kratzen, zu treten und zu beißen. Dabei fauchte sie wie eine Raubkatze. Es kostete Avram mehr Kraft als gedacht, um das zierliche Persönchen zu bändigen. Endlich schaffte er es, ihr die Arme auf den Rücken zu drehen, so dass sie keine Gefahr mehr darstellte. Wehrlos lag sie unter ihm, das zur Seite gedrehte Gesicht schmerzverzerrt, weil Avram nicht gerade zimperlich mit ihr umging.

Er nahm die Heckler & Koch an sich und drückte sie ihr gegen die Schläfe. Das schien ihren Widerstand zu brechen.

Wo sind die beiden anderen Waffen?

Avram musste nicht lange suchen. Die Pistole, die sie ihm vorhin abgenommen hatte – eine Sig Saur P320 –, und ihre kleinkalibrige Ruger steckten am Rücken in ihrem Hosenbund. Um sicherzugehen, tastete Avram sie auch noch von oben bis unten ab – nicht, dass sie womöglich irgendwo ein Messer bei sich trug, oder irgendetwas anderes, mit dem sie sich zur Wehr setzen konnte.

Mit widerwilligem Keuchen ließ die Frau die Prozedur über sich ergehen. Einmal versuchte sie, sich unter Avram hindurchzuwinden, aber gegen sein schieres Körpergewicht kam sie nicht an. Schließlich hatte Avram sich davon überzeugt, dass sie sauber war.

»Wenn Sie mir versprechen, vernünftig zu bleiben, gehe ich jetzt von Ihnen runter«, sagte er.

Sie gab ein knappes Nicken von sich und blieb tatsächlich reglos liegen, als Avram sich aufrichtete.

»Stehen Sie jetzt auf und setzen Sie sich aufs Bett.«

Sie gehorchte auch diesmal, wohl weil sie begriff, dass sie chancenlos war. Mit finsterer Miene hockte sie sich auf die Matratze.

Avram setzte sich ihr gegenüber auf einen Stuhl. Die Ruger und die P320 steckte er weg, die Heckler & Koch behielt er in der Hand, gewissermaßen als Erinnerung an die Frau, kooperativ zu bleiben.

»Ziehen Sie nicht so ein Gesicht«, sagte Avram. »Ich habe nicht vor, Sie zu töten.«

»Schwer zu glauben. In dem Keller hatten Sie keine Skrupel, auf unbewaffnete Menschen zu schießen.«

Avram biss die Zähne zusammen. »Wissen Sie, zu wem diese Männer gehört haben?«, fragte er.

Sie schüttelte den Kopf.

»Zu Hassan Omar.«

»Wer ist das?«

»Wer *war* das?«, korrigierte Avram und gab die Antwort gleich selbst: »Einer der meistgesuchten Rebellenführer im Sudan. Der jüngste Warlord im Osten des Landes, der nichts anderes im Sinn hatte als Raub, Vergewaltigung, Brandschatzung und Mord. Vor zwei Jahren überfiel er mit seiner Truppe zwei Bauerndörfer, M'Boko und Kisali. Frauen und Kinder wurden gefangengenommen und in die Sklaverei verkauft, die Männer zwang er zur Fronarbeit. Als ein paar von ihnen sich gegen ihn auflehnten, ließ er ihnen die Hände abschlagen und die Augen ausstechen.«

»Und Sie haben ihn umgebracht?«

Avram nickte. Für fünfzehntausend Euro, dachte er.

»Die Bewohner von M'Boko sprechen Deutsch, weil es in dem Dorf einen deutschen Missionar gibt. Ein Jahr lang haben sie gesammelt, um jemanden zu engagieren, der ihre Frauen, Kinder und Versehrten rächt: Mich. Sie gaben mir ihr Geld, damit ich Omar für sie töte, und ich muss gestehen, dass ich selten einen Auftrag so gerne erledigt habe wie diesen.«

Nur die Bezahlung hätte etwas üppiger ausfallen dürfen, fügte er in Gedanken hinzu.

»Ich musste für meine Mission nicht mal nach Afrika reisen, weil Omar in Deutschland einige Waffengeschäfte erledigen wollte«, fuhr Avram fort. »G28-Gewehre, G82-Scharfschützengewehre, Maschinenpistolen, Granaten, Mörser, und sogar einen Panzer wollte er hier kaufen. Er hatte das Geld, die Macht und die Ambition, sich im Sudan eine Diktatur nach seinen Vorstellungen zu errichten. Dabei ging er schon seit Jahren über Leichen. Seine Männer sind übrigens keinen Deut besser als er – jeder Einzelne von ihnen ein schlimmerer Verbrecher, als ich es je sein könnte. Halten Sie von mir, was Sie wollen, aber ich bereue nichts von dem, was ich Hassan Omar und seinen Leuten angetan habe.«

Er hielt inne und versuchte, sich wieder zu beruhigen. Normalerweise steigerte er sich nicht so in seine Aufträge hinein. Er versuchte, seine Arbeit mit dem größtmöglichen emotionalen Abstand zu erledigen. Man bezahlte ihn dafür, andere Menschen umzubringen. Der Grund war ihm in aller Regel gleichgültig, soweit gewisse moralische Grenzen nicht überschritten wurden. Kinder hatte er zum Beispiel noch nie ermordet, auch nicht für Höchstgebote. Foltermord lehnte er ebenfalls ab. Abgesehen davon war ihm die Art seiner Aufträge ziemlich egal.

Aber dieser Fall lag anders – es war sein erster Auftragsmord aus Überzeugung. Deshalb hatte er auch darüber hinweggesehen, dass die Bezahlung viel geringer als ursprünglich vorgesehen ausgefallen war.

»Genug über mich geredet«, sagte er. »Es wird Zeit, dass wir endlich über Sie sprechen. Wer sind Sie? Und was wollen Sie von mir?«

Die Frau zögerte einen Moment. »Ich heiße Lina Sattler«, sagte sie schließlich. »Oder Ivana Battista – je nachdem, wie man die Sache sieht.«

Die Namen brachten eine Saite in Avrams Kopf zum Schwingen, in irgendeinem entlegenen Teil seiner Erinnerung. Aber im Moment kam er nicht darauf, woher.

Lina Sattler.

Ivana Battista.

Je nachdem, wie man die Sache sieht.

Mit der Heckler & Koch in der Hand lehnte er sich in seinen Stuhl zurück. »Ich fürchte, das werden Sie mir erklären müssen«, sagte er.

34

Lina wusste nicht, was sie von Avram Kuyper halten sollte. Nach allem, was sie bisher über ihn gehört hatte, war er ein Profikiller – zwar in die Jahre gekommen, aber nicht zu unterschätzen. Allerdings kein skrupelloser Mörder, sondern ein Mann mit Prinzipien und damit einer gewissen Art von Ehrgefühl, soweit man in dieser Branche überhaupt davon sprechen konnte. Genau deshalb hatte sie die eiskalte Liquidierung vorhin im Keller so schockiert.

Ich habe in Notwehr gehandelt, aber er hat zwei Unbewaffnete getötet, ohne mit der Wimper zu zucken.

Angst verspürte sie keine – das tat sie nie. Nicht einmal Kuypers stahlgraue Augen und die Waffe in seinen Händen konnten sie einschüchtern. Aber wenn jemand sich derart unberechenbar verhielt, wurde sie skeptisch. Was würde er als Nächstes tun? Sie versuchte, es zu erahnen, hatte aber noch kein Gespür dafür. Fest stand nur, dass sie ihn nicht leiden konnte. Genau das stellte sie jedoch vor ein Problem: Er war der einzige Mensch auf der Welt, der die Antworten auf all ihre offenen Fragen kannte.

»Sie heißen also Lina Sattler – oder Ivana Battista«, sagte er gerade. »Wie kommt es, dass Sie zwei Namen benutzen?«

»Ich wurde als Kind entführt und hatte einen Unfall. Was vor meinem achten Geburtstag passiert ist, weiß ich nicht mehr. Ich kann mich weder an den Unfall noch an die Entführung erinnern. Ich wuchs bei meiner Pflegemutter auf, als Lina Sattler. Irgendwann erzählte sie mir, dass ich nicht ihr leibliches Kind bin. Seitdem habe ich versucht, etwas über meine Vergangenheit herauszubekommen – lange Zeit vergeblich, aber letzte Woche hatte ich endlich Glück. Jemand aus meiner Kindheit erkannte mich und sagte mir, dass ich aus Bremen stamme. Dort erfuhr ich, dass ich früher Ivana Battista hieß.«

Kuyper verzog keine Miene. Lina konnte nicht einschätzen, ob er sich an den Vorfall erinnerte, oder ob er ihn längst vergessen hatte.

»Sagt Ihnen der Name Georg Rudeck etwas?«, fragte sie.

Endlich eine Reaktion: Kuyper schien tatsächlich zu lächeln. »Ist lange her, seit ich ihn zuletzt gesehen habe.«

»Er war ein Freund der Familie«, fuhr Lina fort. »Besser gesagt, ein Freund meiner Mutter. Sie starb, als ich etwa sechs oder sieben Jahre alt war. Kurz vor ihrem Tod versprach Georg Rudeck ihr, sich um mich zu kümmern. Wenig später wurde ich dann entführt. Als die Polizei die Suche einstellte, verteilte er Steckbriefe in der Stadt, aber das half auch nicht. Schließlich engagierte er jemanden, der die Suche für ihn fortsetzen sollte.«

Kuyper nickte. »Mich«, murmelte er. Offenbar kehrten bei ihm allmählich die Erinnerungen zurück.

Lina rutschte ein Stück auf ihrer Matratze und schlug ein Bein unter. »Ich habe mich gestern mit Georg Rudeck getroffen. Er sagte mir, dass Sie es tatsächlich geschafft hätten, mich aufzuspüren. Allerdings haben Sie ihm nicht verraten, was Sie herausgefunden hatten. Stimmt das?«

Kuyper nickte nachdenklich. »Weil es zu gefährlich gewesen wäre«, sagte er.

»Ich habe Sie gesucht, um zu erfahren, was damals vorgefallen ist«, erwiderte Lina. »Ich will, dass Sie mir alles erzählen.«

»Wie lange ist das her? Zwanzig Jahre?«

»Neunzehn. Die Gefahr dürfte damit wohl vorüber sein.«

Kuyper zog abwägend die Mundwinkel nach unten. »Das glaube ich nicht«, sagte er. »Es ging damals um sehr viel Geld. Angeblich um Milliarden.«

»Drogengeschäfte?«

»Nein. Ein Forschungsprojekt, bei dem einige finanzkräftige Investoren mitmischten. Für die waren Sie nichts weiter als ein Risikofaktor, der ausgeschaltet werden musste. Die haben Söldner angeheuert, getarnt als Security-Firma, um ihr Projekt zu schützen. Die wollten Sie finden und beseitigen. Wenn es um so viel Geld geht, kann die Welt ziemlich schmutzig werden.«

Lina schüttelte den Kopf. »Das verstehe ich nicht. Wie hängt meine Entführung mit diesem Forschungsprojekt zusammen? Und wie kann ich eine Gefahr darstellen, wenn ich gar nichts über das Projekt weiß?«

»Das spielt keine Rolle«, antwortete Kuyper. »Wichtig ist nur, was die anderen glauben. Wenn die davon überzeugt sind, dass jemand unbefugt irgendwelche wichtigen Geheimnisse mitbekommen hat, ziehen sie alle nötigen Konsequenzen – auch, wenn sie dafür ein achtjähriges Mädchen beseitigen müssen.«

Lina musste erst einmal darüber nachdenken. »Glauben Sie, ich wurde als Versuchsobjekt für dieses Projekt entführt?«

Kuyper nickte. »Aber dann ging etwas schief, und Sie haben etwas mitbekommen, das Sie nicht hätten mitbekommen dürfen. Noch schlimmer: Irgendwie ist es Ihnen gelungen zu fliehen. Verstehen Sie jetzt, dass die hinter Ihnen her waren wie der Teufel hinter der armen Seele?«

Ein Versuchsobjekt.

Für ein wissenschaftliches Experiment.

Lina brauchte einen Moment, um sich an den Gedanken zu gewöhnen.

»Georg Rudeck wollte immer ein hartgesottener Hund sein, aber in Wahrheit ist er ein guter Mensch«, fuhr Kuyper fort. »Deshalb hat er es nie zu einer großen Nummer im Untergrund gebracht. Er ist zu weich. Als ich damals für ihn arbeitete, haben ihn einmal die Polen in die Mangel genommen, weil er in ihrem Viertel Schutzgelder erpresste. Sie haben ihm zwei Finger gebrochen und einen Zahn ausgeschlagen. Da wollte er in eine andere Stadt umziehen.«

Kuyper schüttelte den Kopf, es wirkte beinahe amüsiert. Aber er wurde gleich wieder ernst.

»Die Leute, von denen Sie entführt wurden, kämpften mit harten Bandagen«, sagte er. »Die hätten Georg nicht nur die Finger gebrochen, sondern ihm alles Mögliche angetan, um zu erfahren, wo Sie stecken. Und Georg hätte es ihnen verraten, um seine Haut zu retten. Er wusste das, und ich ebenso. Wie haben Sie mich überhaupt gefunden?«

»Georg Rudeck verwies mich an einen gewissen Rutger Bjorndahl. Er hat das Treffen hier in Bremen arrangiert.«

»Also sind Sie die Frau mit der weißen Rose?«

Sie nickte. Dabei fiel ihr auf, dass Kuypers Miene plötzlich wieder nachdenklich wurde.

»Nachdem Georg mich damit beauftragt hatte, Sie zu finden, trat ich eine Weile auf der Stelle«, sagte er. »Erst als ich Rutger Bjorndahl darauf ansetzte, mir Informationen zu beschaffen, kam die Sache ins Rollen. Er trieb tatsächlich jemanden auf, der wusste, wo Sie stecken: Robert Burgmüller.«

Lina zuckte mit den Achseln. Sie hatte den Namen noch nie gehört.

»Zumindest so ähnlich«, relativierte Kuyper. »Er hat Sie damals bei Ihrer Ersatzmutter untergebracht. Und er war es auch, der mir sagte, dass man Sie umbringen würde, wenn ich Sie in Ihre gewohnte Umgebung zurückbrächte.«

»Dann kann Herr Burgmüller mir also genau erzählen, was passiert ist?«

»Ich fürchte, daraus wird nichts. Er fühlte sich damals selbst bedroht – glaubte, diese Söldner hätten herausgefunden, dass er Ihnen zur Flucht verholfen hat. Kurz nach meinem Gespräch mit ihm fand man ihn mit einer Plastiktüte über dem Kopf im Wald. Vorher hatte man ihm mit einem Hammer das Gesicht eingeschlagen.«

Lina schluckte. »Und wer ist für all das verantwortlich?«

Kuyper schüttelte den Kopf. »Ich weiß es nicht – nur das, was Robert Burgmüller mir vor seinem Tod anvertraut hat. Demnach stecken da ein paar hohe Tiere aus Wissenschaft, Wirtschaft und Politik mit drin. Auch das Militär und die Polizei. Deshalb halte ich es selbst nach neunzehn Jahren für das Beste, wenn Sie die Sache auf sich beruhen lassen. Freuen Sie sich, dass Sie noch am Leben sind und herausgefunden haben, wer Ihre leiblichen Eltern waren. Noch ist es nicht zu spät, um damit aufzuhören.«

»Das kommt nicht in Frage!« Lina hatte in den letzten Tagen zwar schon vieles herausgefunden, aber sie wusste auch, dass sie immer noch an der Oberfläche kratzte. »Ich will alles wissen, was Sie damals herausbekommen haben.«

»Das habe ich Ihnen bereits erzählt.«

»Ich wette, Sie haben noch irgendwelche alten Unterlagen. Daten, Namen, Telefonnummern – irgendetwas, an das ich anknüpfen kann. Das will ich haben.«

Kuyper hob die Augenbrauen. »Sie fordern viel für jemanden, der mit einer Pistole bedroht wird.«

Aber sie ließ sich davon nicht beirren. »Ich *will* Ihre Unterlagen«, presste sie hervor. »Alles, was Sie von damals noch haben. Das sind Sie mir schuldig – ich habe Ihnen heute das Leben gerettet.«

Einen Moment lang fixierte Kuyper sie mit seinem stahlgrauen Blick. Dann nickte er, sicherte die Pistole und warf sie Lina zu. »Eine Hand wäscht die andere«, sagte er. »Deshalb werde ich Ihnen helfen. Aber seien Sie auf der Hut – das wird kein Spaziergang.«

35

»Sie waren also der Fahrer des vorderen Lastwagens, der von Kunduz nach Faizabad fuhr?«, wiederholte Professor Wartberg. Vor ihm auf dem Schreibtisch lag neben der aufgeschlagenen Aktenmappe ein Block, in den er immer wieder Stichworte schrieb. Jens Lindfeller konnte sie nicht lesen, aber er glaubte, dass der Professor vor allem die Namen der Ortschaften und Personen notierte, die er in seinen Schilderungen erwähnte.

Er nickte. »Ja, ich habe den Konvoi angeführt. Insgesamt waren es vier Laster, beladen mit technischer Ausrüstung.«

»Welche Art von Ausrüstung war das?«

»Vor allem Ersatzteile für Maschinen und Autos. Außerdem Waffen. Wir sollten die Sachen nach Faizabad bringen, weil dort ein Ausbildungslager für das afghanische Militär aufgebaut wurde, mit Unterstützung der Deutschen Bundeswehr.«

Während er weitererzählte, spielte sich vor seinem geistigen Auge noch einmal alles ab, aber er hatte beschlossen, gegenüber Wartberg so offen wie möglich zu sein, weil er sich seine Chance auf Heilung nicht verspielen wollte.

Sie hatten das Feldlager in Kunduz um Punkt 11.00 Uhr verlassen, an einem strahlend schönen, wolkenlosen Tag. Die staubige Piste hatte sie zunächst nach Khanabad geführt, später nach Taloqan, der Hauptstadt der Provinz Tachar, wo sie noch ein paar Kisten Munition aufluden. Von dort aus standen ihnen weitere hundertsiebzig Kilometer bevor, zum größten Teil über enge, streckenweise sogar unbefestigte Bergstraßen. Sie rechneten nicht damit, vor dem Abend in Faizabad einzutreffen.

Sie rechneten allerdings auch nicht mit einem kriegerischen Zwischenfall. Es sollte ein Routinetransport durch ein Gebiet werden, in dem es schon seit Monaten keinen Kampf mehr gegeben hatte. Deshalb war dem Konvoi auch kein Panzerfahrzeug als Begleitschutz zugewiesen worden.

Gegen 15.00 Uhr erhielt Jens Lindfeller den Funkspruch, dass auf der Hauptroute in Keshem ein Sprengstoffanschlag auf ein Polizeigebäude verübt worden sei. Aus Sicherheitsgründen wurde die Fahrtroute des Konvois geändert, auch wenn das einen Umweg von fünfzig Kilometern bedeutete.

»Was geschah dann?« Professor Wartberg sah Lindfeller auffordernd an.

»Wir wollten in Kalafgan auf die Umgehungsstraße ausweichen. Das liegt rund zwanzig Kilometer vor Keshem – ein unbedeutendes Kaff in den Bergen. Nichts deutete darauf hin, dass man uns dort überfallen würde. Aber so läuft das nun mal im Krieg. Du wirst überrascht und musst darauf reagieren. Blitzschnell, weil es um Leben und Tod geht. Du hast keine Zeit zum Nachdenken. Deine Instinkte übernehmen die Kontrolle. Manchmal leiten sie dich richtig, manchmal nicht.«

»In diesem Fall nicht?«

Lindfellers Zunge begann, trocken am Gaumen zu kleben. »Kann ich etwas zu trinken bekommen?«

Der Professor schien einen Moment lang irritiert. Dann holte er aus dem hinteren Sideboard ein Glas und eine Flasche Wasser. Beides stellte er so auf den Tisch, dass Lindfeller sich selbst bedienen konnte.

Das Mineralwasser war ungekühlt, erfüllte aber seinen

Zweck. Lindfeller fühlte sich gewappnet für die nächste Runde.

»Wir kamen an eine Stelle, an der ein Auto uns den Weg versperrte. Ein ausgebrannter Pkw. Er stand mitten auf der Straße, kokelte noch leicht vor sich hin. So etwas sieht man in Afghanistan immer wieder, trotzdem ist man in so einer Situation plötzlich auf der Hut. Ein ausgebranntes Auto auf der Straße – das kann völlig unbedeutend sein, es kann sich aber auch um einen Hinterhalt handeln.«

»Und an diesem Tag war es ein Hinterhalt?«

Lindfeller nickte. »Ich drosselte das Tempo, um mir über die Lage klarzuwerden, da fiel ein Schuss. Glas splitterte. Irgendetwas spritzte mir ins Gesicht. Zuerst dachte ich, ich sei getroffen worden, dann begriff ich, dass die Kugel Lenny erwischt hatte – meinen Beifahrer. Sein Körper hing schlaff im Sitz, die Rückseite der Fahrerkabine war voller Blut. Kugeln hinterlassen nur an der Eintrittstelle ein kleines Loch, wissen Sie? An der Austrittstelle reißen sie gewaltige Krater. Lennys halber Schädel war im Fahrerhaus verteilt.«

Lindfeller nippte noch einmal an seinem Wasser und versuchte, die Bilder aus seinem Kopf zu vertreiben, aber es gelang ihm nicht.

»Ich riss das Lenkrad herum, um in eine Seitenstraße abzubiegen«, fuhr er fort. »Gleichzeitig brüllte ich etwas ins Funkgerät, um die anderen hinter mir zu warnen. Ich gab Vollgas, wollte nur noch weg, dann stand plötzlich eine Frau vor meinem Wagen, etwa fünfzig Meter entfernt. Ich sehe sie auch jetzt noch genau vor mir. Jung, Mitte zwanzig vielleicht. Hatte ein schlichtes, schwarzes Kleid an und trug ein Kind auf dem Arm. In der anderen Hand hielt sie etwas, das in der Sonne glitzerte, und in dem Moment war ich sicher, dass es sich um eine Pistole handelte.«

Sein Mund fühlte sich plötzlich wieder unerträglich trocken, sein Hals kratzte. Er brauchte dringend noch einen Schluck Wasser.

»Nie zuvor in meinem Leben hatte ich solche Angst wie in diesem Moment«, sagte er, als er das Glas wieder abgestellt hatte. »Ich wollte nicht sterben. Verteidigen konnte ich mich aber auch nicht, weil ich den Wagen ja lenken musste. Also hielt ich auf die Frau zu – das einzige Ziel, das sich mir bot. Erst im allerletzten Augenblick erkannte ich, dass der Gegenstand in ihrer Hand keine Pistole war, sondern ein Kinderspielzeug. Eine Art Roboter. Eigenartig, wie viele Details man bei Gefahr registriert. Man nimmt alles wie in Zeitlupe wahr.«

»Wie ging es weiter?«

Lindfeller schüttelte traurig den Kopf und kam sich dabei wie immer schuldig vor, auch wenn man ihm schon tausend Mal gesagt hatte, dass er es nicht war.

»Ich konnte nicht mehr ausweichen«, murmelte er kraftlos. »Ich hörte den Schrei der Frau und den des Kindes. Ich sah ihre entsetzten Gesichter. Dann spürte ich den Aufprall – und fuhr weiter.«

36

Die Unterlagen, die Lina Sattler von Avram forderte, befanden sich in eingescannter Form auf einem Darkweb-Cloudspeicher. Avram hatte dort alle Unterlagen zu seinen Aufträgen archiviert – Hintergrundinformationen zu Auftraggebern, Informanten, potentiellen Zeugen und Opfern. Man konnte nie wissen, wofür man das einmal benötigen würde, und sei es auch nur, um im Fall einer Verhaftung etwas in der Hand zu haben, das man gegen ein gewisses Maß an Strafminderung eintauschen konnte.

Der Darkweb-Cloudspeicher war zwar nicht billig, dafür garantierte der Betreiber aber, dass weder die Polizei noch das Militär noch irgendwelche Geheimdienste darauf zugreifen konnten. Um auch noch das letzte Risiko auszuschalten, verwendete Avram die neueste Art von dynamischer Verschlüsselungssoftware, deren einziger Nachteil darin bestand, dass er für die Decodierung der Dateifragmente seinen Laptop benötigte – und der befand sich momentan in seinem Kofferraum.

Deshalb ließ er sich von Lina zu seinem Wagen fahren, der unweit des Stadtzentrums von Bremen in einer öffentlichen Tiefgarage stand. Von dort ging es wieder zurück zum Hotel, wo sie eine Kleinigkeit aßen und anschließend auf Linas Zimmer gingen, um sich über eine sichere Verbindung ins Darkweb einzuloggen.

Das Verzeichnis mit den gesuchten Unterlagen trug den unverfänglichen Namen rud1999 und beinhaltete rund dreihundert Scans. Da Avram die alten Dokumente beim Einscannen nicht mit Namen versehen hatte – es war ihm damals unwichtig erschienen –, blieb ihnen nichts anderes übrig, als sie der Reihe nach durchzugehen. Dazu klickte Avram sich durch die Bildschirmvorschau und erläuterte, was ihm zu dem jeweiligen Dokument einfiel. Lina, die neben ihm saß, sog alle Informationen wie ein Schwamm in sich auf.

Der Laptopmonitor zeigte gerade einen Zeitungsartikel mit der Überschrift »Unbekannter Toter bei Ingolstadt gefunden«. Auf einem pixeligen Schwarzweißbild sah man zwei Beamte der Spurensicherung im Wald, über einen Leichnam gebeugt, dessen Kopf – das konnte man ansatzweise erkennen – in einer Plastiktüte steckte. In der Einleitung zu dem Artikel war die Rede von einem männlichen Weißen im Alter von etwa vierzig Jahren, mit dunkelblauem Boss-Anzug und weißem Boss-Hemd. Papiere habe der Mann nicht bei sich gehabt. Das Gesicht sei ihm mit einem stumpfen Gegenstand bis zur Unkenntlichkeit zertrümmert worden, sein Kiefer bestand nur noch aus Knochensplittern. Die Fingerkuppen waren ihm mit einer Säge abgetrennt worden, offenbar um die Identifikation zu erschweren oder gar unmöglich zu machen.

»Seine Frau wurde auch umgebracht«, sagte Avram. Beim Betrachten der Unterlagen kamen allmählich die Erinnerungen wieder. »Zu Hause, während sie schlief. Wenn mich nicht alles täuscht, war das in Kiel. Man hat sie mit einem Kopfkissen im Bett erstickt. Da ihr Mann nicht auffindbar war, hielt man ihn lange Zeit für den Täter. Erst nach Wochen stellte die Polizei fest, dass er es nicht gewesen sein konnte, weil er zum Zeitpunkt des Mordes bereits tot war.«

Im Augenwinkel sah Avram, wie Lina sich eine Haarsträhne aus der Stirn wischte. »Ihr Haus befand sich in Kiel. Robert Burgmüllers Leiche wurde aber bei Ingolstadt gefunden. Was hatte er dort zu tun?«

Avram zuckte mit den Schultern. »Vielleicht wurde dort nur seine Leiche entsorgt«, sagte er. »Damit niemand herausfindet, was wirklich passiert ist.«

»Und das wäre?«

»Ich weiß es nicht. Aber er wurde getötet, kurz nachdem ich mit ihm gesprochen hatte. Insofern liegt der Verdacht nahe, dass er tatsächlich auf die Abschussliste geraten ist, weil er Ihnen geholfen hat.«

Linas Kiefer mahlten.

»Ich habe Sie gewarnt, dass das eine schmutzige Angelegenheit wird«, sagte Avram. »Je tiefer wir graben, desto finsterer wird es. Dabei haben wir gerade erst angefangen. Falls Sie die Sache doch lieber auf sich beruhen lassen wollen, wäre jetzt die richtige Gelegenheit, es zu sagen.«

»Kommt nicht in Frage. Lassen Sie uns weitermachen.«

Avram nickte – er hatte nichts anderes erwartet.

Es folgten noch ein paar Zeitungsartikel zu den Morden an Robert Burgmüller und dessen Frau, dann einige handschriftliche Notizen, die Avram sich gemacht hatte. Das Mosaik der damaligen Geschehnisse vervollständigte sich dadurch immer mehr.

»Das sind die stichwortartigen Aufzeichnungen meines Gesprächs mit Robert Burgmüller«, erklärte er, während er die Scans durchklickte. »Hier sehen Sie ein paar Angaben zu Burgmüller selbst – Wohnort, Kontaktdaten, Beruf und so weiter. Danach kommt das Stichwortprotokoll.«

»Was heißt das hier?«, fragte Lina und deutete auf den Bildschirm.

»Rosalind Sattler«, antwortete Avram.

»Meine Pflegemutter?«

»Ja. Ich habe von Robert Burgmüller den Namen und die Adresse verlangt, damit ich mich davon überzeugen konnte, dass es Ihnen gutgeht – das war schließlich mein Auftrag.«

Er rief das nächste Dokument auf und überflog es.

»Ab hier beginnt die Auflistung der Namen und Begriffe, die Robert Burgmüller erwähnt hat«, sagte er. »Das meiste davon hat sich als bedeutungslos herausgestellt, wohl, weil er selbst nicht genau wusste, in was er da hineingeraten war. Aber irgendwo dazwischen gab es, glaube ich, auch ein paar Informationen, die wichtig waren. Augenblick ...« Er klickte die Dokumente jetzt schneller durch, bis er auf eines stieß, in dem der Name *Bernhardt Goller* eingekreist war. Daneben stand: *Freund? Feind?*

Avram erinnerte sich nun immer klarer an das Gespräch vor neunzehn Jahren. Robert Burgmüller hatte zuerst mächtige Angst vor ihm gehabt, weil er dachte, er wolle ihn umbringen. Aber irgendwie war es Avram tatsächlich gelungen, sein Vertrauen zu gewinnen. Bei einem Glas Bier in einer abgelegenen Kieler Vorstadtkneipe hatte Burgmüller sich alles von der Seele geredet, während Avram seine Notizen machte.

Das nächste Dokument auf dem Bildschirm war wie eine Mindmap aufgebaut. In der Mitte stand der Begriff *Wartberger Kreis*, drum herum ordneten sich sonnenstrahlenartig diverse Unterbegriffe an, alle mit einem Fragezeichen versehen: *Organisation? Ort? Mitglieder? Zielsetzung? Verbindungen? Kapitalgeber?*

Etwas abgesetzt hatte Avram darunter das Wort »gefährlich« gekritzelt, doppelt unterstrichen. Vor seinem geistigen Auge nahm Robert Burgmüller mit seinem Bierglas wieder Gestalt an.

»Die kennen keine Gnade«, hatte er immer wieder betont. »Die machen kurzen Prozess. Wenn die rausbekommen, dass ich gegen sie arbeite, bin ich geliefert.«

»Was ist der Wartberger Kreis?«, fragte Lina Sattler.

Avram zog nachdenklich die Mundwinkel nach unten. »Die Organisation, die Sie entführt hat«, sagte er. »Aber ich konnte damals nichts darüber herausfinden. Der Wartberger Kreis war wie ein Phantom, das gar nicht wirklich existiert.«

Er klickte weiter.

Es folgten einige Dokumente mit noch mehr Namen und Begriffen. Keiner davon war eingekreist, was bedeutete, dass er ihnen damals keine besondere Bedeutung beigemessen hatte.

Erst als ein Foto auf dem Monitor erschien, wurde es wieder interessant. Robert Burgmüller hatte es heimlich geschossen und ihm überlassen. Es zeigte zwei Männer, offenbar in eine Unterhaltung vertieft. Sie waren hinter der Motorhaube eines Wagens, das Kennzeichen befand sich außerhalb des Bilds. Einer der Männer stand mit dem Rücken zur Kamera. Er wirkte jung, war mittelgroß und schlank, sein Haar hatte er so kurz geschoren, dass die Kopfhaut durchschimmerte. Seine ausgestreckte linke Hand griff nach einem Aktenkoffer, den der andere Mann ihm reichte. Der war schon grau und ein wenig gebeugt, aber sein Gesicht verströmte eine patriarchalische Entschlossenheit.

Über den Kopf des Alten hatte Avram den Namen *Hans Rentwijk* geschrieben. Neben dem Mann, der nur von hinten zu sehen war, stand das Wort *Scylla.*

Avram spürte, wie eine angenehme Wärme durch seinen Magen strömte. Das Bild löste etwas in ihm aus – eine weitere, sehr wichtige Erinnerung, die erst jetzt aus den Tiefen seines Gedächtnisses in sein aktives Bewusstsein vordrang.

»Scylla – den hatte ich total vergessen«, murmelte er. »Ich glaube, mit diesem Foto hier haben wir eine brauchbare Spur.«

37

Sonntag

Jens Lindfeller schrak auf und wusste im ersten Moment nicht, wo er war. Finsternis umgab ihn wie in einem Grab. Sofort beschleunigte sich sein Atem, kalter Schweiß trat ihm auf die Stirn.

Obwohl er seine Hände nicht sehen konnte, spürte er, wie sie zitterten, während er seine Umgebung abtastete. Rechts befand sich eine Wand, über ihm und links von ihm schien nichts zu sein. Der Untergrund, auf dem er lag, war weich – offenbar eine Matratze.

Jetzt fiel es ihm wieder ein: sein Zimmer. Wie hatte er das nur vergessen können? Er erinnerte sich nun auch an den Lichtschalter, irgendwo am Kopfende des Bettes. Seine Finger fuhren so lange über die kahle Wand, bis sie ihn endlich fanden. Sofort wurde der Raum von gleißender Helligkeit durchflutet.

Lindfeller hielt schützend einen Arm vors Gesicht. Er brauchte ein paar Sekunden, bis der Schmerz hinter den Augäpfeln nachließ und er sich an das Licht gewöhnt hatte. Endlich konnte er wieder etwas sehen.

Das Zimmer bot mit geschätzten zehn Quadratmetern zwar genug Platz für eine Person, verströmte aber den Charme einer Gefängniszelle. Außer dem Bett, einem Nachttisch und einem Stuhl befand sich nichts darin. Fenster suchte man hier vergeblich.

Wir sind zwei Etagen unter der Erde. Da würden Fenster keinen Sinn machen.

Dennoch hätte Jens Lindfeller sich etwas mehr Offenheit gewünscht. Mehr Weite. Er hatte das Gefühl, hier drinnen von den massiven Wänden erdrückt zu werden.

Du musst durchhalten. In ein paar Wochen bist du geheilt. Dann beginnt für dich ein neues Leben!

Er wusste, dass er sich eigentlich freuen sollte. Nach einem langen Gespräch am gestrigen Abend hatte Professor Wartberg ihn in sein Programm aufgenommen. Mit Vertragsunterschrift und allem, was dazugehörte.

Dennoch konnte Jens Lindfeller keine rechte Freude darüber empfinden. Es fühlte sich nicht an wie der Beginn einer Therapie. Eher wie Einzelhaft.

Die halbe Nacht hatte er über das gestrige Gespräch nachgedacht. Eigentlich war es mehr eine Befragung gewesen – eine unangenehme Befragung. So schmerzhaft, dass ihm mehrmals Tränen in die Augen geschossen waren. Er hatte innerlich drei Kreuze gemacht, als es endlich vorbei gewesen war.

Auch jetzt wollte er lieber nicht mehr daran denken. Aber es geschah einfach. Beinahe kam es ihm vor, als säße Professor Wartberg wieder vor ihm, um mit unnachgiebiger Penetranz immer tiefer in sein verwundbares Seelenleben vorzudringen.

Glauben Sie, Sie hätten den Angriff in Kalafgan überlebt, wenn Sie der Frau mit dem Kind ausgewichen wären?

Wie würden Sie aus heutiger Sicht reagieren, wenn Sie sich noch einmal zurückversetzen und eine bewusste Entscheidung treffen könnten?

Welcher Verlust schmerzt Sie mehr? Der der Frau oder der des Kindes?

Wenn Sie Panikattacken haben – an wen denken Sie dabei: an die Frau, an das Kind oder an Ihren toten Kameraden auf dem Beifahrersitz?

Wie würden Sie sich fühlen, wenn die Frau tatsächlich eine Waffe in der Hand gehabt hätte?

Die Fragen waren so lange auf ihn eingeprasselt, bis er einen völligen Zusammenbruch erlitten hatte. Danach war der Professor auf die Vertragsunterlagen eingegangen, die jetzt auf dem Nachttisch lagen.

Mit einem Seufzer griff Lindfeller danach, um das Dokument noch einmal Punkt für Punkt zu studieren. Gestern war alles so schnell gegangen. Vielleicht stieß er auf etwas, das er sich noch einmal würde erklären lassen müssen. Oder auf etwas, mit dem er nicht einverstanden war.

Würde das überhaupt noch etwas nutzen? Wenn der Vertrag doch schon unterzeichnet ist? Immerhin gibt es doch so etwas wie eine Widerspruchsfrist, oder etwa nicht?

Lindfeller begann zu lesen. Erstaunlicherweise waren die Unterlagen auch für einen Nichtjuristen recht gut verständlich. Die Paragraphen 1 bis 6 führten die allgemeinen Rechte und Pflichten beider Vertragsparteien auf. Im Wesentlichen musste Lindfeller gewisse Einschränkungen in Bezug auf seine freie Willensentfaltung in Kauf nehmen. Beispielsweise durfte er den Therapiebereich nicht ohne ausdrückliche Erlaubnis verlassen. Außerdem erklärte er sich einverstanden, an den von Professor Wartberg entwickelten Therapieübungen teilzunehmen und dabei den Anweisungen des Personals widerspruchslos Folge zu leisten. Weiterhin willigte er ein, sich regelmäßig von Fachärzten untersuchen zu lassen, um seinen Genesungsverlauf zu dokumentieren. Im Gegenzug dafür sagte man ihm in Paragraph 7 einen Auslagenersatz von zweihundert Euro pro angefangenem Behandlungstag zu, zahlbar am Tag der Entlassung. Für den Fall eines vorzeitigen Abbruchs der Behandlung würde er den bis zu diesem Tag aufgelaufenen Betrag erhalten.

Für seine Begriffe klang das ziemlich fair. Wenn er dem Druck der Therapie nicht gewachsen war, würde er wenigstens nicht mit leeren Händen dastehen.

Nur eine Sache bereitete ihm Kopfzerbrechen: *Warum ich?*

Professor Wartberg hatte gestern folgendermaßen darauf geantwortet: »Sie sind Soldat, Sie haben ein Trauma, Sie sind ungebunden, und Sie haben nichts mehr zu verlieren. Damit sind Sie für meine Therapie der perfekte Patient.«

Doch aus irgendeinem Grund kam Jens Lindfeller sich vor wie das perfekte *Opfer.*

38

Es war ein wundervoller Sonntagvormittag gewesen. Emilia und Mikka hatten lange geschlafen, sich bei einem Sektfrühstück in der Badewanne geliebt und danach die weiteren Schritte der Hochzeitsvorbereitungen besprochen. Zwar stand der Termin schon fest, und die Einladungen waren längst verschickt, trotzdem gab es noch unglaublich viele Details zu organisieren. Wenn Emilia nur daran dachte, spürte sie, wie ihr Stresspegel stieg.

»Entspann dich, wir haben noch sechs Wochen Zeit«, hatte Mikka versucht, sie zu beruhigen. Aber nicht einmal er schaffte es, ihr die Anspannung zu nehmen. Die Zeit flog nur so dahin. Unter der Woche gab es für sie beide viel zu viel Arbeit, als dass sie sich auch noch um die Hochzeit kümmern konnten, und selbst an den letzten Wochenenden hatte Emilia kaum eine freie Minute gehabt. Wie sollten sie das alles rechtzeitig schaffen?

Zum Glück haben wir nur eine kleine Hochzeit geplant. Wenn es ein riesiges Fest gäbe, würde ich durchdrehen.

Ihr Blick fiel auf die Uhr an der Wand. Schon beinahe halb zwei.

Mikka hatte sich vor ein paar Minuten auf den Weg in die Frankfurter Innenstadt gemacht, um bei ihrem Lieblingsitaliener das Mittagessen zu besorgen.

Emilia saß im Arbeitszimmer am Computer und entwarf die Tischkärtchen für das Hochzeitsessen. Aber in Gedanken war sie woanders. Es ging ihr nämlich immer noch gewaltig gegen den Strich, dass sie morgen früh nach Genua fliegen sollte. Zwar war ihr Flugticket bereits reserviert, und gestern hatte sie im Kino kaum vom Handy ablassen können, um sich ein Bild über den neuen Fall zu verschaffen, aber das war nicht ihr freier Wille gewesen, sondern lediglich Pflichtbewusstsein. Je mehr sie darüber nachdachte, desto mehr brodelte es jetzt wieder in ihr.

Sie klickte das Layoutprogramm für die Tischkarten weg, loggte sich in ihren Interpol-E-Mailaccount ein und begann, eine Nachricht an ihren Chef in Lyon zu schreiben.

Monsieur,
ich bedauere, Ihnen mitteilen zu müssen, dass mich über Nacht das Fieber erwischt hat. Je nachdem, wie sich mein Zustand im Lauf des Tages entwickelt, werde ich morgen entweder zum Arzt gehen oder – wenigstens für ein paar Stunden – ins Büro kommen. Allerdings sehe ich mich außerstande, den geplanten Italieneinsatz absolvieren zu können.
Es tut mir leid, dass Sie nun kurzfristig Ersatz für mich finden müssen.
Emilia Ness

Natürlich tat ihr das in Wahrheit überhaupt nicht leid. Im Gegenteil: Insgeheim verspürte sie eine geradezu kindische Freude darüber, dass sie Varamont Umstände bereitete. Schließlich war es umgekehrt genauso. Außerdem würden ihr ein paar »Krankheitstage« etwas Luft für die Hochzeitsvorbereitungen verschaffen. Je mehr sie darüber nachdachte, desto besser gefiel ihr die Idee.

Doch dann meldete sich unweigerlich ihr schlechtes Gewissen. Gandolfo und Ruíz waren schon anderweitig eingeplant. Wenn Varamont die Angelegenheit in Genua wirklich so wichtig war, wie er behauptete, brachte er es womöglich fertig, Henri Meittinger aus seinem Vaterschaftsurlaub nach Italien zu beordern – nur, weil sie eine Krankheit simulierte.

Sie seufzte und speicherte die E-Mail als Entwurf ab, ohne sie zu verschicken.

Das Klingeln des Türsummers ließ sie zusammenzucken. Mikka konnte es nicht sein, der war noch nicht lange genug weg. Es sei denn, er hatte etwas vergessen – zum Beispiel seinen Geldbeutel.

Emilia stand auf und ging zur Tür. Sie wollte gerade die Gegensprechanlage betätigen, als es klopfte.

Das war sonderbar, die Wohnung lag im zweiten Stock.

Vielleicht ein Nachbar.

Sie schaute durch den Spion. Im Hausflur stand eine zierliche, junge Frau, Mitte zwanzig, mit schulterlangem, schwarzem Haar, einer Biker-Lederjacke und Bluejeans. Emilia hatte sie noch nie gesehen.

Eine Vertreterin?

Die kamen hier mit einer gewissen Regelmäßigkeit vorbei, um Haustürgeschäfte abzuschließen, und sie kannten jede Menge Tricks, um sich Zugang zum Treppenhaus zu verschaffen. Frau Bressler, die ältere Dame aus dem Erdgeschoss, öffnete so ziemlich jedem, der ihr für einen kleinen Schwatz geeignet erschien.

Allerdings gab es zwei Fakten, die gegen diese Theorie sprachen. Erstens sah die Frau überhaupt nicht aus wie eine Vertreterin, eher wie jemand, der gerne mal in der Bahnhofskneipe ein Bier kippte. Und zweitens war heute Sonntag – da hatten selbst Vertreter frei, zumindest die meisten.

Ich sollte so tun, als wäre ich nicht daheim. Dann wird sie gleich wieder verschwinden.

Durch den Spion sah Emilia, wie die Frau den Arm hob und noch einmal klopfte.

»Frau Ness? Ich muss mit Ihnen sprechen. *Bitte.* Ich würde Sie nicht an einem Sonntag stören, wenn es nicht wichtig wäre.«

»Wer sind Sie?«

»Mein Name ist Lina Sattler. Wir kennen uns nicht, aber ich habe Informationen, die wichtig sind – für Sie und für mich.«

»Wichtig? Inwiefern?«

»Es geht um Ihre Arbeit.«

Offenbar wollte sie im Hausflur nicht so offen von »Interpol« sprechen.

Woher kennt sie meinen Job?

Die Gedanken rasten wild durch Emilias Kopf. Wer war die Frau? Jemand, den sie irgendwann hinter Gitter gebracht hatte und der sich jetzt an ihr rächen wollte? Oder tatsächlich nur eine harmlose Informantin?

»Wie kommen Sie an diese Adresse?«, wollte sie wissen.

»Ein Freund hat sie mir verraten.«

»Welcher Freund?«

»Wollen Sie wirklich, dass das ganze Haus das mithört?«

Nein, das wollte sie nicht.

»Augenblick«, sagte sie. Aus dem Telefonschränkchen zog sie Mikkas Polizeipistole und steckte sie sich hinten in den Hosenbund – nur zur Sicherheit. Dann öffnete sie die Tür.

In natura wirkte die Frau noch zierlicher als durch den Spion. Sie war einen halben Kopf kleiner als Emilia, versuchte das aber durch eine betont aufrechte Haltung wettzumachen. Ihr Blick hatte etwas Sonderbares, beinahe Kämpferisches. So, als fühle sie sich vom Leben benachteiligt, ohne diesen Umstand jedoch zu akzeptieren. Im Moment konnte Emilia sie noch nicht einschätzen.

»Kommen Sie rein«, sagte sie, die rechte Hand in die Hüfte gestemmt, um nötigenfalls schnell an die Pistole zu gelangen.

Die Frau zögerte. »Ich bin nicht allein«, sagte sie. Ein kurzes Zucken ihrer Augen verriet, dass rechts neben dem Türausschnitt noch jemand im Treppenhaus stehen musste.

Unweigerlich zog Emilias Magen sich zusammen.

Sie sind zu zweit! Mindestens!

Ihre Hand glitt zum Griff von Mikkas Waffe und entsicherte sie.

»Wen haben Sie dabei?«, fragte sie, bemüht, ihre Anspannung zu überspielen.

Statt einer Antwort trat eine Gestalt hinter der Wand hervor – groß, schlank, mit grauem Dreitagebart, kurzgeschorenem Haar und Hornbrille.

Avram Kuyper.

Emilia schluckte. Etwas in ihr weigerte sich, zu glauben, was sie sah.

Das kann nicht sein. Es ist einfach nicht möglich.

Doch er stand vor ihr, genau wie in ihrer Erinnerung, und während sie noch versuchte, ihre Gedanken zu sortieren, stieg eine Mischung aus Wut und Erleichterung in ihr auf. Tränen traten ihr in die Augen, ihr Griff löste sich von der Pistole. Noch ehe sie genau wusste, was sie tat, ging sie einen Schritt auf ihn zu und gab ihm eine schallende Ohrfeige.

»Ich dachte, Sie sind tot!«, presste sie mit zitterndem Kinn hervor. »Aber ich bin froh, dass ich mich getäuscht habe.«

39

Aus einem Grund, den er selbst nicht so recht verstand, fühlte Avram sich schuldig. Er hatte Emilia bewusst glauben lassen, dass er gestorben war, und sachlich betrachtet, war das auch die richtige Entscheidung gewesen. Sein Leben war dadurch in den letzten Monaten viel einfacher geworden. Aber aufgrund von Emilias spontaner Reaktion an der Wohnungstür - die Ohrfeige pulsierte immer noch auf seiner Wange - war ihm klargeworden, wie sehr sein Scheintod sie belastet hatte.

Sie saßen im Wohnzimmer auf einer cremefarbenen Echtledercouch, umgeben von Möbeln in Weiß und Mahagoni. An der Wand hing ein gewaltiger Flachbildfernseher. Die Einrichtung war geschmackvoll, elegant, modern - und bestimmt nicht billig gewesen. Verglichen mit dem abgenutzten Inventar in Avrams derzeitigem Einzimmerapartment in Düsseldorf herrschte hier der reinste Luxus. Seit die Polizei ihm die Konten eingefroren hatte, war bei ihm Sparkurs angesagt. Die fünfzehntausend Euro für die Liquidierung von Hassan Omar brachten ihn da nicht sehr viel weiter.

»Ich hoffe, Sie haben eine gute Erklärung dafür, dass Sie noch am Leben sind«, sagte Emilia, nachdem sie jedem etwas zu trinken auf den Tisch gestellt hatte. »Sie waren schwer verletzt in der brennenden Villa. Es hat Explosionen gegeben. Und dann noch die Raubkatzen ...«

Avram nickte gedankenversunken. In seiner Erinnerung nahm die griechische Insel wieder Gestalt an, auf die seine

Nichte und Emilias Tochter entführt worden waren: eine alte Burganlage mit einem daran angrenzenden Bungalow – und einem unterirdischen Netz aus alten Gängen und Verliesen, in dem ein paar superreiche Perverse ihren krankhaft-bestialischen Vergnügungen nachgegangen waren. In einem wahren Verzweiflungsakt hatten Avram und Emilia sich dorthin gewagt, um die Kinder zu retten, ganz auf sich allein gestellt. Das hatte sie zusammengeschweißt, auch wenn sie auf zwei verschiedenen Seiten des Gesetzes standen.

Avram seufzte. Er sah jetzt alles wieder vor sich. Die dichten Rauchschwaden in dem griechischen Inselbungalow, ausgelöst durch die Explosion der Haftminen ... die Bodyguards dieser reichen Schweine, die auf sie geschossen hatten ... das Loch in der Panoramascheibe, durch das die Geparden ins Haus gelangt waren ...

»Als ich damals verletzt vor Ihnen auf dem Boden lag, habe ich gelogen«, gab Avram zu. »Ich sagte, dass ich meine Beine nicht mehr bewegen könne, aber das stimmte nicht. Ich konnte noch laufen – und habe es bis zum Ufer geschafft. In den verkohlten Trümmern waren die Leichen später nicht mehr zu identifizieren. Also hielten Sie mich für tot.«

Emilia presste die Lippen zusammen. »Warum haben Sie das gemacht?«, fragte sie. »Ich meine, warum haben Sie den Märtyrer vorgetäuscht? »

»Ich wollte, dass Sie die Kinder retten«, antwortete er. »Ich blieb in dem Bungalow, um Ihnen einen Vorsprung zu sichern, sonst hätten die Geparden Sie womöglich verfolgt.«

»Dafür hätten Sie mir keine Lähmung vorspielen müssen.«

»Das hat die Sache aber vereinfacht. Außerdem wollte ich

Sie davon überzeugen, dass ich nicht lebend aus dem Haus kommen kann, weil ich wusste, dass die Polizei mich nur in Ruhe lässt, wenn sie mich für tot hält. Deshalb habe ich mich später auch nicht bei Ihnen gemeldet. Ich wollte ein ruhiges Leben führen.«

Er nippte an seinem Glas, weil sein Mund trocken geworden war – was ihn wunderte und sogar ein wenig ärgerte. In den letzten Jahrzehnten hatte er die gefährlichsten Situationen überstanden. Sollte er seine Emotionen da nicht etwas besser unter Kontrolle haben? Hier ging es schließlich nicht um Leben und Tod, sondern ... ja worum eigentlich? Darum, dass er jemanden belogen hatte, den er kaum kannte, den er unter normalen Umständen sogar als Feind betrachten würde?

»Ihr Bluff hat funktioniert«, sagte Emilia. »Ich dachte wirklich, dass Sie auf dieser Insel gestorben sind. Und Sie haben recht: Hätten Sie mir nicht den Schwerverletzten vorgespielt, wäre es für mich wesentlich schwieriger gewesen, Sie dort zurückzulassen. Dennoch finde ich, dass Sie sich später bei mir hätten melden können. Ich hätte schon nicht gleich eine Fahndung eingeleitet.« Es entstand eine Pause, in der niemand so recht wusste, wie es nun weitergehen solle. Schließlich wanderte Emilias Blick zu Lina. »Vor der Tür sagten Sie, dass Sie wichtige Informationen haben. War das auch nur gelogen?«

Lina räusperte sich. »Nein, das ist wahr. Es gibt einen Maulwurf beim BKA«, sagte sie. »Jemand, der Kontakte zum sogenannten Wartberger Kreis unterhält. Das ist nach unserem Kenntnisstand ein illegales, wissenschaftliches Projekt.« Sie stockte und wandte sich Avram zu. »Ich glaube, Sie können das besser erklären als ich.«

Avram nickte. »Am besten der Reihe nach«, sagte er. »Vor

neunzehn Jahren wurde Lina entführt, und ein Freund bat mich damals, sie zu suchen. Das habe ich auch getan. Ich fand einen Informanten, der mir ein paar Dinge verraten konnte – bevor er dann selbst umgebracht wurde. Aber immerhin wissen wir so viel: Lina wurde vom sogenannten Wartberger Kreis entführt, einer Art privatem Forschungsprojekt, das hinter verschlossenen Türen Experimente mit unfreiwilligen Testpersonen durchführt. Lina konnte damals entkommen, zog sich bei der Flucht aber eine schwere Kopfverletzung zu, weshalb sie sich an nichts erinnern kann, was sich vor ihrem achten Geburtstag ereignete. Sie wurde heimlich bei einer Pflegemutter eingeschleust, damit die Entführer sie nicht finden. Irgendwann hat sie mitbekommen, dass sie gar nicht die Person ist, für die sie sich jahrelang hielt. Seitdem ist sie auf der Suche nach sich selbst.«

Emilia verzog keine Miene. »Klingt ziemlich sonderbar«, sagte sie. »Aber vorausgesetzt, die Geschichte stimmt – wie kommen Sie darauf, dass ein BKA-Maulwurf mit diesen verrückten Wissenschaftlern zusammenarbeitet?«

»Mein Informant hat mir eine Reihe von Unterlagen überlassen«, antwortete Avram. »Dinge, die er über den Wartberger Kreis gesammelt hatte. Man wollte ihn als Investor gewinnen, und anfangs hat er wohl auch angebissen. Aber dann hat ihm das Projekt Angst gemacht. Deshalb begann er, Hinweise auf illegale Aktivitäten zu sammeln. Diese Hinweise hat er später mir überlassen. Ich bin jeder einzelnen Spur nachgegangen, aber das meiste davon hat sich leider als unnütz erwiesen. Und nach seinem Tod konnte ich ihn schließlich auch nicht mehr nach der Bedeutung der einzelnen Hinweise fragen. Aber es gab da ein Foto. Damals führte es mich wie die anderen Spuren in eine Sackgasse, weil es niemanden gab, der mir hätte helfen können, herauszufinden, wer der Mann auf dem Foto ist. Aber heute ...«

Avram zog ein Stück Papier aus der Tasche und schob es über den Tisch. Es war die Kopie des Bildes von Scylla mit seinem kurzgeschorenen Haar und dem Aktenkoffer in der Hand, von schräg hinten aufgenommen, so dass man fast nichts vom Gesicht sehen konnte.

»Das ist unsere beste Spur«, sagte er.

Genau genommen war es nur die zweitbeste. Hans Rentwijk, der ebenfalls auf dem Originalfoto zu sehen war, hatte er beim Kopieren abgedeckt. Dieser Sache wollte er sich selbst widmen, und zwar ohne von Emilia, Interpol oder der Polizei behindert zu werden.

»Das ist Ihre beste Spur?«, fragte Emilia. »Sie wollen mich auf den Arm nehmen. Darauf ist kaum etwas zu erkennen.«

»Genau deshalb sind wir hier. Wenn es einfach wäre, hätten wir es selbst herausfinden können.«

»Sie erwarten von mir nicht weniger als ein Wunder.«

»Wir sind hier, weil Lina in ihrer Kindheit etwas Schreckliches widerfahren ist. Sie hat ein Recht darauf zu erfahren, was das war und wer dahintersteckte.«

Emilia seufzte und betrachtete noch einmal das kopierte Bild. »Scylla – was soll das sein?«, sagte sie. »Ein Deckname?«

Avram nickte. »Mehr als den haben wir leider nicht. Aber er war der Maulwurf.«

»Ein Name aus der griechischen Mythologie.«

»Ja, meistens im Zusammenhang mit Charybdis – zwei Ungeheuer, die der Sage nach die Meerenge zwischen dem italienischen Festland und Sizilien bewachten. Eines der beiden verschlang angeblich ein paar Männer von Odysseus.«

Emilia ließ sich die Worte durch den Kopf gehen. »Ich sehe nicht, wie uns das weiterbringt, wenigstens im Moment noch nicht.«

»Heißt das, Sie werden uns helfen?«

Sie schüttelte den Kopf, aber nicht ablehnend, sondern eher nachdenklich. »Nur, damit ich das richtig verstehe«, sagte sie. »Ein totgeglaubter Profikiller wendet sich an eine Interpolagentin, damit sie ihm hilft, eine Person zu identifizieren, die vor neunzehn Jahren beim BKA ein Maulwurf war – um herauszufinden, was mit einem entführten Kind passiert ist, das auf der Flucht vor ein paar verrückten Wissenschaftlern das Gedächtnis verlor.«

»Wenn Sie es so formulieren, klingt es ziemlich unglaubwürdig«, gab Avram zu. »Aber im Kern trifft es die Sache ziemlich gut.«

Sie strich sich eine Haarsträhne aus der Stirn. »Eigentlich dürfte ich nicht einmal hier sitzen und mit Ihnen reden.«

»Und dennoch tun Sie es. Weil Sie wissen, dass es das Richtige ist. *Bitte*, Emilia, geben Sie sich einen Ruck. Wenn es überhaupt jemanden gibt, der uns helfen kann, dann Sie.«

Einen Moment lang schien sie noch zu zögern. Dann nickte sie und steckte die Kopie ein. »Also gut, ich werde unsere biometrischen Datenbanken nach Scylla absuchen lassen. Vielleicht spuckt der Computer ein brauchbares Ergebnis aus. Wie kann ich Sie erreichen, wenn ich etwas herausfinde?«

40

Emilia saß wieder an ihrem Computer, als sie hörte, wie die Wohnungstür ging.

»Das Essen ist da!«, hörte sie Mikka rufen. »Ich sterbe vor Hunger!«

Ihr selbst war der Hunger nach dem unerwarteten Besuch von vorhin eher vergangen. Doch der Appetit kam wieder, als sie in der Küche die Pasta und den Salat anrichtete, während Mikka den Esstisch deckte.

»Was machen die Namenskärtchen?«, fragte er, als sie sich gegenübersaßen und sich die dampfenden Linguini schmecken ließen.

Im ersten Moment wusste Emilia gar nicht, was er meinte. Dann fiel es ihr wieder ein: die Tischkärtchen für die Hochzeit. »So richtig viel weitergekommen bin ich nicht«, sagte sie.

»Warum das?«

»Mir ist etwas dazwischengekommen.«

Er hob die Augenbrauen. »Jetzt machst du es aber spannend.«

Emilia lächelte, obwohl ihr gar nicht danach zumute war, und nahm einen Bissen Nudeln.

Mikka beobachtete sie genau. »Okay, du willst mich hinhalten, um meine Neugier zu steigern«, mutmaßte er in gespieltem Ernst. »Das gelingt dir auch wirklich gut. Ich versichere dir, du hast meine volle Aufmerksamkeit. Was ist also los?«

»Du würdest es sowieso nicht glauben.«

»Lassen wir es drauf ankommen.«

Sie rang sich wieder ein Lächeln ab und beschloss, sich auf Mikkas kleines, theatralisches Spiel einzulassen. Irgendwie musste sie ihm schließlich erzählen, was vorgefallen war.

»Ich hatte Männerbesuch«, sagte sie vieldeutig.

Er hob die Augenbrauen. »Da bin ich am Sonntagmittag gerade mal eine halbe Stunde aus dem Haus, und schon gibt es einen anderen? Wer ist der Kerl?«, fragte er mit gespielter Entrüstung. »Ich schätze, ich werde ihn umbringen müssen.«

»Das würde ich an deiner Stelle lieber nicht versuchen.«

»Warum? Ist er etwa größer und stärker als ich?«

»Weder noch, aber er ist mit allen Wassern gewaschen.« Plötzlich wurde sie wieder ernst. Das kleine Geplänkel hatte nur dazu dienen sollen, Mikka in eine positive Grundstimmung zu versetzen. Emilia musste – und wollte – ihm nun auch die Wahrheit sagen, aber sie konnte seine Reaktion darauf nicht einschätzen. Er kannte Avram nicht so gut wie sie. Zwar wusste er, dass Becky ohne Avram längst tot wäre, doch ihm war auch klar, dass Avram ein gefährlicher Mann war, polizeilich gesucht wegen Mordverdachts in mehreren Fällen.

Natürlich war Emilia sich dieser Tatsache ebenfalls bewusst. Aber auf sonderbare Weise hatte das Schicksal ihre Lebenswege so miteinander gekreuzt, dass sie dabei auch eine gute Seite an ihm entdeckt hatte: die bedingungslos liebende Seite eines Mannes, der seine Angehörigen retten wollte. Damals in Griechenland war ihr das endgültig klargeworden, als es um das Leben seiner Nichte ging.

Damit hatte er Emilia gleichzeitig geholfen, Becky zu retten. Ohne ihn hätte sie das niemals geschafft, das wusste sie genau. Sie verdankte ihm unendlich viel. Nur deshalb hatte sie sich auf die Bitte eingelassen, das Foto von Scylla zu untersuchen.

»Wirst du mir nun endlich verraten, wer dich besucht hat, oder muss ich erst das Frankfurter Telefonbuch durchraten?«, fragte Mikka.

Sie schluckte trocken. »Avram Kuyper«, sagte sie.

Mikka verzog keine Miene, dennoch erkannte sie das große Fragezeichen in seinen Augen.

»Bist du sicher?«, raunte er. »Ich meine, wie kann das sein? Ist er nicht in Griechenland umgekommen ...?«

Während sie ihre Linguini aßen, erzählte sie ihm, was sie wusste. Auch den Grund seines Besuchs: die sonderbare Kindheitsgeschichte der jungen Frau, die Avram begleitet hatte. Die meiste Zeit hörte Mikka schweigend zu, nur gelegentlich stellte er eine Zwischenfrage.

»Was willst du jetzt tun?«, fragte er, als beide ihre Teller leer gegessen hatten.

»Luc Dorffler anrufen. Wenn er mir nicht helfen kann, weiß ich auch nicht weiter.«

Dorffler war einer von Emilias Lieblingskollegen in Lyon. Er arbeitete schon seit einer gefühlten Ewigkeit in der Rechercheabteilung und hatte sie im Lauf der Jahre wie kein anderer geprägt. Er war gewissermaßen das Masterbrain, der Herr über Bits und Bytes, ein bisschen spleenig vielleicht, aber tief im Innern eine Seele von Mensch. Als gebürtiger Elsässer sprach er auch perfektes Deutsch, was Emilia und ihn schon zu vielen gemeinsamen Mittagspausen veranlasst hatte. Sie wäre zwar nicht so weit gegangen, Luc Dorffler als Freund zu bezeichnen, aber sie beide verband etwas, das weit über ein normales kollegiales Verhältnis hinausging.

Sie vertraute ihm, und sie wusste, dass sie sich stets auf ihn verlassen konnte.

Außerdem wusste sie, dass Luc Dorffler ein Workaholic war, der es ihr nicht übelnehmen würde, wenn sie ihn an einem Sonntag anrief.

Schon nach dem ersten Klingelzeichen nahm er ab, als habe er nur auf dieses Telefonat gewartet.

»Nette Überraschung, von dir zu hören«, begann er ohne Umschweife. »Was verschafft mir die Ehre?«

»Ich brauche deine Hilfe«, sagte Emilia. »Es geht um ein Foto, das du für mich analysieren sollst. Besser gesagt, die Kopie eines Fotos.«

»Erzähl mir nicht, dass du nur aus beruflichen Gründen anrufst, Schätzchen. Du hast mich vermisst.«

Emilia schmunzelte. Luc war wirklich ein bisschen gaga, aber auf eine angenehme Art und Weise. »Vermisst ist gar kein Ausdruck. Ich habe mich nach dir verzehrt.«

»Okay, genau das wollte ich hören. Was kann ich also für dich tun?«

»Ich würde dir gerne einen Scan des Bildes schicken. Es zeigt einen jungen Mann, leider nur von hinten. Außerdem ist das Bild schon vor neunzehn Jahren aufgenommen worden. Der Mann nannte sich damals Scylla. Ich möchte gerne wissen, wer das ist.«

»Ich dachte schon, es könnte schwierig werden.«

»Wenn es überhaupt jemand schafft, dann du.«

»Das behauptest du nur, weil du weißt, dass du mich mit Schmeicheleien herumkriegst«, flachste er. »Was hat der Kerl angestellt?«

»Nach meinen Informationen hat er damals beim BKA gearbeitet. Aber er scheint dort eine Art Maulwurf gewesen zu sein. Außerdem war er in mindestens einen Entführungsfall verwickelt, im Zusammenhang mit einem illegalen Wissenschaftsprojekt namens ›Wartberger Kreis‹. Ich schicke dir alle Angaben auch gleich noch mal mit meinem Scan. Denkst du, du kommst mit diesen Informationen weiter?«

Am anderen Apparat war ein gedehntes Seufzen zu hören. »Viel ist das nicht gerade, aber ich werde sehen, was ich für dich tun kann. Bist du morgen im Büro?«

»Etwa ab zehn Uhr. Ruf mich an, sobald du etwas herausgefunden hast.«

Erst als sie das Gespräch beendet hatte wurde ihr klar, dass sie morgen definitiv nicht nach Genua fliegen würde – Varamont hin oder her.

41

Um die Zeit bis zum Abflug zu überbrücken, machten Avram und Lina es sich in einem Café am Frankfurter Flughafen bequem. Lina trank eine Cola, Avram Milch wegen seines Magens.

Von Frankfurt aus wollten sie zunächst nach Oslo. Ihr Gepäck hatten sie bereits am Check-in abgegeben. Viel war es ohnehin nicht gewesen, nur jeweils eine Tasche mit dem Nötigsten für die nächsten Tage. Waffen hatte sie keine dabei, die waren ohne Vorbereitungszeit kaum in ein Flugzeug zu schmuggeln. Dafür brauchte man entweder einen Verbündeten an der Gepäckannahme, jemanden, der die Waffen gegen ein Bestechungsgeld ins Flugzeug schleuste, oder Spezialwaffen, die von den Flughafendetektoren nicht erkannt werden konnten. Da in der Kürze der Zeit keine der drei Varianten in Frage gekommen war, hatte Avram beschlossen, sich erst vor Ort mit Waffen und Ausrüstung einzudecken.

Lina und er saßen im Flughafencafé ganz hinten, beide mit dem Rücken zur Wand, damit die Überwachungskamera an der Decke nicht mitfilmen konnte, was sie auf ihren Handys ansahen.

Avram wollte auch nicht, dass man ihre Lippenbewegungen auf den Überwachungsaufnahmen erkennen konnte. Niemand sollte wissen, worüber sie sprachen. Deshalb drehten sie beim Reden die Gesichter von der Kamera weg, oder sie hielten sich eine Hand vor den Mund. Das war ein bisschen umständlich, aber nicht zu vermeiden. Später im Flugzeug würden sie überhaupt keine Privatatmosphäre mehr haben.

Was sie auf ihren Handys studierten, war eine Zusammenstellung von Unterlagen, die Rutger Bjorndahl Avram gemailt hatte, natürlich verschlüsselt und passwortgesichert – ein Konzentrat dessen, was es im Internet über Hans Rentwijk zu finden gab. Avram hatte die Unterlagen wiederum an Lina weitergeleitet. Auf diese Weise konnte sie sich selbst einen Eindruck von Rentwijk verschaffen.

Avram nippte an seiner Milch und warf einen Blick auf die Uhr. Noch eine Stunde bis zum Abflug. Aus irgendeinem Grund hatte er bei dieser Sache kein gutes Gefühl.

Er widmete sich wieder seinem Handy.

Allmählich entstand vor seinem geistigen Auge ein recht konkretes Bild von Hans Rentwijk – dem Mann, der gemeinsam mit Scylla auf dem Foto von Robert Burgmüller zu sehen gewesen war. Er zählte inzwischen einundachtzig Jahre. Die letzten Fotos von ihm waren anlässlich seines achtzigsten Geburtstags veröffentlicht worden. Sie zeigten einen gebeugten Mann, schmal und ausgemergelt, mit weißem Haar, buschigen Augenbrauen und faltiger Haut. Nur sein unnachgiebiger Blick verriet, wie viel Kraft immer noch in ihm steckte. Das Leben hatte ihn gezeichnet, doch er war nicht bereit, sich von ihm in die Knie zwingen zu lassen.

In den Zeitungsberichten zu seinem achtzigsten Geburtstag stand, dass er in der Rüstungsbranche tätig war und sein Vermögen mit der Herstellung von Zubehörteilen für Schusswaffen jeglicher Art gemacht hatte. Seit er gesundheitlich angeschlagen war – Mediengerüchten zufolge litt er an Knochenkrebs –, hatte er sich auf sein Anwesen bei Gulsvik zurückgezogen, etwa hundert Kilometer nordwestlich von Oslo am Buvatnet-See. Dort lebte er sehr abgeschieden mit seinem Enkel, einigen Angestellten und Bodyguards in einem alten Herrenhaus. Bjorndahl hatte Bilder von dem Anwesen mitgeschickt, damit Avram wusste, was ihn erwarten würde, falls er vorhatte, dort einzubrechen, um Rentwijk zur Rede zu stellen. Auch einige Luftaufnahmen waren dabei.

Der zweistöckige Bau stand, umringt von dichtem Wald, auf einer ovalen Lichtung. Von außen wirkte er schmucklos, ja geradezu streng, wie ein altes Internat oder Klostergebäude, aber vielleicht wurde der Eindruck bei Avram auch nur dadurch geweckt, dass alle Aufnahmen bei regnerischem Wetter gemacht worden waren.

»Dort würde ich freiwillig nicht wohnen wollen«, murmelte Lina hinter vorgehaltener Hand. Offenbar sah sie sich gerade die gleichen Bilder an. »Selbst auf einem Friedhof sieht es gemütlicher aus.«

Avram pflichtete ihr bei. Nicht nur das Herrenhaus, auch die beiden Nebengebäude – ein etwas kleineres Haus für die Angestellten und ein Stall für Brentwijks Tiere, seine Pferde und Hunde – ließen jede Art von Wohlgefühl vermissen. Das Anwesen hätte eine hervorragende Kulisse für einen Draculafilm abgegeben.

Avram öffnete das nächste Dokument, eine Art Vita. Rentwijk war gebürtiger Belgier, der seine Firmensitze über ganz Europa verteilt hatte. Seine Geschäftsverbindungen reichten sogar rund um den Globus. Das Anwesen bei Gulsvik hatte er sich in den 1980er Jahren gekauft, kurz nach der Eröffnung seiner ersten norwegischen Fabrik bei Oslo, in der Präzisionszielfernrohre hergestellt wurden.

Ein Teil dessen, was Avram da las, kam ihm entfernt bekannt vor. Seine Recherchen vor neunzehn Jahren hatten ihn ebenfalls zu Hans Rentwijk geführt. Aber vieles davon hatte er längst wieder vergessen.

Über Rentwijks Privatleben war wenig bekannt, weil er sich und seine Familie schon seit langem systematisch vor der Öffentlichkeit abschottete. Interviews gab er so gut wie immer in einem seiner Büros, fast nie im privaten Umfeld. Seit dem Tod seines Sohnes Gunnar im Jahr 2001 war kein Reporter mehr in dem Herrenhaus gewesen. Offiziell hieß es, Gunnar sei bei einem Jagdunfall ums Leben gekommen. Aber es gab auch Gerüchte, dass er ermordet worden war.

Zu den technischen Überwachungseinrichtungen des Anwesens hatte Bjorndahl nur wenig herausgefunden. Das Areal war von einem zweieinhalb Meter hohen Zaun umgeben. Die Zufahrtstraße zum Haus wurde videoüberwacht. Mehr stand in Avrams Unterlagen leider nicht.

Das nächste Dokument beschrieb Hans Rentwijk als umstrittenen Geschäftsmann. Aus verschiedenen Zeitungsartikeln ging hervor, dass er über Jahrzehnte hinweg immer wieder in der Kritik der Öffentlichkeit gestanden hatte. Das lag zum einen daran, dass ihm Waffenlieferungen in Länder nachgesagt wurden, die unter dem Verdacht standen, mit Terroristen zu sympathisieren. Zum anderen wurde ihm immer wieder eine nationalsozialistische Gesinnung vorgeworfen. Um diese Art von Gerüchten war es in den letzten Jahren jedoch ruhig geworden.

Eine Berührung an der Schulter ließ Avram zusammenzucken.

»Wir sollten langsam los«, sagte Lina.

Avram warf einen Blick auf seine Uhr. Nur noch zwanzig Minuten bis zum Boarding. Er war so vertieft gewesen, dass er die Zeit ganz vergessen hatte.

Mit ein paar Clicks löschte er Bjorndahls Dateien. Von Lina verlangte er dasselbe. Falls der Zufall es wollte und der Zoll sie kontrollierte, sollte niemand wissen, was sie in Norwegen vorhatten.

42

Es war ein schöner Montagmorgen, wolkenlos und sonnig, aber mit empfindlich kühlen Temperaturen nur knapp oberhalb der Nullmarke. In der Glasfassade der Interpolzentrale spiegelte sich der azurblaue Himmel wider. Obwohl Emilia Mikka schon jetzt vermisste, freute ein Teil von ihr sich auch aufs Büro.

Die ewige Pendelei ging ihr auf die Nerven. Irgendwann mussten sie eine andere Lösung finden. Eine dauerhafte. Aber im Moment war keiner von beiden bereit, seinen Job aufzugeben, nicht einmal der Liebe wegen.

Mit dem Rhôneexpress und der S-Bahn hatte sie vom Aéroport Lyon Saint-Exupéry eine Dreiviertelstunde in die Innenstadt gebraucht. Ihr Gepäck befand sich in dem kleinen Rollkoffer, den sie hinter sich herzog. An Flugtagen kam sie sich vor wie in Jetset-Kreisen, nur leider ohne den Luxus.

Sie überquerte den von zweieinhalb Meter hohem Stahlzaun umgebenen Parkplatz vor dem Generalsekretariat, passierte den Haupteingang und fuhr mit dem Aufzug in den vierten Stock. Dort folgte sie dem Gang bis zur Abteilung für Gewaltverbrechensbekämpfung.

Ihr Büro lag auf der Rückseite des Gebäudes und bot einen wundervollen Blick auf den Parc de la tete d'or mit seinem alten Baumbestand und den gepflegten Rasenanlagen. Was im Sommer als grüne Lunge Lyons bezeichnet wurde, erstrahlte an diesem sonnigen Morgen in herbstlichen Rot-

und Gelbtönen. Der Legende nach lag irgendwo dort unten ein goldener Christuskopf vergraben. Gefunden hatte ihn bisher jedoch niemand.

Während Emilia ihren Computer hochfuhr, durchforstete sie ihre Eingangspost. Sie war schon seit nahezu zwei Wochen nicht mehr im Büro gewesen, in dieser Zeit hatte sich ein beachtlicher Stapel angesammelt. Um alles zu sortieren und wenigstens die dringlichsten Dinge zu erledigen, würde sie vermutlich den halben Tag benötigen. Das hasste sie an ihren Außendiensteinsätzen am allermeisten.

Wenigstens war sie bei ihren E-Mails nahezu auf dem aktuellen Stand, weil sie die von unterwegs aus mit dem Handy beantworten konnte. Als sie ihren Account überprüfte, stellte sie fest, dass sie seit gestern nur vier neue Nachrichten erhalten hatte. Das war überschaubar.

Eine der Nachrichten stammte von ihrem Chef, Jerome Varamont. Der Betreff lautete nur: Bitte melden Sie sich gleich am Montagmorgen bei mir!

Sie ahnte, was das hieß, und seufzte. Dann griff sie zum Telefonhörer, um sich von Varamonts Sekretärin mit ihm verbinden zu lassen.

Jerome Varamont ließ sich nicht mit einem Telefonat abspeisen, sondern zitierte Emilia umgehend in sein Büro. Er machte ihr zwar keine direkten Vorwürfe, weil sie heute Morgen nicht nach Genua geflogen war, ließ aber deutlich seinen Unmut durchblicken und erzählte ihr ausführlich, wie schwierig es für ihn gewesen sei, kurzfristig noch Ersatz nach Italien zu schicken – einen jungen belgischen Kollegen namens Broom, der erst seit zwei Monaten für Interpol arbeitete. Der war nicht gerade seine erste Wahl gewesen, aber die einzige, die er gehabt hatte.

Emilia erfand eine Geschichte, wie schlecht es ihr am Wochenende gegangen war. Vierzig Grad Fieber und Übelkeit, Gliederschmerzen, das ganze Programm. Sie hatte den Sonntag im Bett verbracht, aber jetzt ging es ihr wieder besser. Tatsächlich schaffte sie es, Varamont zu überzeugen. Sie solle auf sich aufpassen, sagte er, und früher nach Hause gehen, falls sie sich im Lauf des Tages nicht wohl fühle.

Mit einem inneren Grinsen kehrte sie an ihren Arbeitsplatz zurück.

Eine Stunde lang wühlte sie sich durch ihre Post – Aktennotizen zu laufenden Fällen, die sie angefordert hatte, Anfragen anderer Abteilungen, Statistiken, die sie regelmäßig auf den Tisch bekam, aber es waren auch Einladungen für Seminare und viel Werbung dabei.

Sie war längst noch nicht mit ihrem Stapel durch, als Luc Dorffler sich bei ihr meldete.

»Und? Hast du schon etwas herausfinden können?«, fragte sie neugierig.

»Dreht sich die Erde um die Sonne? *Natürlich* habe ich etwas herausgefunden. Du kannst jederzeit runterkommen und es dir ansehen.«

»Wie wäre es mit jetzt gleich?« Der Poststapel würde ihr schon nicht davonlaufen. »Ich bringe uns zwei Becher Cappuccino aus der Cafeteria mit und für dich noch ein Stück Kuchen, weil es so schnell gegangen ist.«

»Der perfekte Wochenanfang. Falls Mikka dich irgendwann mal verlassen sollte, gib mir Bescheid.«

Wenig später saß sie in Luc Dorfflers Reich – einem fensterlosen Kellerbüro, das eingerichtet war wie ein Überwachungswagen der Polizei, nur viel geräumiger. Auf einem drei Meter langen Schreibtisch lagen eine ergonomische

Computertastatur und eine kabellose Maus vor zwei gewaltigen Monitoren. Darüber hingen an der Wand zwei weitere Monitore. Flankiert wurde das ganze von einer Batterie an Serverschränken, die sich auch in den Nebenräumen bei den anderen Kollegen der Recherche- und Analyseabteilung fortsetzte.

Luc Dorffler machte sich über den Kuchen her wie ein ausgehungerter Wolf über ein saftiges Stück Fleisch. Mit wenigen Bissen hatte er es komplett verschlungen. Danach murmelte er nur: »Ausgezeichnet«, und stellte den Teller beiseite, um sich dem dampfenden Cappuccino zu widmen.

Mit seiner dicken Lesebrille und dem störrischen, wirr vom Kopf abstehenden Haar wirkte er wie ein zerstreuter Professor. Sein dürrer Körper steckte in einem farbenfrohen Pullover und einer ausgewaschenen Jeans, die Füße wie immer in Birkenstock-Sandalen. Emilia konnte sich nicht erinnern, ihn schon einmal in anderen Schuhen gesehen zu haben. Aber hier unten im Keller spielten Mode und Frisur keine Rolle. Hier ging es allein darum, die Computer zu beherrschen, und darin war Dorffler ein wahres Genie.

»Eines vorweg«, sagte er. »Ich habe nach unserem gestrigen Telefonat ein bisschen Internetrecherche betrieben, hätte mir die Zeit aber auch sparen können. Über den Wartberger Kreis ist nichts herauszufinden, und wenn ich nach Scylla suche, beziehen sich fünfundneunzig Prozent der Treffer auf die altgriechische Mythologie. Der Rest verteilt sich auf Hundenamen, Spielzeug und Insektenvernichtungsmittel. Das bringt uns nicht weiter.«

Emilia nickte. Sie hatte am Sonntag auch schon ein bisschen gegoogelt – ebenfalls ohne Erfolg.

Sie widmeten sich einem der vier Monitore, der bereits

das eingescannte Foto von Scylla zeigte. In der Vergrößerung wirkte es unscharf und grobkörnig. Vier Stellen hatte Dorffler rot eingekreist.

»Vom Hintergrund ist auf dem Bild nichts zu erkennen, das hilft uns also nicht weiter«, sagte er. »Das Gesicht sieht man auch nicht. Daher habe ich mich bei der Analyse auf folgende Punkte konzentriert: den Koffer, die Armbanduhr, das Auto und den Schatten am Hinterkopf.«

Mit dem Mauszeiger deutete er auf die entsprechenden Stellen.

»Ich habe diese Bildausschnitte extrahiert, mit unseren Bearbeitungsmodulen nachgeschärft und anschließend einen ASF-Abgleich gestartet.«

ASF war die Abkürzung für Automated Search Facility. Dahinter verbarg sich bei Interpol eine Reihe von Auswertungsdatenbanken, mit deren Hilfe vorliegende Spuren oder Beweismittel mit den in den Datenbanken gespeicherten Mustern abgeglichen werden konnten.

»Den Rest habe ich über externe Suchmaschinen abgefragt«, fuhr Dorffler fort. »Zunächst zum Koffer. Viel ist darauf nicht zu erkennen, nur das Emblem ist interessant – von Maxwell Scott. Der Koffer ist keine Massenware, sondern ein hochwertiges Stück in kleiner Auflage. Etwas Vergleichbares bekommst du heute nicht für unter zweitausend Euro. Auch die Armbanduhr zeugt von einem exklusiven Geschmack. Ein Zenith-Chronometer. Mindestens fünftausend Euro. Dagegen ist das Auto geradezu spießig. Man sieht zwar nur die A-Säule und ein Stück von der Motorhaube, aber es handelt sich mit hoher Wahrscheinlichkeit um einen VW Passat – schon damals ein ziemlich häufiger Wagen. Mit dem kommen wir also nicht weiter.«

Auch die Armbanduhr und der Aktenkoffer ließen noch

lange keinen Schluss auf die Identität Scyllas zu, nur den, dass er sich gerne mit teuren Dingen umgab.

»Was ist mit dem vierten Hinweis?«, fragte Emilia.

Dorffler schob den Mauszeiger auf Scyllas kurzgeschorenen Hinterkopf. In dem rot eingekreisten Areal war eine längliche, dunkle Linie zu sehen, die hinter dem linken Ohr nach schräg oben zum Scheitelpunkt führte. »Diese Unregelmäßigkeit fand ich an dem Bild am interessantesten«, sagte er. »Weil ich mir am meisten davon erhofft hatte. Was ist das? Nur ein Fehler, der beim Entwickeln des Fotos entstanden ist? Durch einen Fussel in der Dunkelkammer? Oder irgendein Schatten? Aber welcher Gegenstand würde einen solchen Schatten werfen? Mir ist nichts Vernünftiges dazu eingefallen. Dann dachte ich, dass es vielleicht eine Narbe sein könnte, und ich habe unsere Verbrecherdateien danach absuchen lassen.«

»Hat der Computer ein Ergebnis ausgespuckt?«

»Leider nicht. Aber der Begriff Scylla ist in unserer Datenbank vermerkt.«

Er holte aus einer Schublade einen Computerausdruck und reichte ihn Emilia. Es war ein Deckblatt, wie es seit Jahren zum Einscannen alter Akten verwendet wurde. Darauf fanden sich alle wichtigen Daten zu einem Fall: wann die Akte geöffnet und wann sie geschlossen worden war, ob der Fall als erledigt, noch offen oder als ungelöst galt, welche Interpolbeamten ihn betreut hatten, welche externen Polizeibehörden eingeschaltet gewesen waren und vieles mehr. Natürlich standen darauf auch das Aktenzeichen, die Art des Verbrechens und eine Kurzübersicht über den Tathergang. Alle Stichworte auf dem Deckblatt wurden beim Scannen automatisch verschlagwortet, so dass man später gezielt im Computer danach suchen konnte.

Während Emilia den Ausdruck überflog, erzählte Dorffler, was es damit auf sich hatte. »Die Akte trägt die Bezeichnung Piccoulard, weil Eliane Piccoulard das erste Opfer ist, das darin erwähnt wird. Aber es geht nicht nur um sie, sondern um insgesamt sieben Personen, die in den Jahren 2013 bis 2015 in Deutschland und in den Benelux-Staaten verschwunden sind«, sagte er, während er auf einem der leeren Monitore die elektronische Akte aufrief. »Einzige erkennbare Verbindung zwischen den verschwundenen Personen ist, dass sie alleinstehend waren und unter teils extremen Angstzuständen litten. Scylla wird nur in ein paar Nebensätzen erwähnt. Hier zum Beispiel: *In diesem Zusammenhang ist die Rede von einem Mann namens Scylla, der eine zentrale Rolle bei der Verschleierung der Spuren der vermissten Personen spielen soll. Scylla werden Kontakte zu neonationalsozialistischen Bewegungen nachgesagt.* Weiter hinten steht noch etwas über ihn ... Augenblick ... ah, hier ist es. *Als ehemaliges Mitglied des Bundeskriminalamts scheint Scylla über die internen Gepflogenheiten und Abläufe der deutschen Polizeibehörden bestens Bescheid zu wissen.*«

»Wird in der Akte auch der Wartberger Kreis erwähnt?«, fragte Emilia.

»Nein, nur ein inoffizielles Forschungsprojekt.«

»Das muss der Wartberger Kreis sein.«

»Vermutlich. Aber mach dir keine Hoffnungen. Du wirst in der Akte keine weiteren Angaben darüber finden. Ich habe schon alles durchgesehen.«

»Wer hat den Fall damals bearbeitet?«

»Caleb Coen.«

Der Name brachte in Emilias Kopf eine Saite zum Schwingen, aber im Moment fehlte ihr ein konkretes Bild.

»Vielleicht kann der sich noch an etwas erinnern, das nicht in den Akten steht«, überlegte sie.

Dorffler nippte an seinem Cappuccino und setzte den Becher wieder ab. »Ich fürchte, das wird nicht möglich sein«, sagte er. »Coen ist im Sommer 2015 bei einem Autounfall gestorben.«

Jetzt fiel es ihr wieder ein: »Sein Wagen ist von einer Brücke gestürzt und hat Feuer gefangen«, murmelte Emilia. Das Unglück war damals durch die Presse gegangen, und natürlich hatte der Tod eines Interpolbeamten Anlass für allerlei Spekulationen gegeben – nicht nur in den Medien, sondern auch intern.

Dorffler nickte. »Tragische Angelegenheit, zumindest scheint es so. Aber ich habe alles noch mal genau überprüft. Der letzte Eintrag in der Akte Piccoulard wurde von Caleb Coen am 17. Juni 2015 vorgenommen. Einen Tag später stürzt sein Auto von der Brücke. Vier Wochen danach wird die Akte geschlossen.«

»Denkst du, da besteht ein Zusammenhang?«

»Offiziell war es ein Unfall. Coen war so besoffen, dass er niemals hätte Auto fahren dürfen.«

»Vielleicht hat man ihm den Alkohol eingeflößt.«

»Die Obduktion ergab keinen Hinweis auf Gewaltanwendung. Zumindest steht nichts davon im Bericht. Aber ich gebe dir recht. Für mich sieht es auch so aus, als hätte man ihn damals bewusst aus dem Verkehr gezogen. Stellt sich nur die Frage, warum?«

»Kannst du feststellen, was der letzte Eintrag war, den Coen in der Akte gemacht hat.«

Dorffler grinste. »Schon geschehen«, sagte er und schob ihr ein zweites Blatt Papier über den Tisch.

Darauf standen nur ein paar Sätze, noch dazu ziemlich sonderbare. »Das ist alles?«, fragte Emilia ungläubig.

»Das ist alles«, bestätigte Dorffler.

Emilia betrachtete noch einmal die Zeilen auf dem Zettel. Sie verstand die Worte, nicht jedoch deren Bedeutung:

Nicht die Frau mit den sechs Hundekörpern ist das Problem, sondern das körperlose Ungeheuer des Ozeans. Ich glaube, es hat mich entdeckt. Wenn ja, kann ich nur noch beten.

43

»Das Wetter hier ist ja noch beschissener als auf den Bildern«, maulte Avram. »Wir werden uns den Arsch abfrieren.«

Lina hörte gar nicht hin. Sie hockte neben ihm am Ufer des Buvatnet-Sees hinter der ersten Baumreihe, das Fernglas vor dem Gesicht, und beobachtete durch eine Lücke im Gebüsch über das Wasser hinweg Hans Rentwijks Anwesen. Auch sie war vom Regen längst bis auf die Unterwäsche durchnässt, die Kälte saß ihr so tief in den Knochen, dass sie am ganzen Leib zitterte. Doch das war ihr gleichgültig.

Sie harrten hier schon seit einer Stunde aus. Noch dazu der Fußmarsch vom Auto hierher, quer durch den Wald. Zwar gab es für Angler auch einen offiziellen Parkplatz und einen Fußweg zu einer gerodeten Stelle am Ufer, ein paar hundert Meter weiter nördlich. Aber erstens wollten Avram und Lina nicht gesehen werden, und zweitens war die Sicht auf Rentwijks Anwesen von dort bei weitem nicht so gut wie von hier.

Eine andere Möglichkeit, das Anwesen auszuspionieren, gab es nicht. Rentwijks Grundstück war umzäunt, und außerhalb des Zauns konnte man durch den Wald nichts erkennen. Das hatten sie schon gestern Abend ausprobiert.

Der See lag wie eine graue, bleierne Masse vor ihnen, aufgewühlt vom plätschernden Regen, umgeben von einer Wand aus dichtstehenden Bäumen. Hier draußen gab es nichts als Wald und Wildnis – und Hans Rentwijks Gut:

das strenge Herrenhaus in der Mitte, links und rechts davon zwei kleinere, schlichtere Häuser, eins für die Angestellten, eins für die Tiere. Aus den beiden Wohnhäusern stieg Kaminrauch in den Himmel. Hier und da parkten ein paar Autos.

»Ich denke, wir haben genug gesehen«, sagte Avram, ebenfalls mit einem Fernglas ausgestattet. »Vier Hausangestellte, vier Bodyguards, dazu Hans Rentwijk und sein Enkel Nils. Außerdem gibt es noch drei oder vier Männer, die sich um den Wald kümmern. Macht insgesamt etwa vierzehn Personen. Gehen wir mal davon aus, dass wir ein paar noch nicht zu Gesicht bekommen haben, weil sie noch schlafen oder in der Stadt irgendwelche Besorgungen erledigen. Das heißt, wir haben es mit etwa fünfzehn bis zwanzig Personen zu tun, wenn wir dort reingehen – und das werden wir müssen, um Hans Rentwijk zur Rede zu stellen. Seit seinem achtzigsten Geburtstag verlässt er das Haus so gut wie gar nicht mehr.«

Lina nickte. »Dann sollten wir zusehen, dass wir bei unserem Einbruch nicht erwischt werden«, sagte sie. »Sonst könnte es für uns ziemlich ungemütlich werden.«

44

Nicht die Frau mit den sechs Hundekörpern ist das Problem, sondern das körperlose Ungeheuer des Ozeans. Ich glaube, es hat mich entdeckt. Wenn ja, kann ich nur noch beten.

Luc Dorfflers Computerausdruck lag auf Emilias Schreibtisch – der letzte Eintrag von Caleb Coen in der Akte Piccoulard aus dem Jahr 2015. Einen Tag nach diesem Eintrag war Coen mit dem Auto verunglückt. Oder jemand hatte es wie ein Unglück aussehen lassen, weil er nicht wollte, dass Coen seinen Fall löste.

Emilia nippte an ihrem Pappbecher. Der Cappuccino war längst kalt und schmeckte nicht mehr, aber sie hatte jetzt keine Lust, sich einen neuen zu holen.

Mit einem Seufzer schob sie den Becher beiseite und widmete sich wieder diesem sonderbaren Text. Mittlerweile kannte sie ihn auswendig, denn sie hatte ihn schon mindestens fünfzigmal gelesen. Nicht nur auf Dorfflers Ausdruck, sondern auch in der elektronischen Akte, die sie sich auf den Bildschirm geholt hatte.

Interessanterweise stand Coens Vermerk nicht, wie man vermuten würde, in der Rubrik der persönlichen Notizen, sondern im Ordner »Kontaktdaten und Adressen«, wo üblicherweise nur die Ansprechpartner der externen Behörden zu finden waren, die an einem Fall mitwirkten. Der Text quetschte sich scheinbar willkürlich zwischen zwei beteiligte Polizistinnen der Essener Kripo. Oder hatte Coen damit andeuten wollen, dass die beiden Dreck am Stecken hatten?

Emilia konnte sich das nicht vorstellen. Aber warum hatte er seinen Vermerk dann in einer Adressliste eingefügt? Nicht etwa ans Ende der Einträge, sondern irgendwo zwischendrin?

Beinahe schien es so, als habe er diesen Eintrag in der Akte *verstecken* wollen. Eine bessere Erklärung fiel Emilia jedenfalls nicht ein. Wenn jemand gezielt danach suchte, würde er ihn dort ganz bestimmt nicht finden. Entweder, man stieß zufällig darauf, oder man wertete die Akte bewusst nach dem letzten Eintrag aus, so, wie Dorffler es getan hatte. Außer ihm waren dazu aber höchstens noch die anderen Kollegen aus der EDV in der Lage.

Emilia hatte die Bedeutung des Textes mittlerweile herausgefunden: Die *Frau mit den sechs Hundeköpfen* war eine Umschreibung für Scylla. Hinter dem *körperlosen Ungeheuer des Ozeans* verbarg sich in der griechischen Mythologie das Gegenstück zu Scylla: Charybdis.

So viel hatte Emilia inzwischen begriffen. Aber warum war der Text derart verklausuliert? Für wen war er bestimmt? Und vor allem: Wer waren Scylla und Charybdis?

Emilias Blick wanderte hinaus auf die herbstliche Parkanlage, während ihre Gedanken weiterarbeiteten.

... das körperlose Ungeheuer des Ozeans. Ich glaube, es hat mich entdeckt. Wenn ja, kann ich nur noch beten.

Charybdis hatte Coen also Angst eingejagt, ihn möglicherweise verfolgt. Hatte er ihm auch den Alkohol eingeflößt und dafür gesorgt, dass er mit seinem Wagen von der Brücke geriet?

Im Moment lässt sich das in keiner Weise belegen. Es ist nur eine Theorie, mehr nicht.

Etwas an Coens Eintrag störte Emilia: Wenn er ihn schon so kryptisch formuliert und ihn an einer Stelle der Akte eingefügt hatte, an der niemand ihn vermutete, und wenn er schon wusste, dass Charybdis ihm etwas antun wollte – warum hatte er in der Akte dann nicht wenigstens einen konkreten Hinweis auf dessen Identität gegeben?

Sie lehnte sich in ihren Stuhl zurück, verschränkte die Arme hinter dem Kopf und ließ ihren Blick weiter über die orangerote Blätterpracht schweifen, die der Park bot.

Und plötzlich wurde ihr etwas ganz Wesentliches klar: Niemand außer den Interpolmitarbeitern hatte Zugriff auf die Akten. Wenn Coen seinen Vermerk also bewusst in der Akte *versteckt* hatte, dann nur, weil er befürchten musste, dass jemand aus der Belegschaft hinter ihm her war.

45

»Was ist das?«

Jens Lindfeller saß auf seinem Bett und blickte zu Professor Wartberg hinauf, der mit seinem Arztkittel wie ein Gott in Weiß vor ihm stand.

»Eine Spritze«, sagte der Professor.

»Wofür soll die sein?«

»Das ist ein Anästhetikum.«

»Sie wollen mich betäuben?«

»Für die Verlegung in unsere Fachklinik. Das ist Teil des Vertrags. Paragraph 15 Absatz 1.«

Lindfeller seufzte. So weit hatte er den Vertrag gar nicht gelesen, jedenfalls nicht mehr mit voller Aufmerksamkeit. Nachdem die finanzielle Seite ihn überzeugt hatte, war ihm der Rest nicht mehr so wichtig erschienen.

»Wozu brauche ich die Narkose?«

»Eine reine Vorsichtsmaßnahme«, antwortete der Professor. »Ihre Therapie findet in einem streng geschützten Sicherheitsbereich statt. Ich bin meinen Geschäftspartnern gegenüber verpflichtet, den Standort unseres Labors geheim zu halten.«

Lindfeller fand das nun doch ein bisschen sonderbar. »Ist Ihre Therapie etwa illegal?«

Wartberg lächelte. »Ich versichere Ihnen, dass bei uns alles mit rechten Dingen zugeht«, sagte er. »Wir haben nur Angst vor Wirtschaftsspionage, das ist alles. Deshalb verlegen wir unsere Patienten im Schlaf dorthin. Dasselbe gilt übrigens für den Tag Ihrer Entlassung. Wir werden Sie betäuben und an einem Ort Ihrer Wahl wieder absetzen.«

Wirtschaftsspionage – das klang plausibel. Außerdem durfte Jens Lindfeller es sich nun wirklich nicht erlauben, wählerisch zu sein. Immerhin würde ihn die Therapie keinen Cent kosten – im Gegenteil, er bekam sogar noch Geld dafür. Bei diesen Bedingungen musste man eben auch ein paar Spielregeln akzeptieren.

»Machen Sie den Arm frei«, sagte Professor Wartberg. Er zog einen Stuhl heran und setzte sich. Nachdem Jens Lindfeller seinen Hemdsärmel nach oben gekrempelt hatte, desinfizierte er eine Stelle in der Armbeuge mit einem Wattebausch und einer nach Alkohol riechenden Flüssigkeit in einem kleinen, braunen Gläschen. Anschließend zog er die Schutzkappe von der Spritzennadel.

»Legen Sie sich aufs Bett, Herr Lindfeller«, sagte Wartberg. »Nach Verabreichung der Injektion dauert es nur wenige Sekunden bis zum Eintreten der Narkosewirkung.«

Lindfeller gehorchte. Er machte es sich auf seinem Bett bequem, streckte Wartberg seinen entblößten Arm hin, spürte den Stich und die kalte Flüssigkeit, die in sein Gewebe eindrang. Aber das unangenehme Gefühl verflog so rasch, dass er plötzlich gar nicht mehr sicher war, ob der Professor überhaupt schon zugestochen hatte. Die Kälte in seinem Arm verwandelte sich in eine wohlige Wärme, die sich wie eine Welle in seinem ganzen Körper ausbreitete, ihn träge machte. Träge und unendlich müde.

Wie von weiter Ferne hörte er den Professor sagen: »Zählen Sie jetzt langsam von eins bis zehn.«

Aber er schaffte es gerade noch bis zur Drei, bevor ihn seine Sinne verließen.

46

In der Mittagspause besorgte Emilia sich nur ein Sandwich aus der Cafeteria. Danach widmete sie sich wieder ihrer Post. Ein Ende war zwar noch lange nicht in Sicht, aber immerhin hatte sie inzwischen einen Überblick.

Während sie den schrumpfenden Papierstapel durchforstete, wanderten ihre Gedanken immer wieder zum Piccoulard-Fall. Je mehr sie darüber nachdachte, desto sicherer wurde sie: Caleb Coen, der leitende Interpolbeamte, hatte befürchtet, dass jemand ihm auf den Fersen war, der den Namen Charybdis benutzte. Charybdis musste eine Person mit Zugriffsrechten auf den elektronischen Aktenbestand in Lyon sein. Von den knapp fünfhundert Beschäftigten in der Zentrale war das mindestens die Hälfte. Außerdem konnte Charybdis natürlich ein Kollege aus einer anderen Interpolniederlassung sein, eventuell auch ein Außendienstler. Die Zahl der Verdächtigen war jedenfalls viel zu hoch, um damit etwas anfangen zu können.

Allein der Verdacht, bei Interpol könne es einen Verräter, vielleicht sogar einen Mörder geben, war unfassbar. Aber welche andere Erklärung gab es für Coens sonderbares Verhalten? Für den Fall, dass ihm etwas zustoßen würde, hatte er einen Hinweis in seiner Akte hinterlassen – einen, der nicht angezeigt wurde, wenn man Suchbegriffe wie »Scylla« oder »Charybdis« eingab. Deshalb hatte er diese beiden Personen umschrieben: als Frau mit den sechs Hundekörpern und als körperloses Ungeheuer des Ozeans.

Inzwischen glaubte Emilia auch zu verstehen, warum Coen den Eintrag in die Adressliste geschrieben hatte: Falls ein anderer den Fall übernehmen würde, musste der sich früher oder später mit den beteiligten externen Polizeibehörden in Verbindung setzen. Und die beiden Polizistinnen der Essener Kripo, bei denen Coen seine kryptische Nachricht platziert hatte, waren die zentralen Ansprechpartnerinnen im letzten Vermisstenfall der Akte gewesen. Coens Nachfolger musste somit zwangsläufig irgendwann auf diesen Eintrag stoßen.

Das Problem war nur, dass es nie einen Nachfolger gegeben hatte, weil die Akte kurz nach Coens Tod geschlossen worden war. Emilia hatte auch schon herausgefunden, wer die Schließung veranlasst hatte: Alphonse Tallard, ein Interpolveteran, der vor sechs Monaten pensioniert worden war und momentan mit seiner Jacht die Welt umsegelte.

Ob er der Verräter war?

Alles wäre viel leichter gewesen, wenn Coen in seinem Vermerk den Namen von Charybdis preisgegeben hätte. Aber ganz bestimmt hatte er auch das bewusst vermieden, damit der Text nicht mit einem Suchlauf lokalisiert werden konnte.

Charybdis - weder in den Akten noch in den kriminologischen Datenbanken von Interpol war ein solcher Begriff verschlagwortet. Es war wie verhext.

Coen hat diesen Hinweis absichtlich hinterlassen – damit ihn später jemand dort findet. Er hat den Hinweis verschlüsselt, damit man ihn nicht per Suchlauf finden kann, die Verschlüsselung gleichzeitig aber so einfach gehalten, dass man ohne viel Mühe auf die Lösung stößt – Scylla und Charybdis. Jeder, der eine Suchmaschine im Internet bedienen kann, wäre darauf gekommen. Aber was sollte Coens Nachfolger damit anfangen?

Sie steckte fest. Immer wieder kam sie an denselben Punkt: Coen hatte gewollt, dass seine Notiz verstanden wird. Aber was nützte sie ohne weiterführende Hinweise?

Sie holte sich einen Schnellkaffee aus dem Automaten im Flur, kehrte ins Büro zurück und stellte sich ans Fenster. Ihr Blick schweifte über die Bäume bis zum Parksee, der sich nur zweihundert Meter von der Interpolzentrale entfernt quer durch die ganze Grünanlage erstreckte. Weiter hinten kamen der Zoo und der Botanische Garten, aber die lagen außerhalb von Emilias Sichtbereich.

Wo versteckt jemand Hinweise auf seine potentiellen Mörder, wenn er glaubt, sie stammen aus den eigenen Reihen der Polizei?

Plötzlich schien die Antwort nahezuliegen: zu Hause. Weit weg vom Büro, in seinen eigenen vier Wänden, wo man sich unbeobachtet und sicher fühlt.

Konnte die Lösung tatsächlich so einfach sein?

Da die Akte nicht Caleb Coens Privatadresse enthielt, versuchte Emilia es übers Internet, aber sie wurde nicht fündig. Also wandte sie sich an die Personalabteilung. Sie hatte einen guten Draht zur dortigen Sekretärin Hélène Cottillon, und sie hielt es für ausgeschlossen, dass ausgerechnet sie Scylla oder Charybdis war. Eine Stippvisite im fünften Stock und ein kurzer Plausch unter Frauen genügte, um Caleb Coens letzte Kontaktdaten zu erhalten. Damit ausgestattet kehrte Emilia in ihr Büro zurück.

Ob überhaupt noch jemand unter der angegebenen Adresse lebte, der Coen gekannt hatte? Seine Frau zum Beispiel, oder seine Kinder? Bevor sie dorthin fuhr, wollte sie das telefonisch abklären.

Sie wusste, dass Festnetztelefonate bei Interpol stichprobenweise aufgezeichnet wurden. Deshalb führte sie das Gespräch lieber über ihr Privathandy. Wenn Coen tatsächlich von einem Insider umgebracht worden war, konnte sie nicht vorsichtig genug sein.

Schon nach dem dritten Klingeln wurde abgenommen.

»Ja, bitte? Hier Coen.« Es war eine Frauenstimme, leise, beinahe scheu.

»Mein Name ist Ness«, sagte Emilia. »Ich bin Ermittlerin bei Interpol und befasse mich mit Calebs letztem Fall. Sind Sie seine Frau?«

»Seine Schwester. Was kann ich für Sie tun?«

»Vor drei Jahren hat Ihr Bruder einen Fall betreut, bei dem es um eine Reihe von vermissten Personen ging«, sagte Emilia. »Das war kurz vor seinem Tod. Ich bin gerade dabei, mir ein Bild davon zu machen.«

»Nach so langer Zeit?«

»Eine Routineüberprüfung.« Das war zwar gelogen, ersparte ihr aber umständliche Erklärungen. »Mir sind ein paar Lücken in der Akte aufgefallen, und ich habe mich gefragt, ob Caleb vielleicht irgendwelche Unterlagen mit nach Hause genommen hat.«

Die Frau dachte einen Moment nach. »Davon weiß ich nichts«, sagte sie. »Vielleicht im Büro oder im Keller. Dort ist fast alles noch so wie vor drei Jahren – ich habe es nicht übers Herz gebracht, die Sachen wegzuwerfen, und Platz gibt es hier genug.«

Das war zumindest ein Lichtschimmer. »Darf ich mir das ansehen?«

»Selbstverständlich.«

»Und wann würde es Ihnen passen?«

»Wenn Sie wollen, gleich heute.«

Von der Interpolzentrale aus fuhr Emilia mit der S-Bahn nach Hause, um ihren Wagen zu holen. Eine Stunde später parkte sie in der Einfahrt zu einem ehemaligen Bauernhof am Ortsrand von Tramoyes, etwa zwanzig Kilometer außerhalb von Lyon. Links von ihr befand sich eine leere, offene Scheune, weiter hinten ein Stall mit eingefallenem Dach. Auch das Wohnhaus wirkte mit seinem schiefen Fachwerk alt und heruntergekommen. Das Gehöft musste schon vor über hundert Jahren errichtet worden sein.

Emilia ging hinüber zum Eingang und klopfte. Als die Tür aufschwang, stand ihr eine großgewachsene, hagere Frau gegenüber, die einen grauen Strickpullover zu ihrer verwaschenen Jeans trug. Emilia schätzte sie auf Mitte vierzig.

»Frau Coen?«

Die Frau nickte. Sie wirkte ernst, ja geradezu verhärmt, als sei sie immer noch nicht über den Tod ihres Bruders hinweggekommen.

»Haben wir vorhin miteinander telefoniert? Bitte kommen Sie rein.«

Drinnen war es unerwartet gemütlich – nicht luxuriös, aber sauber, ordentlich und mit wohnlichem Tand eingerichtet. Auf den Fensterbrettern saßen kleine, tönerne Katzenfiguren, an den Wänden hingen Postkarten von überall aus der Welt, hier und da flackerten Teelichter in hübschen, bunten Gläsern.

»Das hier ist mein Reich«, sagte Frau Coen. »Seit Calebs Tod lebe ich fast ausschließlich hier unten. Der Platz ist mehr als genug für eine Person. Oben habe ich fast alle Zimmer so belassen, wie sie waren. Die brauche ich sowieso nie.«

Sie führte Emilia über eine knarrende Treppe ins obere Stockwerk.

»Vor drei Jahren war schon mal jemand von Interpol hier«, erzählte sie. »Kurz nach Calebs Unfall.«

Das war Emilia neu. »Wissen Sie, was er gesucht hat?«

»Nein, tut mir leid.«

»Und können Sie sich an seinen Namen oder an sein Aussehen erinnern?«

Frau Coen schüttelte den Kopf, so dass ihre strohigen, schwarzgrauen Locken wippten. »Das ist schon zu lange her. Ich habe mich nie sonderlich für Calebs Arbeit interessiert, deshalb kannte ich seine Kollegen nicht. Und mit meinem Gedächtnis ist es auch nicht weit her. Ich könnte Ihnen nicht einmal mehr sagen, ob ein Mann oder eine Frau mich besucht hat.«

Emilia versuchte, sich ihre Enttäuschung nicht anmerken zu lassen. Vielleicht war der unbekannte Besucher Caleb Coens Mörder? Oder zumindest ein Handlanger, der sie zu ihm führen konnte? Aber im Augenblick brachte sie das nicht weiter.

Sie erreichten das Obergeschoss. Dort befanden sich ein Gästezimmer, ein Bad, eine separate Toilette, zwei Abstellkammern, ein Hobbyraum und Caleb Coens ehemaliges Heimbüro.

»Wonach genau suchen Sie denn?«, fragte die Frau.

»Ehrlich gesagt, weiß ich das gar nicht«, antwortete Emilia. »Eine Art fehlendes Puzzlestück im letzten Fall Ihres Bruders, aber ich habe keine Ahnung, wie es aussieht. Darf ich mich einfach ein bisschen umsehen?«

»Natürlich. Ich bin unten, wenn Sie mich brauchen.«

Mit einem schüchternen Lächeln machte Frau Coen sich wieder auf den Weg ins Erdgeschoss. Während das Knarren der Stufen leiser wurde, begann Emilia mit der Suche.

Wo konnte Caleb Coen etwas versteckt haben, von dem er wollte, dass derjenige, der seine Botschaft verstand, es fand? Gewiss nicht unter einem losen Dielenbrett. Es musste eine Stelle sein, die einem Eingeweihten ins Auge stach.

Oder hatte Coen die Unterlagen womöglich nur in digitaler Form? Dann müsste sie seine Computerfestplatte durchstöbern oder nach einem Datenträger Ausschau halten, vielleicht nach einem USB-Stick oder einer gebrannten CD-ROM.

Ein Schritt nach dem anderen.

Ihr Blick wanderte durch Coens ehemaliges Homeoffice. Alles war ordentlich und sauber.

Ich wünschte, bei mir zu Hause würde es auch so aussehen.

Auf dem Schreibtisch lag nichts, das wie ein gewollter Hinweis wirkte. Auch die zahllosen Gegenstände auf den Regalen – gerahmte Fotos, kleine Sammelfiguren, ein Pokal und eine Plastikpflanze – erschienen Emilia uninteressant. Also widmete sie sich der offenen, mit Büchern vollgestopften Schrankwand.

Das meiste davon war Fachliteratur – Werke über Spurensicherung, Vernehmungspsychologie und Abhörtechnik, dazu Zeitschriften rund um das Thema Polizeiarbeit. Nur im untersten Regal standen auch andere Bücher. Krimis, Thriller, historische Romane ...

... und ein Werk mit dem Titel »Antike Sagen«.

Sofort schlug Emilias Herz schneller. War das der erhoffte Treffer?

Sie nahm das Buch aus dem Schrank, sah im Inhaltsverzeichnis nach und schlug das Kapitel über Homers Odyssee auf. Falls es einen Hinweis auf Scylla und Charybdis gab, dann bestimmt dort.

Rasch blätterte Emilia sich durch Odysseus' Abenteuer, aber sie fand nichts. Es gab keine Zettel, die zwischen den Seiten steckten, und es waren auch keine Textpassagen markiert. Sicherheitshalber durchforstete sie das Buch noch einmal von Anfang bis Ende.

Fehlanzeige!

Ein anderes Buch über Odysseus gab es nicht. Auch sonst kein Versteck, das ihr sinnvoll erschienen wäre. Aber es gab hier oben ja noch andere Zimmer, in denen sie fündig werden konnte.

Sie ging eine Tür weiter zum Hobbyraum. Dort standen überall Miniaturmodelle aus Plastik herum: Autos, Flugzeuge, Schiffe und Panzer. Caleb Coen schien ein begeisterter Modellbauer gewesen zu sein. An den Wänden hingen Bilder, die nicht zueinander passten: ein Foto von Coen und seiner Schwester, ein grellbuntes Simpson-Comicbild, ein billiger Warhol-Nachdruck, ein Akt in Schwarzweiß.

Emilia betrachtete die Plastikmodelle genauer. Vielleicht befand sich darunter ein antikes, an Homers Erzählungen angelehntes Segelschiff? Aber das war nicht der Fall. Auch trug keines der Modelle einen passenden Namen. Obwohl der Raum wie eine einzige große Fundgrube erschien, entpuppte er sich als Flop. Die beiden Abstellkammern, das Gästezimmer und die Sanitärräume brachten ebenfalls kein Ergebnis.

Also werde ich wohl doch die Computerdateien durchsuchen müssen.

Sie ging nach unten, um Frau Coen um Erlaubnis zu bitten. Die hatte nichts dagegen, konnte aber leider nicht weiterhelfen, als beim Start ein Passwort verlangt wurde. Emilia probierte sämtliche Begriffe aus, die ihr geeignet erschienen, schaffte es aber nicht, ins System vorzudringen.

Sie seufzte innerlich auf.

Ich werde noch einmal mit Dorffler kommen müssen. Der findet bestimmt eine Möglichkeit.

Emilia bedankte sich, verabschiedete sich und war bereits

auf dem Weg zur Treppe, als ihr Blick noch einmal in den Hobbyraum fiel.

Auf das Bild mit den Comic-Simpsons.

In der Mitte, ganz groß, das Familienoberhaupt.

»Heißt der nicht Homer?«, murmelte Emilia.

Frau Coen schien verwirrt. »Wen meinen Sie?«

»Homer Simpson.« Sie ging ins Zimmer, vorbei an den Tischen mit den Plastikmodellen, und hängte das Bild von der Wand. Als sie es umdrehte, befand sich auf der Rückseite tatsächlich eine Stelle, die mit braunem Packband abgeklebt war. Vorsichtig löste sie die Klebefolie mit den Fingernägeln ab. Darunter kam ein kleiner Schlüssel mit der Nummer 53 zum Vorschein, an dessen Griffstück ein Anhänger befestigt war. Darauf stand nur ein Wort: PARIS

47

Avram hielt den Leihwagen am Straßenrand vor einem verwahrlost aussehenden, zweistöckigen Betongebäude mit der Aufschrift »Ragnarsson & Co.«. Die Scheiben im Erdgeschoss waren vergittert, das Gelände mit einem übermannshohen Stahlgatter umzäunt. Die asphaltierte Freifläche rund um das Haus war von tiefen Rissen perforiert, aus denen Gras, Unkraut, teilweise sogar ganze Büsche wuchsen.

»Sieht verlassen aus«, sagte Lina mit einem Blick aus dem Beifahrerfenster.

Avram betrachtete noch einmal seinen Zettel. Die Adresse stimmte – er hatte sie von seiner alten Freundin Clara Winterfeld erhalten, bei der er sich in Deutschland regelmäßig mit Inventar ausstattete. Sie kam zwar allmählich in ein Alter, in dem sie ans Aufhören dachte, aber sie verfügte nach wie vor über ausgezeichnete Kontakte in ganz Europa, wenn man Waffen oder irgendwelche andere Ausrüstung benötigte.

»Steigen wir aus, und sehen wir uns ein bisschen um«, sagte Avram. »Irgendwo muss hier ja der Eingang sein.«

Draußen wurden sie von einem frostigen Ostwind empfangen. Augenblicklich kroch Avram wieder die Kälte unter die Haut. Er war immer noch nicht ganz trocken von der morgendlichen Observierung des Rentwijk-Hauses. Obwohl er die Heizung im Wagen auf volle Leistung gedreht hatte, fühlte sich seine Kleidung klamm an.

Nach kurzer Suche fanden sie an der verschlossenen Eingangspforte eine Klingel. Avram betätigte sie, wusste aber nicht, ob sie funktionierte. Nur das blinkende LED-Licht der Kamera an der Laterne hinter dem Zaun verriet ihm, dass es irgendwo in dem Gebäude jemanden geben musste, der sie beide ganz genau beobachtete.

Tatsächlich meldete sich eine Stimme durch die Gegensprechanlage, tief und rau – und auf Norwegisch.

»Der Schnee kommt spät dieses Jahr«, sagte Avram. Das war der Beginn der Losungsparole, die er von Clara Winterfeld erhalten hatte.

»Je später der Schnee, desto härter der Winter«, kam die Antwort – das Zeichen dafür, dass alles in Ordnung war.

Ein Summer ertönte, und sie traten durchs Tor. Als das massive Metallteil hinter ihnen wieder ins Schloss fiel, war es, als seien sie plötzlich von der Außenwelt abgeschnitten.

Während sie auf den Betonbau zugingen, öffnete sich eine Tür, und ein bärtiger Kerl in Anorak, Lederstiefeln und Rollkragenpullover kam heraus. Ohne Avram und Lina aus den Augen zu lassen, zündete er sich eine Zigarette an.

»Sund Ragnarsson?«, fragte Avram, als sie bei ihm ankamen.

Der Mann nickte. »Clara hat euren Besuch angekündigt. Wisst ihr schon, was ihr wollt?«

Avram reichte ihm eine Liste aus seiner Jackentasche. »Wie lange wird es dauern, bis Sie die Sachen haben?«, fragte er.

»Das meiste davon habe ich vorrätig«, sagte Ragnarsson, während er den Zettel überflog. »Drinnen, im Keller. Ich muss es nur zusammensuchen. Allerdings kann ich nicht mit einer Heckler & Koch P8 dienen. Vorgestern habe ich mein letztes Exemplar verkauft. Die nächste Lieferung kommt erst am Montag in einer Woche.«

»Haben Sie eine Ruger? Möglichst kleinkalibrig?«, fragte Lina.

Ragnarsson schüttelte den Kopf. »Aber es gibt da ein paar gute Modelle von Walther und SIG.«

»Dann nehmen wir so eine«, sagte Lina.

»Wenn ihr wollt, könnt ihr drinnen warten und etwas Warmes trinken, während ich die Sachen aus dem Lager hole«, bot Ragnarsson an. »Wird nicht lange dauern. In einer halben Stunde habt ihr, was ihr braucht.«

Avram und Lina folgten ihm ins Haus.

48

Emilia saß in ihrem Wagen und tippte nervös mit den Fingerspitzen gegen das Lenkrad. Vor ihr tuckerte vermutlich der langsamste Mopedfahrer der Welt, für ein Überholmanöver war die Straße jedoch zu eng. Also blieb ihr nichts anderes übrig, als sich in Geduld zu üben – nicht gerade ihre größte Stärke.

PARIS.

Die Aufschrift auf dem Schlüsselanhänger hätte ein großes Rätselraten werden können, doch zu Emilias großer Erleichterung hatte Frau Coen gewusst, was damit gemeint war. Ihr Bruder war früher Mitglied in einem Fitnessstudio gewesen, das diesen Namen trug, weil sein Besitzer ein großer Fan von Paris Hilton war. Frau Coen selbst hatte nicht mitkommen wollen, Emilia aber erlaubt, Calebs Sachen für die weiteren Ermittlungsarbeiten zu behalten, falls sie dort etwas fand.

Als Emilia ankam, strahlte ihr das Antlitz der weltbekannten Hilton-Tochter von allen Wänden entgegen. Abgesehen davon handelte es sich um ein gewöhnliches, modern ausgestattetes Gym mit Laufbändern, Kraftgeräten und ein paar Squashcourts.

An der Getränketheke zeigte Emilia den Schlüssel und fragte nach den Spinden.

»Dort drüben, in der Umkleide«, sagte der gut durchtrainierte Typ hinter dem Tresen mit einem Lächeln. »Aber die ist nur für Herren, da dürfen Sie nicht rein.«

»Es sei denn, man ist von der Polizei«, lächelte Emilia zurück.

Er stutzte.

»Wollen Sie meine Marke sehen?«

»Vielleicht ist es besser, wenn ich Didier hole. Dem gehört der Laden hier. Augenblick.«

Er verschwand durch eine Tür nach hinten und kam gleich darauf mit einem muskelbepackten Mann mittleren Alters zurück, der einen halben Kopf kleiner war als Emilia. Mit seinem geflochtenen, roten Wickingerbart hätte er einen wundervollen Zwerg in einer Tolkien-Verfilmung abgegeben.

»Ich bin Didier Cordu, der Besitzer dieses Studios«, stellte er sich vor. »Was kann ich für Sie tun, Madame?«

Emilia zeigte auch ihm den Schlüssel und erklärte, was sie hierhergeführt hatte.

»Ah, die Nummer 53 – ich erinnere mich«, sagte Cordu. »Die gehört Caleb Coen. Hat mich vor einer halben Ewigkeit gefragt, ob er den Spind für längere Zeit anmieten kann, weil er eine Weile verreisen muss. Das ist jetzt schon bestimmt zwei Jahre her. Hat mir damals ein paar Scheine zugesteckt. Wie kommen Sie zu dem Schlüssel?«

»Caleb Coen ist tot«, erklärte Emilia. »Ich ermittle in einem Fall, den er bearbeitete, kurz bevor er starb, und ich habe Grund zu der Annahme, dass er in dem Spind etwas versteckt hat, das mir weiterhelfen könnte.«

Didier Cordu schluckte. »Kommen Sie mit«, sagte er und führte sie zur Herrenumkleide. Vor der Tür bat er sie, kurz zu warten, bis er sich vergewissert hatte, dass sich drinnen nicht gerade jemand umzog. Dann ließ er sie rein.

Spind 53 befand sich auf der linken Seite des Raums, irgendwo in der Mitte. In Emilias Magen krabbelten die

Ameisen, als sie den Schlüssel ins Schloss steckte und ihn herumdrehte. Mit einem leisen Quietschen öffnete sie die Tür.

In dem Spind befand sich nur ein einziger Gegenstand: eine Sporttasche. Der Reißverschluss war geschlossen, die Seiten in sich zusammengesunken. Besonders vollgepackt schien die Tasche nicht zu sein.

»Würden Sie bitte einen Moment draußen warten?«, bat Emilia den Ladenbesitzer, da sie nicht wusste, was sich in der Tasche befand.

Didier Cordu nickte nur und ging vor die Tür.

Mit klopfendem Herzen holte Emilia die Tasche aus dem Spind.

49

Vorsichtig gegen die gleißende Helligkeit anblinzelnd, öffnete Jens Lindfeller die Augen. Woher kam das grelle Licht? Wo zum Teufel war er?

Er drehte den Kopf zur Seite, wartete, bis der Nebel sich verflüchtigte. Endlich konnte er wieder klare Konturen erkennen: chromfarbene Tische mit Reagenzgläsern und verschiedenen Versuchsanordnungen, zwei Serverschränke, Computerausstattungen, Flachbildmonitore mit chemischen Formeln ... Er musste sich in einer Art Labor befinden.

Langsam kehrten die Erinnerungen zurück. Professor Wartberg kam ihm in den Sinn. Die Betäubungsspritze, die er ihm gegeben hatte.

Das hier musste das geheime Labor sein, dessen Standort kein Außenstehender kennen durfte. Das Labor, in dem Wartberg seine Therapie an ihm durchführen würde.

Endlich geht es los!

Lindfeller konnte es kaum erwarten. Er hoffte nur, dass die Therapie bei ihm erfolgreich anschlagen würde.

»Wie ich sehe, werden Sie langsam wach.«

Vom Kopfende her trat Professor Wartberg zu ihm an den Tisch.

»Wie fühlen Sie sich?«

»Als hätte mich ein Auto überfahren.«

Der Wissenschaftler lächelte. »Sie können schon wieder Scherze machen. Das ist gut. Sie brauchen nur noch ein bisschen Zeit, um wieder zu Kräften zu kommen. Ruhen Sie sich noch eine Weile aus. Schon bald mache ich Sie mit der Vorgehensweise meiner Therapie bekannt.«

50

Auf der Fahrt zurück ins Büro lag die Sporttasche aus Spind 53 im Kofferraum von Emilias Wagen. Natürlich hatte sie schon einen Blick hinein riskiert. In der Tasche befand sich nur ein einziger Gegenstand: ein mit Ringgummis umspannter Schuhkarton voller loser Papierstücke und einzelner Fotografien. Die erste rasche Sichtung im PARIS-Fitnessstudio hatte ihr keinen Erkenntnisgewinn gebracht, aber Emilia war sicher, dass diese Unterlagen sie zu Caleb Coens Mörder führen würden. Deshalb war sie auf dem Weg zurück ins Büro. Gemeinsam mit Luc Dorffler wollte sie dem dunklen Geheimnis ein Stück näherkommen.

Während sie ihr Auto durch den dichten Feierabendverkehr in die Stadt lenkte, wuchs ihre Aufregung immer mehr. Was hatte Coen vor drei Jahren herausgefunden? Wer war Charybdis? Wer war Scylla? Und wenn Coen vor drei Jahren Antworten auf diese Fragen gefunden hatte, warum hatte er dann nicht rechtzeitig etwas unternommen – bevor er getötet worden war?

Eine halbe Stunde später stellte Emilia ihr Auto auf dem Parkplatz vor der Interpolzentrale ab. Mit der Sporttasche aus dem Kofferraum über der Schulter machte sie sich auf den Weg in ihr Büro.

Dort erwartete sie jedoch eine unliebsame Überraschung. Auf ihrem Tisch lag ein roter Zettel. Darauf stand: *Bitte rufen Sie umgehend Dr. Rodtmann zurück. Eilig!*

Dr. Albert Rodtmann – ein unangenehmer Mensch – gehörte zur oberen Führungsriege von Interpol. In Emilias Anfangszeit bei Interpol war er ihr direkter Vorgesetzter gewesen, allerdings war er schon nach wenigen Monaten befördert worden. Seitdem hatte sie nur noch selten mit ihm zu tun, meistens dann, wenn es darum ging, Kostenüberschreitungen für größere Polizeieinsätze zu rechtfertigen.

Rodtmann war ungeduldig, aufbrausend und bestimmend. Wenn er etwas wollte, ließ man ihn nicht warten.

Was zum Teufel ist jetzt schon wieder so wichtig?

Mit einem Seufzen griff sie zum Telefon, um mit seiner Sekretärin einen Termin zu vereinbaren.

Fünf Minuten später saß Emilia ziemlich nervös im Wartebereich des EDPS, des *Executive Directorate Police Services*, das Dr. Rodtmann leitete. Seine Sekretärin hatte Emilia leider nicht sagen können, worum es ging, nur, dass es sich um eine sehr dringende Angelegenheit handle und Dr. Rodtmann ihre Rückkehr schon sehnsüchtig erwartet habe.

Wenig später saß sie vor seinem Schreibtisch – einem imposanten Möbelstück aus schottischer Mooreiche. Auch der Rest der Einrichtung war in wuchtiger, beinahe erdrückender Holzoptik gehalten.

Dr. Albert Rodtmann war nur etwa zehn Jahre älter als Emilia, wirkte aber aufgrund seines glatt zurückgekämmten, silbergrauen Haars und der großen Brille viel älter und definitiv auch ein bisschen altmodisch. Dieser Eindruck wurde verstärkt durch den klassischen Zweireiher, den er trug. Aus der Brusttasche seines Jacketts lugte ein Einstecktuch, passend zum Muster seiner Krawatte.

»Ich muss Sie um einen Gefallen bitten«, begann er ohne Umschweife, wobei Emilia klar war, dass sie ihm diesen

Gefallen nicht würde abschlagen können. »Es geht um eine Reihe von Dokumenten, die nach Marseille gebracht werden müssen, weil sie dort für einen Prozess benötigt werden. Die Sache eilt, weil die Dokumente rechtzeitig zur Beweisaufnahme für einen Prozess vorliegen müssen. Der Einreichungstermin ist morgen früh um 9.00 Uhr.«

Er holte aus einer Schublade ein großes Kuvert und legte es auf den Tisch.

»Die Lieferung geht an Rechtsanwalt Julien Garivaut in der Rue Colbert, Marseille«, fuhr Rodtmann fort. »Ich habe ihm versprochen, dass er sie noch heute erhält.«

Emilia schluckte. Hatte sie das richtig verstanden? War sie gerade zu einer *Dienstbotenfahrt* eingeteilt worden?

»Ich muss hoffentlich nicht betonen, wie wichtig und eilig diese Angelegenheit für uns ist, sonst würde ich das Kuvert einem Kurierfahrer geben«, sagte Rodtmann, der ihre Gedanken offenbar erahnte. »Es handelt sich um eine Angelegenheit von größter Vertraulichkeit.«

Emilia schwieg. Natürlich ehrte es sie, mit einer solchen Aufgabe betraut zu werden, noch dazu von Dr. Rodtmann. Es konnte nicht schaden, bei jemandem wie ihm einen Stein im Brett zu haben. Vielleicht würde er sich bei der nächsten Gehaltserhöhung an ihre Kooperationsbereitschaft erinnern.

Andererseits tat er mit ihr genau dasselbe wie Jerome Varamont es mit seinem Genua-Einsatz getan hatte, nur mit dem Unterschied, dass Emilia bei Rodtmann keine Zeit blieb, sich eine passende Ausrede zu überlegen.

»Ich weiß Ihre Einsatzbereitschaft zu schätzen«, sagte Rodtmann, als hätte er ihr eine Wahl gelassen. Er kam um den Tisch herum, reichte ihr das Kuvert und schüttelte ihr die Hand. »Ich war so frei, Ihnen einen Dienstwagen reservieren zu lassen. Bitte erstatten Sie mir gleich morgen früh Bericht, ob alles geklappt hat.«

Mehr oder weniger überrumpelt verließ Emilia das EDPS. Marseille – bis dorthin waren es über dreihundert Kilometer, und das zur Stoßzeit. Womit um alles in der Welt hatte sie das verdient?

Sie seufzte tief und machte sich auf den Weg zu ihrem Büro, wo sie ihre Handtasche überstreifte und die Sporttasche mit Caleb Coens Unterlagen im Schrank verstaute. Im Moment blieb ihr dafür keine Zeit, aber morgen würde sie sich alles ganz genau ansehen.

51

»Wo sind wir hier?«, fragte Lina.

»Am Arsch der Welt«, sagte Avram.

»Genauso sieht es auch aus.«

Sie standen an einer kleinen Waldlichtung, irgendwo im Nirgendwo. Lina war im Auto eingeschlafen. Sie hatte keine Ahnung, wohin Avram mit ihr gefahren war.

Bei Sund Ragnarsson hatte er eine ganze Wagenladung voll Ausrüstung gekauft. Jetzt lag alles vor ihnen auf dem Boden, ausgebreitet auf ein paar großen Plastikplanen, damit die Sachen nicht dreckig wurden.

»Was wollen wir hier?«, hakte sie nach.

»Üben.«

»Geht es vielleicht etwas genauer?« Sie war ziemlich genervt, weil Avram sich so schweigsam gab. Seit ihrem Abflug aus Frankfurt hatte er kaum ein Wort verloren. Dabei ging es hier um *ihren* Fall. Um *ihre* Vergangenheit. Sie hatte Avram das Leben gerettet, und er hatte sich im Gegenzug bereit erklärt, sie bei ihren Nachforschungen zu unterstützen. Doch seit gestern musste sie ihm plötzlich alles aus der Nase ziehen – das ging ihr gewaltig gegen den Strich.

Auch seine bedachte Vorgehensweise machte sie ganz ungeduldig. »Warum gehen wir nicht endlich zu Rentwijk, entführen ihn aus seinem Haus und stellen ihn zur Rede?«, maulte sie.

»Weil das kein Spaziergang wird«, entgegnete er schroff. »Du hast selbst gesehen, wie viele Angestellte sich auf dem

Anwesen herumtreiben. Jeder Einzelne von denen stellt eine potentielle Gefahr für uns dar. Vor allem die Bodyguards, aber vielleicht auch die anderen. Wenn Rentwijk Alarm schlägt, sind wir mitten in einer scheiß Schlangengrube. Darauf habe ich keine Lust. Selbst, wenn ich das im Alleingang durchziehen würde, wäre es gefährlich. Aber wenn ich gleichzeitig noch den Aufpasser für ein durchgeknalltes Gör wie dich spielen muss, wird es doppelt heikel.«

»Sie müssen nicht auf mich aufpassen«, gab Lina trotzig zurück. Am liebsten hätte sie ihn auch geduzt, so wie er es plötzlich tat, aber aus irgendeinem Grund schien ihr das unangebracht. »Ich habe keine Angst.«

»Genau das ist das Problem mit dir«, konterte Avram. »Du solltest dich nämlich besser fürchten. Das schärft die Sinne und macht wachsam. Nur ein Dummkopf hat keine Angst.«

Lina verstand seine Bedenken, konnte sie jedoch nicht teilen. Sie befand sich so dicht vor dem Ziel! Nur noch ein letzter, kleiner Schritt, dann würde sie endlich erfahren, was vor neunzehn Jahren geschehen war. Sie konnte es kaum erwarten.

»Ich kann keine Angst empfinden«, murmelte sie.

Avram legte die Stirn in Falten. »Was soll das heißen?«

»Ich bin dazu nicht fähig. Ich glaube, es hat etwas mit einer Kopfverletzung zu tun, die ich mir als Kind zugezogen habe.«

Einen Moment lang schien Avram nachzudenken. »Das macht es nicht besser«, brummte er schließlich. »Ganz im Gegenteil. Dir fehlt dann ein wesentlicher Teil deines Instinkts. Umso wichtiger ist es, dass du mir vertraust und das tust, was ich dir sage.«

Im Augenblick kam Lina an Avrams Willen nicht vorbei.

Ohne ihn wäre sie gar nicht bis hierher gekommen. Und tief im Innern wusste sie, dass sie ohne ihn auch nicht sehr viel weiter kommen würde. Sie war auf ihn angewiesen. Auf seine Erfahrung. Auf seinen *Instinkt*. Also würde sie mitspielen, zumindest fürs Erste.

Auf den drei Plastikplanen vor ihnen lagen zwei Taucheranzüge samt dazugehöriger Taucherausrüstung sowie jeweils zwei Messer, Pistolen und Gewehre. Dazu jede Menge Munition.

»Wollen wir hier einen Krieg anzetteln?«, flachste Lina. Sie fand die Bemerkung spaßig, doch Avram stand der Sinn offenbar nicht nach Humor.

»Wenn es sein muss, kann ich mit jeder Pistole schießen«, sagte er ernst. »Weil ich schon seit einer Ewigkeit im Geschäft bin. Aber du hast selber gesagt, dass du noch nie eine andere Waffe in der Hand hattest als deine P8 und deine Ruger. Deshalb werden wir jetzt so lange mit der Walther schießen, bis du ein Gefühl für sie bekommst. Wenn wir erst in Rentwijks Haus feststellen, dass du damit nichts triffst, könnte uns das das Leben kosten.«

»Und die Taucherausrüstung?«

»Wir müssen uns dem Anwesen vom See her nähern«, erklärte Avram. »Der Zaun ist elektrisch gesichert. Wenn wir dort eine Zange ansetzen, wissen die sofort, was los ist. Zieh dich um.«

»Was denn? Hier etwa?«

»Es schaut dir schon niemand etwas weg.«

»Was ist mit Ihnen?«

»Ich weiß, wie es ist, sich in einem Neoprenanzug zu bewegen. Du auch?«

Nein, das wusste sie nicht. Aber das besserwisserische Gehabe trieb sie allmählich auf die Palme.

»Drehen Sie sich um«, sagte sie.

Avram tat es. Widerwillig legte Lina ihre feuchten Klamotten ab, um in den Neoprenanzug zu schlüpfen. Er war eng und unbequem, als sei er eine Nummer zu klein für sie. Wäre es nach ihr gegangen, hätte sie ein Loch in Rentwijks lächerlichen Zaun geschnitten und fertig.

»Was jetzt? Auch noch die Taucherbrille und die Flasche überziehen?«

»Genau das. Wir werden nicht lange tauchen müssen, nur einmal quer durch den See. Zwanzig Minuten, mehr nicht. Aber in dieser Zeit solltest du Luft bekommen. Ich will nicht, dass du plötzlich Panik bekommst und auftauchen musst. Aber eins nach dem andern. Jetzt lade erst mal deine Walther.«

Lina befüllte das Magazin mit den 9 mm-Patronen aus einer der Schachteln.

»Zieh dir die Handschuhe an.«

Avrams Befehlston war wirklich zum Kotzen. »Darf man fragen, warum?«

»Weil ich nicht will, dass wir auf dem Rentwijk-Anwesen Fingerabdrücke oder DNA-Spuren hinterlassen. Für den Fall, dass du es vergessen hast: Hans Rentwijk gehört einer Organisation an, die dich vor neunzehn Jahren entführt hat. Er ist ein gefährlicher Mann. Wenn man sich mit so jemandem anlegt, ist man besser vorsichtig.«

Lina befolgte Avrams Anweisung und streifte sich ein Paar Latexhandschuhe über. Als sie damit nach der Waffe griff, fühlte es sich sonderbar an – nicht nur wegen der dünnen Gummischicht, sondern auch, weil der Griff der Walther anders geformt war als der ihrer eigenen Waffen.

»Siehst du den Baum dort drüben?«, fragte Avram. »Den ohne Blätter?«

Er zeigte auf ein hölzernes Skelett, das aussah, als habe schon vor Jahren der Blitz dort eingeschlagen. Wie eine knorrige Hand ragte der Baum aus dem Boden – ein verkohltes Gerippe, umgeben von lebendem Wald.

»Ich sehe ihn.«

»Schieß auf den abgebrochenen Ast rechts unten.«

Lina entsicherte die Waffe, zielte und drückte ab. Ein ohrenbetäubender Knall zerriss die Stille. Irgendwo stoben ein paar Vögel in den Himmel auf.

Der Schuss ging daneben.

»Tiefer«, kommentierte Avram.

Ach nein, das weiß ich selbst.

Die nächste Kugel traf zwar den Ast, aber noch lange nicht die Stelle, auf die sie eigentlich gezielt hatte.

Mindestens zwei Handbreit daneben. Wenn das ein Feind wäre, hätte ich ihn verfehlt.

Der dritte Versuch war besser, aber noch nicht perfekt. Etwa fünf Zentimeter daneben. Das lag nicht an der Waffe, sondern daran, dass der Neoprenanzug sie in ihrer Bewegungsfreiheit einschränkte.

Gleich noch mal, dachte Lina und drückte den Abzug.

In dieser Art ging es so lange weiter, bis Avram und sie mit dem Ergebnis zufrieden waren. Danach kam das Gewehr an die Reihe, anschließend übten sie den Umgang mit der Taucherflasche.

Nach rund zwei Stunden beendeten sie die Lektion.

»Das sollte vorerst genügen«, sagte Avram mit einem anerkennenden Nicken. »Zieh dich wieder an. Für heute sind wir hier fertig.«

52

Die Fahrt nach Marseille steckte Emilia auch am darauffolgenden Tag noch in den Knochen. Im gestrigen Feierabendverkehr hatte sie mit dem Auto über vier Stunden gebraucht. Einfach. Zwischendurch hatte sie ein bisschen mit Mikka telefoniert, aber da er im Dienst gewesen war, hatte sie das Gespräch kurzhalten müssen.

In Marseille war sie zuallererst zu Rechtsanwalt Julien Garivaut gefahren, um Rodtmanns Kuvert bei ihm abzugeben. Anschließend hatte sie bei McDonald's etwas gegessen und sich dabei überlegt, ob sie für die Nacht ein Hotel nehmen solle. Am Ende hatte sie sich jedoch dagegen entschieden. Erst weit nach Mitternacht war sie zu Hause angekommen.

Als sie an diesem Morgen in der Interpolzentrale eintraf, führte sie ihr erster Weg zu Dr. Rodtmann, weil sie wusste, dass er auf ihre Rückmeldung wartete. Er dankte ihr für die rasche Erledigung und schenkte ihr einen kräftigen Händedruck, schien mit den Gedanken aber schon wieder beim nächsten Punkt seines Tagesgeschäfts zu sein. Emilia bezweifelte, dass sich ihr Einsatz jemals in irgendeiner Weise für sie lohnen würde. Mit einem Anflug von Ärger im Bauch ging sie in ihr Büro.

Ihre Stimmung besserte sich allerdings schnell, als sie Caleb Coens Sporttasche aus dem Schrank holte und den darin befindlichen Schuhkarton vor sich auf den Tisch stellte. Mit zunehmender Nervosität griff sie zum Telefonhörer, um Luc Dorffler anzurufen. Einer seiner Kollegen sagte ihr, dass er erst am Nachmittag wieder Schicht habe. Das hatte Emilia in der Aufregung ganz vergessen.

Also machte sie sich alleine an die Unterlagen. Sie zog den Ringgummi ab, legte den Deckel beiseite und breitete den Inhalt der Schachtel vorsichtig vor sich auf dem Schreibtisch aus. Es waren vorwiegend handschriftliche Notizen von Caleb Coen, aber auch eine Reihe von Zeitungsausschnitten sowie Kopien aus unterschiedlichen Dokumenten. Oft hatte Coen einzelne Textpassagen mit Leuchtstift markiert, manchmal hatte er auch Stichworte am Seitenrand vermerkt. So recht schlau wurde Emilia daraus nicht. Das Ganze wirkte wie ein großes Puzzle, dessen fertiges Motiv sie noch nicht erfasste.

Um ein wenig Ordnung ins Chaos zu bringen, überlegte sie, die Unterlagen zu sortieren, aber sie konnte sich nicht entscheiden nach welchem System. Chronologisch? Nach Stichworten? Sie wollte nichts durcheinanderbringen, für den Fall, dass Coen vor drei Jahren bereits eine sinnvolle Sortierung vorgenommen hatte, die sich ihr im Moment nur noch nicht erschloss.

Es ist besser, wenn ich auf Dorffler warte. Der hat einen Blick für so etwas.

Dennoch faszinierten Coens Unterlagen sie so sehr, dass sie nicht davon ablassen konnte. Deshalb blätterte sie sie noch einmal Seite für Seite durch, in der Hoffnung, auch ohne System ein Muster zu erkennen oder womöglich sogar eine konkrete Spur.

Das war leider nicht der Fall. Immer wieder tauchten zwar bekannte Begriffe auf, zum Beispiel *Wartberger Kreis* oder *Charybdis*, und Coen hatte auch diverse Namen in den Unterlagen eingekreist – doch all das war viel zu unbestimmt, um konkrete Hinweise herauszufiltern. Insofern war Emilia ziemlich enttäuscht, als sie den Papierstapel endlich durchgearbeitet hatte.

Jetzt blieben noch die Fotos.

Gestern hatte Emilia sie nur grob überflogen, jetzt betrachtete sie sie genauer. Es waren etwa dreißig Bilder – Gesichter, die Emilia nicht kannte –, die meisten davon grobkörnig, als seien sie mit einem lichtempfindlichen Film oder aus großer Entfernung aufgenommen worden. Sie hoffte, dass Dorffler mit der Gesichtserkennungssoftware von Interpol die dazugehörigen Namen herausfinden würde.

Dann stieß sie plötzlich auf etwas, das ihr den Atem verschlug: die Ablichtung eines gerahmten Schwarzweißfotos, gewissermaßen ein Foto im Foto, unter dem an allen vier Seiten ein Stück Tapetenwand mit Blumenmuster hervorlugte.

Sie kannte dieses Schwarzweißbild. Sie kannte den Mann darauf, den kleinen, markanten Knick an der oberen Ecke und den Schriftzug an der unteren Rahmenleiste. Wenn man genau hinsah, konnte man den Text problemlos lesen:

Dr. Mengele im KZ Auschwitz, Oktober 1943

Das Foto im Foto an der blumigen Tapetenwand stammte aus dem Folterkeller von Joachim Hartweiler.

Als Emilia das Bild in ihrer Hand umdrehte, stand dort:

Varamont = Scylla!

53

»Kann ich einen Schluck Wasser haben?«

Jens Lindfeller saß auf der Edelstahlpritsche in Professor Wartbergs Labor und fühlte sich wie ausgedörrt. Seine Zunge klebte trocken am Gaumen.

Bisher hatte er nur ein paar allgemeine Einweisungen erhalten und die Räume gezeigt bekommen. Neben dem Labor gab es ein Patientenzimmer, ein Büro und ein Zimmer für die Technik, in das er aber keinen Blick hatte werfen dürfen. Das komplette Areal umfasste höchstens dreißig Quadratmeter, alles wirkte beengt, ja geradezu klaustrophobisch – ein Eindruck, der sich durch das Fehlen von Fenstern noch drastisch verstärkte. Professor Wartberg hatte ihm erklärt, dass die Abschottung von der Außenwelt ein wesentlicher Erfolgsfaktor für den Genesungsprozess sei. Besser fühlte Jens Lindfeller sich dadurch nicht.

Wartberg reichte ihm ein volles Glas Wasser, und er kippte es in einem Zug hinunter.

»Jetzt besser?«

Lindfeller nickte.

»Wenn Sie sich fit genug fühlen, können wir mit dem ersten Versuch beginnen. Es ist alles vorbereitet.«

»Von mir aus kann's losgehen.«

»Dann will ich Ihnen gerne das Kernstück dieses Labors vorstellen«, sagte der Professor mit einem geheimnisvollen Unterton. »Das habe ich Ihnen bisher nämlich noch nicht gezeigt.«

Er wies mit dem Kinn auf eine Kabine in der hinteren Ecke des Raums, die für Jens Lindfeller aussah wie eine moderne Sauna. Auf einem massiven, brusthohen Betonsockel thronte ein gläserner Eckaufsatz aus verdunkeltem Glas, der bis zur Decke reichte. Die Tür an der rechten Seite stand offen.

Drinnen kam man sich vor wie in einem Bunker. Durch die Scheiben konnte man nicht nach draußen sehen, die beiden anderen Wände der Kabine bestanden aus einer glatten, schwarzen Oberfläche, durchsetzt mit kleinen, geheimnisvollen Öffnungen.

»Ein Großteil der Behandlung wird in dieser Kammer stattfinden«, erklärte Professor Wartberg. »Im Grunde handelt es sich um einen Simulator, in dem wir Sie mit verschiedenen virtuellen Situationen konfrontieren werden. Um diese Simulationen so realistisch wie möglich zu präsentieren, können wir über die Düsen in den Wänden die Temperatur im Raum verändern, Luftzüge erzeugen und sogar verschiedene Gerüche einspeisen. In den beiden größeren Aussparungen dort oben in der Wand sind Kameras angebracht. Wir filmen jede Simulation, um sie später analysieren und den Heilungsfortschritt dokumentieren zu können.«

»Aha«, machte Lindfeller. »Und wofür ist das da gut?« Er deutete auf ein von der Decke herabhängendes Kabelbündel.

»Das ist gewissermaßen die Schnittstelle zwischen Ihnen und dem Computer«, antwortete Wartberg. »Am besten, ich führe es Ihnen gleich einmal vor, damit Sie die Funktionsweise kennenlernen.«

Bevor Lindfeller etwas erwidern konnte, nahm der Professor einen Helm von einem Wandhaken neben der Tür und verband ihn mit einem der herabbaumelnden Kabel.

»Über den Helm spielen wir das optische und akustische Szenario ein«, sagte er. »Auf der Innenseite sind links und rechts Lautsprecher eingebaut, in dem Klappvisier ist eine VR-Brille eingebaut, so ähnlich, wie Sie es vielleicht von modernen Spielekonsolen her kennen.«

»Okay, und wofür sind die anderen Kabel?«

»Diese beiden hier sind für die Controller«, sagte Wartberg, während er ihm gleichzeitig zwei schwarze, ergonomisch geformte Steuerknüppel in die Hand drückte. »Damit können Sie in die Simulationen eingreifen. Jeder Controller hat zwei Knöpfe. Den oberen können Sie mit dem Daumen bedienen, den vorderen mit dem Zeigefinger. Die Funktion der Knöpfe variiert, aber das wird Ihnen im Vorspann jeder Simulation erklärt. Die anderen Kabel münden in Sensoren, mit deren Hilfe wir Ihre Körperfunktionen überwachen. Während der gesamten Simulation messen wir Ihren Puls, Ihren Blutdruck, Ihre Atemfrequenz, den Hautwiderstand, Ihren Schweißausstoß und vieles mehr. Das Messergebnis lässt Rückschlüsse auf Ihre psychischen Beschwerden zu und hilft, unsere Behandlungsweise zu optimieren. Wenn Sie bitte Ihren Oberkörper freimachen würden, damit ich die Elektroden anbringen kann ...«

Alles klang so professionell und vertrauenswürdig, dass Lindfeller nicht zögerte und sein Hemd auszog. Das Gel, das Wartberg auf seine Haut auftrug, um die Sensoren anzubringen, war kühl, die Sensoren selbst wogen fast nichts. Hätten die Kabel nicht an manchen Stellen gekitzelt, hätte Jens Lindfeller sie gar nicht gemerkt.

Zu guter Letzt zog Wartberg ihm noch den Helm auf. Er saß fest am Kopf wie ein Motorradhelm, nur kam durch das Visier kein Licht herein. Es war so dunkel, als befände Lindfeller sich in einer verborgenen Höhle, tief im Erdinneren.

»Drückt der Helm irgendwo?«, fragte der Professor. Seine Stimme klang dumpf und leise.

»Nein, alles in Ordnung.«

»Dann werde ich jetzt die Kammer verlassen und die erste Simulation starten.

Lindfeller hörte, wie die Tür ging. Eine Minute lang passierte nichts, dann erschien auf der Innenseite seines Helmvisiers das Bild eines Hubschraubercockpits, und über die Lautsprecher wurde das Rattern der Rotoren eingespielt.

Eine Stimme sagte: »Willkommen bei der Simulation *Wüstenstaub*. Sie sind Pilot eines Kampfhubschraubers vom Typ Apache-Longbow in der Krisenregion Eritrea nahe der Grenze zu Äthiopien. Aufständische Rebellen haben das Einsatzgebiet besetzt. Ihr Auftrag lautet, alle Feinde zu eliminieren.«

Die Sprecherstimme erläuterte kurz die Funktionsweise der Controller in Jens Lindfellers Fäusten, dann ging es auch schon los. Das Bild im Helm setzte sich in Bewegung, das Rotorengeräusch schwoll an. Wenn Jens Lindfeller den Kopf drehte, bewegte sich auch das Bild mit. Obwohl er wusste, dass es nur eine Simulation war, fühlte sie sich erstaunlich echt an.

Ein paar Minuten lang passierte nur wenig, was Lindfeller Gelegenheit gab, sich mit der Steuerung vertraut zu machen. Er flog tief über einem Fluss in einem breiten Canyon. Abgesehen von dem Flusslauf und ein paar wenigen grünen Stellen gab es nichts als Sand und Felsen, so weit das Auge reichte.

Dann begann wie aus dem Nichts der Beschuss. Lindfeller war so überrascht, dass das Cockpitglas schon einen ersten Riss zeigte, ehe er das Rebellennest mit einer Stingerrakete in die Luft jagen konnte.

Sein Herz hämmerte, in seinem Helm war ihm ordentlich warm geworden. Aber er hatte es geschafft.

Schon ging es weiter. Wieder wurde das Cockpit getroffen, diesmal härter.

Der virtuelle Copilot schrie: »Die Turbine brennt!«

Tatsächlich hatte Lindfeller plötzlich den Eindruck, Rauch zu riechen.

Wahrscheinlich die Düsen in der Kabinenwand.

In puncto Realitätsnähe war diese Simulation nicht zu toppen.

Kaum hatte Lindfeller die Gefahr überstanden, lauerte hinter der nächsten Flussbiegung schon die nächste. Der Copilot brüllte auf. Als Lindfeller sich zu ihm drehte, hing er nur noch schlaff in den Gurten. Blut quoll aus unzähligen Wunden seines virtuellen Körpers.

Sofort kamen Lindfeller die Bilder seines Beifahrers in Afghanistan in Erinnerung. Leonard Scholz, Spitzname Lenny. Der hatte nach den tödlichen Schüssen in Kalafgan genauso ausgesehen.

Verfluchte Scheiße!

Lindfeller versuchte, sich wieder auf die Rebellenziele zu konzentrieren, um sich nicht übergeben zu müssen. Er spürte, dass er zitterte. Und er schwitzte so stark, dass die Controller in seinen Fäusten sich glitschig anfühlten. Herrgott nochmal, worauf hatte er sich da nur eingelassen? Vielleicht hätte er doch lieber ablehnen sollen.

Noch während er mit sich haderte, knackten die Lautsprecher so laut auf, dass er zusammenschrak. Das Bild in seinem Helm begann sich unkontrolliert zu drehen, immer schneller und schneller, als würde die Welt mit einem Mal wild um ihn herumwirbeln. Gleichzeitig kippte sein Horizont in die Senkrechte.

Jens Lindfeller begriff, dass sein Rotor ausgefallen war.

Er stürzte ab.

Von unten raste der Wüstenboden wie eine ockerfarbene Wand auf ihn zu. Der beißende Geruch von Qualm war jetzt schier unerträglich. Lindfeller bekam kaum noch Luft.

Mit rudernden Armbewegungen versuchte er, seine Maschine wieder unter Kontrolle zu bekommen – erfolglos. Einen Moment lang war er fest davon überzeugt, gleich sterben zu müssen. Endlich sagte die Lautsprecherstimme: »Abbruch der Mission *Wüstenstaub.*«

Mit rasendem Pulsschlag riss Jens Lindfeller sich den Helm vom Kopf. »Machen Sie das Licht an!«, flehte er außer Atem. »Bitte, machen Sie das Licht an, und lassen Sie mich hier raus.«

54

Emilia versuchte den ganzen Morgen, mit Mikka zu telefonieren, doch sie erreichte ihn nicht. Wahrscheinlich schlief er noch, weil er diese Woche Nachtschicht hatte. Ihr einziger Trost war, dass er sich gewiss melden würde, wenn er sah, dass sie ihn angerufen hatte.

Währenddessen hatte sie das Gefühl, vor Aufregung zu platzen, so sehr brodelte ihre Entdeckung von vorhin in ihr.

Varamont = Scylla!

Das war ein erster konkreter Ansatz.

Und was für einer!

Nervös nippte sie an ihrem Cappuccinobecher - schon der siebte an diesem Tag. Durchmischt mit dem vielen Koffein, prickelte das Adrenalin in ihrem Blut wie Brausepulver. So fühlte es sich jedenfalls an.

Wie Caleb Coen auf seinen Verdacht gekommen war, wusste Emilia nicht. Aber sie war sicher, dass Luc Dorffler den Zusammenhang erkennen würde. Deshalb passte sie ihn um Punkt 14.00 Uhr zu seinem Dienstantritt im IT-Keller ab.

»Ich habe Neuigkeiten, die dich umhauen werden«, raunte sie ihm mit gesenkter Stimme zu, weil sie nicht wollte, dass seine Kollegen die Unterhaltung mitbekamen. »Können wir irgendwo ungestört sprechen?«

»Wie wäre es mit einem der Archivräume? Natürlich nur, wenn du dich alleine mit mir dorthin traust. So ein Keller, da weiß man nie, was passiert.«

Emilia lächelte. Dorffler war das krasse Gegenteil dessen, was sie sich unter einem Idealmann vorstellte, und das wusste er auch. Dennoch flirtete er mit ihr – wie mit jeder anderen Interpolangestellten –, als wäre es sein letzter Tag auf Erden.

»Leicht wird es nicht, aber ich werde versuchen, deinem Charme zu widerstehen«, sagte sie mit einem Schmunzeln. »Lass uns gehen.«

Die Archivräume im zweiten Untergeschoss wurden schon lange nicht mehr aktiv genutzt und dienten nur noch zur Lagerung längst geschlossener Papierakten. Deshalb war dieser Teil des Gebäudes so gut wie menschenleer.

»Welches Archiv willst du?«, fragte Dorffler, den Blick auf die Türbeschilderung gerichtet. »A bis F, G bis L ...?«

»Ist mir egal.«

»Dann nehmen wir gleich den Ersten hier. A bis F. Wie *amour fou.*«

»Du bist verrückt, Luc. Hast du überhaupt einen Schlüssel dafür?«

Wie in Zeitlupe zauberte er ihn aus seiner Hosentasche. »*Et voilà!* Hier unten werden nicht nur Papierakten gelagert, sondern auch alte Festplatten und andere Datenträger, auf die ich ein paarmal im Jahr zugreifen muss. *Selbstverständlich* habe ich den passenden Schlüssel.«

Sie betraten den Archivraum, und Dorffler schaltete das Licht an. Fenster gab es hier keine, nur nackte Wände und deckenhohe Regale.

»Ziemlich kühl hier«, stellte Emilia fest. Sie wusste, dass das an der Klimaanlage lag, die die Luft im Keller nicht nur trocken, sondern auch bei konstanten 18 Grad Celsius hielt – die besten Lagerbedingungen für die alten Dokumente.

Dorffler schloss die Tür, so dass man sie von außen nicht mehr sehen konnte, falls wider Erwarten jemand vorbeikam.

Trotz der Klimaanlage roch es muffig. Wegen der dichtgedrängten Regalreihen stellte sich bei Emilia unweigerlich ein Gefühl der Beklemmung ein.

Dorffler schien keine solchen Probleme zu haben. »Du und ich, umgeben von alten Akten, in denen es um Mord und Totschlag geht. Wenn das nicht romantisch ist!«, sagte er.

»Wart's ab, ob dir die Romantik nicht gleich wieder vergeht«, entgegnete Emilia. Aus ihrer Handtasche zog sie Caleb Coens Schuhkarton und stellte ihn auf den alten Tisch neben der Wand. Rasch zog sie den Ringgummi ab, um Dorffler den Inhalt zu präsentieren.

Ganz oben auf dem Stapel lag die Fotografie mit dem Mengele-Bild. Das Foto im Foto.

»Die Schwarzweißaufnahme auf diesem Bild stammt aus dem sogenannten Hartweiler-Fall«, sagte Emilia. »Dabei ging es um einen Neonazi, der in seinem Folterkeller eine Art Mini-KZ nachgebaut hatte. Er entführte Menschen, die auch im Dritten Reich verfolgt worden wären, und führte grausame Experimente an ihnen durch. Das Mengele-Foto wurde damals als Beweisstück sichergestellt, verschwand aber wenig später aus der Asservatenkammer der Polizei. Dreh das Bild mal um.«

Dorffler tat es. Die Überraschung stand ihm deutlich ins Gesicht geschrieben, als er las, was Emilia bereits wusste:

Varamont = Scylla!

»Ist das die Möglichkeit?«, murmelte er. »Der Feind so nah, mitten unter uns!«

»Kaum zu fassen, nicht wahr?«, sagte Emilia. »Weißt du noch, was in der Akte stand, die uns zu Coens Unterlagen geführt hat? Dass Scylla jemand ist, der Kontakt zur Neonazi-Szene hat? Das würde also wie die Faust aufs Auge passen.«

»Ein Bild von Mengele verschwindet aus der Asservatenkammer der Polizei und taucht Jahre später wieder auf einem Foto auf, das nahelegt, dass der heutige Besitzer dein Chef ist«, fasste Dorffler zusammen. »Ich frage mich nur, weshalb Varamont das Mengele-Bild geklaut hat. Selbst, wenn er es klug angestellt hat, muss es ein Risiko für ihn bedeutet haben. Aber solche Reproduktionen gibt es doch bestimmt wie Sand am Meer. In jedem Schulbuch findest du solche Bilder. Warum also der ganze Aufstand?«

Emilia zuckte mit den Schultern. »Darauf habe ich noch keine Antwort gefunden. Es gibt aber ein viel grundsätzlicheres Problem: Im Moment ist unser Verdacht völlig aus der Luft gegriffen, denn wir haben keinen Schimmer, wie Caleb Coen darauf kam, dass Varamont Scylla ist. Genau genommen beweist dieses Foto noch nicht einmal, dass Varamont seine Finger im Hartweiler-Fall im Spiel hatte. Wir haben nichts als ein Foto, auf das Coen vor drei Jahren etwas gekritzelt hat.«

Dorffler hob die Augenbrauen. »Ich fürchte, du hast recht. Denkst du, Varamont ist unschuldig?«

»Ganz im Gegenteil. Aber das nützt nichts, wenn wir ihn nicht überführen können. Deshalb will ich, dass du dir diese Unterlagen ansiehst.« Sie tippte mit der Hand gegen den Schuhkarton. »Du musst versuchen herauszufinden, wie Coen zu seinem Verdacht gekommen ist. Ich bin daraus leider nicht schlau geworden.«

»Ich werde mein Bestes geben«, sagte Dorffler.

Davon war Emilia überzeugt. »Bitte schau dir auch alte Archiv- und Pressebilder an«, fuhr sie fort. »Vielleicht gibt es auch Internetseiten von Vereinen, in denen er früher tätig war. Ich will wissen, ob er jemals einen Koffer von Maxwell Scott besaß, einen VW Passat fuhr oder eine teure Armbanduhr trug. Und natürlich, ob er sich in jungen Jahren irgendwann einmal eine Verletzung am Hinterkopf zugezogen hat.« Sie zielte damit auf die vier Stellen ab, die Dorffler auf dem Foto von Scylla markiert gehabt hatte. »Außerdem bitte ich dich zu recherchieren, ob er um die Jahrtausendwende herum beim deutschen BKA war oder irgendwelche Beziehungen dorthin hatte. Wenn wir ihn überführen wollen, brauchen wir stichhaltige Beweise.«

Aber sie ahnte, dass diese Beweise nicht so leicht zu finden sein würden. Scylla führte seit vielen Jahren erfolgreich ein Doppelleben. Er war ein Wolf im Schafsfell, der die Regeln der Tarnung perfekt beherrschte. Deshalb wollte Emilia parallel zu Luc Dorfflers Recherchen versuchen, ihn in die Enge zu treiben. Vielleicht würde sie ihn dazu bringen, einen Fehler zu begehen und sich dadurch selbst zu verraten.

Sie hatte auch schon eine Idee, wie sie das bewerkstelligen konnte.

55

Avram und Lina hatten den Großteil des Tages für weitere Schießübungen im Wald genutzt. Erst am späten Nachmittag kehrten sie in ihr Hotel zurück, wo sie eine heiße Dusche nahmen und im Restaurant zu Abend aßen. Vor ihnen lag eine lange, kalte Nacht.

Als sie wieder im Zimmer waren, erklärte Avram Lina seinen Plan. »Tagsüber hätten wir keine Chance, unbemerkt in Rentwijks Haus einzudringen. Dafür gibt es auf dem Anwesen zu viele Angestellte. Wir könnten uns höchstens als Mitarbeiter eines Paketdienstes oder einer Telefongesellschaft ausgeben. Etwas in der Art jedenfalls. Dazu bräuchten wir allerdings ein präpariertes Auto und – noch viel wichtiger – Sprachkenntnisse. Beides haben wir nicht. Also müssen wir uns heimlich ins Haus schleichen, was bei Nacht am einfachsten sein wird. Wir gehen rein, betäuben Hans Rentwijk und entführen ihn in einem der Autos, die auf dem Anwesen herumstehen. Im besten Fall können wir unbemerkt entkommen, wenn wir Pech haben, fliegen wir auf. Dann müssen wir mit durchgetretenem Gaspedal flüchten. Damit uns keine Verfolger im Nacken sitzen, habe ich bei Ragnarsson auch ein paar Haftminen besorgt. Die bringen wir an den anderen Autos an, bevor wir uns Zutritt zum Haus verschaffen. Du wirst den Fluchtwagen fahren, ich übernehme das Schießen, wenn es hart auf hart kommt.«

Am Frankfurter Flughafen hatten Lina und er Bjorndahls Unterlagen gelöscht. Deshalb nahm er jetzt ein Stück Papier zur Hand und zeichnete in groben Zügen die Karte rund um Rentwijks Anwesen nach.

»Wir stellen unser Auto hier ab«, sagte er. Mit dem Stift machte er an die entsprechende Stelle ein Kreuz. »Von dort sind es nur zweihundert Meter bis zum See. Wir müssen unsere Ausrüstung also nicht allzu weit tragen. Genau hier gehen wir ins Wasser.« Wieder machte er ein Kreuz, etwa an der Stelle, wo sie am gestrigen Morgen das Anwesen beobachtet hatten. »Wir tauchen quer durch den See und gehen etwa zweihundert Meter östlich des Rentwijk-Bootsstegs an Land. Dort wächst zwar dichtes Gestrüpp, aber der Vorteil ist, dass die Stelle im Gegensatz zum Bootssteg nicht videoüberwacht wird.« Er machte eine kurze Pause, dachte nach. »Am besten wird es sein, wenn wir uns in einem weiten Bogen durch den Wald schleichen und uns dem Haus dann von Norden nähern. Im Westen liegt die Unterkunft für die Bodyguards und die Angestellten – wenn dort zufällig einer aus dem Fenster schauen würde, wären wir geliefert. Im Osten liegt der Stall für die Tiere, das ist noch gefährlicher. Wenn wir dort vorbeischleichen, bellen womöglich die Hunde, oder die Pferde werden unruhig. Wir werden also diesen Weg einschlagen.«

Mit dem Stift zeichnete er die Route ein.

»Da wir nicht wissen, wie das Haus von innen aussieht, müssen wir von diesem Moment an improvisieren«, fuhr Avram fort. »Ich gehe davon aus, dass Hans Rentwijk im ersten Stock wohnt. Im Ostflügel. Dort waren heute Morgen die Fensterläden geschlossen. In allen anderen Bereichen des Hauses waren die Fensterläden offen, und man hat Menschen bei der Arbeit gesehen.«

Lina nickte. »Was schätzen Sie, wie unsere Chancen stehen?«, fragte sie.

Avram unterdrückte ein Seufzen. »Schwer zu sagen«, antwortete er. »Sechzig zu vierzig vielleicht.«

»Haben Sie so etwas schon mal gemacht? Jemanden aus einem vollen Haus entführt, meine ich?«

»Ja.« Zum Beispiel Hassan Omar, fügte er in Gedanken hinzu. Das war noch keine fünf Tage her.

»Denken Sie, dass es auch diesmal klappen wird?«

»Sonst würde ich wohl kaum mitmachen.« Er lächelte und hoffte, dass es zuversichtlich wirkte. Doch aus irgendeinem Grund hatte er das Gefühl, dass sein Plan diesmal nicht so einfach aufgehen würde.

56

Emilia hatte es an diesem Abend nicht eilig, das Büro zu verlassen, denn sie wollte sichergehen, dass Jerome Varamont vor ihr zu Hause war. Sie beabsichtigte nämlich, ihm einen kleinen Überraschungsbesuch abzustatten.

Bis dahin hatte sie jedoch noch etwas anderes vor.

Teil zwei ihres Plans.

Um nicht gestört zu werden, schloss sie ihre Zimmertür. Alles, was sie für ihr Vorhaben benötigte, hatte sie im Lauf des Nachmittags zusammengesammelt. Jetzt lag es ausgebreitet vor ihr auf dem Schreibtisch: Ein weißes DIN-A4-Papier aus dem Kopierer der Administration, ein Briefkuvert aus der Poststelle, eine interne Umlaufmappe aus dem Sekretariat der Stabstelle für strategische Planung, ein schwarzer Filzschreiber aus dem Bürolager. Sie hatte großen Wert darauf gelegt, Fingerabdrücke zu vermeiden. Auch jetzt streifte sie sich dünne Latexhandschuhe über, bevor sie zum Stift griff und in dicken Druckbuchstaben *ICH WEISS ALLES!* auf das Papier schrieb. Natürlich vergewisserte sie sich auch, dass keine Haare, Wimpern oder Hautpartikel an dem Papier hafteten, bevor sie es faltete, es in das Kuvert steckte und – ebenfalls in Druckbuchstaben – darauf schrieb:

ABTEILUNG SC&A, J. VARAMONT – PERSÖNLICH.

SC&A stand dabei für *Specialized Crime & Analysis.* Das Kuvert steckte sie in die Umlaufmappe, ein ziemlich ramponiertes Exemplar, das bei Interpol schon durch Dutzende von Händen gegangen war – ideal für Emilias Zwecke. Falls

Varamont nach dem Absender der anonymen Botschaft suchen würde, gäbe es keinerlei Spuren, die zu ihr führten.

Zu guter Letzt legte sie die Mappe im ersten Stock in der Controllingabteilung in die Hauspost.

Geschafft! Mal sehen, wie er darauf reagiert.

Luc Dorffler hatte sich bezüglich der Unterlagen in Caleb Coens Schuhkarton noch nicht gemeldet. Die Analyse der Dokumente gestaltete sich offenbar gar nicht so einfach.

Was Emilia wiederum zu ihrem geplanten Überraschungsbesuch führte. Davon versprach sie sich am meisten.

Gegen halb neun Uhr verließ sie das Büro und ging zu ihrem Wagen. Es war ein angenehm milder Abend, aber die dunkle Wolkenschicht, die sich über die Stadt gelegt hatte wie ein Leichentuch, verhieß eine regnerische Nacht.

Auf der Fahrt zu Jerome Varamonts Haus ging Emilia noch einmal den Plan durch, den sie sich zurechtgelegt hatte. Dabei ertappte sie sich immer wieder, wie ihre Finger nervös über das Lenkrad tanzten. Was sie vorhatte, war riskant. Sie begab sich gewissermaßen freiwillig in eine Schlangengrube.

Wenn Varamont mein Spiel durchschaut, befinde ich mich in Lebensgefahr. Vor drei Jahren ist Coen ihm zu nahe gekommen und musste sterben. Ich werde extrem vorsichtig sein müssen.

Einen Moment lang überlegte Emilia, ob sie ihr Vorhaben wirklich durchführen solle. War es nicht geradezu unverantwortlich gegenüber Becky und Mikka? Was, wenn ihr tatsächlich etwas zustieß?

Noch konnte sie umkehren.

Aber jetzt war sie schon beinahe am Ziel. Außerdem hatte sie zur Sicherheit ihre Dienstwaffe in die Handtasche gepackt. Der Gedanke daran vermochte zumindest die ärgsten Sorgen zu verdrängen.

Um kurz vor neun Uhr parkte sie ihren Wagen am Chemin de Fontanières. Von dort waren es nur noch zwei Blocks bis zu Jerome Varamonts Haus. Emilia überprüfte noch einmal ihr Magazin, steckte die Waffe wieder weg und stieg aus.

Wenige Minuten später erreichte sie ihr Ziel. Sie atmete noch einmal tief durch, nahm all ihren Mut zusammen und klingelte.

Drinnen sprang das Licht an. Kurz darauf öffnete sich die Tür, und ihr Chef stand vor ihr – in einem abgetragenen Pullover und Jogginghosen. In der Hand hielt er eine Fernsehzeitschrift.

»Guten Abend. Was führt Sie denn noch so spät zu mir?«, fragte er überrascht.

»Eine Angelegenheit, die ich gerne unter vier Augen mit Ihnen besprechen würde«, sagte Emilia. »Natürlich nur, wenn Sie einen Moment für mich Zeit haben.«

Er zögerte, trat dann aber beiseite, um sie hereinzulassen.

»Kommen Sie mit ins Wohnzimmer«, sagte er und ging voraus. »Sie müssen entschuldigen, dass es hier nicht ganz so perfekt aussieht, wie man es erwarten sollte. Meine Frau ist seit Samstag auf Geschäftsreise.«

Mit »nicht ganz so perfekt« meinte er, dass drei gebrauchte Gläser und ein Teller auf der Spüle standen. Ansonsten gab es in puncto Sauberkeit nichts zu mäkeln.

»Bitte, nehmen Sie Platz. Darf ich Ihnen etwas zu trinken anbieten?«

Emilia lehnte ab, und sie setzten sich auf die Couch.

»Also, was wollen Sie mit mir besprechen?«

Trotz ihrer Aufregung ging Emilia der zurechtgelegte Vorwand leicht von den Lippen: Sie suche das Gespräch, weil sie wisse, dass sie beide einen schlechten Start gehabt hätten. Anfangs sei ihr das gleichgültig gewesen, doch mittlerweile habe sie erkannt, dass sie so auf Dauer nicht arbeiten könne. Deshalb sei sie gekommen, um eine offene Aussprache zu suchen, gewissermaßen als Basis für einen konstruktiven Neuanfang.

Sie schmückte ihr Anliegen wortreich aus und ging vollkommen in ihrer Bittstellerrolle auf. Varamont schien ihr das Laientheater auch abzukaufen, denn er versicherte ihr, dass ihm die Situation ebenso wenig gefiel wie ihr und dass er Emilias Mut bewundere, den ersten Schritt zu wagen.

Pünktlich um 21.15 Uhr klingelte wie vereinbart das Telefon.

»Bitte entschuldigen Sie mich einen Augenblick«, sagte Varamont.

Emilia nickte. »Darf ich kurz die Toilette benutzen?«

»Im Flur, die zweite Tür links«, erklärte er.

Dann griff er nach seinem Handy, um das Gespräch anzunehmen. »Ah, Monsieur Dorffler, was kann ich für Sie tun?«

Emilia verließ das Wohnzimmer. Sie konnte nur hoffen, dass Luc es schaffen würde, Varamont für eine Minute abzulenken – mehr Zeit würde sie nicht benötigen. Ihr Überraschungsbesuch diente in Wahrheit nämlich nicht dem Zweck der Versöhnung, sondern dazu, das Mengele-Foto mit eigenen Augen an der Wand hängen zu sehen, hier, in diesem Haus. Damit wären für sie dann auch die letzten Zweifel ausgeräumt.

Im Wohnzimmer erklärte Varamont Dorffler gerade irgendein unwichtiges Detail zu einem aktuellen Mordfall. Auf leisen Sohlen begann Emilia ihre Suche, aber sie fand weder in der Küche noch im Bad noch in einem der Nebenzimmer das besagte Foto.

Es muss im Obergeschoss hängen.

Am Treppenaufgang hielt sie noch einmal inne, um zu lauschen. Offenbar hielt Dorffler Varamont immer noch in das Telefonat verwickelt. Kurzentschlossen eilte Emilia ins obere Stockwerk, um in jedes Zimmer einen Blick zu werfen.

Tatsächlich fand sie in Varamonts privatem Büro die Blumentapete von Caleb Coens Schnappschuss. Mit pochendem Herzen suchte sie die Wand ab.

Irgendwo hier muss das Foto hängen!

Aber das tat es nicht. Irgendwann im Lauf der letzten drei Jahre musste Varamont es abgehängt haben.

Enttäuscht schlich sie wieder ins Erdgeschoss. Wenigstens war Varamont immer noch in sein Telefonat vertieft, so dass er nichts von ihrer heimlichen Hausbesichtigung mitbekommen hatte. Um ihr Schauspiel perfekt zu machen, schlüpfte sie ins Badezimmer und betätigte die Toilettenspülung. Als sie ins Wohnzimmer zurückkehrte, zitterten ihre Hände.

Genug Aufregung für einen Tag!

Nachdem Varamont das Telefonat mit Dorffler beendet hatte, blieb Emilia noch ein paar Minuten, um den Schein zu wahren. Erst im Auto wurde ihr so richtig bewusst, wie verrückt ihr Plan gewesen war.

Sie brauchte jetzt dringend ein Glas Wein für ihre Nerven.

57

Jens Lindfeller fühlte sich elend. Nach der Hubschraubermission hatte Professor Wartberg ihn als Einzelkämpfer in den kongolesischen Dschungel geschickt, wo er über dreißig feindliche Soldaten mit einem Messer töten musste – natürlich nur virtuell, aber auch diese Simulation war derart realistisch gewesen, dass sich ihm auch jetzt noch die Nackenhaare sträubten, wenn er nur daran dachte.

Das Geräusch der Klinge, die ins Fleisch stieß ...

Das Röcheln der sterbenden Männer ...

Der dumpfe Aufprall und das Rascheln im Unterholz, wenn ihre Körper zu Boden gingen ...

Noch dazu die hohe Luftfeuchtigkeit und die schwelende Hitze, ausgelöst durch die Kabinendüsen – ein wahrer Albtraum.

Im Moment saß Lindfeller in einem kleinen, gemütlichen Raum und nippte an seiner isotonischen Nährstofflösung. Er zitterte so stark, dass sein Getränk beinahe überschwappte.

Verflucht nochmal, auf was für ein Scheißspiel hatte er sich da eingelassen? Allmählich ahnte er, worauf dieses Experiment hinauslaufen würde: Abhärtung. Man würde ihn mit so vielen Stresssituationen konfrontieren, bis ihm das, was er in Afghanistan erlebt hatte, gar nicht mehr so schlimm vorkam. Aber wollte er das wirklich?

Du musst durchhalten! Deine Therapie hat gerade erst angefangen. Wenn du künftig wieder ein normales Leben führen willst, dann musst du das hier überstehen!

Noch schlimmer als die Kongo-Simulation war das darauffolgende Szenario einer Gefangenenbefragung gewesen, mit dem Ziel herauszufinden, wann ein feindlicher Angriff stattfinden würde. Lindfellers virtueller Vorgesetzter, General Hanecke, hatte ihm dazu alle Vollmachten erteilt. Die nötigen Informationen mussten nur innerhalb einer halben Stunde vorliegen, weil sonst zehntausende Menschen ihr Leben verlieren würden. Vor allem Zivilisten.

Der Kellerraum, in dem das Verhör stattfinden sollte, besaß keine Fenster, nur eine massive Stahltür. Die Wände in diesem Gemäuer waren so dick, dass kein Laut nach außen dringen würde. Außer Jens Lindfeller und dem Mann, den er verhören sollte, einen gewissen Murat Kurdan, war niemand mehr da gewesen. Es hatte nur noch sie beide gegeben – und einen kleinen Tisch mit Folterwerkzeugen.

Lindfeller nippte wieder an seiner isotonischen Lösung. Er wollte die Erinnerung an das, was während der Simulation geschehen war, vertreiben, aber es gelang ihm nicht. Er war auch jetzt noch ein Gefangener dieser schrecklichen, unglaublich realistischen Phantasiewelt.

Kurdan stand nackt in der Mitte des Raums. Die Drahtschlinge um seinen Hals war an einem Deckenhaken befestigt. Um sich nicht zu strangulieren oder sich die Kehle an dem Draht aufzuschlitzen, musste er auf Zehenspitzen stehen. Unter seinen schmutzigen Füßen raschelte eine dünne Strohschicht, während er versuchte, das Gleichgewicht zu halten. Die Hände hatte man ihm auf den Rücken gebunden. Sein Körper wies unzählige Wunden auf – Brandspuren, Hämatome, eine aufgerissene Lippe. Jemand hatte Kurdan schon vor Beginn der Simulation hart in die Mangel genommen.

Lindfeller versuchte es auf die versöhnliche Tour. »Ich

muss wissen, welchen Anschlag ihr plant. Rede mit mir, dann verspreche ich dir, dass wir dich fair behandeln.«

Kurdan sah ihn nur mit stoischer Miene an. Lindfeller wusste nicht einmal, ob der Kerl seine Sprache verstand.

»Wenn du lebend hier rauskommen willst, dann brauche ich Informationen von dir«, sagte Lindfeller. »Hörst du? Wenn du mir nichts über eure Pläne verrätst, kann ich nichts für dich tun.«

Wieder keine Reaktion.

So ging es noch ein paar Minuten, aber Kurdan schien ihn gar nicht wahrzunehmen.

Lindfeller schlug ihm ins Gesicht. »Ich muss wissen, was ihr vorhabt, kapiert?«, schrie er ihn an.

»Ich weiß aber nichts«, krächzte der andere.

»Du weißt ganz genau, wem euer nächster Anschlag gilt.«

»Ich bin nur ein Bauer aus Halaf. Ich schwöre bei Allah, dass ich nichts weiß!«

Lindfeller zögerte. Es wäre ihm lieber gewesen, wenn Kurdan ihn angespuckt oder ihn verhöhnt hätte. So aber wusste er nicht, woran er war.

General Hanecke trat durch die Tür – als habe er Lindfellers Zweifel gespürt. »Schon irgendwelche Fortschritte?« Er sagte es freundlich, aber mit einem drängenden Unterton.

Lindfeller nahm seinen Mut zusammen und kam einen Schritt auf ihn zu. »Sind Sie sicher, dass dieser Mann uns weiterhelfen kann?«, raunte er.

Hanecke fixierte ihn mit festem Blick. »Absolut! Bringen Sie ihn jetzt endlich zum Reden, Hauptmann, bevor es zu spät ist.«

»Er lügt!«, rief Kurdan hinter ihnen. »Lassen Sie sich nichts einreden! Dieser Mann ist ein verlogener Hundesohn!«

Mit einem letzten, festen Blick, einem ermunternden Kopfnicken und den Worten »Ich zähle auf Sie, Hauptmann. Tun Sie Ihre Pflicht!« ging der General wieder nach draußen.

Die virtuelle Uhr an Jens Lindfellers Handgelenk zeigte, dass schon fünfzehn Minuten vergangen waren. Die Hälfte der Zeit. Es musste endlich etwas geschehen.

Lindfeller trat an den Tisch mit den Foltergeräten. Alles, was sich eignete, um einem anderen Schmerzen zuzufügen, lag dort unsortiert nebeneinander: Messer, Nägel, Sägen, eine Brechstange, Schraubklemmen und vieles mehr, das meiste davon alt und rostig. Sogar ein kleiner Bunsenbrenner befand sich darunter.

Wahllos griff Lindfeller nach einer Kneifzange. »Du wirst mir jetzt sagen, was du weißt, verdammt nochmal«, keuchte er Kurdan ins Ohr. »Du wirst mir alles verraten, verstanden? Sonst ...« Anstatt weiterzureden trat er hinter den nackten Mann und packte seine gefesselten Hände. Wegen der Schlinge um seinen Hals konnte Kurdan keine Gegenwehr leisten. Widerstandslos musste er es zulassen, dass Lindfeller seinen kleinen Finger zwischen die Schneiden der Zange zwängte.

»Rede endlich, du Arschloch!«, schrie Lindfeller.

»Allah ist mein Zeuge! Ich weiß nichts!« Kurdans Stimme überschlug sich vor Aufregung. »Haben Sie Erbarmen, Herr, ich ...«

Lindfeller drückte zu, und ein entsetzlicher Schrei gellte durch den Raum.

Es klopfte an der Tür.

Lindfeller zuckte auf. Es dauerte einen Moment, ehe er begriff, dass das die Realität war. Er befand sich nicht in dem Kellerverlies, sondern in seinem Patientenzimmer.

»Ja bitte?«, murmelte er.

Professor Wartberg streckte den Kopf zur Tür herein. »Wenn Sie wollen, können wir mit der nächsten Simulation weitermachen«, sagte er.

Von Wollen konnte keine Rede sein. Dennoch stand Jens Lindfeller auf und folgte dem Professor ins Labor.

58

Zu Hause sprang Emilia erst einmal unter die Dusche, danach schenkte sie sich ein Glas Bordeaux ein, um wieder etwas herunterzukommen. Sie fühlte sich immer noch aufgewühlt, beinahe wie unter Drogen. Es passierte nicht mehr allzu häufig, dass sie in ihrem Job ein echtes Risiko für Leib und Leben eingehen musste. Den größten Teil ihrer Zeit verbrachte sie hinter dem Schreibtisch am Computer.

Mit dem Weinglas und ihrem Handy ausgerüstet, setzte sie sich auf die Couch und schaltete den Fernseher ein – ohne Ton, weil sie mit Mikka telefonieren wollte. Die stummen Bilder dienten nur dazu, dass sie sich in ihrer Wohnung nicht so allein fühlte.

Es tat gut, Mikkas Stimme zu hören. Da er wieder Nachtschicht hatte, konnte er auch diesmal nicht lange sprechen, aber immerhin blieben ihnen ein paar ungestörte Minuten, weil er zum Bürodienst eingeteilt war.

»Was machen die Hochzeitsvorbereitungen?«, wollte er wissen.

Emilia stöhnte innerlich auf. Sie hatte versprochen, im Lauf der Woche ein paar Dinge auf der To-do-Liste zu erledigen, bisher aber keine Zeit dafür gefunden.

»Ich werde mich morgen darum kümmern, versprochen«, sagte sie. »Im Moment überschlagen sich hier die Ereignisse.« Sie erzählte von Caleb Coens Unterlagen und von ihrem Verdacht gegenüber Varamont.

Mikka reagierte heftig. »Bist du denn völlig übergeschnappt?«, platzte er heraus. »Du hast ihm einen anonymen Brief mit der Hauspost geschickt und ihm heute Abend einen Besuch abgestattet?«

»Den anonymen Brief kennt er ja noch gar nicht.«

»Trotzdem ist das eine Schnapsidee gewesen. Was, wenn er herausfindet, dass du das warst?«

»Wird er nicht. Für wie blöd hältst du mich?« Es klang ruppiger als gewollt, weil sie sich in die Ecke gedrängt fühlte.

»Tut mir leid, ich wollte dich nicht angreifen«, ruderte Mikka zurück. »Ich mache mir nur Sorgen. Nach allem, was du mir erzählt hast, ist Varamont ein verdammt gefährlicher Mann. Ich will nicht, dass dir etwas zustößt.«

»Ich weiß. Und ich verspreche dir, vorsichtig zu sein. Aber ich muss diesem Schwein das Handwerk legen, verstehst du?«

Um das Gespräch versöhnlich ausklingen zu lassen, lenkte Emilia es auf ein anderes Thema und fragte Mikka nach seiner Arbeit. Er erzählte noch ein bisschen davon, wie er sich die Nacht mit Berichteschreiben um die Ohren schlagen wolle, musste aber schon bald abbrechen, weil ein Kollege seine Hilfe benötigte.

Kaum hatte sie das Gespräch beendet, klingelte ihr Handy schon wieder. Das Display zeigte eine Nummer an, die ihr unbekannt vorkam.

Sie nahm das Gespräch an. »Hallo?«

Am anderen Apparat meldete sich Dorfflers vertraute Stimme. »Ich bin's, Luc.«

»Von wo rufst du an?«

»Von daheim. Ich bin nur neugierig. Wie war dein Besuch bei Varamont? Hast du das Mengele-Foto gefunden?«

»Nein. Aber die Wand, an der das Foto früher hing. Das

Tapetenmuster passt haargenau, das kann kein Zufall sein. Bist du mit den Unterlagen von Caleb Coen weitergekommen?«

»Ja und nein. Einen Zusammenhang, der belegt, dass Varamont tatsächlich Scylla ist, habe ich noch nicht gefunden. Aber ich habe mit den anderen Fotos, die in der Schachtel waren, einen ASF-Abgleich mit unserer Biometrie-Datenbank durchgeführt. Bei ein paar Personen hat der Computer einen Namen ausgespuckt. Scheinbar haben sie gar nichts miteinander zu tun. Es gibt nur eine einzige Auffälligkeit: Sie sind jedes Jahr zur selben Zeit in einem Sanatorium. Ich habe dir die Unterlagen auf den Schreibtisch gelegt ... Warte mal, ich glaube, da ist jemand an der Tür. Gut möglich, dass mein Nachbar sich wieder ausgesperrt hat ...«

Ein dumpfes Geräusch verriet Emilia, dass Dorffler den Hörer weggelegt hatte.

»Immer langsam, ich komm' ja schon«, drang es gedämpft zu ihr.

Dann ein lauter Knall.

Jemand schrie.

War das Dorffler?

»Luc? Was ist los bei dir?«

Doch er antwortete nicht.

»Bitte ... bitte nicht!«, flehte er stattdessen wie aus weiter Ferne, gefolgt von einem weiteren, langgezogenen Schrei, der Emilia durch Mark und Bein ging.

Dann herrschte plötzlich Stille. Lastend und endgültig wie auf einem Friedhof.

59

Es war kalt. Verdammt kalt sogar.

Lina stand neben Avram am Ufer des Buvatnet-Sees und zitterte am ganzen Leib. Sie hatten die Ausrüstung vom Auto bis hierher getragen und waren dabei ordentlich ins Schwitzen gekommen. Vor allem die Atemflasche hatte sie Kraft gekostet. Umso mehr musste sie jetzt schlottern.

Sie hatten bereits die Neoprenanzüge angezogen und die Taucherausrüstung angelegt. Die Waffen und die Haftminen befanden sich in einem wasserdichten Behälter, den Avram sich an den Tauchgürtel gebunden hatte. Der Behälter verfügte über eine Luftkammer, die mittels eines Ventils mit Wasser befüllt werden konnte. Auf diese Weise war es möglich, den Auftrieb beim Tauchen so zu regulieren, dass der Behälter nicht ständig nach oben zog.

Vorsichtig gingen Avram und Lina ins Wasser. Lina musste die Zähne zusammenbeißen, weil die Kälte sie schmerzte.

»Das vergeht gleich wieder«, raunte Avram ihr zu. »Sobald das Neopren sich vollgesogen hat, entsteht eine Wasserschicht zwischen Haut und Taucheranzug, die von der Körpertemperatur erwärmt wird. Die schützt vor Unterkühlung.«

Er schien sich gut auszukennen, was Lina beruhigte. Nicht, dass sie Angst gehabt hätte – dazu war sie ja gar nicht fähig. Dennoch verspürte sie eine gewisse Anspannung, weil für sie so viel auf dem Spiel stand. Würde sie heute Nacht endlich erfahren, was vor neunzehn Jahren passiert war?

Würde Hans Rentwijk ihr die Antworten liefern? Wusste er überhaupt, was damals vorgefallen war?

Für eine Nacht- und Nebelaktion mit ungewissem Ausgang gingen sie ein hohes Risiko ein. Plötzlich wurde ihr klar, was Avram eigentlich für sie tat. Klar, sie hatte ihm das Leben gerettet, und dafür war er ihr bestimmt dankbar. Aber sie wusste auch, dass es für einen skrupellosen Mörder gewiss nicht selbstverständlich war, Wort zu halten. Er hätte sie jederzeit im Stich lassen können.

Doch das hatte er nicht getan.

»Bleib im Wasser dicht hinter mir«, sagte Avram gerade. »Du wirst kaum die Hand vor Augen sehen. Deshalb habe ich diese Lampe dabei.«

Er hielt ein chromfarbenes Gehäuse in die Luft, kaum größer als ein Filzstift.

»Das Licht wird nur im Umkreis von etwa einem Meter zu sehen sein, sonst könnte man uns auch vom Land aus erkennen«, fuhr er fort. »Also weiche mir nicht von der Seite. Außerdem solltest du dir das hier um deinen Gürtel binden.«

Er hielt ihr das lose Ende einer Leine hin, die bereits mit seinem eigenen Tauchergürtel verbunden war.

»Wenn unterwegs etwas ist – wenn du mich verlierst oder eine Panikattacke bekommst –, zieh daran. Dann komme ich, um nach dir zu sehen, in Ordnung?«

Lina nickte.

»Das Wichtigste ist: Ruhe bewahren«, sagte er. »Gleichmäßig atmen. Keine hektischen Bewegungen, auch, wenn dir vielleicht ein Fisch vors Gesicht schwimmt. Ich werde nicht schnell tauchen, du brauchst also nicht zu befürchten, dass ich dich versehentlich abhänge. Wir bewegen uns in etwa zwei Metern Wassertiefe, immer geradeaus, bis zu unserem Zielpunkt. Von hier bis ans andere Ufer werden wir etwa zwanzig Minuten benötigen. Noch irgendwelche Fragen?«

Lina schüttelte den Kopf.

»Dann los.« Mit diesen Worten verschwand sein Kopf im Wasser.

Lina folgte ihm.

60

Luc Dorffler wohnte in einem Mehrparteienhaus im siebten Arrondissement, nur ein paar Autominuten von Emilia entfernt. Als sie um Viertel nach zehn dort ankam, herrschte auf der Freifläche hinter dem Gebäude aufgeregter Tumult. Die Polizei, die sie unmittelbar nach Dorfflers Anruf benachrichtigt hatte, war mit drei Einsatzfahrzeugen vor Ort. Das Blaulicht hatte eine beachtliche Menschentraube angelockt, durch die Emilia sich erst hindurchdrängeln musste, bevor sie erkennen konnte, was vorgefallen war.

Dorffler lag bäuchlings auf dem Gras, wimmernd und keuchend. Drei Stockwerke über ihm stand ein Fenster offen – dort befand sich seine Wohnung. Offenbar hatte jemand ihn von dort oben hinuntergestoßen.

Emilia tauchte unter dem rot-weißen Band hindurch, das die Polizisten großflächig um die Unglücksstelle gespannt hatten.

»Bitte bleiben Sie hinter der Absperrung«, rief ein Beamter und eilte zu ihr.

Emilia zeigte ihm ihre Marke. »Ich habe die Polizei benachrichtigt«, sagte sie. »Er ist mein Kollege. Wir haben miteinander telefoniert, als er überfallen wurde.«

»Dann sollten Sie mit Kommissar Vilette sprechen. Das ist der dort drüben. Er will Ihnen bestimmt ein paar Fragen stellen.« Er zeigte auf einen rothaarigen Beamten mit groben Gesichtszügen und Vollbart.

»Vielen Dank, das werde ich tun«, sagte Emilia. Zuerst wollte sie sich jedoch nach Luc Dorfflers Gesundheitszustand erkundigen.

Sie ging zu ihm, kniete sich neben ihn auf den Boden und legte ihm vorsichtig eine Hand auf die Schulter. Die Polizistin, die ihn betreute, wollte zwar intervenieren, ließ sie aber gewähren, als sie erkannte, dass er nichts dagegen hatte.

Tränen standen ihm in den Augen. In seinem Gesicht spiegelten sich schreckliche Schmerzen wider. Seine Beine lagen seitlich verdreht im Gras, in einer unnatürlichen Haltung wie nutzlose Körperanhängsel.

»Wie geht es dir?«, murmelte Emilia. Im Moment fiel ihr nichts Besseres ein.

»Ich kann meine Beine nicht bewegen«, keuchte er. »Jede Bewegung schmerzt wie die Hölle. Aber wenigstens kann ich sie spüren. Wahrscheinlich gebrochen. Ich hoffe, im Krankenhaus kriegen die das wieder hin.«

»Der Notarzt ist verständigt«, sagte die Polizistin, die seine Hand hielt. »Er muss jeden Moment hier sein.«

Wie aufs Stichwort setzte irgendwo in der Ferne Sirenengeheul ein.

»Was ist eigentlich passiert?«, fragte Emilia.

»Ich habe ein Geräusch im Treppenhaus gehört und wollte nachsehen, da flog plötzlich die Wohnungstür auf. Jemand verpasste mir einen Schlag gegen den Schädel, ich ging in die Knie. Das Ganze passierte so schnell, dass ich gar nicht reagieren konnte. Ich wurde an den Füßen gepackt und zum Fenster gezerrt ... es war ein Albtraum.«

Obwohl er die fürchterliche Szene durch seine Erzählung noch einmal durchleben musste, tat ihm das Reden offenbar gut, weil der Schmerz dadurch in den Hintergrund gedrängt wurde.

»Hast du ein Gesicht gesehen?«, fragte Emilia.

»Nein, der Kerl hatte eine Maske über dem Kopf.«

»Das heißt, dass es ein Mann war?«

»Ja.«

Das Sirenengeheul kam näher. Bis zum Eintreffen des Krankenwagens würde es nicht mehr lange dauern.

»Vielleicht hat er Spuren hinterlassen. Im Treppenhaus oder in deiner Wohnung.« Emilia wandte sich an die Polizistin. »Ist die Spurensicherung schon bei der Arbeit?«

»Noch nicht. Aber die werden auch jeden Moment hier eintreffen.«

Dorffler versuchte, seinen Oberkörper ein Stück weit zu drehen, um Emilia besser sehen zu können, gab aber schnell wieder auf. »Ich glaube, das Arschloch trug Handschuhe«, raunte er. »Es würde mich überraschen, wenn er Spuren hinterlassen hat.«

»Gibt es sonst noch etwas, an das du dich erinnern kannst?«, hakte Emilia nach. »War er groß oder klein? Dick oder dünn? Welche Art von Kleidung trug er?«

Dorffler schien einen Moment lang nachzudenken. »Er war schlank und sportlich«, sagte er schließlich. »Etwa einsachtzig groß. Trug dunkle Kleidung und diese Maske über dem Kopf. Mehr weiß ich nicht.«

Emilia seufzte innerlich auf. Mit diesen spärlichen Angaben würde die Polizei kaum weiterkommen. Sie konnte nur hoffen, dass sich in Dorfflers Wohnung Haare, Hautpartikel oder andere brauchbare Beweise finden ließen.

Mit Blaulicht und Sirenen erreichte der Krankenwagen die Unglücksstelle, begleitet von einem Mercedes mit der Aufschrift *Notarzt.* Gleich würde man Luc medizinisch versorgen, dann käme alles wieder ins Lot – zumindest hoffte Emilia das.

Nur eine letzte Sache wollte sie noch von ihm wissen: »Denkst du, der Kerl, der dich überfallen hat, könnte Varamont gewesen sein?«

Dorffler zögerte. »Ich würde es nicht beschwören, aber ich halte es für möglich«, keuchte er.

61

Im Schutz des nächtlichen Uferdickichts stiegen Avram und Lina aus dem Wasser. Mehr als leises Plätschern und das gelegentliche Knacken von Zweigen war dabei nicht zu hören. Sie bewegten sich langsam, mit Bedacht. Unbemerkt zu bleiben war wichtiger als Eile.

Die Atemflaschen ließen sie im Gebüsch zurück, die Flossen ebenso. Avram schnallte den Tauchgürtel ab und zog den wasserdichten Transportbehälter aus dem See, der außer ihren Waffen und der Ausrüstung auch für jeden ein Paar Turnschuhe enthielt.

Die Taucheranzüge behielten sie an. Das graue Neopren verschmolz mit ihrer Umgebung, sie wurden eins mit dem Wald, wie Dämonen der Nacht. Außerdem schützte der Anzug Avrams Verband, den er sich straff um Arm und Oberkörper gespannt hatte – die Schnitte, die Ahmad Sharif ihm mit dem Zackenmesser beigebracht hatte, waren längst noch nicht verheilt.

Avram gab jedem ein Gewehr und eine Pistole, außerdem einen Rucksack mit Munition. Die Haftminen behielt er für sich, zuletzt kamen die Nachtsichtgeräte dran. Den Umgang damit hatten sie vor der Abfahrt im Hotelzimmer geübt. Avram hoffte, dass Lina mit der Ausrüstung klarkommen würde. Zumindest der Tauchgang hatte problemlos geklappt. Das stimmte ihn zuversichtlich.

»Bist du so weit?«, flüsterte er und schaltete das Nachtsichtgerät an.

Lina nickte. »Von mir aus kann's losgehen.«

Das lichtempfindliche Objektiv tauchte Avrams Gesichtsfeld in fluoreszierendes Grün. Alles um ihn herum wirkte dadurch surreal.

Einen weiten Bogen beschreibend, schlichen sie an den Häusern vorbei. Außer in Ufernähe befand sich nirgends dichtes Gestrüpp, sie kamen ohne Schwierigkeiten voran.

»Was ist das?«, fragte Lina plötzlich.

Als Avram sich zu ihr umdrehte, deutete sie mit dem Kinn auf eine steinerne Stele, die etwa zwanzig Meter von ihnen entfernt mitten im Wald stand. Vorsichtig gingen sie darauf zu.

In den Stein war ein Text eingemeißelt:

I STILLE MINNE OM
GUNNAR RENTWIJK
FAR. SONN.
12.05.1959–30.01.2001

Avram verstand nicht jedes Wort, aber den Sinn.

»Das ist ein Grabstein«, sagte er. »Oder eine Gedenktafel. Etwas in der Art jedenfalls. Für Hans Rentwijks verstorbenen Sohn Gunnar.«

»Wurde der nicht ermordet?«

»Das Gerücht kursierte eine Weile in den Zeitungen«, bestätigte Avram. »Aber es wurde nie offiziell bestätigt.« So hatte es in Bjorndahls Unterlagen gestanden.

Sie schlichen weiter und näherten sich aus nördlicher Richtung dem Herrenhaus, das auf der Lichtung vor ihnen wie ein großer, weißer Kasten in den Himmel ragte. Die Fensterläden waren geschlossen. Das strenge, norwegische Klima hatte den Putz an einigen Stellen platzen lassen, aber abgesehen davon schien sich der Bau in tadellosem Zustand zu befinden.

Eine Treppe führte zu einer Kellertür mit altmodischer Schließanlage. Offenbar fühlte Rentwijk sich auf seinem Anwesen sicher. Um das Schloss zu knacken, würde Avram nur eine Sekunde benötigen.

Doch davor hatte er noch etwas anderes zu erledigen: ein Fluchtfahrzeug auswählen und an allen anderen Autos die Haftminen anbringen.

»Warte hier«, flüsterte er. »Ich bin gleich wieder zurück.«

62

Schneller als erlaubt, fuhr Emilia von Dorfflers Wohnung zur Interpolzentrale in die Innenstadt. Immer wieder huschte ihr Blick unruhig in den Rückspiegel, weil sie sich verfolgt fühlte. Besser gesagt verängstigt.

Für sie stand spätestens nach den Geschehnissen dieses Abends fest: Jerome Varamont alias Scylla und eine noch unbekannte Person mit Decknamen Charybdis waren skrupellose Verbrecher. Vor drei Jahren hatten sie Caleb Coen beseitigt, als der ihnen auf die Spur gekommen war. Jetzt drohte Luc Dorffler und ihr dasselbe Schicksal.

Ob Luc schon im Krankenhaus ist? Oder sogar im OP? Hoffentlich wird er wieder gesund.

Unglaublich, wie viel Glück er gehabt hatte. Der Sturz aus dem dritten Stock hätte ebenso gut tödlich verlaufen können. Bei dem Gedanken daran, dass sie vielleicht die nächste auf Varamonts Abschussliste war, wurde ihr ganz schlecht.

Das letzte Telefonat mit Mikka kam ihr in den Sinn. Sie hatte ihm versprochen, vorsichtig zu sein, aber genutzt hatte das nichts. Irgendwie war Varamont dahintergekommen, dass Dorffler ihn verdächtigte – und sehr wahrscheinlich verdächtigte er auch sie.

Hat mein Überraschungsbesuch ihn skeptisch gemacht? Vielleicht habe ich als reumütige Mitarbeiterin zu dick aufgetragen? Und dann noch Lucs Anruf als Ablenkungsmanöver für meine heimliche Hausbesichtigung. Da musste Varamont ja nur noch eins und eins zusammenzählen!

Ein anderer Gedanke drängte sich in ihr Bewusstsein: Varamonts Versuch, Luc zu töten, war gescheitert. Luc stellte somit immer noch eine Gefahr für ihn dar. Was sollte ihn daran hindern, sein Vorhaben im Krankenhaus zu Ende zu führen?

Eisige Kälte breitete sich in ihrem Magen aus. Sie griff zum Handy, wählte die Nummer der Polizei und ließ sich so lange verbinden, bis sie jemanden mit Entscheidungbefugnis in der Leitung hatte, der ihr versprach, vor Dorfflers Zimmer rund um die Uhr eine Wache zu postieren. Danach fühlte sie sich etwas besser.

Vielleicht sollte ich mir heute Nacht ein Hotel nehmen? Und bar bezahlen, damit ich keine elektronischen Spuren hinterlasse. Aber zuerst muss ich die Unterlagen holen, die Luc mir auf den Schreibtisch gelegt hat.

In der Zentrale war zu dieser späten Stunde nicht mehr viel los, nur in wenigen Fenstern brannte noch Licht. Hinter der Theke in der Lobby saß ein Wachmann, der ihr freundlich zunickte. Im Flur, der von der Mensa zum Aufzug führte, arbeitete die nächtliche Putzkolonne.

Als Emilia im vierten Stock aus dem Fahrstuhl trat, sprang das Licht an. Weit und breit war niemand zu sehen. Ihre Abteilung schien verwaist zu sein, obwohl bei Interpol rund um die Uhr gearbeitet wurde.

In ihrem Büro fand sie Dorfflers Auswertung neben dem Computermonitor in einem verschlossenen Kuvert. Ein Stein der Erleichterung fiel ihr vom Herzen. Sie hatte schon befürchtet, dass Varamont ihr zuvorgekommen war.

Auf dem Weg zum Auto entschied sie sich gegen eine Hotelübernachtung. Ihre Wohnung besaß eine Sicherheitstür, alle Fenster waren mit einer Alarmanlage gesichert, die nicht nur ein akustisches Signal auslöste, sondern auch einen Warnruf bei der nächstgelegenen Polizeidienststelle absetzte. Außerdem hatte sie immer noch ihre Dienstwaffe in der Handtasche.

Falls Varamont vorhatte, heute Nacht auch in ihre Wohnung einzudringen, wäre sie darauf vorbereitet.

63

Es war beinahe schon zu einfach.

Avram hatte das Schloss zur Kellertür mit zwei Handgriffen geknackt und war mit Lina durch die Gänge des alten Gemäuers bis zum Treppenaufgang geschlichen. Von dort ging es ohne Zwischenfälle in den ersten Stock. Die Stufen verursachten keine verräterischen Geräusche, niemand lief ihnen über den Weg, und es gab keine knurrenden Hunde im Haus.

Vor der Tür zu Hans Rentwijks privaten Räumen blieben sie stehen.

Da muss noch irgendeine Überraschung kommen ... Vielleicht quietscht die Klinke, oder die Tür knarrt beim Öffnen. Oder hinter dieser Tür schläft gar nicht Hans Rentwijk, sondern jemand anderes. Dann hätten wir ein echtes Problem.

Aber keine seiner Bedenken trafen zu. Lautlos schwang die Tür auf. Avram und Lina schlichen auf leisen Sohlen hinein. Im grünlichen Schimmer des Nachtsichtgeräts zeichneten sich die Konturen eines großen Wohnraums ab, mit einer für diese Art von Herrenhäusern typischen Einrichtung: massive Wandregale, in denen sich Bücher bis unter die Decke reihten, ein Schreibtisch mit Lederauflage, eine Besprechungsecke mit samtbezogenen Stühlen, ein wuchtiger Lederohrensessel vor dem erloschenen Kamin. Darüber das Ölporträt des Hausherrn im Stil der alten Meister, eingefasst in einen kunstvoll verzierten Holzrahmen.

»Dort drüben muss sein Schlafzimmer sein«, flüsterte Avram.

Auf Zehenspitzen durchquerten sie den Wohnbereich. Als er die Tür öffnete, erwartete er schon beinahe, dass jemand dahinterstand. Jemand, der auf sie lauerte oder der zumindest erschreckt aufschreien würde. Doch nichts dergleichen geschah.

Im Schlafzimmer setzte sich die altmodische Einrichtungsweise fort: links ein Spiegeltisch mit Waschbecken, daneben ein Sekretär aus der Zeit des frühen zwanzigsten Jahrhunderts. Die Fenster zur Rechten waren mit schweren Vorhängen aus Samt und Brokat verhangen. Zentrales Element des Raums war ein klobiges Himmelbett, von wo ein leises Schnarchen zu ihnen herüberdrang. Vorsichtig traten sie näher. Der Mann im Bett war der, den sie von den Fotos aus Rutger Bjorndahls Unterlagen kannten: Hans Rentwijk.

Avram holte aus seinem Rucksack das Fläschchen mit Äther und ein Stofftaschentuch - nicht besonders innovativ, aber seit Jahrzehnten bewährt. Das Tuch musste Rentwijk nicht einmal berühren. Es würde genügen, wenn er es ihm ein paar Sekunden lang vor die Nase hielt.

Die Ätherdämpfe werden ihn mindestens eine halbe Stunde lang außer Gefecht setzen – genug, um ihn ins Fluchtfahrzeug zu tragen, ihn zu fesseln und von hier zu verschwinden.

Doch gerade als Avram das Tuch über das Bett halten wollte, schlug der Alte die Augen auf.

Es war, als würde ein Toter auferstehen. Obwohl Avram beinahe damit gerechnet hatte, durchzuckte ihn der Schreck wie ein Blitz. Einen Moment lang war er zu keiner Reaktion fähig, dann schaffte er es endlich, Rentwijk das Tuch aufs Gesicht zu pressen. Der Kehle des Alten entfuhr ein heiserer Schrei. Seine dürren Finger griffen nach

Avrams Händen und versuchten, sich aus dem lähmenden Griff zu befreien – vergeblich. Schon gab der Widerstand nach, seine Kräfte schwanden. Avram spürte, wie die gezielte Gegenwehr sich zu einem panischen Herumfuchteln verflüchtigte.

Gleich ist es geschafft. Hoffentlich hat niemand den Schrei gehört.

Dann geschah etwas Unerwartetes: Rentwijks Hand griff unter das Kopfkissen und zog eine Pistole hervor. Noch bevor dem Alten die letzten Sinne schwanden, löste sich ein Schuss, laut wie ein Donnerschlag. Putz bröckelte von der Wand, Avrams Ohren klingelten. Im Bruchteil einer Sekunde war sein ganzer schöner Plan dahin.

Er gab Rentwijk einen Kinnhaken, um ihn vollends außer Gefecht zu setzen und warf ihn sich über die Schulter.

»Verschwinden wir von hier!«, zischte er.

Gefolgt von Lina, eilte er in den Flur und von dort die Treppe hinab, auf demselben Weg, den sie gekommen waren. Sie hatten gerade den Keller erreicht, als über ihnen die Haustür aufflog und ein paar Männer hereinstürmten. Einer von ihnen brüllte auf Norwegisch Befehle, die anderen verteilten sich im Haus. Nur den Keller ließen sie im Moment außen vor.

Glück gehabt!

Im Grünschimmer der Nachtsichtgeräte fanden sie mühelos den Weg über den hinteren Kellereingang hinaus ins Freie. Im Moment war hier alles ruhig. Allerdings stand ihr Fluchtfahrzeug auf der anderen Seite des Hauses, von wo ein regelrechtes Stimmengewirr zu ihnen drang.

Mit den Pistolen im Anschlag schlichen sie zur nächsten Ecke.

»Dort wimmelt es nur so von Rentwijks Leuten«, raunte Avram. »Unbemerkt können wir nicht von hier entkommen. Uns bleibt nur eine Chance: Verwirrung stiften und ab durch die Mitte.«

Von ihrer Position aus waren es bis zum Fluchtwagen, einem alten Jeep, etwa zwanzig Meter. Die Hälfte davon mussten sie ohne Deckung zurücklegen. Im Geist überschlug Avram ihre Chancen.

Zehn Meter ohne Deckung, das sind zwei oder drei Sekunden ... Rentwijk auf der Rückbank abladen – noch mal drei bis vier Sekunden ... den Motor kurzschließen – zwei Sekunden. Bis wir Fahrt aufnehmen, vergehen also mindestens sieben Sekunden, eher zehn.

Wohl war ihm dabei nicht, aber er sah keine andere Möglichkeit. Er konnte nur hoffen, dass das inszenierte Chaos ausreichen würde, um ihnen genügend Zeit für die Flucht zu verschaffen.

Seine Hand glitt zum Rucksack. Wahllos kramte er einen Fernzünder daraus hervor.

»Los jetzt!«

Er drückte den Auslöser und sprintete auf den Jeep zu. Irgendwo links von ihm detonierte ein Auto in einer grellen Feuerwolke, gefolgt von einem ohrenbetäubenden Knall. Einen Moment lang schien die Szene stillzustehen, wie im Stroboskopeffekt eines Blitzlichts. Nur Avram und Lina rannten unbeirrt weiter.

Am Fluchtwagen angelangt, war Avram außer Puste. Rentwijks schmächtiger Körper wog zwar höchstens sechzig Kilo, dennoch hatte das zusätzliche Gewicht ihn ordentlich ins Schwitzen gebracht. Er war heilfroh, als er den Alten endlich auf dem Rücksitz des Geländewagens abladen konnte.

Lina gab ihm solange Feuerschutz. Sie schoss, was das Zeug hergab, als ihr Pistolenmagazin leer war, riss sie das Gewehr von der Schulter und feuerte damit weiter.

Avram fiel ein Stein der Erleichterung vom Herzen – das viele Üben zahlte sich jetzt aus. Zwar traf nicht jeder Schuss sein Ziel, aber wenigstens gelang es Lina auf diese Weise, ihnen die Verfolger vom Hals zu halten.

Avram quetschte sich hinters Steuer, griff unters Lenkrad und riss die Verkleidung weg. Mit geübten Fingern schloss er die Kabel für den Anlasser kurz.

»Steig ein!«, schrie er gegen das Krachen der Schüsse an.

Lina tat es.

Kaum war sie im Wagen, zerbarst die Frontscheibe mit einem lauten Klirren. Glassplitter prasselten wie Schrapnelle auf sie ein. Es gelang Avram gerade noch, seinen Arm schützend vors Gesicht zu halten, bevor er getroffen wurde.

Zum Glück ist das Sicherheitsglas, sonst wären wir jetzt am Ende.

»Stellen Sie den Motor ab, und steigen Sie aus!«, brüllte eine Stimme. »Aber langsam, sonst mache ich aus Ihnen ein Sieb!«

Avram ließ den Arm sinken. Vor dem Wagen stand ein junger Mann mit blondem Pilzkopf und Messingbrille, in der Hand eine Schrotflinte: Hans Rentwijks Neffe Nils.

»Treten Sie aufs Gas!«, zischte Lina auf dem Beifahrersitz. »Fahren Sie ihn über den Haufen!«

Avram zögerte. Nils Rentwijks Waffenlauf zeigte direkt auf seinen Kopf – eine Pattsituation.

Wenn ich Gas gebe, werden wir wahrscheinlich beide sterben. Aber ich bin nicht bereit, mich für eine Frau zu opfern, die ich kaum kenne. Dann lieber auf Zeit spielen und auf eine bessere Gelegenheit warten …

Er hob die Hände über den Kopf, nahm den Fuß vom Gas und stieg aus.

»Sie auch!«, schrie Nils Rentwijk in Linas Richtung.

Sie folgte der Aufforderung ebenfalls widerstandslos.

Andere Männer kamen herbei, umringten sie, so dass an Flucht nun nicht mehr zu denken war, selbst, wenn Avram es sich noch einmal anders überlegt hätte.

»Jesper, Trond – holt meinen Großvater aus dem Wagen«, befahl Nils Rentwijk, woraufhin zwei der Männer sich eilig in Bewegung setzten. »Wie geht es ihm?«

»Er ist bewusstlos«, kam die Antwort. »Ansonsten scheint er wohlauf zu sein.«

In Nils Rentwijks Miene zeigte sich Erleichterung. Aber sie konnte nicht über den Zorn hinwegtäuschen, der wegen des nächtlichen Überfalls in ihm brodelte. Die Schrotflinte fest in den Händen, postierte er sich vor Avram und Lina. Die Flammen des brennenden Autos spiegelten sich in seinen Brillengläsern wider – blanker Hass loderte in seinen Augen.

»Jetzt zu euch beiden«, zischte er. »Ich bin höllisch gespannt, was ihr mir zu erzählen habt.«

Mit diesen Worten hob er die Flinte und schlug zu. Das Letzte, was Avram sah, bevor das Schulterstück gegen seinen Schädel krachte, war Nils Rentwijks bösartiges Lächeln, als er sich Lina zuwandte.

64

Emilia saß bei einer dampfenden Tasse Tee in ihrem Wohnzimmer, eingewickelt in eine Fleecedecke. Sie versuchte, sich auf Luc Dorfflers Auswertungen zu konzentrieren, die auf ihren untergeschlagenen Beinen lagen, aber sie war nicht so richtig bei der Sache. Unentwegt kreisten ihre Gedanken um die Geschehnisse dieser Nacht.

Ihre Wohnung befand sich im zweiten Stock eines Mehrfamilienhauses. Deshalb ließ sie die Rollläden normalerweise nie herunter. Heute hatte sie es getan. Weil sie sich beobachtet fühlte und befürchtete, jemand könne durch die Scheibe auf ihren Kopf zielen.

War es doch keine gute Idee gewesen, nach Hause zu gehen – nach allem, was vorgefallen war? Würde sie sich in einem Hotelzimmer sicherer fühlen?

Sie seufzte. Nein, wahrscheinlich nicht. Auch in einem Hotel hätte sie Angst gehabt, überfallen zu werden, und dort waren die Türen bestimmt nicht mit einer Mehrfachverriegelung, einem Stahlkern und der Widerstandsklasse RC 6 ausgerüstet, so wie hier. Außerdem lag vor ihr auf dem Wohnzimmertisch ihre Dienstwaffe, geladen und entsichert, um sie im Ernstfall schnell benutzen zu können. Zum Beispiel, wenn jemand versuchen würde, die Tür aufzuhebeln.

Das letzte Telefonat mit Luc Dorffler ging ihr nicht mehr aus dem Kopf. Seine verzweifelten Schreie … Ihr lief jetzt noch ein kalter Schauder über den Rücken, wenn sie nur daran dachte.

Ein Geräusch im Treppenhaus ließ sie aufhorchen. Unwillkürlich begannen in ihrem Magen die Ameisen zu krabbeln. Sie griff zur Pistole, schlich auf Zehenspitzen zur Eingangstür und spähte durch den Spion.

Was, wenn jemand versuchen würde, da durchzuschießen? Wäre das Glas kugelsicher?

Sie hatte sich diese Frage noch nie gestellt, jetzt schien sie ihr plötzlich von existentieller Bedeutung zu sein.

Doch ihre Sorge entpuppte sich als unbegründet. Im hell erleuchteten Treppenhaus erkannte sie Valérie Cluzet, die Studentin, die über ihr wohnte, nebst ihrem aktuellen Freund, Jamal Irgendwie. Die beiden konnten kaum voneinander ablassen und torkelten liebestrunken die Treppen hinauf. Das Schlimmste, was man ihnen hätte vorwerfen können, wäre Ruhestörung gewesen oder Erregung öffentlichen Ärgernisses.

Gefährlich waren sie aber ganz bestimmt nicht.

Das Gekicher im Treppenhaus verebbte, und Emilia ging zurück ins Wohnzimmer. Sie nippte an ihrem Tee, kuschelte sich wieder in ihre Decke und versuchte, innerlich endlich zur Ruhe zu kommen.

Luc liegt im Krankenhaus, weil er überrascht wurde. Aber ich bin auf einen Angriff vorbereitet.

Nach einer Weile gelang es ihr tatsächlich, sich in die Unterlagen zu vertiefen. Wie üblich, hatte Dorffler alles perfekt vorbereitet. Auf ihren Kollegen aus der Rechercheabteilung war immer Verlass.

Sie versank regelrecht in den Papieren. Schließlich stieß sie auf ein Foto, das einen etwa sechzigjährigen Mann mit grauem Kurzhaarschnitt zeigte. Auffällig an ihm waren die hohen Wangenknochen und das kräftige Kinn. Seine Gesichtszüge wirkten im ersten Moment angenehm mild, doch bei näherer Betrachtung verströmten sie durchaus auch eine gewisse Härte. Insgesamt schien der Mann in sehr guter körperlicher Verfassung zu sein.

Die nächste Seite enthielt eine Art Steckbrief von ihm: Bernhardt Goller, Inhaber von ProSec, einer europaweit tätigen Security-Firma mit Sitz in Luxemburg. Über fünfhundert feste Mitarbeiter standen bei ihm unter Vertrag. Geschäftsschwerpunkte von ProSec waren Personenschutz, Gebäudeüberwachung und Sicherheitsdienstleistungen bei Großveranstaltungen.

Von 1985 bis 2005 war Bernhardt Goller bei der deutschen Bundeswehr beschäftigt gewesen. Dort hatte er sich 1992 freiwillig für einen Blauhelmeinsatz in Kambodscha gemeldet.

Im Jahr 1994 war er nach einem schweren Dienstunfall für mehrere Monate krankgeschrieben gewesen. Seine ReHa-Zeit hatte er im Rupert-Greeve-Institut bei Hof verbracht.

Emilia schlug die nächste Seite auf. Wieder ein Foto, diesmal von einem Mann mit Nickelbrille und Halbglatze: Professor Friedrich Wartberg, 66 Jahre alt.

Augenblicklich stellten sich Emilias Nackenhaare auf.

Wartberg.

Wartberger Kreis.

Das inoffizielle Forschungsprojekt, von dem in Caleb Coens Akte die Rede gewesen war. Sie spürte, dass sie gerade einen wichtigen Schritt nach vorne gemacht hatte.

Mit klopfendem Herzen las sie weiter. Friedrich Wartberg hatte von 1971 bis 1977 Medizin in Marburg studiert, anschließend hatte er vier Jahre in der Unfallchirurgie der Berliner Charité absolviert. 1981 hatte er den Chefarztposten in einer privaten Hamburger Schönheitsklinik übernommen. 1990 war dann der Wechsel ans Rupert-Greeve-Institut erfolgt, wo er bis 2001 als stellvertretender Leiter fungierte. Von 2002 bis heute bekleidete er dort den Posten des geschäftsführenden Gesellschafters. Seit 2005 hatte er eine Ehrenprofessur an der medizinischen Fakultät der Universität Nürnberg-Erlangen inne.

Aufgeregt schlug Emilia die nächste Seite auf, die sich sogar als noch interessanter erwies als die bisherigen: Goller und Wartberg waren sich nämlich nicht nur im Jahr 1994 während Gollers Reha-Phase begegnet, ihre Wege kreuzten sich seitdem mit schöner Regelmäßigkeit: Beide verbrachten nämlich ein- bis zweimal im Jahr zeitgleich ein paar Tage in einem Sanatorium bei Bayreuth. Nicht nur Goller und Wartberg, sondern auch noch eine ganze Reihe weiterer Personen, die Dorffler im Folgenden aufgeführt hatte. Ein gutes Dutzend namhafter Wirtschaftsvertreter, die sich manchmal im Frühjahr, aber immer im Herbst dort trafen, und zwar am 18. und 19. Oktober.

Heute war der 16. Oktober.

Das nächste Treffen begann also übermorgen.

65

Der Schmerz war überall. Sein Schädel dröhnte, die Schultern brannten, die Handgelenke pulsierten.

Avram schlug die Augen auf. Erst verschwommen, dann zunehmend klarer nahmen die Konturen eines Kellerraums Gestalt an. Der süßliche Geruch von Blut stieg ihm in die Nase. Er musste sich beherrschen, um sich nicht übergeben zu müssen.

Etwas drückte ihm in die Seite, unnachgiebig und hart, etwa auf Höhe der Nieren. Sein erster Gedanke galt Lina, doch dann bemerkte er, dass es ein totes Reh war. Es hing mit zusammengebundenen Hufen an einem Eisenhaken, genau wie er. Lina baumelte einen Meter daneben von der Decke, zusammen mit einer Wildschweinhälfte.

Avram versuchte, die surreale Grausamkeit der Situation zu ignorieren und sich ein genaueres Bild von seiner Umgebung zu verschaffen. An der linken Wand standen drei Kühltruhen, rechts ein Regal mit Messern und Sägen.

Sein Blick wanderte zum Boden, den er gerade noch mit den Schuhspitzen berühren konnte. Seine Füße waren an den Knöcheln gefesselt. In der Mitte des Raums befand sich ein kleines Abflussgitter. Dahinter stand ein massiver Holzklotz, in dem eine Axt steckte.

»Hier zerlegen wir unser Wild«, sagte jemand.

Nils Rentwijk. Im Schein des Kellerlichts fiel Avram auf, wie ähnlich er seinem Großvater sah: derselbe bohrende Blick, die gleiche Nase, die harten, angespannten Gesichtszüge, auch wenn sie bei ihm wegen seiner blonden Pilzkopffrisur und der Brille etwas milder wirkten. Er war eine jüngere Version von Hans Rentwijk, das war unverkennbar.

»Sie haben versucht, meinen Großvater zu entführen«, sagte Nils Rentwijk. »Ich verlange dafür eine Erklärung.«

»Das müssen Sie die da fragen«, gab Avram mit einer Kopfbewegung in Linas Richtung zurück. »Ich bin nur der Handlanger.«

Lina schien noch bewusstlos zu sein. Vielleicht verschaffte ihnen das etwas Zeit.

»Sie sehen nicht aus wie ein Handlanger«, zischte Nils Rentwijk. »Ich glaube Ihnen kein Wort.«

»Dann eben nicht.«

Der Schlag kam ansatzlos und hart, genau in die Magengrube. Avram keuchte auf, japste nach Luft. Eine Sekunde lang tanzten bunte Sterne vor seinen Augen. Durch den Fausthieb in Bewegung versetzt, drehte er sich an seinem Seil um die eigene Achse. Langsam, wie in Zeitlupe, zogen die Kellerwände an ihm vorbei, während er allmählich wieder klar im Kopf wurde.

Lange stehe ich das nicht durch.

Nils Rentwijks fieses Grinsen schob sich wieder in sein Gesichtsfeld.

»Genug? Oder brauchen Sie noch eine Kostprobe, um zu kooperieren?«, raunte er. »Von mir aus können wir die ganze Nacht so weitermachen. Aber vielleicht sollte ich mich lieber um Ihre kleine Freundin kümmern. Das würde bestimmt noch mehr Spaß machen.«

Irgendwo hinter Avram näherten sich Schritte.

»Du wirst dich erst mal um gar nichts mehr kümmern!« Eine Stimme, scharf wie ein Messer, zerschnitt die Luft. Kräftig, hart, mit einem Hauch von Heiserkeit. »Diese Leute sind nicht deinetwegen hier, sie wollten zu mir. Also ist es meine Angelegenheit, und ich entscheide, was mit ihnen geschieht. Ich alleine, hast du verstanden?«

Nils Rentwijks Miene bekam plötzlich eine unterwürfige Note, doch der Trotz in seinen Augen verriet, dass er nur schwer mit der Zurechtweisung umgehen konnte. Mit zusammengepressten Lippen trat er einen Schritt beiseite, um seinem Großvater Platz zu machen.

Der schien sich von dem Entführungsversuch und der Ätherbetäubung restlos erholt zu haben. Krumm, aber voller Energie, postierte er sich vor Avram und Lina und inspizierte sie mit kritischem Blick. Der Gehstock in seiner Hand wanderte nach oben, bis das untere Ende auf Avrams Hals zeigte. Zitternd näherte es sich seinem Kehlkopf, drückte dagegen, noch nicht fest, aber so, dass man eine Vorstellung von Atemnot bekommen konnte. Avram versuchte auszuweichen, doch das gelang nicht. Sein Kopf klemmte zwischen seinen Armen fest wie in einem Schraubstock.

»Sie brechen in mein Haus ein, betäuben mich und wollen mich entführen. Sie schlagen mich bewusstlos. Sie setzen ein Auto in Brand, schießen auf meine Angestellten und meinen Neffen. Wie würden Sie an meiner Stelle reagieren?«

Der Druck auf Avrams Kehlkopf verstärkte sich. Er bekam kaum noch Luft.

Neben ihm stöhnte Lina auf, offenbar erwachte sie gerade aus ihrer Bewusstlosigkeit.

»Perfektes Timing«, zischte Hans Rentwijk. »Jesper, verschaffe ihr eine kleine Erfrischung, damit sie unsere Unterhaltung bereichern kann.«

Ein grobschlächtiger Bursche mit hoher Stirn und rotem Gesicht machte sich an dem Schlauch zu schaffen, der an dem Wasserhahn in der Ecke angebracht war. Der Schwall, der Lina traf, spritzte auch auf Avram. Er war eisig kalt.

Lina zuckte zusammen und schnappte nach Luft – hektisch, geradezu panisch, weil sie noch gar nicht recht wusste, was mit ihr geschah. Endlich drehte der Mann den Hahn wieder ab. Vermischt mit dem Blut der Wildschweinhälfte, tröpfelte das Wasser an Lina ab und floss in einem schmalen Rinnsal in den Ausguss.

»Ich hoffe, ich habe nun Ihre Aufmerksamkeit«, sagte Hans Rentwijk zu Lina. Sein Stock drückte dabei immer noch gegen Avrams Kehlkopf. »Ich will wissen, warum Sie hier sind. Ihr Begleiter zieht es leider vor, zu schweigen. Deshalb hoffe ich, dass Sie kooperativer sein werden. Lange wird er sonst nämlich nicht mehr durchhalten.«

In der Tat spürte Avram schon, wie ihm die Sinne schwanden. Sein Gesichtsfeld verschwamm, Rentwijks Stimme drang nur noch wie gefiltert zu ihm.

»Lassen Sie ihn in Ruhe! Ich sage Ihnen, was Sie wissen wollen!« Auch Linas Stimme klang gedämpft. »Er hat mit der ganzen Sache gar nichts zu tun. Wir sind hier, weil ich als Kind entführt wurde und herausgefunden habe, dass Sie etwas damit zu tun hatten.«

Der Druck auf Avrams Hals ließ nach – nicht, weil Hans Rentwijk Mitleid mit ihm hatte, sondern weil Linas Geschichte ihn in seinen Bann zog.

»Als Kind entführt?«, wiederholte er nachdenklich. »Wann genau soll das gewesen sein?«

»Vor neunzehn Jahren. In Bremen.«

Rentwijk schien einen Moment nachdenken zu müssen. Schließlich schien ihm ein Licht aufzugehen. »Das Mädchen, das uns entkommen ist«, murmelte er. »Wie ist dein Name? Irina? Ilona?«

»Ivana. Ivana Battista. Unter dem Namen habe ich bis zu meiner Entführung gelebt.«

Ein paar Sekunden lang war Rentwijk wie weggetreten. Hinter seinen hüpfenden Pupillen schienen die Erinnerungen von damals Gestalt anzunehmen.

»Ich hätte dich nicht erkannt«, murmelte er schließlich. »Aber ich entsinne mich genau. Was für ein Aufruhr, als du plötzlich verschwunden warst. Und jetzt, Jahre später, tauchst du hier auf, um Antworten zu erhalten.«

Ein schmales Lächeln legte sich auf seine Lippen, nicht milde, amüsiert oder gar anerkennend, sondern einfach nur kalt.

»Ich bin gespannt, wie die anderen reagieren werden, wenn ich dich ihnen präsentiere. Nils, sag dem Piloten in Oslo Bescheid, dass wir morgen noch einen Gast mehr an Bord haben werden. Gott im Himmel, ein schöneres Geschenk als diese Frau hätte ich mir gar nicht wünschen können.«

»Warum wurde ich damals entführt?«, presste Lina hervor. »Ich habe ein Recht darauf, es zu erfahren.«

»Du hängst an einem Schlachterhaken vor mir, mein Kind«, entgegnete Rentwijk. »Du bist nicht in der Position, um Forderungen zu stellen. Aber wo wir gerade so nett miteinander plaudern, kann ich dir gerne ein kleines Geheimnis verraten. Du wurdest gar nicht entführt.«

»Was soll das heißen?«

»Dass es ein einvernehmliches Geschäft war.«

Lina schüttelte den Kopf. »Das ist eine Lüge.«

»Dein Vater hat dich an uns verkauft, das ist die Wahrheit. Wir haben ihm einen Haufen Geld für dich gegeben – du warst für uns damals von unendlichem Wert. Wegen deiner genetischen Besonderheit. Keinerlei Angstempfinden – genau das, worüber wir geforscht hatten. Meine Güte, Kind, wir hatten wahrhaft Großes mit dir vor. Wir glaubten, du wärst der Grundstock für unseren Erfolg. Aber dann bist du auf einmal spurlos verschwunden. Weil irgendein verdammter Neueinsteiger plötzlich kalte Füße bekam.«

Offenbar sprach er von Robert Burgmüller, dem Mann, der Lina zur Flucht verholfen und ein sicheres, neues Zuhause für sie gefunden hatte.

»Was für ein Jammer«, seufzte Hans Rentwijk. »Wegen dir haben wir mehrere Jahre verloren. Du hast mich eine Menge Geld gekostet.«

Avrams Blick fiel wieder auf Lina, die wie apathisch wirkte. Armes Ding! Dass ihr Stiefvater ihr nie besonders viel Liebe hatte entgegenbringen können, war kein Geheimnis. Doch der Schock darüber, dass er sie verkauft hatte wie ein ausrangiertes Auto, traf sie offenbar hart.

Ein untersetzter Kerl in Jeans und Rollkragenpullover kam zu Hans Rentwijk und flüsterte ihm etwas ins Ohr. Rentwijk nickte.

»Ich komme später wieder«, sagte er. »Jetzt muss ich mich erst mal um die Polizei kümmern. Wir leben hier zwar so abgeschieden, wie es nur geht, aber Schüsse und ein explodierendes Auto erregen selbst hier ein gewisses Maß an Aufmerksamkeit. Jesper, du bleibst hier. Falls einer unserer beiden Gäste schreien will, stopf ihm das Maul. Nils – du und die anderen, ihr kommt mit.«

Damit verschwanden sie. Avram hörte, wie hinter ihm eine schwere Tür ins Schloss fiel, dann waren sie allein.

Von draußen drangen die Geräusche wie aus einer anderen Welt zu ihnen. Das kleine Fenster an der gegenüberliegenden Wand war geschlossen, die Mauern drumherum mindestens vierzig Zentimeter dick.

Selbst, wenn wir schreien würden, könnte uns wahrscheinlich niemand hören.

Dennoch tat Lina genau das, so laut und schrill, wie es nur ging.

Jesper sprang mit einem gewaltigen Satz auf sie zu und drückte ihr die Hand auf den Mund.

»Schnauze, du Hure, kapiert?«

Doch Lina brüllte unter der vorgehaltenen Hand weiter.

Die Röte in Jespers Gesicht wurde noch einen Tick intensiver. »Halt's Maul, hab ich gesagt!«

Als der Schrei nicht abbrach, flog seine Faust so fest gegen Linas Kinn, dass sie wieder ohnmächtig wurde.

Dummes Gör, dachte Avram. Aber er musste zugeben, dass sie sich bisher sehr wacker geschlagen hatte.

Ihm kam eine Idee. Vielleicht gab es eine Chance, sich zu befreien. Im Moment stand Jesper jedenfalls in einer perfekten Position dafür.

Den Schmerz in Handgelenken und Schultern ignorierend, zog Avram die Beine zum Körper. Gleichzeitig spannte er die Bauchmuskeln an, um seine gefesselten Füße mit einem kräftigen Schwung nach oben zu drücken. Tatsächlich gelang es ihm, genau im richtigen Moment die Knie zu öffnen und Jespers puterroten Schädel dazwischen einzuklemmen. Mit aller Kraft drückte Avram die Beine zusammen. Jesper keuchte und versuchte, dagegen anzukämpfen, indem er die Arme gegen Avrams Knie stemmte. Als er merkte, dass er sich damit nicht aus der Würgehaltung befreien konnte, biss er zu.

Avram brüllte auf, ließ aber nicht nach. Durch eine heftige Drehbewegung gelang es ihm, Jesper aus dem Gleichgewicht zu bringen, so dass dieser einen Moment lang wankte und, gesteuert von Avrams Beinklammer, unter ihn geriet.

Genau das hatte Avram beabsichtigt. Im günstigsten Moment verlagerte er sein Gewicht auf Jespers Schultern und drückte seinen Körper nach oben, so dass er seine gefesselten Hände über die Spitze des Deckenhakens schieben konnte. Dann ließ er sich fallen, ohne den Druck seiner Beine auf Jespers Kopf zu verringern.

Keuchend und stöhnend gingen die beiden Männer zu Boden. Avram knallte mit der Schulter auf den nackten Beton, Jesper wie beabsichtigt mit dem Schädel. Eine hässliche Platzwunde entstellte sein Gesicht, der Aufprall ließ seine Gegenwehr erlahmen. Avram drückte noch einmal mit aller Gewalt die Schenkel zusammen, so lange, bis Jespers Augen ihren Glanz verloren. Schließlich wälzte er sich von ihm, erschöpft und nach Atem ringend, aber vor allem froh darüber, sich aus seiner schier aussichtslosen Lage befreit zu haben.

Als Nächstes mussten die Fesseln weg. Unter dem Ärmel seines Neoprenanzugs steckte seine Notfallwaffe – die halbe Rasierklinge –, die Rentwijks Männern entgangen war. Platt an den Unterarm angedrückt, hatte sie ihn beim Tauchen nicht behindert. Jetzt würde sie ihm wertvolle Dienste leisten.

Doch in diesem Fall erwies die Klinge sich als unbrauchbar, denn das Seil an seinen Handgelenken war so fest gebunden, dass das Blut sich staute und Avram dadurch seine Finger kaum noch spürte. Sie kamen ihm vor wie Fremdkörper. So hatte es keinen Sinn!

Das Regal mit den Messern und Sägen zog seinen Blick an.

Vielleicht klappt es damit besser.

Er robbte zur Wand und kam auf die Beine. Für seine Zwecke schien ihm ein Messer mit kleiner Klinge am geeignetsten. Aber auch damit dauerte es eine halbe Ewigkeit, bis das Seil endlich nachgab.

Geschafft!

Seine Hände prickelten, als das Blut wieder zu zirkulieren begann. Die roten Striemen an seinen Gelenken zeugten davon, wie eng das Seil gebunden gewesen war. Mit ein paar kräftigen Schnitten befreite er sich auch noch von seinen Fußfesseln. Danach fühlte er sich wie ein neuer Mensch.

Schnell ging er zur Tür – dem einzigen Ausgang. Sie war von außen verriegelt, aber der Spalt zwischen Rahmen und Tür war breit genug für die Messerklinge. Mühelos schaffte Avram es, den Riegel nach oben aus der Angel zu heben. Mit einem leisen Quietschen schwang die Tür auf.

Der Gang vor ihm war menschenleer. Besser konnte er es sich nicht wünschen. Jetzt musste er nur noch mit Lina ins Freie gelangen.

Vorsichtig hob er sie aus dem Haken und befreite sie von ihren Fesseln, aber sie reagierte nicht auf sein Rütteln.

Verdammt!

Wenn er sie nicht wach bekam, würde er sie tragen müssen, was ihre Erfolgsaussichten deutlich schmälerte. Das zusätzliche Gewicht würde ihn nicht nur Kraft kosten, es würde ihn auch beim Kämpfen und Schießen behindern.

Aber ihm blieb keine Wahl.

Er griff Lina unter die Arme und nahm sie über die Schulter.

Wo sind unsere Waffen?

Eilig suchte er den Raum ab, doch er sah weder die Pistolen noch die Gewehre. Also musste er improvisieren: Das Messer, mit dem er die Fesseln durchtrennt hatte, schob er in seinen Tauchgürtel, die Axt, die in dem Holzblock steckte, nahm er in die Hand. Damit ausgerüstet, eilte er in den Gang.

Nach einigen Metern gelangte er an die Treppe. Von oben

drangen Stimmen nach unten, aber zu leise, um sie verstehen zu können.

Avram folgte dem Gang weiter bis zu einer Abzweigung zum Hinterausgang. Genau dorthin wollte er – heimlich ins Freie gelangen und dann in der Dunkelheit verschwinden.

Doch als er die Tür öffnete, stand Hans Rentwijk vor ihm. Vielleicht war es Zufall, vielleicht hatte er den richtigen Riecher gehabt, jedenfalls schien ihn die Begegnung wesentlich weniger zu überraschen als Avram. Wie aus dem Nichts hielt er plötzlich eine Pistole in der freien Hand, die andere umklammerte den Griff seines Gehstocks.

»Keinen Schritt weiter, sonst erschieße ich Sie«, zischte er. »Die Polizei ist gerade wieder weg, kein Mensch würde sich für Ihren Tod interessieren. Drehen Sie um, und gehen Sie wieder in den Keller. Ich habe noch eine Menge Fragen an Sie und Ihre Freundin.« Laut rief er in die Nacht. »Nils, Björn, Ragnar, Leif! Sie sind hier!«

Avram wusste: Zurück im Schlachtkeller gäbe es für Lina und ihn keine zweite Chance auf Flucht. Er musste handeln, und zwar sofort.

»Ab in den Keller!«, knurrte Rentwijk. »Und lassen Sie die Axt fallen.«

Das brachte Avram auf eine Idee. Sie war zwar riskant, aber etwas Besseres fiel ihm in der Kürze der Zeit nicht ein.

Mit einem kräftigen Schwung aus dem Unterarm schleuderte er die Axt auf Rentwijks Beine. Der Alte war von dem unvermuteten Angriff so überrumpelt, dass er nicht ausweichen konnte. Der Holzstiel krachte gegen sein Schienbein, die Eisenklinge schlug ihm den Stock aus der Hand, so dass er das Gleichgewicht verlor. Ein heiserer Schrei entrang sich seiner Kehle, als er zur Seite kippte, aber die Pistole hatte er immer noch fest in der Faust.

Er darf nicht schießen, sonst ist es aus!

Avrams Reflexe übernahmen das Kommando. Mit Lina auf den Schultern machte er einen Satz nach vorne, während er gleichzeitig das Messer aus seinem Tauchgürtel riss und sich damit auf Rentwijk stürzte. Der versuchte verzweifelt, seine Pistole wieder hochzureißen, doch Avram war schneller. Die Klinge des Messers bohrte sich in den Bauch des Alten – die geeignetste Stelle für einen ungezielten Angriff, weil sich dort keine Rippen oder Knochen befanden, an denen die Klinge abprallen konnte. Der Stich war zwar nicht tödlich, erfüllte aber seinen primären Zweck, nämlich Rentwijks Gegenwehr lahmzulegen.

Eilige Schritte näherten sich durch den Kellergang. Avram schaffte es gerade noch, Rentwijk die Pistole abzunehmen und sie in den Gang zu richten, als der erste Bodyguard um die Ecke stürzte.

Avram schoss. Die Wucht des Treffers riss den Mann von den Beinen. Eine halbe Pirouette vollführend, ging er zu Boden und blieb reglos liegen.

Doch hinter ihm kam schon der nächste Angreifer, und von oben näherten sich Stimmen.

Avram saß in der Falle.

Was sollte er tun? Wenn überhaupt, dann konnte er allenfalls noch alleine fliehen. Aber Lina hier zurücklassen? Der Gedanke war wie ein Schlag ins Gesicht.

Dennoch musste er eine Entscheidung treffen. Und eins stand fest: Tot konnte er Lina keine Hilfe mehr sein.

Widerwillig kam er auf die Beine, die Pistole in der einen, das Messer in der anderen Hand. Jeweils zwei Stufen auf einmal nehmend, hastete er nach oben. Ein Schuss pfiff an ihm vorbei, dicht neben seinem Ohr. Reflexartig erwiderte er das Feuer. Irgendwo hallte ein Schrei durch die Nacht.

Weitere Männer kamen um die Hausecke gerannt. Jemand brüllte: »Dort drüben ist er!« Wieder zischte eine Kugel an seinem Arm vorbei, so knapp, dass der Neoprenanzug an der Stelle riss.

Als er zurückschießen wollte, gab die Pistole nur noch ein metallisches Klicken von sich.

Verflucht!

Eigentlich hatte Avram vorgehabt, sich den Weg bis zum Fluchtwagen freizuschießen, doch das würde jetzt nicht mehr funktionieren.

Mir bleibt nichts anderes übrig, als zu Fuß durch den Wald zu fliehen.

In geduckter Haltung rannte er auf die schützenden Bäume hinter dem Haus zu.

66

Etwas zerrte an ihr wie ein Wolf an einem Kadaver und rüttelte sie damit in die Gegenwart zurück. Träge öffnete sie die Augen, aber die Konturen um sie herum waren zu verschwommen, um etwas erkennen zu können.

Wo bin ich? Was ist passiert?

Im Moment konnte Lina sich an nichts erinnern.

Neben ihr schrie jemand: »Das Schwein hat meinen Großvater umgebracht! Verfolgt ihn und bringt mir seinen verdammten Kopf!«

Der Schemen nahm Formen an: Nils Rentwijk. Er hatte sie von seinem Großvater weggezerrt, um sich besser neben ihn knien zu können. Auf sie achtete er im Moment gar nicht. Vielleicht hielt er sie für tot.

Unauffällig sah sie sich um. Die Umgebung kam ihr bekannt vor – sie lag am unteren Ende der Außentreppe vor dem Kellereingang zum Rentwijk-Haus.

Wie bin ich hierhergekommen?

Sie wusste es nicht. Das Letzte, woran sie sich erinnern konnte, war, dass sie gefesselt an einem Seil gehangen und irgendjemand ihr einen Kinnhaken verpasst hatte.

Auch jetzt schmeckte sie noch das Blut auf der Zunge, und ihr Unterkiefer pulsierte unablässig, aber weder schien etwas gebrochen zu sein noch fehlten Zähne.

Neben ihr reagierte Hans Rentwijk auf die Berührungen seines Enkels.

»Der Mistkerl hat auf mich eingestochen«, krächzte er.

»Das brennt wie die Hölle. ... Geh nach oben und hol mir meine Tabletten.«

Doch Nils Rentwijk regte sich nicht.

»Verdammt nochmal, Nils, du gehst jetzt in mein Zimmer und holst mir aus meinem Nachttisch das THULE-Fläschchen.«

Anstatt zu gehorchen, blieb Nils Rentwijk wie angewurzelt neben dem Alten knien.

»Schon mein ganzes Leben lang erteilst du mir Anweisungen wie einem dummen Schuljungen«, raunte er mit gefährlich leiser Stimme. Etwas in seinem Gesicht veränderte sich, wurde härter. »Heute ist Schluss damit, Großvater. Vielleicht findest du in der Hölle jemanden, den du mit deinen Befehlen weiter schikanieren kannst. In diesem Leben ist es jedenfalls damit vorbei.«

Seine Augen schienen plötzlich zu leuchten, als würde der Irrsinn in ihnen glühen. Wie in Zeitlupe hob er sein Bein und legte das Knie auf die offene Wunde seines Großvaters. Die Schreie erstickte er, indem er ihm die Hände auf den Mund presste.

Halb ohnmächtig vor Schmerz keuchte der Alte unter dem Gewicht seines Enkels auf. Spinnengleich zappelten seine dürren Finger um die kräftigen Arme, die ihm die Luft abschnürten. Sie versuchten zu schlagen, zu ziehen, zu kratzen, zu drücken. Aber nichts davon half.

Nils Rentwijk legte nun sein ganzes Körpergewicht auf die Wunde. Die Schreie seines Großvaters gingen über in einen kläglichen Würgelaut. Die Augen des Alten verdrehten sich, er begann zu verkrampfen und unkontrolliert zu zittern. Dann endlich sanken seine Arme schlapp zu Boden.

Ein dünner Speichelfaden troff Nils Rentwijk aus dem Mund. Er zitterte selbst, entweder vor Euphorie oder vor

Entsetzen über die Ungeheuerlichkeit seiner Tat. Seinen schmalen Lippen entrang sich ein heiseres Keuchen – das verrückte Gelächter eines Teufels in Menschengestalt.

Lina blieb ruhig liegen, um keine Aufmerksamkeit auf sich zu ziehen. Vielleicht würde Nils Rentwijk zuerst die Leiche seines Großvaters fortschaffen und sich erst danach um sie kümmern. Mit etwas Glück konnte sie in der Zwischenzeit von hier verschwinden.

Doch in diesem Augenblick schwenkte sein irrer Blick zu ihr, als habe er ihre Gedanken erraten.

»Jetzt zu uns beiden«, raunte er so sanft, als könne er keiner Fliege etwas zuleide tun.

Lina wich vor ihm zurück. Sie hatte zwar keine Angst, wusste aber, dass er nicht mehr zurechnungsfähig war. Wenn er sie erst in seiner Gewalt hatte, konnte er alles Mögliche mit ihr anstellen.

Auf dem Boden liegend, schob sie sich von ihm weg. Er kroch über die Leiche seines Großvaters, robbte ihr hinterher, packte sie am Neoprenanzug. Mit einer schnellen Bewegung wollte Lina ihn abschütteln, aber sein Griff löste sich nicht. Wie im Rausch begrapschte er sie jetzt, arbeitete sich an ihr hoch, zerrte sie an den Haaren. Sie versuchte, sich zu wehren, wusste aber gleichzeitig, dass sie zu schwach dafür war. Die Benommenheit steckte ihr noch in den Knochen, und selbst ohne dieses Handicap hätte sie mit ihren knapp fünfzig Kilogramm keine Chance gegen ihn gehabt. Nicht in einem fairen Kampf.

Eine Hand packte sie an der Kehle, drückte zu, immer fester. Die andere Hand zerrte am Reißverschluss ihres Neoprenanzugs.

Er will mich nicht sofort töten, schoss es Lina durch den Kopf. Er will mich zuerst vergewaltigen.

Während sie weiter versuchte, den Mensch gewordenen Albtraum von sich fernzuhalten, bekamen ihre Finger auf dem Boden etwas Hartes zu fassen. Lina griff danach und schlug zu, noch bevor sie begriff, dass es sich um eine Axt handelte.

Nils Rentwijks wurde am Arm getroffen. Er brüllte vor Schmerz auf, sein Angriff wurde jedoch nicht geschwächt. Mit einem abrupten Ruck riss er Lina die Axt aus der Hand. In seinen Augen loderte der Wahnsinn mehr als zuvor.

»Wir werden heute Nacht noch eine Menge Spaß haben«, röchelte er und schlug mit der Faust zu.

Lina versank in Dunkelheit.

67

Emilia hörte das verräterische Klicken eines einrastenden Spannhahns und sah auf. Das Geräusch war von der Wohnzimmertür gekommen, genau von dort, wo sie jetzt einen Schemen erkannte. Groß, verschwommen, ganz bestimmt ein Mann, halb verschmolzen mit der Dunkelheit im Flur.

Der Schock lähmte sie. Sie konnte kaum noch atmen, geschweige denn, sich in Sicherheit bringen. Ihr Blick fiel auf ihre Dienstwaffe, die vor ihr auf dem Wohnzimmertisch lag. Nie im Leben würde sie sie rechtzeitig erreichen.

Wer ist das? Und wie zum Teufel ist er unbemerkt in meine Wohnung gekommen?

Hilflos musste sie mit ansehen, wie die Faust mit der Pistole sich hob. Die Mündung zeigte jetzt direkt auf ihren Kopf.

Wenn ich nichts unternehme, bin ich tot!

Aber sie saß wie angewurzelt auf ihrer Couch, unfähig, sich zu bewegen. Sie wollte wegrennen, sich auf den Angreifer stürzen, nach ihrer Waffe greifen, schreien, wenigstens *irgendetwas* tun. Nichts davon gelang.

Schweißgebadet schreckte sie aus dem Schlaf auf, mit klopfendem Herzen und heilfroh darüber, nur geträumt zu haben. Ohne es zu wollen, war sie während des Studiums ihrer Unterlagen auf der Couch eingenickt. Sie fühlte sich wie durch den Fleischwolf gedreht.

Nach einer heißen Dusche ging es ihr etwas besser, nur

richtig wach war sie noch nicht. Die Wohnzimmeruhr zeigte erst Viertel vor fünf, sie hatte höchstens vier oder fünf Stunden geschlafen. Aber zurück ins Bett wollte sie auch nicht.

Bei einer Tasse Kaffee in der Küche spielte sie mit dem Gedanken, Mikka anzurufen. Allerdings würde der bestimmt noch schlafen. Schweren Herzens verschob sie das Telefonat auf später.

Da sie ohnehin nichts anderes zu tun hatte, beschloss sie, ins Büro zu fahren. Auf dem Weg dorthin wollte sie aber zuerst Luc Dorffler einen Krankenbesuch abstatten.

Der Polizist, der vor Dorfflers Zimmer Wache hielt, ließ Emilia passieren, nachdem er ihren Dienstausweis kontrolliert hatte.

»Ich will, dass Sie jeden Besucher begleiten und ihn nicht aus den Augen lassen, bis er das Zimmer wieder verlassen hat!«, wies Emilia ihn zurecht. »Es besteht der begründete Verdacht, dass ein Insider versucht hat, meinen Kollegen zu töten. Und er wird es wieder tun. Also seien Sie wachsam!«

Dem Polizisten war die Zurechtweisung sichtlich unangenehm, aber er versprach, sich ab sofort daran zu halten und die Information an seine Schichtkollegen weiterzugeben. Als Emilia ins Zimmer trat, folgte er ihr und blieb mit der Hand am Holster neben der Tür stehen.

Luc Dorffler war bereits wach. Obwohl er auf der Intensivstation lag, machte er einen stabilen Eindruck. Nach der nächtlichen Notoperation hatte man ihm beide Beine in Gips legen müssen, abgesehen davon schien er ganz der Alte zu sein.

»Hast du die Krankenschwester gesehen, die heute Frühschicht hat? Die Große, Dicke. Die geht mir jetzt schon auf den Zeiger. Spricht mit mir wie mit einem Kleinkind. Ich soll den roten Knopf an der Wand drücken, wenn ich *aufs Töpfchen* muss. Dann wird sie mir helfen. Bei Gott, bevor ich die zu Hilfe rufe, mach ich lieber ins Bett. Aber du hättest die Narkoseärztin sehen sollen. Die war eine echte Granate, sag ich dir. Für die würde ich mir glatt noch die Arme brechen lassen.«

»Wenn du schon wieder an solche Sachen denkst, kann es dir nicht schlechtgehen«, lachte Emilia. Dann wurde sie allerdings ernst. »Was machen wir mit Varamont?«, fragte sie.

Dorffler fuhr sich mit der Hand durch sein wirres Haar und ließ sich ins Kissen zurücksinken. »Hat die Polizei schon etwas herausgefunden?«

Emilia schüttelte den Kopf. »Auf der Herfahrt habe ich mit der polizeilichen Spurensicherung telefoniert, aber bis jetzt gibt es keine klaren Hinweise. Ehrlich gesagt, hatte ich gehofft, dass du dich heute an irgendwelche Details erinnern kannst, die uns weiterhelfen.«

»Ich fürchte, da muss ich passen«, sagte Dorffler. »Von der Körperstatur her könnte es Varamont gewesen sein, aber das ist leider alles, was ich mit Sicherheit sagen kann.«

Emilia versuchte, sich ihre Enttäuschung nicht anmerken zu lassen. Am wichtigsten war, dass Luc sich auf dem Weg der Besserung befand – und dass Varamont nicht auch noch versucht hatte, ihr etwas anzutun.

Aber vielleicht wartete er nur auf eine günstige Gelegenheit.

Dieser Gedanke beschäftigte Emilia während der ganzen Fahrt ins Büro. Unschlüssig überlegte sie, wie es nun weitergehen solle. Der Wartberger Kreis kam morgen wieder zusammen, in diesem Sanatorium bei Bayreuth – das eigentlich gar keines war. In der Nacht hatte sie über das Internet einige Bilder sowie ein paar spärliche Informationen dazu gesammelt. Eine eigene Homepage gab es nicht. Was sie über Google, Yahoo und diverse andere Suchmaschinen herausgefunden hatte, ließ sich in wenigen Sätzen zusammenfassen: Es handelte sich um die ehemalige Klosteranlage Rathnach, die in den 1930er Jahren staatlich konfisziert und zu einer psychiatrischen Einrichtung umgebaut worden war. Bis in die 1960er Jahre hinein war dort praktiziert worden, dann hatte man den Betrieb aus wirtschaftlichen Gründen einstellen müssen. Seitdem wurde das Anwesen nicht mehr gewerblich genutzt. In der Interpolzentrale wollte Emilia den Namen des aktuellen Besitzers herausfinden lassen.

Außerdem beabsichtigte sie, sich die Genehmigung für einen SEK-Einsatz am morgigen Donnerstag einzuholen. Da Jerome Varamont unter dem Decknamen Scylla selbst Teil des Wartberger Kreises war, blieb ihr nur der Gang zu Dr. Albert Rodtmann, dem Leiter des *Executive Directorate Police Services.* Emilia hoffte, bei ihm ein offenes Ohr für ihr Anliegen zu finden. Vielleicht war es gar nicht schlecht gewesen, dass sie am Montag die Dienstbotenfahrt nach Marseille für ihn erledigt hatte.

68

Träge öffnete Lina die Augen. Ihr Schädel brummte, schlimmer als nach einer durchzechten Nacht. Ihr Hals fühlte sich trocken und rau an.

Sie lag auf einem Bett, mit dem Bauch nach unten, das Gesicht zur Seite gedreht, alle viere von sich gestreckt. Eine unbequeme Position. Doch der Versuch, sich zu bewegen – sich aufzurichten oder sich auch nur auf den Rücken zu rollen –, misslang. Sie war mit Handschellen und Ketten an die vier Eckpfosten des Bettes gefesselt.

Jetzt kehrten die Erinnerungen wieder. Nils Rentwijk hatte sie hierhergebracht, in ein Zimmer seines Wohnbereichs, das wie ein perverser Schrein hergerichtet war. An den rotgestrichenen Wänden und an der Decke zeichneten sich an einigen Stellen die Schaumstoffbahnen unter der Farbe ab, die wohl als Schallisolierung dienen sollten. Überall hingen anzügliche Fotos von nackten Frauen und kopulierenden Paaren. Auf beleuchteten Glasregalen standen Vibratoren und Sexspielzeuge unterschiedlichster Art und Größe, sauber aufgereiht wie wertvolle Ausstellungsstücke. Auf der gläsernen Oberfläche des Beistelltischs neben dem Bett erkannte Lina ein zusammengerolltes Stück Papier und die Reste eines weißen Pulvers.

Kokain.

Nils Rentwijk hatte die Nacht im Rausch zugebracht und sich dabei als wildes Tier entpuppt.

»Endlich wach?«

Lina zuckte zusammen und drehte den Kopf zur Seite. Rentwijk saß auf einem altmodischen, roten Samtstuhl, mit offenem Hemd und offenem Hosenknopf. Von dem Zigarettenstummel zwischen seinen Fingern stieg ein dünner Rauchfaden auf. Das fahle Morgenlicht, das durch den halb zurückgezogenen Vorhang ins Zimmer fiel, ließ seine Haut blass, beinahe krank wirken. Zu diesem Eindruck passte auch das verschwitzte, blonde Haar, das in dicken Strähnen an seiner Stirn klebte.

Das schiefe Lächeln in seinem Gesicht und der starre, auf Lina gerichtete Blick verliehen ihm das Aussehen eines Verrückten, der die Pause zwischen zwei Anfällen nutzte, um wieder zu Kräften zu kommen.

Und, um sich Gedanken über seine nächsten Schandtaten zu machen.

Erinnerungen der letzten Nacht brachen über Lina herein. Zuerst wollte Nils Rentwijk Antworten aus ihr herauspressen: wer Avram war und wohin er von hier aus geflohen sein konnte. Wo er in Norwegen wohnte. Wo sein Auto stand. Wie man ihn am besten aufspüren konnte ...

Aber sie hatte nichts verraten. Wenn Avram die Flucht geglückt war, würde er bestimmt kommen und sie befreien. Das gab ihr Hoffnung.

Als Strafe für ihr beharrliches Schweigen war Nils Rentwijk mehrmals über sie hergefallen. Zuerst hatte er ihr mit einem Jagdmesser die Kleider vom Leib geschnitten – auch jetzt war sie nackt. Dann hatte er sich mehrmals an ihr vergangen, hart, geradezu brutal. Natürlich hatte Lina versucht, gegen ihre Fesseln anzukämpfen, aber irgendwann hatte sie eingesehen, dass Gegenwehr zwecklos war.

Rentwijk hatte sich als unersättlich erwiesen. Mit Hilfe seiner Viagra-Pillen war er auch nach dem ersten Schuss noch stundenlang standhaft geblieben. Das Wissen, dass sie keine Angst verspürten konnte, hatte wie ein zusätzliches Aphrodisiakum auf ihn gewirkt. Er wollte der Erste sein, der es schaffte, sie das Fürchten zu lehren. Dafür hatte er sie gewürgt, sie vergewaltigt, seine Spielzeuge an ihr ausprobiert und ihr dabei hundertmal ins Ohr gegrunzt, was er noch alles mit ihr anstellen würde.

Am Schlimmsten war dabei die Art gewesen, wie er sie mit Blicken verschlungen hatte. Überall waren seine Augen gewesen, neugierige, blaue Teufel, die jede ihrer Regungen gierig in sich aufgesogen hatten. Lina hatte die Blicke wie reale Berührungen auf der Haut gespürt. Stundenlang. Auf jedem Quadratzentimeter ihres Körpers.

Das alles war schrecklich gewesen, wegen der Schmerzen und der Abscheu gegenüber ihrem Peiniger. Angst hatte Lina jedoch keine empfunden. Nur Abscheu und Wut.

Während er immer wieder über sie hergefallen war, hatte sie sich die ganze Zeit nur vorgestellt, wie sie sich an ihm rächen würde, irgendwann später, falls sich ihr die Gelegenheit dazu bot. Dann würde er nie wieder in der Lage sein, einer Frau so etwas anzutun, dafür wollte sie sorgen.

Nein, auch Nils Rentwijk hatte es nicht geschafft, ihr Angst einzujagen. Aber sie hatte ihm Angst *vorgespielt*, weil sie irgendwann erkannt hatte, dass er sonst niemals aufhören würde, sie zu drangsalieren.

Als Dmitrij Tashkovs Geldeintreiberin wusste sie, wie ängstliche Menschen sich verhielten – oft genug hatte sie deren Reaktionen auf Drohungen oder auf körperliche Gewalt miterlebt. In der vergangenen Nacht hatte sie versucht, diese Verhaltensweisen zu adaptieren. Dabei war sie sich ziemlich merkwürdig vorgekommen, sie glaubte nicht einmal, dass ihr das Schauspiel besonders gut gelungen war.

Dennoch hatte Nils Rentwijk es ihr offenbar abgekauft. Er war so versessen darauf gewesen, sie zu bezwingen, dass er ihr die Rolle schlicht abkaufen *wollte*.

Tatsächlich hatte er danach schnell von ihr abgelassen und sich auf seinen roten Samtstuhl gesetzt, matt aber zufrieden, und er hatte sie so lange mit seinen kleinen Teufelsäuglein beobachtet, bis sie irgendwann eingeschlafen war.

Jetzt saß er immer noch so da, wie ein erschöpftes Raubtier vor seiner Beute. »Heute werden wir eine hübsche, kleine Reise unternehmen«, raunte er. »Das wird dir gefallen.«

Es klang, als würde seine Perversion dadurch die nächsthöhere Stufe erreichen.

69

Senkrecht wie eine Boje im spiegelglatten See treibend, beobachtete Avram das Rentwijk-Anwesen. Nur sein Kopf lugte aus dem Wasser. Mit sanften Paddelbewegungen seiner Beine hielt er den Auftrieb stabil.

Die Kälte des Wassers kroch ihm mit jeder Minute tiefer in die Knochen. Längst hatte der Neoprenanzug seine schützende Wirkung verloren. Aber Avram wusste, dass er im Vergleich zu Lina ein angenehmeres Schicksal getroffen hatte. Obwohl einige Verfolger sich ihm an die Fersen geheftet hatten, war es ihm gelungen, sie abzuschütteln.

Zuerst war er durch den Wald geflüchtet, gehetzt und orientierungslos. Die Männer hatten ihn wie bei einer Fuchsjagd vor sich hergetrieben. Auch Hunde hatten sie eingesetzt, vier, um genau zu sein. Zwei der Biester hatte Avram erschossen, dann war ihm die Munition ausgegangen. Um nicht bei lebendigem Leib zerfleischt zu werden, war er in den See geflüchtet. Die beiden Hunde, die ihm nachgeschwommen waren, hatte er ertränkt.

Danach waren die Männer mit Motorbooten auf den See hinausgefahren, um ihn zu suchen. Nur dank des aufkommenden Nebels hatte Avram sich ins dichte Uferschilf retten können, um Kräfte zu sammeln und auszuharren, bis die Gefahr vorüber war.

Jetzt befand er sich wieder im offenen Wasser. Die Morgendämmerung trieb noch mehr Nebel hinaus auf den Buvatnet-See. Wie Geister schwebten die milchigen Schwaden über seine Oberfläche. Von allen Seiten krochen sie aus dem Wald, als wollten sie Avram auf diese Weise Schutz gewähren.

Den konnte er auch gut gebrauchen, denn an Land wimmelte es nur so von bewaffneten Männern. Wachposten standen in Zweiergruppen rund ums Haus, andere patrouillierten durch den angrenzenden Wald. Die Ereignisse der Nacht hatten ihre Sinne geschärft. Sie waren hellwach und aufmerksam, das konnte Avram sogar über die Distanz hinweg erkennen.

Die wollen nichts riskieren. Deshalb werden sie sofort kurzen Prozess mit mir machen, wenn sie mich entdecken.

Es war aussichtslos, Lina aus der Gewalt Rentwijks zu befreien. Gegen eine derartige Übermacht hatte er keine Chance. Er würde nicht einmal in die Nähe des Hauses gelangen, ohne bemerkt zu werden.

Es wäre reiner Selbstmord.

Nein, er musste Lina auf andere Weise helfen, und er hatte auch schon eine Idee wie. Allerdings war dazu ein Anruf bei Rutger Bjorndahl nötig.

Seine Ausrüstung hatte man ihm im Schlachtkeller abgenommen, sein Handy ebenfalls. Was er jetzt dringend brauchte, war ein Telefon.

70

Wie bereits in der Nacht begegnete Emilia auf dem Weg zu ihrem Büro kaum einer Menschenseele. Während sie den Computer hochfuhr, positionierte sie ihre Dienstwaffe in der oberen Schreibtischschublade. Um bei Bedarf schnell schießen zu können, ließ sie das Schubfach ein Stück offen.

Es war verrückt – nie hätte sie es für möglich gehalten, dass sie sich in ihrem eigenen Büro einmal so verwundbar vorkommen würde. Sie fühlte sich wie eine wandelnde Zielscheibe.

Um sich abzulenken, begann sie, ihre E-Mails zu lesen, aber es fiel ihr schwer, sich darauf zu konzentrieren. Varamont spukte wie ein Geist in ihrem Kopf herum, außerdem steckte ihr die Müdigkeit in allen Knochen.

Vier Stunden Schlaf waren definitiv zu wenig.

Noch dazu meldete sich wieder ein dumpfer Druck hinter den Augen – das alte Leiden. Überschritten die Schmerzen erst einen gewissen Pegel, wäre der ganze Tag gelaufen. Sie brauchte jetzt dringend eine Tasse Kaffee und dazu ein oder zwei Kopfschmerztabletten. Normalerweise half das, zumindest für ein paar Stunden.

Dann überrollten sie jedoch wieder ihre Gedanken: Was sollte sie mit dem anonymen Brief an Varamont machen, den sie gestern in die Hauspost gelegt hatte? Der Brief, mit dem sie ihn aus der Reserve locken wollte, in der Hoffnung, dass er einen Fehler begehen würde? Heute Nacht hatte sich herausgestellt, dass der Druck auf Varamont längst groß genug war, sonst hätte er Luc Dorffler nicht aus dem Fenster geworfen.

Was wird passieren, wenn Varamont meinen Brief liest? Wird er dann vollends ausrasten?

Emilia war sicher, dass der Brief nicht zu ihr zurückverfolgt werden konnte, dafür hatte sie sich viel zu große Mühe gegeben, keine Spuren zu verursachen. Aber ahnte Varamont nicht längst, dass sie mit Dorffler unter einer Decke steckte?

Vielleicht wäre es besser, wenn er glaubt, dass er uns eingeschüchtert hat. Sonst landen wir beide noch im Grab.

Der Brief – so anonym er auch sein mochte – schien in der aktuellen Situation jedenfalls keine gute Idee mehr zu sein. Er brachte Dorffler und sie nur zusätzlich in Gefahr.

Deshalb beschloss sie, ihre Botschaft zurückzuziehen.

Einen Stock tiefer fand sie das Kuvert tatsächlich noch genauso vor, wie sie es am Vorabend in der Controllingabteilung in die Hauspost gelegt hatte. Mit einem raschen Rundumblick vergewisserte sie sich, dass niemand sie beobachtete, dann nahm sie das Kuvert an sich und schob es durch den Schredder neben dem Abteilungskopierer.

Jetzt fühlte sie sich besser, nur die Kopfschmerzen plagten sie noch. Sie beschloss, sich zu ihren Aspirintabletten einen ordentlichen Cappuccino aus der Cafeteria zu gönnen.

Ihr Weg führte sie an Jerome Varamonts Büro vorbei. Unwillkürlich beschlich sie ein mulmiges Gefühl. Was, wenn er ihr dort auflauern würde?

Einen Moment lang spielte sie mit dem Gedanken, einen Umweg einzuschlagen, doch sie schüttelte ihre Angst ab, als sie sich klarmachte, wie abwegig der Gedanke war.

Varamont kommt nie vor halb neun ins Büro. Selbst wenn er

heute eine Ausnahme gemacht hat – woher soll er wissen, dass ich ausgerechnet jetzt hier vorbeikomme?

In diesem Moment öffnete sich die Tür.

Eine Sekunde lang war Emilia wie zu Stein erstarrt.

Wenn ich wenigstens meine Waffe dabeihätte.

Aber die lag nach wie vor in ihrer Schreibtischschublade.

Die Tür blieb angelehnt, niemand kam heraus. Stattdessen hörte Emilia jetzt ein leises Schluchzen. Das vertrieb ihre letzten Bedenken. Vorsichtig trat sie ins Zimmer.

Hinter der Tür standen zwei Frauen, eng umschlungen. Die größere war etwa sechzig, hatte schwarzgraues Haar und trug ein dunkles Kleid – Sandrine Dutrout, die rechte Hand des Generalsekretärs. Die kleinere mit dem blonden Haar war Camille Fleuron, Varamonts Vorzimmerdame, mit bebenden Schultern, in Tränen aufgelöst. Weder die gute Zusprache ihrer älteren Kollegin noch das sanfte Streichen über ihren Rücken konnte sie beruhigen. Als sie Emilia in der Tür bemerkte, tupfte sie sich die Augen mit einem Taschentuch trocken.

»Ich habe Geräusche gehört und wollte nachsehen, ob alles in Ordnung ist«, sagte Emilia.

Camille Fleuron löste sich aus der Umarmung. »Dann wissen Sie es noch gar nicht?«, wisperte sie.

Emilia schüttelte den Kopf. »Was meinen Sie?«

»Monsieur Varamont ist tot.« Ihr Kinn begann, unkontrolliert zu zittern, und sie brauchte einen Moment, um sich wieder zu fangen. »Er hat sich heute Nacht in seinem Haus erschossen. Ist das nicht schrecklich?«

Wieder brach die Sekretärin in Tränen aus, so herzergreifend, dass Emilia sie ebenfalls in den Arm nahm.

Sie selbst war eher überrascht als betroffen. Besonders innig war ihr Verhältnis zu Varamont nie gewesen, und seit sie ihn als Maulwurf in den eigenen Reihen identifiziert hatte, sah sie in ihm nur noch einen Feind, insbesondere vor dem Hintergrund seines Angriffs auf Luc Dorffler. Deshalb löste sein Tod bei ihr keine Trauer aus. Aber warum hatte er sich umgebracht? Ohne echte Not? Hatte er geglaubt, dass Dorffler oder sie ihn auffliegen lassen konnten? Eine andere Erklärung gab es ja wohl kaum. Aber würde jemand, der seit Jahrzehnten ein gefährliches Doppelleben führte, sich so leicht ins Bockshorn jagen lassen?

Emilia blieb anstandshalber noch eine Weile bei der weinenden Sekretärin, bis sie glaubte, sich verabschieden zu können, ohne gefühlskalt zu wirken. Anschließend holte sie aus der Cafeteria ihren Cappuccino und kehrte damit zurück in ihr Büro, um eine Kopfschmerztablette zu nehmen.

Während sie auf die Wirkung des Medikaments wartete, versuchte sie, Klarheit in ihre Gedanken zu bringen, aber wie sie die Sache auch drehte und wendete – Varamonts Freitod hinterließ bei ihr einen bitteren Nachgeschmack.

Etwas daran stimmte nicht.

71

Vom Buvatnet-See aus hatte Avram sich zu seinem Wagen zurückgeschlichen und trockene Kleidung angezogen. Nun fuhr er in Richtung Oslo, so schnell der dichte Nebel es erlaubte. Die Heizung hatte er voll aufgedreht, sogar die Sitzheizung hatte er angestellt. Dennoch steckte die Kälte ihm so tief in den Knochen, dass er zitterte.

Außerdem fraß sich die zunehmende Müdigkeit in jede Faser seines Körpers – die Nacht war lang und anstrengend gewesen. Immer wieder fielen ihm hinter dem Steuer kurz die Augen zu. Er konnte von Glück sagen, dass es auf dieser Waldstraße so früh am Morgen nur wenig Gegenverkehr gab und dass er nicht von der Fahrbahn abkam.

Aber Ausruhen kam nicht in Frage. Es wäre ihm falsch vorgekommen, eine Pause einzulegen, während Lina im Rentwijk-Haus leiden musste.

Falls sie überhaupt noch lebte. Aber diesen Gedanken verdrängte Avram sofort wieder.

Er unterdrückte ein Seufzen und gab mehr Gas. In seinem Leben hatte er schon häufig höchst zweifelhafte Entscheidungen getroffen und stets damit leben können. Aber im Moment lastete das schlechte Gewissen gegenüber Lina wie ein Fels auf seinen Schultern. Sein Verstand sagte ihm, dass er nicht die geringste Chance gehabt hätte, sie in der Nacht zu befreien. Seine innere Stimme brüllte ihn jedoch an, dass er sie schändlich im Stich gelassen hatte.

Nein, sie hat gewusst, worauf sie sich einlässt. Sie wollte unbedingt etwas über ihre Vergangenheit erfahren, obwohl sie wusste, dass sie dabei in ein Hornissennest sticht.

Mit diesen Gedanken schob Avram seine Skrupel beiseite. Lina war eine erwachsene Frau, die jede seiner Warnungen in den Wind geschlagen hatte. Alles, was er jetzt noch für sie tun konnte, war, auf eine günstigere Situation als heute Nacht zu warten und sie dann zu befreien.

Genau das hatte er vor.

Nach zwanzig Kilometern erreichte er eine Tankstelle. Dort stellte er seinen Wagen auf dem Parkplatz neben dem Wald ab und ging ins Kassenhäuschen, um zu telefonieren.

Drinnen lief leise Countrymusik aus dem Radio. An einem Stehtisch lehnten zwei Männer in Flanellhemden und tranken Kaffee, offenbar Fernfahrer. Ihre beiden Trucks standen draußen am Straßenrand.

Oder arbeiteten sie für Rentwijk? Avram beschloss, sie im Auge zu behalten.

Das Telefon hing an der Wand neben dem Eingang zu den Toiletten. Avram rief die internationale Auskunft an und meldete ein R-Gespräch an. Kurz darauf ertönte Rutger Bjorndahls Stimme am anderen Apparat.

»Steckst du so tief in der Klemme, dass ich jetzt schon die Telefonkosten für dich übernehmen muss?« Wie üblich klang er heiser wie jemand, der die ganze Nacht lang durchgesoffen hatte. Seit einer Kehlkopfentzündung konnte er nur noch röcheln.

In knappen Worten schilderte Avram, was passiert war. Schließlich kam er zu seinem eigentlichen Anliegen: »Ich weiß, dass Rentwijk heute von Oslo aus wegfliegen will. Vermutlich in einer Privatmaschine, weil er Lina sonst nicht mitnehmen könnte.«

Natürlich wusste er nicht, ob Rentwijk das überhaupt

noch vorhatte. Aber einen anderen Anhaltspunkt über seine Pläne hatte Avram nicht.

»Was genau soll ich für dich tun?«, keuchte Bjorndahl.

»Finde heraus, wohin Rentwijks Maschine von Oslo aus fliegt.«

»Wird gemacht. Wie kann ich dich erreichen?«

»Im Moment gar nicht. Ich weiß nicht, ob mein Hotel noch sicher ist. Falls Lina Rentwijk etwas verraten hat, kann ich nicht dorthin zurück. Ich melde mich in zwei Stunden wieder bei dir.«

Als er auflegte, hoffte er inständig, dass Rutger Bjorndahl etwas für ihn in Erfahrung bringen würde.

72

»Ich will aufhören!« Jens Lindfeller wunderte sich, wie bestimmend seine Stimme klang. So hatte er sich schon seit einer Ewigkeit nicht mehr gehört.

»Sie müssen durchhalten!« Professor Wartberg sah ihm eindringlich in die Augen. »Sie dürfen jetzt nicht die Flinte ins Korn werfen – das sind ganz normale Anlaufschwierigkeiten, mit denen Sie da zu kämpfen haben. Warten Sie's ab. Schon heute werden Sie erste Fortschritte erzielen. Wollen Sie denn nicht wieder gesund werden?«

Doch, das wollte er, sogar mehr als alles andere. Die permanenten Angstzustände, die wiederkehrenden Albträume, das Zittern, die Atemnot – damit musste es langsam ein Ende haben.

Aber er hatte sich die Therapie einfacher vorgestellt. Sehr viel einfacher.

Anlaufschwierigkeiten.

Wie läppisch das klang! Als würde er lediglich die Bedienungsweise der Controller nicht verstehen. Doch er durchlebte bei diesen Simulationen jedes Mal die Hölle. Der Einsatz im Kampfhubschrauber und die Einzelkämpfermission im Kongo waren noch am harmlosesten gewesen, danach war es immer heftiger geworden. Bei der Gefangenenbefragung im Kellerverlies hatte er Murat Kurdan vier Finger mit der Zange abgezwickt, ohne ihn zum Reden zu bringen. Danach hatte er eine junge Frau verstümmeln müssen, die einen Bombenanschlag auf ein Militärlager durchgeführt hatte.

Bei dem Kind, dessen Mutter im Verdacht stand, eine Terroristin zu sein, hatte er abgebrochen. Das war eindeutig zu weit gegangen.

Das meiste von dem, was Jens Lindfeller in den Simulationen getan hatte, widersprach seinem Rechtsempfinden oder seinen moralischen Vorstellungen, auch wenn er versuchte, sein Handeln dadurch zu rechtfertigen, dass seine Opfer Feinde waren. Menschen, die anderen Menschen etwas Böses antun wollten oder es bereits getan hatten. Dennoch: Machten seine Handlungen ihn nicht ebenfalls zu einem solchen Menschen?

Seine Zweifel waren immer stärker geworden. Nicht nur während der Simulationen, sondern auch in den Phasen dazwischen, wenn er in seinem Zimmer saß und Zeit zum Nachdenken fand. Einmal hatte ihn eine Panikattacke heimgesucht, so lange, bis er zitternd und heulend auf dem Boden zusammengebrochen war.

Natürlich hielt er sich immer wieder vor Augen, dass das hier nur Simulationen waren. Computerspiele. Aber aus irgendeinem Grund schaffte sein Gehirn es nicht, zwischen Simulation und Wirklichkeit zu unterscheiden. Alles fühlte sich so real an, so absolut echt.

»Ich weiß, was Sie denken«, sagte der Professor. »Und ich versichere Ihnen, dass alle meine Patienten am Anfang dasselbe durchmachen. Ein Tal der Tränen. Selbstzweifel. Furcht vor dem, was noch kommen wird. Der Wunsch, die Therapie abzubrechen. Aber ich verspreche Ihnen, dass es sich lohnt, durchzuhalten.«

Lindfeller zögerte noch einen Moment, nickte dann aber. »In Ordnung, ich bleibe. Es ist nur ...« Er brach mitten im Satz ab, kämpfte wieder mit den Tränen.

Wartberg legte ihm freundschaftlich die Hand auf die

Schulter. »Kommen Sie mit. Der nächste Versuch wartet schon. Sie werden diesmal viel weniger Angst haben, das garantiere ich Ihnen.«

Lindfeller folgte ihm ins Labor, wo diesmal schon jemand wartete: der Mann, der ihn für dieses Experiment akquiriert hatte.

»Herrn Goller kennen Sie ja«, sagte der Professor. »Er wird mir beim folgenden Experiment zur Hand gehen.«

Lindfeller nickte Goller zu, der den Gruß mit einem professionellen Lächeln erwiderte. Mit einem *distinguierten* Lächeln, das aber nicht echt wirkte. Heute trug er keinen Anzug, sondern einen Arbeitsoverall aus weißem Kunststoff. Gollers Anwesenheit machte Lindfeller aus irgendeinem Grund nervös.

Ohne den anderen zu beachten, ging der Professor weiter seiner Arbeit nach und verabreichte Jens Lindfeller eine Spritze.

»Dieses Serum bewirkt eine deutliche Verbesserung Ihrer körperlichen Funktionen«, sagte Wartberg, während er die Nadel aus Lindfellers Armbeuge zog und die Stelle mit einem alkoholgetränkten Wattebausch abdrückte. »Ihre Reaktionszeiten werden schneller, Sie werden eine höhere Trefferquote erreichen, verspüren weniger Angst und weniger Schmerz.«

»Mit anderen Worten ein Wundermittel«, sagte Lindfeller, ohne so recht daran glauben zu können. Er hatte in den letzten Jahren schon zu viele nutzlose Medikamente verabreicht bekommen.

Aber als der Professor ihn wieder in der Kabine verkabelte, fühlte er sich tatsächlich schon etwas besser. Entspannter und zuversichtlicher. Nicht mehr wie ein kompletter Versager, sondern wie jemand, der an sich glaubte.

Beinahe freute er sich schon auf die nächste Simulation – es war verrückt. Konnte Wartbergs Serum tatsächlich diesen Stimmungsumschwung bewirken? Was da wohl drin sein mochte? Womöglich irgendwelche Drogen oder Aufputschmittel. Er beschloss, Wartberg später danach zu befragen.

In der Simulation ging es diesmal um Folgendes: Er musste, nur mit einer Pistole und einem Messer bewaffnet, eine Geisel befreien, die in einer Höhle in den irakischen Kandil-Bergen gefangen gehalten wurde. Die Kidnapper, eine abtrünnige Gruppe der radikal-islamischen Hamas, waren laut Simulationseinweisung mit automatischen Waffen und genügend dazugehöriger Munition ausgestattet. Es handelte sich um eine kampferfahrene Truppe von rund zwanzig Männern.

Lindfellers Ausgangspunkt befand sich etwa fünfhundert Meter von der Höhle entfernt. Es war helllichter Tag, die Sonne brannte heiß vom Himmel nieder. Zwei lästige Fliegen schwirrten um seinen Kopf herum.

Wäre es nicht besser, die Geisel bei Nacht zu befreien? Sei's drum, so ist das Spiel nun mal.

Hinter einem pkw-großen Felsblock versteckt, sondierte Lindfeller die Lage. Der Höhleneingang wirkte wie ein riesiges, gähnendes Maul am Fuß einer kahlen Bergkette. Außer Stein und Geröll schien es hier weit und breit nichts zu geben. Von den Hamas-Kämpfern war nirgends etwas zu sehen. Vielleicht hatten sie sich aufgrund der Hitze in den kühlenden Schatten der Höhle zurückgezogen.

Lindfeller überprüfte seine Pistole und die Ersatzmagazine in seinem Gürtel. Insgesamt standen ihm achtzig Schuss zur Verfügung. Pro Gegner vier – nicht gerade üppig, aber machbar. Er war fest entschlossen, die Geisel aus der Hand der Entführer zu befreien.

Vorsichtig verließ er sein Versteck. Da alle paar Meter weitere Felsblöcke auf der Erde lagen, boten sich ihm genügend Deckungsmöglichkeiten. Auf diese Weise konnte er sich der Höhle bis auf zweihundert Meter unbemerkt nähern.

Dann gellte plötzlich ein Schrei herab, gleich darauf wurde das Feuer eröffnet. Das Rattern von Maschinengewehrsalven ließ die Luft erzittern. Lindfeller glaubte sogar zu spüren, wie der Boden unter seinen Füßen bebte.

Diese Simulation war der Hammer!

Im Gegensatz zu den Malen davor, konnte er sie diesmal regelrecht genießen. Seine Angst war wie verflogen, der Stress, den er empfand, während er beschossen wurde, lähmte ihn nicht, sondern beflügelte ihn ganz im Gegenteil zu mutigen Entscheidungen.

Das Feuer erwidern.

Rasch die Deckung wechseln.

Weiterrennen.

Etwas traf ihn am Bauch. Es war nur eine flüchtige Berührung, als würde jemand mit dem Finger gegen die Haut schnippen. Als er an seinem virtuellen Körper hinabsah, erkannte er eine Schusswunde.

Scheiße! Wieder nicht die volle Punktzahl!

Aber er war noch lange nicht so stark verletzt, um abzubrechen.

Schnell zum nächsten Versteck!

Unvermittelt tauchte ein Feind hinter einer Geröllböschung auf. Wieder schnippte etwas gegen seinen Körper. Ohne darauf zu achten, schoss Jens Lindfeller dem anderen zwei Kugeln in den Kopf. Jetzt waren es höchstens noch hundert Meter bis zum Höhleneingang.

Der nächste größere Felsen, der als Deckung in Frage kam, war ein paar Schritte entfernt.

Wenn ich mich beeile, kann ich es schaffen, ohne getroffen zu werden.

Doch aus irgendeinem Grund lief die Simulation plötzlich nur noch wie in Zeitlupe ab. Sosehr er sich auch anstrengte und seine Controllerknöpfe drückte, er kam einfach nicht so richtig vom Fleck.

Wieder ein Schnippen am Körper, diesmal gegen die Brust. Ein Blick nach unten zeigte ihm, wie übel die Hamas-Milizen ihn zugerichtet hatten. Mindestens vier oder fünf Mal hatten sie ihn voll erwischt. Wahrscheinlich lief die Simulation deshalb so schleppend – weil sie seinen mangelnden virtuellen Gesundheitszustand berücksichtigte.

Allerdings fühlte Jens Lindfeller sich plötzlich auch real ziemlich müde. Seine Beine schienen bleischwer zu sein, am liebsten hätte er sich einen Moment lang hingelegt.

Vielleicht eine Nebenwirkung des Serums, das der Professor ihm verabreicht hatte.

Dann knickten plötzlich die Beine unter ihm weg.

Was zum Teufel ...?

Er wollte sich den Helm vom Kopf reißen, aber auch das fiel ihm aus irgendeinem Grund unendlich schwer. Seine Arme und Beine gehorchten einfach nicht mehr seinem Willen. Er fühlte sich, als habe man ihm die Energie abgedreht.

Endlich kam ihm jemand zu Hilfe, zog ihm den lästigen Helm ab – Goller. Er lächelte jetzt gar nicht mehr, weder echt noch unecht, stattdessen strahlten seine Augen eine solche Kälte aus, dass es Lindfeller durch und durch ging.

Goller griff ihm unter die Arme, riss ihn unsanft auf die Beine. Lindfeller ließ es geschehen – er hatte nicht mehr die Kraft, selbst aufzustehen.

»Danke«, murmelte er schwach. »Ich weiß nicht, was mit mir los ist.«

Ihm fiel auf, dass Gollers weißer Plastikoverall rot verschmiert war. Auf dem Boden hatte sich eine rote Lache gebildet, die zu Beginn der Simulation noch nicht da gewesen war. Als er an seinem Körper hinabsah, ging ihm auf, dass seine Verletzungen nicht virtuell, sondern sehr real waren. Er blutete aus einem halben Dutzend Wunden, ohne sich darüber bewusst gewesen zu sein.

Warum habe ich das nicht gemerkt? Warum spüre ich keine Schmerzen?

Noch während sein schwindender Verstand krampfhaft versuchte zu verstehen, was gerade vorgefallen war, hörte er wie aus weiter Ferne die Stimme von Professor Wartberg, der im Eingang der Kabine stand und zu Goller sagte: »Bringen Sie ihn gleich in die Verbrennungskammer.«

73

Umgeben von sprießenden Grünpflanzen, saß Emilia in Dr. Albert Rodtmanns Vorzimmer und versuchte, sich zu entspannen, während ihre Finger nervös über die Armlehne ihres Stuhls tanzten. Sie hatte versucht, mit seiner Sekretärin einen Termin auszumachen, doch die hatte sie nur mit einem Hinweis auf seinen vollen Kalender abwimmeln wollen. Deshalb war Emilia persönlich vorbeigekommen, und sie hatte darauf bestanden, zu Rodtmann vorgelassen zu werden. Wenn es darauf ankam, konnte sie ziemlich penetrant sein.

Sie wartete erst seit ein paar Minuten, doch die Anspannung dehnte die Zeit zu einer kleinen Ewigkeit. Wie würde Rodtmann auf ihren unangemeldeten Besuch reagieren? Hoffentlich konnte er die Dringlichkeit ihres Anliegens nachvollziehen, wenn sie ihm erst einmal alles erklärt hatte.

Sicher war sie allerdings nicht. Dafür fehlten ihr handfeste Beweise.

Endlich öffnete sich die Bürotür, und Rodtmann kam auf sie zu. Sein betont aufrechter Gang unterstrich seine natürliche Autorität. Alles an ihm verströmte die Aura von Macht und Erfolg, nicht umsonst hielt er sich seit vielen Jahren an der Führungsspitze von Interpol.

In seinem Büro nahmen sie in der Besprechungsecke Platz. Zu trinken bot Rodtmann Emilia nichts an.

»Sie haben fünf Minuten«, begann er. Es klang nicht vorwurfsvoll, sondern eher müde. »Leider kann ich Ihnen nicht mehr Zeit geben, heute geht es drunter und drüber. Ich muss in zwei Stunden am Flughafen sein. Davor habe ich noch ein Gespräch mit dem Generalsekretär. Der Unglücksfall von heute Nacht hat die Situation auch nicht gerade vereinfacht. Also schießen Sie los, was kann ich für Sie tun?«

»Ich werde mich kurz fassen«, versicherte Emilia und versuchte, sich zu konzentrieren. »In Deutschland gibt es unweit von Bayreuth ein stillgelegtes Sanatorium, in dem sich regelmäßig die Mitglieder eines geheimen Forschungsprojekts treffen«, sagte sie. »Es nennt sich *Wartberger Kreis.* Das geht aus der Akte eines verstorbenen Kollegen hervor, Caleb Coen. Dort finden sich zwar nur ein paar vage Andeutungen, aber Coen hat unter der Hand weitere Ermittlungen durchgeführt. Ich habe seine Unterlagen in einem Schließfach gefunden.«

»Um welche Art von Forschung geht es dabei?«, fragte Rodtmann.

»Ich weiß nur, dass es etwas Illegales ist. Eventuell Forschungen mit nationalsozialistischem Hintergrund. Coens Unterlagen lassen auch darauf schließen, dass es bei Interpol einen Maulwurf gibt, der diesem Forschungsprojekt angehört.«

Rodtmanns Gesichtsausdruck verfinsterte sich schlagartig. »Ich hoffe, Sie können diese Behauptung beweisen!«, sagte er.

»In Coens Unterlagen gibt es ein Foto«, erläuterte Emilia. »Eine Aufnahme von einem Bild, das Josef Mengele zeigt. Am Rand der Aufnahme sieht man ein Stück von einer Tapete. Dieselbe Tapete befindet sich in Monsieur Varamonts Homeoffice.«

Rodtmanns Stirn legte sich in Falten. »Woher wissen Sie das?«

»Ich war gestern unter einem Vorwand bei ihm, um meinen Verdacht zu überprüfen.«

»Und hing dieses Bild immer noch dort?«

»Nein, aber ich bin sicher, dass es bei der Spurensuche gefunden wird. Varamont ist unter dem Decknamen Scylla Teil des Wartberger Kreises. Ich denke, er hat über Jahre hinweg seine schützende Hand darüber gehalten.«

Rodtmann überlegte. »Was genau soll ich Ihrer Meinung nach jetzt tun?«

»Luc Dorffler aus der Rechercheabteilung hat herausgefunden, dass die Teilnehmer des Wartberger Kreises sich jedes Jahr zur selben Zeit in diesem stillgelegten Sanatorium bei Bayreuth treffen. Die nächste Zusammenkunft beginnt morgen.«

»Und Sie wollen von mir die Genehmigung für einen Polizeieinsatz?«

Emilia nickte. »Ich möchte mit den deutschen Behörden Kontakt aufnehmen und eine Razzia durchführen. Wahrscheinlich wird dazu auch ein SEK-Team nötig sein. Ich will kein Risiko eingehen.«

Rodtmanns Pupillen hüpften unruhig hin und her. Schließlich glitt sein Blick zur Uhr an der Wand. Er war sichtlich im Zeitstress.

»So, wie ich die Sache sehe, haben wir zwar ein paar vielversprechende Hinweise, aber nichts wirklich Konkretes«, sagte er. »Wie sicher sind Sie, dass diese Sache kein Reinfall wird?«

»Absolut sicher, Monsieur.«

»Ich will morgen nicht als Witzfigur in der Zeitung stehen.«

»Das werden Sie nicht.«

Mit einem Seufzen traf er eine Entscheidung. »Also gut,

dann wollen wir diesen ominösen Arbeitskreis mal ordentlich zum Schwitzen bringen. Bereiten Sie alles vor, und geben Sie mir dann Bescheid. Hier ist meine Handynummer.« Er zog seinen Geldbeutel aus der Tasche und reichte Emilia seine Visitenkarte. »Rufen Sie mich an, wenn die deutsche Polizei und das SEK bereit sind, in Ordnung? Unternehmen Sie keinen Alleingang. *Ich* werde den Einsatzbefehl geben – immerhin muss ich auch den Kopf dafür hinhalten, falls etwas schiefläuft. Das ist eine heikle Sache, weil es nicht nur um ein Verbrechen geht, sondern auch um eine Insiderangelegenheit von Interpol. Dieser Einsatz muss absolut vorbildlich ablaufen, sonst zerreißen mich die Medien in der Luft.« Mit einem Seufzen fügte er hinzu: »Bitte vermasseln Sie es nicht. Es steht viel auf dem Spiel.«

74

Aus sicherer Entfernung beobachtete Avram sein Hotel. Er hatte einen günstigen Parkplatz am Straßenrand gefunden, mit freier Sicht auf den Eingangsbereich und sogar auf sein Zimmer. Schon seit zehn Minuten saß er hier, aber bisher gab es noch keine Auffälligkeiten – keine verdächtigen Gestalten vor dem Gebäude oder in der Lobby, und auch keine in seinem Zimmer. Zumindest hatte er durch die Fenster niemanden gesehen.

Aus der Distanz schien also alles in Ordnung zu sein, dennoch blieb ein Restrisiko. Deshalb holte er aus dem Kofferraum seines Wagens einen Schraubenschlüssel, bevor er sich auf den Weg ins Hotel machte – eine bessere Waffe fand er dort leider nicht.

Aber tatsächlich wartete keine unliebsame Überraschung auf ihn. Niemand sprang aus einem parkenden Wagen, um sich auf ihn zu stürzen, in der Lobby wurde nicht auf ihn geschossen, und auch in seinem Zimmer lauerte keiner von Rentwijks Leuten.

Also hatte Lina dichtgehalten, und das, obwohl Rentwijk bestimmt nichts unversucht gelassen hatte, um sie zum Reden zu bringen. Avram musste sich eingestehen, dass er sie unterschätzt hatte. Sie wirkte so zart und zerbrechlich, aber tief im Innern steckte in ihr ein eisenharter Kern.

Obwohl er längst trocken war, fühlte er sich immer noch klamm und zittrig. Um wieder auf den Damm zu kommen, nahm er eine heiße Dusche, danach frühstückte er in einem

Café um die Ecke. Bei einer Tasse heißer Milch kehrte allmählich die Wärme in seine Knochen zurück.

Eine halbe Stunde später verließ er das Café und rief von einem öffentlichen Telefon aus Rutger Bjorndahl an.

»Hast du etwas herausgefunden?«, fragte er.

»Sogar eine ganze Menge«, antwortete Bjorndahl. »Jedes Jahr am 17. Oktober fliegt Rentwijks Privatjet von Oslo nach Nürnberg. An Bord befinden sich neben dem Personal in der Regel nur Hans Rentwijk und sein Neffe Nils. Am Nürnberger Flughafen werden sie von einem Fahrer der Firma ProSec abgeholt, das ist ein privater Security-Dienst, der vor allem in Nord- und Mitteleuropa tätig ist. Vom Flughafen geht es zu einem Anwesen bei Bayreuth, soweit ich weiß ein ehemaliges Sanatorium namens Rathnach. Am 20. Oktober fliegt der Jet gleich morgens wieder zurück nach Oslo.«

Avram ahnte, was das bedeutete: Rentwijk wollte Lina nach Deutschland zurückbringen, um sie wieder jenem Kreis zuzuführen, dem sie vor neunzehn Jahren entwischt war.

»Wie schnell kannst du mich von hier nach Bayreuth bringen?«, fragte er.

75

Das Hochgefühl ließ allmählich nach, und die Müdigkeit kroch ihm in die Glieder. Die letzten zwölf Stunden waren wie ein Rausch gewesen. Die Nacht hatte so viele gute Überraschungen für ihn bereitgehalten, dass er es immer noch kaum glauben konnte.

Nils Rentwijk saß am Fenster seines Privatjets, den Blick auf die Wälder und Fjorde gerichtet, die wie eine Spielzeuglandschaft unter ihm hinwegzogen. Das war seine Heimat, rau und schön, urtümlich wie vor zehntausend Jahren, wenn man einmal von den Häusern absah, die hier und da am Wasser standen. Von hier oben sahen sie aus wie kleine, weiße oder rote Würfel, verbunden mit Straßen, kaum breiter als Bleistiftlinien, die sich am Ufer entlangzogen und sich irgendwo in den Wäldern verloren.

Bis gestern war das hier noch Großvaters Jet. Jetzt gehört er mir.

Ein erhebender Gedanke, der dem jungen Mann ein Lächeln ins Gesicht zauberte.

Es war Mittag. Die Sonne hatte den Nebel längst vertrieben. Sie stand jetzt hoch am Himmel und tauchte die Natur in kräftige Farben – ein Anblick wie im Bilderbuch.

Nils Rentwijk liebte dieses Land, seine kühle Reserviertheit, die Sonne ebenso wie den Regen, die Kälte bei Nacht und im Winter den Schnee. Es war ein herrliches Fleckchen Erde, auf dem er lebte.

Und seit er seinen Großvater getötet hatte, war es sogar noch ein ganzes Stückchen schöner geworden.

Dabei war es noch gar nicht lange her, dass er seinen Großvater geliebt, ihn geradezu vergöttert hatte. Hans Rentwijk hatte keine Grenzen akzeptiert, sich keinen Beschränkungen unterworfen. Er hatte stets getan, was er für richtig hielt, unabhängig von geltenden Moralvorstellungen oder Gesetzen.

Wahrscheinlich hat er sich genau aus diesem Grund nie mit Vater verstanden. Die beiden waren viel zu unterschiedlich. Vater hat sich bis zum Schluss ein Gefühl für Anstand und Ehrlichkeit bewahrt. So etwas war Großvater fremd gewesen.

Nils fragte sich, wie sein Leben sich entwickelt hätte, wenn sein Vater nicht so früh gestorben wäre. Oder wenn seine Mutter ihn nicht verlassen hätte, als er noch ein Baby gewesen war. Wäre er ein anständiger Mensch geworden? Einer, der besser zwischen Gut und Böse hätte unterscheiden können?

Er glaubte es, aber das war natürlich reine Spekulation.

Über den Bordlautsprecher informierte der Pilot, dass sie jetzt das offene Meer erreichten. Die zerklüftete Landmasse hinter ihnen wurde kleiner und verschwand schließlich ganz in der Ferne. Jetzt befand sich nur noch die tiefblaue See unter ihnen, glitzernd und unergründlich.

Nils Rentwijks Gedanken wanderten wieder zu seinem Großvater. In den letzten Jahren hatte der Alte sich in eine Richtung entwickelt, die ihm immer mehr gegen den Strich gegangen war. Herrschsüchtig und cholerisch war er geworden, nicht selten hatte er seinen Stock benutzt, um Nils oder die Angestellten zu schlagen, wenn seine Wut mit ihm durchging.

Aus irgendeinem Grund hatte jeder sich seiner Übellaunigkeit gebeugt.

Gleichzeitig war der Alte jedoch auch immer weicher in

seinen Ansichten geworden. Aus dem kompromisslosen Hardliner von einst war zuletzt nur noch ein Zögerer und Zauderer übrig geblieben, der überall potentielle Schwierigkeiten sah.

In den letzten Monaten war in Nils daher immer mehr der Wunsch gereift, selbst die Macht im Rentwijk-Haus zu übernehmen. Allerdings hatte er gewusst, dass sein Großvater niemals freiwillig abtreten würde. Ein einziges Mal hatte Nils es gewagt, das Thema anzusprechen, mit dem Ergebnis, dass sein Großvater ihm offen mit Enterbung gedroht hatte.

Von da an hatte Nils den Punkt nie wieder erwähnt.

Wie oft habe ich davon geträumt, ihn im Schlaf zu ersticken? Aber aus irgendeinem sentimentalen Grund habe ich es nie geschafft.

Insofern hatte sich der Einbruch ins Herrenhaus als regelrechter Glücksfall erwiesen. In den Wirrungen der Nacht hatte Nils endlich seine Chance ergriffen und dem Leben seines Großvaters ein Ende gesetzt.

Es war ein Befreiungsschlag gewesen.

Ein Gefühl, besser als unter Drogen.

Er fühlte sich wie ein neuer Mensch.

Nils nippte an dem Champagnerglas, das vor ihm auf dem Tisch stand, und genoss einen Moment lang das saure Prickeln auf der Zunge. Nach seiner Rückkehr würde er die Leiche seines Großvaters irgendwo in den Wäldern verschwinden lassen. In der Nacht hatte er sie in einem Nebenraum des Schlachtkellers in eine Eistruhe gestopft. Einen Schlüssel zu dem Raum hatte nur er.

Was für eine verrückte Nacht!

Nicht nur der Einbruch ins Haus und der Mord an seinem Großvater waren ein Geschenk des Himmels gewesen, sondern auch das, was danach gekommen war. Lina Sattler.

Oder besser gesagt Ivana Battista. In einem alten Tagebuch seines Großvaters hatte er eine Eintragung über die damaligen Geschehnisse gefunden.

Eine außergewöhnliche Frau. Allerdings nicht ganz so außergewöhnlich, wie alle dachten. Von wegen keine Angst! Er hatte sie heute Nacht das Fürchten gelehrt und jede Sekunde davon genossen.

Im Moment lag sie betäubt in einer Transportkiste im Laderaum des Jets. Professor Wartberg und Scylla hatten darauf bestanden, dass er sie mitbrachte, obwohl Nils bezweifelte, dass sie in ihrem jetzigen Zustand noch einen besonderen Nutzen für das Projekt hatte. Aber letztlich musste das der Professor beurteilen – er war der Mediziner.

Blieb nur noch die Frage offen, was mit Lina Sattlers ominösem Begleiter geschehen war. Hatte er tatsächlich fliehen können? Oder war er im See ertrunken?

Eine innere Stimme sagte Nils Rentwijk, dass der Mann noch lebte und dass er irgendwie versuchen würde, Lina Sattler zu retten. Nils wusste nicht wann, und er wusste nicht wie, aber er rechnete fest damit, dass es so kommen würde.

76

Der Tag flog nur so dahin. Rutger Bjorndahl schaffte es tatsächlich irgendwie, Avram innerhalb kürzester Zeit aus Norwegen herauszuschaffen, auch ohne Papiere. Von dem Küstenstädtchen Son aus ging es mit einem Schnellboot nach Stavern, von dort brachte ein Hubschrauber ihn über die Ostsee nach Deutschland. Dicht über der Meeresoberfläche ratterten sie dahin, bis nach Kiel, dann weiter übers Land bis zu einem kleinen Flugplatz bei Göttingen, wo ein Wagen für Avram bereitstand. Im Kofferraum fand er eine Pistole samt Schalldämpfer und Holster, ein Gewehr, ein Jagdmesser und eine Taschenlampe. Auf Bjorndahl konnte man sich immer verlassen.

Natürlich hatte die schnelle Reise ihren Preis. Alles in allem kostete sie Avram etwa die Hälfte dessen, was er für den Mord an Hassan Omar erhalten hatte.

Am besten gar nicht darüber nachdenken.

Im Hubschrauber war es ihm gelungen, trotz des Lärms ein wenig zu schlafen. Auch auf der Fahrt von Göttingen bis nach Bayreuth hatte er eine Pause für ein Nickerchen eingelegt. Die vergangene Nacht war lang und anstrengend gewesen. Jetzt fühlte er sich halbwegs ausgeruht.

Er fragte sich, ob Lina noch lebte. Ob der ganze Aufwand überhaupt noch Sinn machte.

Oder war längst alles verloren?

Das schlechte Gewissen nagte immer noch an ihm. In der Nacht hatte er Lina ihrem Schicksal überlassen. Hätte es vielleicht doch eine Möglichkeit gegeben, sie zu befreien, ohne selbst dabei draufzugehen? Aber jetzt war es zu spät für Reue.

Er schob diese unangenehmen Gedanken beiseite und versuchte, sich auf die Gegenwart zu konzentrieren. In den nächsten Stunden musste er eine Möglichkeit finden, Lina zu retten – allein darauf kam es jetzt an. Er hoffte nur, dass Rentwijk seine Pläne nicht geändert hatte.

Das ehemalige Sanatorium Rathnach lag ein Stück außerhalb von Bayreuth, etwa eine Viertelstunde von der Autobahnausfahrt Bayreuth-Nord entfernt. Als Avram dort eintraf, war es bereits dunkel.

Ein hoher, massiver Eisenzaun umgab das komplette Gelände. Daran knüpften auf der einen Seite Getreidefelder an, auf der anderen Seite Wald. Dichte Bäume und Büsche im Inneren der Anlage behinderten die Sicht auf das Gebäude.

Nach einem ersten Rundgang um das Areal wusste Avram wenigstens, dass der Zaun nicht gesichert war. Möglicherweise gab es im Haus eine Überwachungsanlage, aber das konnte er im Moment noch nicht einschätzen.

An einer geeigneten Stelle kletterte Avram über den Zaun. Das Gewehr hatte er geschultert, die schallgedämpfte Pistole steckte im Holster, das Messer und die Taschenlampe hatte er unter den Gürtel geschoben. Bis er auf der anderen Seite endlich wieder festen Boden unter den Füßen spürte, kam er ordentlich ins Keuchen.

Wie lange willst du noch so weitermachen? Über Zäune klettern und dabei dein Leben riskieren? Du solltest dich endlich zur Ruhe setzen.

Vorsichtig schlich Avram durchs Gebüsch, bis er freie Sicht hatte. Er befand sich am Rand einer parkähnlichen Anlage, mit einer großen Freifläche in der Mitte und dichtem Buschwerk an den Seiten. Hier und da standen ein paar ausladende Eichen. Auf der gegenüberliegenden Seite der Freifläche befand sich ein kleiner See mit einem Springbrunnen, dahinter kamen ein paar Terrassenstufen, die zu einem beachtlich großen Gebäudekomplex führten.

In der Dunkelheit konnte Avram nur den klobigen Umriss erkennen. Durch manche Fenster schimmerte Licht. Irgendwo hinter diesen Mauern musste Lina sein.

Avram pirschte sich näher heran. Ein Nachtsichtgerät wäre jetzt gut gewesen, aber auf die Schnelle hatte er keine vollständige Ausrüstung auftreiben können – nur das, was Bjorndahl ihm besorgt hatte.

Natürlich ging Avram durch den Mangel an gründlicher Vorbereitung ein Risiko ein, aber er hatte keine Wahl. Er musste heute Nacht zuschlagen – wer konnte schon ahnen, was morgen mit Lina geschehen würde?

Auf jeden Fall stehen die Chancen hier günstiger als in Norwegen.

Im Schutz der Büsche schlich Avram am Zaun entlang bis zu den Terrassen, dann hinauf bis zu einer Buchsbaumhecke. Dort hielt er inne, um erneut die Lage zu sondieren.

Klassische Musik erfüllte die Nacht. Sie drang aus den offenen Fenstern im oberen Stock, ein Streicherkonzert, ziemlich beschwingt – Mozart vielleicht oder Vivaldi.

Das Licht, das durch die Fenster nach außen drang, beleuchtete den geschotterten Platz um das Gebäude gut genug, damit Avram sich einen Überblick verschaffen konnte. Die Fenster im Erdgeschoss waren vergittert, der Haupteingang wurde von Sicherheitspersonal bewacht. Auch auf dem Parkplatz links neben dem Haus sah Avram mehrere Wachleute. Nur auf der rechten Gebäudeseite gab es einen unbewachten Nebeneingang.

Hinter der Buchsbaumhecke kroch Avram weiter, bis er sicher war, sich außerhalb des Sichtfelds der Wachen zu befinden. Dann eilte er in gebückter Haltung zur Seitentür. Der feine Schotter knirschte unter seinen Sohlen, aber so leise, dass niemand es hören konnte.

Etwas lauter waren da schon die beiden Schüsse aus der schallgedämpften Pistole, die nötig waren, um das Schloss an der Tür zu öffnen. Doch auch das bereitete Avram kein Kopfzerbrechen. Die Musik aus dem Obergeschoss verschluckte die verräterischen Geräusche.

Er schlüpfte ins Gebäude und zog die Tür wieder hinter sich zu. Drinnen war es stockfinster. Seine Finger tasteten nach der Taschenlampe in seinem Gürtel. Als er sie anschaltete, sah er, dass er sich in einem schmalen Gang befand. Mit der Pistole im Anschlag folgte er ihm um ein paar Ecken. Schließlich erreichte er eine Treppe, die nach oben führte und an einer weiteren Tür endete.

Avram lauschte. Von der anderen Seite waren keine Geräusche zu hören, weder Schritte noch Stimmen, noch Musik. Vorsichtig spähte er durchs Schlüsselloch.

Nichts.

Ein leerer Raum mit ein paar Tischen und Stühlen. An der gegenüberliegenden Wand hing ein altmodisches Gemälde.

Langsam drückte er die Klinke und wagte einen Blick durch den sich öffnenden Spalt. Immer noch war niemand zu sehen. Kaum zu glauben, wie frei er sich hier bewegen konnte. Es war beinahe schon zu einfach – so, als habe man ihm diesen Weg absichtlich überlassen.

Um ihn in eine Falle zu locken.

Er hatte den Gedanken noch nicht beendet, als er im Augenwinkel einen Schatten wahrnahm. Eine Faust raste auf ihn zu und traf ihn mit der Wucht eines Vorschlaghammers mitten ins Gesicht.

Avrams Welt zerstob in einem Meer von rauschenden Blitzen.

77

Die Vorbereitungen für den Polizeieinsatz bei Bayreuth hatten Emilia viel Zeit gekostet, weil sie nicht wollte, dass etwas schiefging. Den gestrigen Tag und die ganze Nacht hatte sie telefoniert und organisiert. Als sie an diesem Vormittag um kurz vor zehn aus dem Taxi stieg, spürte sie die Müdigkeit in jeder Faser ihres Körpers.

Die zwölf Einsatzfahrzeuge der Polizei und des SEK standen in einer langen Reihe am Rand der schmalen Straße, die von Heinersreuth nach Eckersdorf durch den Wald führte. Leichter Regen hatte eingesetzt, in der dunstigen Luft lag der Geruch von Holz und Moos. Durch die Wipfel der Bäume schimmerte an manchen Stellen der graue Herbsthimmel.

Im Kastenwagen der Einsatzleitung wurde Emilia von Kripo-Hauptkommissar Warschek und dem Leiter des Sondereinsatzkommandos, Hauptkommissar Timmer, begrüßt. Warschek war ein schmerbäuchiger Schnauzbartträger mit schlechtsitzendem Sakko und breiter Krawatte, Timmer hatte eine Glatze und trug schwarze Einsatzkleidung, die eng an seinem durchtrainierten Köper anlag. Unterschiedlicher hätten die beiden Männer kaum sein können.

Da Emilia beinahe im Stehen einschlief, nahm sie den von Timmer angebotenen Kaffee aus der Thermoskanne gerne an. Während sie an ihrem Becher nippte und darauf wartete, dass ihre Lebensgeister sich wieder regten, breitete Timmer auf dem kleinen Tisch in der Mitte des Kastenwagens eine Karte aus.

»Das ist die Umgebung von Rathnach«, sagte er und strich das Papier glatt. »Wir befinden uns hier, an dieser Straße. Etwa vierhundert Meter weiter liegt das Gelände des ehemaligen Sanatoriums, unser Zielobjekt. Der nördliche Teil ist von Wald umgeben. Dort steht auch das Gebäude. Nach Süden hin kommt freies Feld. Die einzige Zufahrt zur Straße ist im Moment durch ein Gatter verschlossen. Den Rest des Areals umgibt ein Zaun mit massiven Eisenstreben, allerdings ohne Videoüberwachung und ohne elektrische Sicherung. Hinter dem Zaun befindet sich durchgehend übermannshohes Gebüsch, leider blickdicht. Von außen ist das Gelände so gut wie nicht einsehbar. Aber ich kann Ihnen ein paar Drohnenbilder zeigen.«

Er tippte auf eine Computermaus, woraufhin ein Monitor auf dem Seitentisch zum Leben erwachte. Die Aufnahmen waren zwar etwas verwackelt, aber immerhin gut genug, um einen Eindruck von der ehemaligen Sanatoriumsanlage zu gewinnen.

»Kann man durch die Fenster erkennen, was im Haus passiert, wenn man näher ranfliegt?«, fragte Emilia.

Timmer schüttelte den Kopf. »Das haben wir schon versucht. Leider ohne Erfolg. Drinnen sind nur leere Räume zu erkennen. Allerdings konnten wir die Kennzeichen der Autos auf dem Gelände entziffern und die Halter identifizieren.

»Wann sind Ihre Teams einsatzbereit?«

»Jederzeit. Sie müssen nur noch Position beziehen. Wenn Sie wollen, kann es in fünf Minuten losgehen.«

Emilia seufzte. Aus irgendeinem Grund hatte sie kein gutes Gefühl bei der Sache.

»Ich brauche noch die offizielle Freigabe für den Einsatz«, sagte sie und zog ihr Handy aus der Tasche. Aus ihren Kontakten wählte sie die Nummer von Dr. Albert Rodtmann. Bereits nach dem ersten Klingelzeichen nahm er das Gespräch an.

Emilia erklärte ihm die Situation. »Die Bayreuther Kripo und das SEK stehen in den Startlöchern«, sagte sie. »Die Lage im Gebäude scheint im Moment ruhig zu sein. Es gibt keine Anzeichen dafür, dass die Situation eskalieren könnte.«

»Das will ich hoffen. Wenn bei diesem Einsatz etwas schiefgeht, werden die deutschen Behörden nämlich ganz schnell mit dem Finger auf uns zeigen, das ist Ihnen doch klar, nicht wahr?«

»Die Lage ist vollständig unter Kontrolle, Dr. Rodtmann.«

»Ganz sicher?«

»Absolut.«

»So sicher, dass Sie bereit sind, die Konsequenzen zu tragen, falls die Sache doch danebengeht?«

Emilia schluckte. Mit einer solchen Drohung hatte sie nicht gerechnet. »Falls die Situation aus dem Ruder läuft, werde ich dafür geradestehen«, sagte sie.

»Also dann – geben Sie den Startschuss nach eigenem Ermessen«, befahl Rodtmann. »Und halten Sie mich weiterhin auf dem Laufenden.«

Bei der anschließenden Taktikbesprechung erläuterte SEK-Einsatzleiter Timmer das geplante Vorgehen.

»Bis vor etwa zwei Stunden waren auf dem Parkplatz und vor dem Haupteingang noch jede Menge Wachleute«, sagte er. »Aus irgendeinem Grund sind sie jetzt aber nicht mehr da. Sie sind alle ins Gebäude gegangen – eine plausible Erklärung haben wir dafür nicht. Vielleicht findet dort ein Gespräch statt, an dem sie teilnehmen – eine Präsentation oder etwas in der Art.«

Emilia konnte sich darauf keinen Reim machen. Aber es fiel ihr im Moment ohnehin ziemlich schwer, sich zu konzentrieren. Das Koffein wollte noch nicht so recht wirken, und Rodtmanns Drohung spukte in ihrem Hinterkopf herum.

»Vielleicht ist unser Einsatz aufgeflogen, und sie haben sich im Gebäude verschanzt«, mutmaßte Kripo-Hauptkommissar Warschek.

Timmer hob die Augenbrauen. »Das glaube ich zwar nicht, aber wir müssen die Möglichkeit in Betracht ziehen«, sagte er. »Meine Männer sind darauf vorbereitet.«

»Wie wollen Sie das Gebäude einnehmen?«

»In drei Teams. Für jede Etage eins – Keller, Erdgeschoss, Obergeschoss. Die Teams sind mit der üblichen Ausrüstung ausgestattet, außerdem mit Blend- und Rauchgranaten, die bei Bedarf eingesetzt werden können. Wir werden das Gelände von der Nordseite her betreten, wo es bewaldet ist. An dieser Stelle« – er tippte mit dem Zeigefinger auf die Karte – »ist das Gebüsch am Zaun besonders dicht. Hier werden wir das Gelände betreten und uns dann bis zu diesem Seiteneingang vorpirschen.« Sein Finger wanderte über die Karte bis zum oberen Rand des Gebäudegrundrisses. »Wenn alles nach Plan läuft, werden wir unbemerkt ins Innere gelangen. Aber wir sind auch auf einen Angriff vorbereitet. Vier Scharfschützen werden meinen Leuten bei Bedarf Feuerschutz geben.«

Emilias Gedanken wanderten zum Hartweiler-Haus. Auch damals hatte die Planung perfekt geklungen, bevor dann alles ganz anders gekommen war.

»Vertrauen Sie mir, alles wird gutgehen«, sagte Timmer, der ihr die Zweifel offenbar ansah. »Wir sind auf solche Situationen spezialisiert. Die meisten meiner Leute arbeiten schon seit über zehn Jahren für das SEK. Eine bessere Truppe werden Sie nirgends finden.«

Emilia lächelte tapfer, auch wenn sie seinen Optimismus nicht teilen konnte.

»Noch irgendwelche Fragen?« Timmers Blick wanderte von Emilia zu Hauptkommissar Warschek. Beide schüttelten den Kopf.

»Dann los.«

Über das Funkgerät gab Timmer seinen Leuten letzte Anweisungen.

»Keine Alleingänge, kein unnötiges Risiko. Ich will einen mustergültigen Zugriff«, blökte er. »Scharfschützen und Teamgruppenführer – ihr meldet euch, sobald ihr Position bezogen habt.«

Wenige Minuten später meldeten die Angesprochenen Vollzug, und Timmer gab den Einsatzbefehl. Über den Lautsprecher bekam Emilia die Rückmeldungen der Teams live mit.

Jetzt überquerten sie den Zaun.

Jetzt schlichen sie zum Gebäude.

Jetzt zur Tür am Nordflügel.

Emilias Nervosität stieg mit jedem Herzschlag. Natürlich war diese Einsatztruppe bestens trainiert und ausgerüstet. Dennoch blieb das Gefühl, dass irgendetwas bei dieser Mission schrecklich danebengehen würde.

Warum war vor zwei Stunden das Sicherheitspersonal ins Gebäude beordert worden? Dafür musste es einen Grund geben, und je mehr Emilia darüber nachdachte, desto sicherer wurde sie, dass dieser Grund ihr nicht gefallen würde.

»Die Tür ist offen«, kam es gerade durch den Lautsprecher. »Das Schloss ist aufgeschossen worden.«

Es war wie eine Bestätigung für Emilias Vorahnung. Eine letzte Warnung, den Einsatz abzublasen.

Aber Timmer bellte bereits den nächsten Befehl: »Höchste Konzentration beim Vorrücken! Vielleicht handelt es sich um eine Falle. Gebäude einnehmen und Etagen sichern! Schießen nach eigenem Ermessen!«

Ein Team schlich über die Treppe in den Keller, eins eilte in die obere Etage. Das dritte Team blieb im Erdgeschoss. Vom Nordflügel aus begannen sie, das Gebäude zu durchkämmen.

Emilia konnte zwar nichts sehen, aber durch die permanent eingehenden Funksprüche formte sich vor ihrem geistigen Auge ein klares Bild davon, wie die Teams auf leisen Sohlen immer weiter in die Räume vorstießen. Ab und zu drangen die taktischen Anweisungen der Gruppenführer aus dem Lautsprecher, immer wieder gefolgt von der Meldung »Gesichert«. Alles schien wie am Schnürchen zu laufen.

Bis zu dem Zeitpunkt, als jemand sagte: »Das darf doch nicht wahr sein! Hier sieht es ja aus wie auf einem Schlachtfeld.«

78

Avram hörte ein Geräusch und spürte instinktiv die Brisanz der Situation, noch bevor er in der Lage war, sie auch nur ansatzweise zu begreifen. Er war noch völlig benebelt, wusste nicht, wo er sich befand oder was geschehen war. Als er die Augen aufschlug, sah er jemanden vor sich auf dem Boden liegen. Einen Mann im Anzug, den er nicht kannte. Der Kopf mit dem Loch in der Stirn ruhte in einer großen, dunkelroten Pfütze. Rechts und links neben ihm lagen zwei weitere Leichen.

Der unerwartete Anblick jagte Avram Adrenalin in die Adern und weckte seine Lebensgeister. Er hockte auf einem Stuhl in einem schlossähnlichen Zimmer, mit einer Pistole in der Hand und einem Gewehr quer auf den Oberschenkeln. Beide Waffen hatte er noch nie gesehen.

Was zum Teufel hat das zu bedeuten?

Noch während er darüber nachdachte, bewegte sich eine der vermeintlichen Leichen mit einem unterdrückten Stöhnen. Eine Frau.

Lina Sattler.

Benommen kniete Avram sich neben sie und tätschelte ihr die Wangen, bis sie die Augen aufschlug.

»Alles klar?«

Wieder vernahm er ein Geräusch, diesmal aus dem Nebenzimmer. Bevor Lina etwas sagen konnte, drückte Avram ihr eine Hand auf den Mund. An ihren Augen erkannte er, dass sie verstand.

Jemand raunte: »Gesichert!«

Avram stand auf und schlich zur Zimmertür, so schnell seine weichen Knie es zuließen. Durch den schmalen Spalt zwischen Tür und Türrahmen erkannte er die bewaffneten Männer in schwarzer Uniform, eindeutig ein Sondereinsatzkommando, das sich durch einen Raum voller Leichen zu ihnen vorarbeitete.

Schlagartig wurde Avram klar, mit welchen Waffen diese Menschen erschossen worden waren. Und er begriff, dass man ihn für das Massaker verantwortlich machen würde.

Was jetzt?

Aus dem Raum, in dem er sich befand, führte kein weiterer Ausgang. Es gab nur ein paar Fenster, aber die schieden als Fluchtweg aus, weil sie sich im ersten Stock befanden und draußen bestimmt noch mehr Polizisten warteten.

Wir sitzen in der Falle!

Leise eilte er zu Lina zurück. »Stell jetzt keine Fragen«, flüsterte er. »Leg dich auf den Boden, mach die Augen zu und beweg dich nicht, egal, was passiert – so lange, bis ich Entwarnung gebe, verstanden?«

Sie nickte und tat, was er gesagt hatte. Er selbst drückte einem der Toten sein Gewehr in die Hand – das würde die Aufmerksamkeit von ihm ablenken. Die Pistole und das Messer behielt er: Um beides bei Bedarf schnell griffbereit zu haben, legte er sich bäuchlings darauf. Seinen Kopf positionierte er so, dass die Blutlache darunter von ihm hätte stammen können. Dann schloss er die Augen, um nicht versehentlich zwinkern zu müssen, außerdem zwang er sich, langsam zu atmen. Am liebsten hätte er die Luft angehalten, aber er wusste, dass er das nicht lange genug durchhalten konnte.

Hoffentlich begeht Lina nicht diesen Fehler!

Doch es war zu spät, um sie zu warnen. Das SEK hatte bereits den Raum erreicht, das spürte er genau.

Schritte näherten sich. Mindestens drei oder vier Personen, schätzte Avram. Jetzt durfte nichts schiefgehen.

»Da liegt jemand mit einer Waffe!«, sagte eine Stimme.

Sie können nicht mich meinen. Sie müssen den Kerl mit dem Gewehr entdeckt haben.

Dennoch begann Avrams Herz, schneller zu schlagen. Die Hand unter seinem Bauch schloss sich fest um den Pistolengriff, für den Fall, dass jemand versuchen würde, ihn auf den Rücken zu drehen.

Wieder Schritte, diesmal schneller. Dann ein metallisches Scheppern, das wohl daher rührte, dass jemand das Gewehr mit dem Fuß über den Boden schob.

»Können Sie mich hören?«

Keine Antwort. Dann das Rascheln von Stoff.

»Er ist tot«, sagte die Stimme.

Avram wollte sich gerade wieder entspannen, als ihn etwas am Bein berührte – der Stiefel eines SEK-Beamten vielleicht, oder auch dessen Gewehrlauf. Avram reagierte nicht.

Ein paar Sekunden später raunte jemand: »Gesichert.«

Dann entfernten sich die Schritte wieder.

Avram wagte aufzuatmen. Vorsichtig öffnete er die Augen, um sich einen Überblick zu verschaffen. Tatsächlich war das SEK-Team aus dem Zimmer verschwunden.

Er stand auf und strich sich das Blut aus den Haaren. Auf Zehenspitzen schlich er zu Lina und zupfte sie am Ärmel, bis sie die Augen öffnete. Mit dem Kinn bedeutete er ihr, ihm zu folgen. Sie nickte als Zeichen dafür, dass sie verstanden hatte.

Bevor sie sich auf den Weg zum Ausgang machten, durchsuchte Avram die Leichen, bis er einen Autoschlüssel fand.

Porsche. Als Fluchtwagen nicht übel. Jetzt müssen wir nur noch zum Parkplatz kommen.

Tatsächlich gelang es ihnen, sich unbemerkt bis zum nächsten Treppenhaus vorzuarbeiten. Avram schlug den SEK-Beamten, der die Seitentür bewachte, gekonnt nieder, so dass der Weg jetzt frei war.

Als Lina nach draußen wollte, hielt Avram sie jedoch zurück.

»Dort sind garantiert Scharfschützen postiert«, sagte er. »Wenn wir den Tag überleben wollen, müssen wir vorsichtig sein.«

Durchs Fenster erspähte er zwei Porsche: Ein schwarzer Panamera parkte nahe der Tür, ein roter 911er stand ein gutes Stück weiter weg. Avram drückte die Fernbedienung. Glücklicherweise leuchteten die Blinker des Panameras auf.

»Beeilung!«, zischte Avram. Dann stieß er die Tür auf und rannte in geduckter Haltung los.

Irgendwo rief jemand »Stehen bleiben!« und »Hände hoch!«, doch Avram ignorierte es. Ohne den Lauf zu unterbrechen, sprintete er weiter. Am Wagen angekommen, riss er die Tür auf und schob sich hinters Steuer, während Lina sich gleichzeitig auf die Beifahrerseite fallen ließ. Ein Knopfdruck auf die Startautomatik, und der Motor sprang an. Avram legte einen Gang ein, drückte aufs Gas. Die Maschine brüllte auf. Der Porsche machte einen Satz nach vorne, auf dem geschotterten Untergrund drehten die Reifen durch. Das Heck scherte aus und vollführte einen kraftvollen Schlenker, bevor Avram den Wagen auf der Geraden wieder unter Kontrolle brachte. Nur noch hundert Meter bis zur Einfahrt. Es schien ein Kinderspiel zu sein.

Hinter ihm splitterte Glas. Offenbar hatte das SEK das Feuer eröffnet.

»Bist du in Ordnung?«, fragte er Lina.

»Ich bin okay«, antwortete sie, während sie gleichzeitig einen Blick über die Schulter riskierte. »Aber wir sollten so schnell wie möglich von hier verschwinden.«

Avram trat das Gas bis zum Anschlag durch. Mit röhrendem Motor donnerte der Wagen der Einfahrt entgegen. In voller Fahrt rammte er das Gatter, so dass die beiden Torflügel krachend zur Seite flogen. Mit zerbeulter Kühlerfront scherte Avram in die Waldstraße ein. Quietschend radierten die Reifen über den nassen Asphalt. Auf der Geraden bekam Avram den entfesselten Wagen wieder unter Kontrolle.

»Meinen Mustang würde ich dir nicht anvertrauen«, kommentierte Lina lakonisch.

Nach ein paar hundert Metern tauchten am Straßenrand eine Reihe Einsatzfahrzeuge auf.

»Da kommen wir nicht durch«, knurrte Avram.

Weil der Waldweg zu schmal für eine 180-Grad-Drehung bei voller Fahrt war, trat er auf die Bremse. Er musste zweimal zurücksetzen, bis er den Wagen gewendet hatte. Dann gab er wieder Vollgas und preschte in die Richtung zurück, aus der sie gekommen waren.

Das Sanatoriumsgelände flog an ihnen vorbei. Danach führte die Straße am Waldrand entlang, links lag ein abgemähtes Feld. Irgendwo hinter ihnen ertönte Sirenengeheul – offenbar nahm die Polizei die Verfolgung auf.

Als Avram um einen bewaldeten Vorsprung fuhr, tauchte die nächste Straßensperre wie aus dem Nichts vor ihm auf.

»Festhalten, jetzt wird's holprig!«, zischte er. Gleichzeitig steuerte er den Wagen hinaus aufs offene Feld. Ohne das Tempo zu verringern, holperten sie über den brachliegenden Acker, wobei sie einen weiten Bogen um die Polizei vollführten.

»Was ist das?«, rief Lina und deutete durch die Frontscheibe zum Himmel.

Avram brauchte einen Moment, ehe er begriff. »Eine Drohne! Wir müssen versuchen, sie abzuschütteln, sonst werden sie uns erwischen!«

Ein paar hundert Meter hinter der Polizeisperre scherte er wieder in die Straße ein, die in einem sichelförmigen Bogen auf die nächste Ortschaft zuführte. Im Rückspiegel sah er, wie die Streifenwagen die Verfolgung aufnahmen.

Bestimmt ist auch schon ein Hubschrauber angefordert.

Avram seufzte. Hätte er im Vorfeld genug Zeit gehabt, um die Gegend auszukundschaften, hätte er einen konkreten Fluchtplan erstellt – das tat er normalerweise immer. So aber musste er improvisieren.

Im Rückspiegel flackerte inzwischen eine ganze Reihe von Blaulichtern. Martinshörner schrillten durch den Regen. Auch von vorne näherten sich Polizeifahrzeuge. Und zwanzig Meter über ihnen klebte diese verdammte Drohne an ihnen …

Ein weiterer Schlenker über den Acker schied aus, denn an dieser Stelle führte ein tiefer Graben an der Straße entlang.

Wir sitzen in der Falle!

Avram machte sich schon darauf gefasst, sich den Weg freizuschießen, als hundert Meter vor ihm ein Forstpfad in den Wald abzweigte. Dorthin konnte ihnen zumindest die Drohne nicht folgen. Die Frage war nur: Wohin führte der Waldweg?

Egal, wir müssen das Risiko eingehen!

Ohne die Fahrt zu verlangsamen, bog er ab. Im regennassen Matsch schlitterte das Heck um die Kurve. Die Reifen drehten durch, Schlamm spritzte auf. Dann befand sich der Wagen wieder auf Spur.

In engen Kurven führte der Weg durch den dichter werdenden Wald, bis sie nach wenigen Minuten eine Gabelung erreichten. Avram entschied sich für die rechte Abzweigung, die jedoch schon nach zweihundert Metern im Nichts endete.

Mist!

Da es keine Wendemöglichkeit gab, setzte er zurück. Die ganze Aktion dauerte nur ein paar Sekunden, dennoch war ihm klar, dass sie dadurch wertvollen Vorsprung verloren hatten. Die Martinshörner klangen jetzt verdammt nah. Im Rückspiegel schimmerten bereits die Blaulichter durchs Unterholz.

Die Wahrscheinlichkeit, dass sie beide entkommen konnten, tendierte gegen null. Avram traf eine Entscheidung.

»Wir müssen uns trennen«, rief er Lina zu, während er mit beiden Händen am Steuer versuchte, den Porsche im matschigen Untergrund auf Kurs zu halten.

»Was soll das heißen?«

»Dass du bei nächster Gelegenheit aussteigen wirst. Du musst dich alleine durchschlagen. Versteck dich im Wald, bis die Luft rein ist. Ich werde versuchen, die Aufmerksamkeit der Polizei auf mich zu lenken. Wenn alles gut läuft, treffen wir uns am Samstag um 14.00 Uhr in der Münchner Innenstadt vor dem Rathaus. Dort werden sie ganz bestimmt nicht nach uns suchen.«

Nach einer engen Kurve trat er auf die Bremse. Schlitternd kam der Wagen zum Stehen.

»Jetzt raus mit dir, schnell!«

In geduckter Haltung verschwand Lina im Gebüsch, und Avram gab wieder Gas.

79

Im Kastenwagen der SEK-Einsatzleitung herrschte bei aller Aufregung Hochkonzentration. Beinahe sekündlich gingen per Funk die neuesten Meldungen ein, so dass Emilia über den Lautsprecher ständig den aktuellen Stand erfuhr.

Im Moment blieb ihr nichts anderes übrig, als sich auf ihre Beobachterrolle zu beschränken, da der Einsatz von der deutschen Polizei koordiniert wurde. SEK-Leiter Timmer bellte Befehle in sein Funkgerät, aber auch Kripo-Hauptkommissar Warschek, der mit seinem Kugelbauch und dem schlechtsitzenden Anzug noch vor wenigen Minuten einen so gemütlichen Eindruck gemacht hatte, bewies in der Krisensituation ein hohes Maß an Professionalität und Dynamik. Die beiden wussten genau, was zu tun war.

Dennoch fiel es Emilia schwer, ruhig sitzen zu bleiben. Die ganze Nacht über hatte sie koordiniert und organisiert, um heute endlich den Wartberger Kreis ausheben zu können – und jetzt lief plötzlich alles aus dem Ruder. Es war zum Verrücktwerden!

Am liebsten hätte sie mitgeholfen. In ihr floss immer noch dasselbe Blut wie damals bei der Hamburger Kripo. Wenn man sich einmal an das Adrenalin gewöhnt hatte, kam man nur schwer wieder davon ab.

Außerdem wusste Emilia, dass Rodtmann sie für diesen Fehlschlag zur Verantwortung ziehen würde – das hatte er im letzten Telefonat mehr als deutlich gemacht. Bei der

Suche nach Schuldigen stünde ihr Name ganz oben auf der Liste. Würde dieser Einsatz ihre Karriere beenden?

Dabei hatte sie keinen Schimmer, was überhaupt schiefgelaufen war. Warum lagen in dem ehemaligen Sanatorium so viele Leichen? Wer waren sie? Und wer hatte sie umgebracht?

Diese Fragen geisterten durch Emilias Kopf, während Timmer und Warschek versuchten, per Funkanweisungen die Lage wieder unter Kontrolle zu bringen.

»Rietmüller, was machen die verdammten Drohnenbilder?«, rief Timmer gerade in sein Gerät. »Krieg ich die Aufnahme endlich auf den Bildschirm? Ich will wissen, wer uns so übel verarscht hat.«

Prompt erschien auf dem Computermonitor die Aufzeichnung der Verfolgungsjagd aus der Perspektive der Flugdrohne. Leider war die Filmsequenz wegen des Regens und des Windes stark verwackelt, so dass man die Insassen des Wagens nicht erkennen konnte. Hinter dem Steuer saß ein Mann, auf dem Beifahrersitz eine Frau, aber selbst das hätte Emilia nicht beschworen. Auch, als der Panamera wieder auf die Straße einscherte, änderte sich die Bildqualität nicht. Für eine Suchmeldung war das völlig untauglich.

Dann kam per Funk eine Meldung, die Emilia aufhorchen ließ: »Der Hubschrauber hat Sichtkontakt. Der Fluchtwagen fährt auf einem Waldweg zwischen Eckersdorf und Heinersreuth in nördlicher Richtung und wird von zwei Polizeifahrzeugen verfolgt. Der Waldweg endet an einem Steinbruch. Dort gibt es kein Entkommen.«

Das Kamerabild aus dem Cockpit erschien auf dem Bildschirm. Der Fahrer hatte den Wagen kurz vor der Felskante zum Stehen gebracht und setzte seine Flucht jetzt zu Fuß fort. Hinter ihm nahmen die Polizisten die Verfolgung auf.

Schüsse fielen – so laut, dass Emilia sie sogar noch im Einsatzwagen hören konnte.

Der Mann auf dem Monitorbild blieb stehen und hob die Hände. Er schien nicht getroffen worden zu sein, hatte aber offenbar eingesehen, dass er sein Leben riskierte, wenn er sich nicht ergab. Ohne Gegenwehr ließ er sich von den Polizisten festnehmen.

In diesem Moment ging über Funk eine neue Meldung ein: »Im Sanatorium sind zwei Überlebende entdeckt worden. Sie hatten sich im Keller verschanzt und konnten dem Anschlag dadurch entkommen.«

Diesmal antwortete nicht SEK-Einsatzleiter Timmer, sondern Kripo-Hauptkommissar Warschek. »Lassen Sie sie medizinisch untersuchen und bringen Sie sie dann nach Bayreuth aufs Revier, damit wir sie befragen können«, sagte er. »Vielleicht können die beiden uns erklären, was zum Henker hier vorgefallen ist.«

80

Linas Herz raste, der Puls hämmerte in ihren Ohren. Immer wieder warf sie einen raschen Blick über die Schulter, aber soweit sie es erkennen konnte, war ihr niemand auf den Fersen, doch sie zweifelte nicht daran, dass man sie bereits suchte.

Durch das lichter werdende Dickicht erkannte sie die ersten Ausläufer einer Ortschaft - kleine, weiße Häuschen, die an den Waldrand angrenzten. Bestimmt wimmelte es in dem Ort schon von Polizisten. Ein Auto zu stehlen, um damit die Flucht fortzusetzen, war damit wohl keine gute Idee, jedenfalls im Moment nicht. Zu Fuß konnte sie aber auch nicht weiter - Lina keuchte schon jetzt wie eine alte Dampflok. Deshalb beschloss sie, irgendwo Unterschlupf zu suchen und abzuwarten, bis die Luft wieder rein war.

Während sie hinter Büschen und niedrigen Bäumen am Waldrand weiterschlich, fiel ihr ein geeignetes Haus am Ende einer Sackgasse auf. Sämtliche Rollläden waren trotz des schlechten Wetters zur Hälfte heruntergelassen worden, wahrscheinlich, weil die Besitzer verreist waren. Von außen erkannte Lina auch keine Überwachungseinrichtungen. Hier würde sie es riskieren.

Hinter dem Gartenhaus kletterte sie über den Zaun. Von dort bis zur Terrasse waren es nur wenige Meter, die sie eilig überquerte. Als sie sicher war, von keinem aufmerksamen Nachbarn entdeckt worden zu sein, untersuchte sie die Fenster an der Rückseite des Hauses.

Alle waren verschlossen. Ein Brecheisen stand ihr nicht zur Verfügung, und weil sie keinen Lärm verursachen wollte, konnte sie auch keine Scheibe einschlagen.

Blieben nur noch die Kellerfenster.

Viele Menschen ließen in der Waschküche das Fenster gekippt, aus Angst vor Schimmelpilzbildung – so auch hier. Vorsichtig hob Lina das Gitter vom Lichtschacht und stieg ein. Es war ein altes Fenster mit einem Holzrahmen, von dem schon die Farbe abblätterte. Mit wenigen Handgriffen konnte Lina es aus den Angeln heben.

Leise schlüpfte sie ins Innere. Das Gitter über dem Lichtschacht zog sie dabei wieder hinter sich zu, so dass von außen alles normal aussah.

Geschafft!

Bevor sie aufatmen konnte, musste sie jedoch sichergehen, dass das Haus wirklich leer stand. Vorsichtig schlich sie zum Kellergang. Nirgends brannte Licht, nirgends hörte sie ein Radio oder ein anderes verdächtiges Geräusch.

Sehr gut.

Über die Steintreppe ging sie nach oben. Auch hier gab es keine Anzeichen dafür, dass jemand zu Hause war. Nirgends stand benutztes Geschirr herum, der Esstisch war aufgeräumt. Auf der Spüle fand Lina einen Zettel, offenbar an die Nachbarn gerichtet:

Bitte am Freitag die Blumen im Wohnzimmer gießen.

Offenbar hatte sie tatsächlich Glück gehabt. Heute war Donnerstag. Also konnte sie den ganzen Tag lang in diesem Haus bleiben und warten, bis die Polizei endlich von hier verschwand.

Sicherheitshalber besichtigte Lina auch noch das Obergeschoss, aber wie erwartet, standen auch diese Zimmer leer.

Erst jetzt gestattete sie es sich aufzuatmen. Und zum ersten Mal, seit sie in dem Sanatorium aufgewacht war, hatte sie Zeit, darüber nachzudenken, was geschehen war. All die Toten – das mussten die Mitglieder des Wartberger Kreises gewesen sein. Aber warum waren sie umgebracht worden? Im Moment ergab das alles für sie noch keinen Sinn. Fest stand nur, dass die Polizei Avram und sie für die Täter hielt.

Ihr Magen knurrte. Im Kühlschrank fand sie etwas Käse und einen Joghurt, in der Vorratskammer eine Flasche Limo gegen den Durst. Da sie nicht durchs Fenster gesehen werden wollte, hockte sie sich zum Essen auf den Küchenboden. Die Limo leerte sie in einem Zug, weil sie sich völlig dehydriert fühlte. Danach kehrten allmählich ihre Lebensgeister zurück.

Während sie darüber nachdachte, wie es nun weitergehen solle, wurde ihr bewusst, dass sie zitterte. Der Regen hatte sie bis auf die Unterwäsche durchnässt, und das Haus, in das sie eingebrochen war, schien nicht beheizt zu sein.

Sie schlang die Arme um die angewinkelten Beine und versuchte, an etwas anderes zu denken, aber es gelang nicht. Die Kälte steckte ihr inzwischen so tief in den Knochen, dass sie sie nicht ignorieren konnte.

Ich brauche eine heiße Dusche und etwas Trockenes zum Anziehen.

Kurzentschlossen durchstöberte sie das Schlafzimmer im Obergeschoss nach anderer Kleidung, danach ging sie ins Badezimmer.

Die Dusche vertrieb zwar die Kälte, nicht aber das Unbehagen, als ihr klarwurde, dass sie im Moment ganz auf sich alleingestellt war. Die Erinnerung an die Nacht mit Nils Rentwijk drängte sich wie eine dunkle Wolke in ihr Bewusstsein. Seine gierigen, kleinen Augen gingen ihr nicht mehr aus dem Sinn. Selbst jetzt konnte sie noch seine Blicke auf ihrem Körper spüren, quälend wie eine widerwärtige Berührung.

Hoffentlich hat es ihn in dem Sanatorium erwischt.

Der Gedanke, dass jemand ihm eine Kugel in den Schädel gejagt hatte, erfüllte sie mit Genugtuung. Der einzige Wermutstropfen war, dass sie das nicht selbst hatte tun können.

Lina spähte aus einem Fenster hinaus auf die Straße. Wie lange sollte sie hier ausharren? Sie kannte sich mit Polizeisperren nicht aus, schon gar nicht im Rahmen eines solchen Großeinsatzes. Wann wäre ein guter Zeitpunkt, um die Flucht fortzusetzen? In der Nacht? Oder besser erst morgen?

Im Moment war es jedenfalls noch zu früh, um aufzubrechen, denn hinter der regennassen Scheibe sah sie immer wieder Blaulichter vorbeifahren, auch wenn die Sirenen abgeschaltet waren.

Die Uhr an der Wand zeigte mittlerweile kurz vor halb drei. Lina war jetzt schon über zwei Stunden hier, allmählich wurde es ihr langweilig.

Sie schaltete das Radio ein und stellte den Ton so leise, dass man ihn draußen nicht hören konnte. Um drei Uhr brachten die Nachrichten einen kurzen Report über den Vorfall im ehemaligen Rathnach-Sanatorium. Der Sprecher berichtete, dass eine Reihe wohlhabender Geschäftsleute während eines Treffens bei Bayreuth durch einen gezielten Anschlag getötet worden sei. Einer der mutmaßlichen Täter sei in einem Porsche geflohen und mittlerweile von der Polizei gefasst worden. Er werde im Augenblick von der Polizei verhört. Sein Komplize befände sich noch auf freiem Fuß und sei sehr gefährlich.

Offenbar wissen sie nicht, dass sie eine Frau suchen müssen. Immerhin etwas.

Obwohl das ihre Chancen auf Flucht deutlich erhöhte, konnte sie sich nicht so recht darüber freuen. Avram hatte sich für sie geopfert. Er hatte den Köder für die Polizei gespielt, damit sie entkommen konnte. Ohne ihn wäre auch sie längst festgenommen worden.

Er hatte ihr geholfen, nicht nur heute, sondern schon die ganzen letzten Tage.

Jetzt war es an ihr, etwas für ihn zu tun.

In einer Dielenschublade fand Lina ein Mäppchen mit Fahrzeugpapieren und etwas Geld. Die Person auf dem Führerscheinbild hieß Daria Schelling und sah ihr nicht besonders ähnlich, aber sie hätte es auch schlimmer treffen können. Alter und Haarfarbe stimmten halbwegs überein. Für den Fall einer Kontrolle prägte sie sich den Namen und das Geburtsdatum ein.

In der einsetzenden Dämmerung schlich sie aus dem Haus und fuhr mit dem Wagen davon, der draußen in der Einfahrt parkte.

81

Die beiden Überlebenden des Massakers im Rathnach-Sanatorium hießen Nils Rentwijk und Friedrich Wartberg. Beide waren medizinisch untersucht worden, und man hatte ihnen einen Polizeipsychologen zur Verfügung gestellt, um das Trauma aufzuarbeiten. Allerdings wirkte keiner der beiden auf Emilia besonders traumatisiert.

Über Professor Wartberg hatte sie schon in Lyon einiges in Erfahrung gebracht, insbesondere, dass er sich als geschäftsführender Gesellschafter des Rupert-Greeve-Instituts mit der Rehabilitation von Schmerzpatienten befasste – und natürlich, dass er der Namensgeber des Wartberger Kreises war. Der Wissenschaftler hatte seine Aussage bereits gemacht. Die Vernehmung war von Hauptkommissar Warschek durchgeführt worden, Emilia hatte nur als stille Beobachterin teilgenommen.

Bei Nils Rentwijk beschlossen sie, die Rollen zu tauschen. Warschek ging mit ihm die für das Protokoll notwendigen Formalitäten durch, danach übernahm Emilia.

»Herr Rentwijk, können Sie uns bitte den Zweck des Treffens im Rathnach-Sanatorium schildern?«, bat sie.

»Wir sind eine Art Club, ein elitärer Club, wenn Sie so wollen, der es sich zum Ziel gesetzt hat, seinen Mitgliedern einen Wettbewerbsvorteil gegenüber anderen Marktteilnehmern zu verschaffen«, antwortete der junge Mann. »Keine Sorge, wir treffen keine rechtswidrigen Kartellabsprachen. Im Wesentlichen geht es um Informationsaustausch.«

»Finden diese Treffen regelmäßig statt?«

»Ein bis zwei Mal im Jahr.«

»Und ist der Teilnehmerkreis dabei immer derselbe?«

»Mehr oder weniger. Nicht immer haben alle Zeit. Und natürlich gibt es gelegentlich Teilnehmer, die neu hinzukommen oder ausscheiden.«

»Welche Art von Informationen tauschen Sie bei diesen Treffen aus?«

»Know-how«, sagte Rentwijk. »Wir betreiben Forschungsprojekte, die sich in ihrer Zielsetzung teilweise überschneiden. Deshalb sind unsere Vorgehensweisen zu bestimmten Projektbereichen identisch. Wir besprechen diese Methoden, damit der gesamte Teilnehmerkreis von den Erfahrungen der Einzelnen profitieren kann. Auf diese Weise muss nicht jeder dieselben Fehler machen.«

»Das ist alles? Vorträge und Besprechungen zu Ihren Forschungsprojekten?«

»Manchmal geht es auch um die Suche nach neuem Kapital. Forschung ist kostspielig. Wir sind immer daran interessiert, neue Geldgeber zu finden.«

»Was für Projekte sind das, mit denen Sie sich im Wartberger Kreis befassen?«

»Studien in den Bereichen Medizin, Biochemie und Psychologie.«

Emilia nickte. Dasselbe hatte Professor Wartberg vor einer Stunde auch zu Protokoll gegeben, nur in etwas anderen Worten.

Als hätten sie sich abgesprochen.

Aber vielleicht war es auch einfach nur die Wahrheit.

»Kommen wir noch mal auf den Teilnehmerkreis zu sprechen«, sagte Emilia. »Professor Wartberg und Sie haben einige der Opfer bereits anhand der Fotos der Spurensicherung identifizieren können. Zwölf, um genau zu sein. Was ist mit den anderen fünfzehn?« Insgesamt hatte es nämlich siebenundzwanzig Tote gegeben.

»Die Mitglieder unseres Arbeitskreises kennen wir natürlich«, sagte Nils Rentwijk, »aber nicht unbedingt deren Chauffeure und Bodyguards. Diese Leute wechseln häufig. Sie nehmen auch nicht an unseren Besprechungen teil.«

»Heißt das, dass die zwölf identifizierten Personen dem Wartberger Kreis angehörten?«, hakte Emilia nach.

»Genau.«

»Mit Ihnen und Professor Wartberg waren es also vierzehn teilnehmende Mitglieder?«

»So ist es.«

»War das die übliche Runde, oder hat jemand gefehlt?«

Nils Rentwijk dachte kurz nach. »Bis auf meinen Großvater waren diesmal alle dabei.«

»Warum ist er nicht gekommen?«

»Das weiß ich nicht. Er war nicht auffindbar.«

Das klang interessant. »Wie dürfen wir das verstehen?«, fragte Emilia.

Rentwijk zuckte mit den Schultern. »Er ist ein erwachsener Mann, der tut und lässt, was ihm gefällt. In letzter Zeit geht er zwar nicht mehr oft aus dem Haus, aber aus irgendeinem Grund hat er es vorgestern doch getan. Ich weiß nicht, wo er steckt. Ich dachte, ich würde ihn am Flughafen in Oslo treffen, aber da war er nicht.«

Vor der Vernehmung hatte Emilia sich auf die Schnelle in Lyon schlau gemacht. »Meinen Informationen zufolge hat es auf Ihrem Anwesen in Norwegen gestern Nacht einen ziemlichen Tumult gegeben«, sagte sie.

»Tumult würde ich das nicht nennen«, winkte Rentwijk ab.

»Es gab eine Explosion. Es wurden Schüsse gehört. Die Polizei von Gulsvik hat Ihnen einen Besuch abgestattet. Ich nenne das sehr wohl einen Tumult.«

»Wir hatten einen Bären auf dem Gelände«, sagte Rentwijk. »Der hat für ein bisschen Aufregung gesorgt, das war alles. Jedenfalls kam mein Großvater zum vereinbarten Zeitpunkt nicht zum Jet, deshalb bin ich alleine geflogen.«

Emilia hatte den Eindruck, dass er etwas verheimlichte, aber im Moment kam sie an dieser Stelle nicht weiter.

»Welche Funktion haben Sie bei den Treffen in Bayreuth?«, fragte sie.

»Mein Großvater war Mitbegründer des Arbeitskreises vor über fünfundzwanzig Jahren«, antwortete Rentwijk. »Ich bin gewissermaßen dort hineingewachsen.«

»Und in welcher Eigenschaft macht Ihr Großvater dort mit? Soweit ich weiß, begründet sich sein Firmenimperium vor allem auf die Herstellung von Waffen.«

»Das war früher einmal so. Heute sind wir in vielen Branchen investiert.«

»Auch in der Medizin und der Biochemie?«

»Selbstverständlich.«

Emilia überlegte einen Augenblick. Über die Zusammensetzung des Arbeitskreises und dessen Zielsetzung hatte sie genug gehört. Jetzt wollte sie mehr über den Ablauf des Überfalls erfahren, der in dem Sanatorium verübt worden war.

»Professor Wartberg und Sie wurden heute Vormittag in einem Kellerraum entdeckt, wo Sie sich verschanzt hatten. Können Sie uns bitte schildern, was sich im Rathnacher Sanatorium zugetragen hat?«

Rentwijk schien sich einen Moment in seinen Gedanken zu verlieren. Dann erzählte er: »Unser Treffen begann wie üblich um 8.00 Uhr. Alle waren pünktlich – die meisten reisen wie ich am Vorabend an und übernachten in irgendwelchen Hotels in der Nähe. Wir haben mit einem Vortrag von Edwin begonnen – Edwin Lawrence –, zum Thema Dauerstressempfinden und dessen Auswirkung auf die menschliche Physis. Alle Teilnehmer befanden sich im sogenannten *Großen Klostersaal*. Der ist im oberen Stock, dort gibt es einen Konferenztisch. Edwin stand vorne und führte uns durch seine Beamerpräsentation. Ich habe nicht auf die Uhr gesehen, aber ich schätze, es muss gegen halb neun gewesen sein, als plötzlich die Tür zum Hauptgang aufgerissen wurde und zwei Gestalten hereinstürmten. Sie begannen, ohne Vorwarnung zu schießen – mit Schalldämpfern, deshalb hat es ein paar Sekunden bei mir gedauert, bis ich begriffen hatte, was geschah.«

Und deshalb hat auch außerhalb des Sanatoriums niemand etwas von der Schießerei gehört, dachte Emilia.

»Es war pures Glück, dass ich am anderen Tischende saß, als der Kugelhagel losging«, fuhr Rentwijk fort. »Das hat mir das notwendige Quäntchen Zeit verschafft, das ich brauchte, um mich durch die Seitentür in den Treppengang zu retten. Ich hörte, dass jemand hinter mir herkam und hatte zuerst Angst, es könne einer der beiden Attentäter sein, aber dann erkannte ich Professor Wartberg, der sich mir an die Fersen geheftet hatte. Wir rannten runter. Im Eingangsbereich und im ehemaligen Speisesaal gab es noch mehr Tote – die Bodyguards und die anderen Angestellten der Clubmitglieder. Da wir nicht wussten, ob es noch mehr Attentäter gab, beschlossen wir, uns im Keller zu verstecken und abzuwarten, bis alles vorbei ist.«

»Aber Sie haben nur die beiden Attentäter im Obergeschoss gesehen?«

»Ja.«

»Waren sie vermummt?«

»Nein.«

»Konnten Sie die Gesichter erkennen?«

Er zögerte. »Ich weiß nicht«, sagte er schließlich. »Alles ging wahnsinnig schnell. Ich glaube, es waren ein Mann und eine Frau, wobei der Mann älter war.«

Emilia schob ihm ein Foto von Avram über den Tisch. »Ist das der Mann?«

Nils Rentwijk nahm das Foto in die Hand und betrachtete es eingehend. »Ich glaube, das ist er.«

»Können Sie das vor Gericht beschwören?«

Wieder zögerte Rentwijk, aber schließlich nickte er. »Ja, je länger ich mir das Bild ansehe, desto sicherer bin ich. Das ist der Mann, der uns überfallen hat.«

»Für das Protokoll«, sagte Emilia in Richtung des Mikrophons auf dem Tisch. »Herr Rentwijk hat Avram Kuyper als einen der beiden Attentäter im Rathnach-Sanatorium identifiziert.«

Sie schob ein zweites Foto über den Tisch. »Wie sieht es mit diesem Mann aus?«, fragte sie. »Haben Sie ihn schon einmal gesehen?«

Es war ein Bild von Jerome Varamont, das sie sich aus Lyon besorgt hatte, kurz vor Beginn des Verhörs.

Rentwijk ließ sich wieder Zeit, schüttelte dann aber den Kopf.

»Ich brauche Ihre Aussage für die Bandaufnahme«, erinnerte Emilia ihn.

Er brauchte einen Moment, ehe er begriff. »Nein, ich habe diese Person noch nie in meinem Leben gesehen«, sagte er.

Emilia wusste nicht, was sie davon halten sollte. Es klang ehrlich, aber es konnte nicht stimmen.

»Für das Protokoll«, sagte Emilia. »Herr Rentwijk gibt an, Jerome Varamont nicht zu kennen.«

»Wer soll das sein?«, fragte Rentwijk.

Emilia beschloss, aufs Ganze zu gehen. »Mir liegen Informationen vor, die besagen, dass es in Ihrem Club eine Art Kontaktperson oder Hintergrundmann mit dem Decknamen Scylla gibt«, sagte sie. »Wissen Sie, wer sich dahinter verbirgt?«

Erstmals in diesem Gespräch spiegelte sich in Nils Rentwijks Gesicht ehrliche Überraschung wider. Mit dieser Wendung hatte er nicht gerechnet.

»Ich kenne keinen Scylla«, sagte er.

Das hatte Professor Wartberg auch behauptet.

»Es gibt bei Interpol eine Akte, aus der hervorgeht, dass Ihr Arbeitskreis illegalen Forschungen nachgeht«, setzte Emilia nach. »Dass es sich um eine Vereinigung mit nationalsozialistischer Tendenz handelt. Und dass Scylla eine Art Verbindungsmann zur Polizei ist – früher zum deutschen BKA, heute zu Interpol.«

Rentwijk lehnte sich in seinen Stuhl zurück, jetzt wieder gefasst. »Was immer in Ihrer Akte steht – es stimmt nicht!«, behauptete er. »Und wenn Sie nicht irgendetwas von dem, was Sie behauptet haben, beweisen können, schlage ich vor, dass Sie sich jetzt endlich darum kümmern, den zweiten Attentäter zu fassen. Denn ich bin hier nur ein Opfer, das mit sehr viel Glück überlebt hat.«

Eine halbe Stunde später beendete Emilia das Verhör mit einem unguten Gefühl. Ihr Instinkt sagte, dass Rentwijk sie belogen hatte, aber im Moment gab es nichts, was sie ihm oder Professor Wartberg konkret vorwerfen konnte. Die Indizien, die Caleb Coen in seiner Interpolakte gesammelt hatte, reichten für eine Verhaftung nicht aus, und neues Belastungsmaterial gab es nicht.

In einem Punkt musste sie Rentwijk sogar recht geben: Aktuell sollte die Aufklärung des Massakers im Rathnacher Sanatorium Priorität haben, nicht die Beweisführung gegen den Wartberger Kreis.

Die Spurensicherung war diesbezüglich noch in vollem Gange. Es lagen zwar schon ein paar erste Ergebnisse vor, aber bis alle Hinweise sichergestellt und die Toten obduziert worden waren, würden noch Tage vergehen.

Deshalb beschloss Emilia, Avram Kuyper einen Besuch in seiner Zelle abzustatten, wo er untergebracht war, bis er dem Untersuchungsrichter vorgeführt werden konnte. Bisher verweigerte er jede Aussage, aber sie hoffte, dass er sich ihr gegenüber öffnen würde.

Ein Wachmann brachte sie zu ihm und bot ihr an, zu ihrem Schutz in der Zelle zu bleiben. Emilia lehnte dankend ab. Avram Kuyper war für sie zwar noch in vielerlei Hinsicht unberechenbar, aber sie glaubte nicht, dass er versuchen würde, ihr etwas anzutun oder sie als Geisel zu nehmen, um sich den Weg aus dem Revier freizupressen. Die Suche nach ihrer Tochter und seiner Nichte hatte sie auf eigenartige Weise zusammengeschweißt.

»Sie haben sich da ganz schön was eingebrockt«, begann sie, nachdem die schwere Tür hinter ihr wieder ins Schloss gefallen war.

»Das sehe ich auch so«, sagte Avram. Er saß auf seiner Pritsche und regte sich nicht.

»Offen gestanden, weiß ich nicht, was ich von der Sache halten soll«, fuhr Emilia fort. »Siebenundzwanzig Tote. Das dürfte selbst für Ihre Verhältnisse ein guter Tagesschnitt sein.«

Er hob die Augenbrauen. »Siebenundzwanzig?«

»Zwölf Mitglieder des Wartberger Kreises und fünfzehn Angestellte.«

Er nickte nur, ohne Anstalten zu machen, sich dazu zu äußern.

»Haben Sie diese Morde begangen?«, hakte Emilia nach. »Im Moment spricht nämlich alles dafür.«

Seine Lippen verzogen sich zu einem freudlosen Lächeln. »Würden Sie mir glauben, wenn ich Ihnen sage, dass ich nichts damit zu tun habe?«

»Ich weiß es nicht. Aber ich möchte gerne Ihre Version der Geschichte hören, bevor ich mir ein Urteil bilde.«

Er dachte einen Moment über ihre Worte nach. Dann begann er zu erzählen.

»Sie erinnern sich daran, dass Lina Sattler und ich bei Ihnen in Lyon waren, um Ihnen das Foto von Scylla zu geben?«

»Der Mann, der nur von schräg hinten zu sehen ist – selbstverständlich.«

»Das war nur eine von zwei Spuren, die wir hatten, um etwas über Linas Vergangenheit herauszufinden. Bei Scylla kamen wir nicht weiter, deshalb hatte ich gehofft, Sie könnten uns helfen. Die andere Spur führte zu einem Mann namens Hans Rentwijk, der dem Wartberger Kreis angehört.«

Emilia nickte. Sie überlegte, wie viel sie Avram über die polizeilichen Ermittlungen verraten durfte. »Sein Enkel hat vor einer halben Stunde eine Aussage gemacht«, sagte sie.

»Also hat er den Anschlag überlebt?«

Emilia nickte.

Einen Moment lang schien Avram in Gedanken zu versinken. »Die Spur zu Hans Rentwijk hat Lina und mich nach Norwegen geführt. Rentwijk besitzt dort ein Stück Land, etwa hundert Kilometer nordwestlich von Oslo. Wir wollten ihn zur Rede stellen und ein paar Antworten aus ihm herauskitzeln, aber wir sind aufgeflogen, und Lina wurde gefasst. Als ich herausfand, dass Rentwijk sie nach Deutschland bringt, habe ich mich an ihre Fersen geheftet. In Norwegen konnte ich sie nicht befreien, aber ich hatte gehofft, dass es mir hier gelingen würde.«

Es klopfte an der Tür, und die Verriegelung wurde geöffnet. Der Wärter, der Emilia hereingelassen hatte, steckte den Kopf durch den Eingang. »Agentin Ness? Hauptkommissar Warschek lässt ausrichten, dass die Formalitäten erledigt sind und die beiden Zeugen inzwischen entlassen wurden. Er fragt, ob Sie zur Lagebesprechung in sein Büro kommen wollen.«

Emilia nickte. Sie wollte unbedingt über den aktuellen Ermittlungsstand informiert werden.

»Wir reden später weiter«, sagte sie zu Avram.

Der bedachte sie bloß mit einem finsteren Blick. »Keine Sorge, ich laufe nicht weg«, entgegnete er.

82

Lina Sattler saß in ihrem gestohlenen Renault Clio auf der gegenüberliegenden Seite des Bayreuther Polizeihauptquartiers und überlegte, wie sie Avram am besten helfen könnte. Am Telefon hatte sie erfahren, dass er vorerst hier untergebracht worden war. Aber wo würde sie ihn in dem großen Gebäude finden? Durfte er überhaupt schon Besuch empfangen? Und was, wenn man sie als seine Komplizin identifizierte?

Vielleicht sollte ich irgendwo eine Perücke klauen, bevor ich mich dort hineinwage. Sonst fliege ich womöglich auf, bevor ich etwas ausrichten kann.

Je mehr sie darüber nachdachte, desto schwieriger erschien ihr das Vorhaben. Noch während sie die Vor- und Nachteile ihrer Optionen gegeneinander abwägte, traten zwei Männer durch den Haupteingang des Polizeigebäudes ins Freie, angeregt in ein Gespräch vertieft. Der ältere kam Lina nur entfernt bekannt vor – sie wusste, dass sie ihn schon irgendwann einmal gesehen haben musste, konnte im Moment aber nicht sagen, woher. Den jüngeren kannte sie dafür besser, als ihr lieb war: Nils Rentwijk. Bei seinem Anblick blieb ihr schier das Herz stehen.

Ein paar Minuten lang unterhielten die beiden sich vor dem Polizeigebäude, ernst, aber in guter Stimmung. Schließlich hielt eine schwarze Limousine am Straßenrand, und sie stiegen ein.

Lina seufzte still in sich hinein. Eigentlich war sie gekommen, um Avram zu helfen, nur wusste sie im Moment ohnehin nicht, wie sie das am besten anstellen sollte.

Deshalb beschloss sie, der schwarzen Limousine zu folgen.

83

Hauptkommissar Warscheks Büro befand sich in der zweiten Etage der Polizeiinspektion Bayreuth-Stadt, ganz hinten im Gang der Kriminalpolizei.

Als Emilia das Zimmer betrat, beeindruckte sie am meisten die auffallende Ordnung, die hier herrschte. Es gab keine herumliegenden Aktenmappen, keine Papierstapel, auf dem Schreibtisch befand sich nichts außer einer Computerausstattung. Selbst die Bücher in der Schrankwand waren so sauber einsortiert wie in einer Musterhausausstellung.

Die Besprechungsecke bot wenig Komfort, aber immerhin so viel Platz, dass Emilia mit Warschek und zwei seiner Kollegen bequem am Tisch sitzen konnte.

»Wer zum Teufel ist Scylla?«, begann Warschek.

Mit der Frage hatte Emilia bereits gerechnet. Bisher war noch gar keine Zeit für Erklärungen gewesen. »Ein Insider bei Interpol, der den Wartberger Kreis deckt. Der Mann auf dem Foto, das ich Nils Rentwijk vorgelegt habe.«

»Aber Rentwijk behauptet, diesen Mann nicht zu kennen.«

»Glauben Sie ihm das?«

Warschek zog die Mundwinkel nach unten. »Rentwijk ist ein arroganter Bengel, der glaubt, dass er sich alles erlauben kann, nur weil er eines Tages ein Millionenerbe antritt«, sagte er. »Ich muss gestehen, dass der kleine Scheißer mir von Grund auf unsympathisch ist. Aber das macht ihn noch nicht zu einem Verbrecher.«

Kommissar Kolp, der rechts neben Emilia saß, räusperte sich. »Möglich, dass die Forschungen des Wartberger Kreises illegal sind«, sagte er. »Aber was das heutige Attentat angeht, ist die Faktenlage doch ziemlich eindeutig. Die Aussagen der beiden Zeugen stimmen überein, und wir haben zwei Verdächtige, die vor der Polizei geflohen sind, einer davon ist sogar ein international gesuchter Verbrecher. Seine Fingerabdrücke sind auf den Waffen, die wir im Sanatorium gefunden haben. Ich kann mir dass Massaker von heute Vormittag nur so erklären, dass der Wartberger Kreis jemandem ein echter Dorn im Auge gewesen ist. Deshalb hat er zwei Killer engagiert, um dem Ganzen ein Ende zu setzen.«

Die ballistischen Untersuchungen liefen zwar noch – insofern stand noch nicht hundertprozentig fest, ob die Waffen mit Avrams Fingerabdrücken auch die Mordwaffen waren –, aber aus irgendeinem Grund zweifelte Emilia nicht daran.

»Wenn jemand den Wartberger Kreis im Stil einer Massenhinrichtung vernichten will – warum beauftragt er dann nur zwei Killer?«, fragte Emilia. »Wäre es bei so vielen Zielpersonen nicht sinnvoller, ein ganzes Überfallkommando zu schicken?«

»Was wollen Sie damit andeuten? Dass Kuyper und seine Komplizin aus eigenem Antrieb gehandelt haben?«

»Das ergibt keinen Sinn. Es sei denn, sie hatten gar nicht vor, das Sanatorium wieder lebend zu verlassen.«

»Wie erklären Sie sich dann den Anschlag?«

Emilia seufzte. »Ich wünschte, ich hätte darauf eine gute Antwort«, sagte sie. »Aber im Moment kann ich die noch nicht liefern. Ich weiß nur, dass ich die Zeugenaussagen für unglaubwürdig halte.«

»Nur, weil Ihnen zwei Attentäter zu wenig erscheinen, oder gibt es dafür noch andere Gründe?«, wollte Warschek wissen.

»Auch, weil ich nicht verstehe, warum Avram Kuyper und seine Komplizin sich überhaupt auf eine Schießerei eingelassen haben«, sagte Emilia. »Wäre ein Sprengstoffanschlag nicht viel effizienter gewesen? Ein Mann wie Kuyper hat doch ganz sicher Möglichkeiten, um an C4 oder etwas Vergleichbares heranzukommen. Außerdem: Wie hat er es angestellt, auch die Bodyguards und Fahrer nach drinnen zu locken, ohne Verdacht zu erregen? Alle Opfer wurden ja im Gebäude umgebracht. Und dann ist da noch eine Sache: Die Morde müssen verübt worden sein, bevor die Polizei vor Ort war. Kuyper und seine Komplizin hätten also viel Zeit gehabt, um rechtzeitig von dort zu verschwinden. Warum sind sie im Gebäude geblieben, bis sie in der Falle saßen?«

Einen Moment lang herrschte Schweigen am Tisch.

»Vielleicht wussten sie, dass sie noch nicht alle Mitglieder des Clubs erwischt hatten«, meinte Warschek schließlich. »Dass Wartberg und Rentwijk sich irgendwo verschanzt hatten. Sie haben das Gebäude nach ihnen durchsucht und dabei den Absprung verpasst.«

Emilia musste zugeben, dass das logisch klang. Dennoch war sie noch nicht davon überzeugt. Später würde sie noch einmal mit Avram Kuyper sprechen, um zu hören, wie die Geschichte aus seinem Mund klang. Vielleicht würden sich danach ein paar Puzzlestücke zusammenfügen.

84

Von Bayreuth aus verfolgte Lina die schwarze Limousine über dreißig Kilometer weit in östlicher Richtung bis nach Ebnath zu einem eingezäunten Areal mitten im Wald. An einem elektrischen Gatter befand sich ein Schild mit der Aufschrift »Privat – Betreten verboten!«. Der mit Holzspänen aufgeschüttete Weg, der von dort aus weiterführte, verlor sich irgendwo zwischen den dichtstehenden Bäumen.

Da das Gatter schon wieder geschlossen war, als Lina ankam, musste sie sich notgedrungen einen anderen Zugang zum Gelände verschaffen. Sie parkte den geklauten Clio ein Stück abseits hinter ein paar Büschen und suchte zu Fuß den Zaun ab. Tatsächlich fand sie schon bald eine geeignete Stelle, an der eine kleine Lücke zwischen dem Maschendrahtgeflecht und dem Boden klaffte, vermutlich, weil irgendein Tier sich dort durchgewühlt hatte. Ein Dachs vielleicht oder ein kleines Wildschwein, für Lina war das Loch jedenfalls nicht groß genug. Erst, als sie es mit Gewalt dehnte, konnte sie darunter hindurchschlüpfen.

Nach ein paar hundert Metern erkannte sie durch die Bäume eine noble, beachtlich große Blockhütte. Mit den hübschen Sägeverzierungen entlang der Dachrinne und der großzügig angelegten Veranda hätte die Hütte ebenso gut in Kitzbühel oder in einem anderen mondänen Alpenörtchen stehen können. Durch die kleinen Fenster schimmerte heimelig warmes Licht, eine dünne Rauchfahne schlängelte sich aus dem Natursteinkamin in die Wipfel der Bäume und weiter in den wolkenverhangenen Abendhimmel. Von hinten schmiegten sich gewaltige Felsen an die Hütte wie überdimensionale Kieselsteine, die von urtümlichen Riesen hier aufgehäuft worden waren. Überwuchert von Moosen, Büschen und Bäumen verschmolzen sie mit dem Rest des Waldes und verliehen ihm eine geradezu märchenhafte Atmosphäre.

Wie bei Rotkäppchen und dem bösen Wolf.

Aus irgendeinem Grund kamen Lina die Hütte und diese Felsen bekannt vor. Während sie sich näher heranpirschte und dabei versuchte, einen Blick durch die Fenster zu erhaschen, stiegen unangenehme Erinnerungen in ihr auf wie kalter Nebel aus einem frühmorgendlichen Gräberfeld. Auf einmal gab es für sie keinen Zweifel mehr: Sie war schon einmal hier gewesen! Als achtjähriges Mädchen, das wusste sie jetzt genau.

Was hatte sich damals hier abgespielt?

Sie schlich noch weiter heran, bis sie sich mit dem Rücken an die Holzbohlen pressen konnte, lauschte an einem gekippten Fenster. Es waren Männerstimmen zu hören, die Stimmung schien ausgelassen zu sein.

Lina wagte einen raschen Blick ins Innere. Dort standen Nils Rentwijk, der etwa sechzigjährige Mann, der mit ihm aus dem Polizeirevier gekommen war, und ein weiterer Mann, etwa im selben Alter, um einen rustikalen Holztisch, jeder mit einem langstieligen Glas in der Hand. In dem Eiskübel auf dem Rollboy steckte eine angebrochene Flasche Champagner.

Um nicht entdeckt zu werden, presste Lina sich wieder flach gegen die Hüttenwand. Aus den Bruchstücken der Unterhaltung, die sie mitbekam, hörte sie zumindest die

Namen von Rentwijks Begleitern heraus: Wartberg und Goller.

Die Namen kamen ihr entfernt bekannt vor, ebenso wie die Gesichter. Für den Bruchteil einer Sekunde sah sie sich selbst als kleines Mädchen durch den Wald fliehen, verfolgt von jüngeren Versionen dieser Männer. Goller fletschte die Zähne wie ein Wolf, in der Faust eine Pistole, mit der er immer wieder auf sie feuerte.

War das eine echte Erinnerung oder nur ein Trugbild, erzeugt von dem festen Willen, endlich das Geheimnis um ihre verlorene Vergangenheit zu lüften?

Aus den Unterhaltungsfetzen, die zu ihr drangen, schloss Lina, dass Goller den Großteil der Morde im Rathnach-Sanatorium begangen hatte. Nils Rentwijk lobte seine starken Nerven und die ruhige Hand des erfahrenen Jägers. Goller war es auch gewesen, der Linas und Avrams Fingerabdrücke auf die zurückgelassenen Waffen gedrückt hatte.

Und dann kam das Gespräch plötzlich auf den vierten Mann im Bund: Scylla.

»Wir verdanken ihm viel«, sagte Rentwijk, der schon ein bisschen lallte. »Ich finde, wir sollten auf ihn anstoßen, wenn er schon nicht hier sein kann. Ohne ihn hätte der Plan niemals so gut geklappt.«

»Ich bereue nichts von dem, was wir getan haben«, brauste Professor Wartberg auf. »Aber *gut geklappt* hat unser Plan nun wirklich nicht!«

»Wir haben den unnötigen Ballast der letzten Jahre restlos hinter uns gelassen«, entgegnete Rentwijk, jetzt ebenfalls lauter. »Alle Bremser und Bedenkenträger, die Erbsenzähler und die Angsthasen. Wir haben es geschafft, dass nur noch der harte Kern übrig ist. Und wir haben für die Morde im Sanatorium die perfekten Schuldigen!«

»Von denen einer auf der Flucht ist!«

»Wie weit wird die Frau wohl kommen? Selbst, wenn sie sich in Sicherheit bringen kann – was soll's? Zur Polizei gehen kann sie nicht. Niemand würde ihr glauben.«

Lina wagte wieder, durchs Fenster zu schielen. Wartberg stellte sein Glas auf dem Tisch ab und ließ sich in einen Sessel sinken. »Sei dir da nicht so sicher, Nils«, sagte er mit erhobenem Zeigefinger, aber sichtlich ermattet, als habe ihn der Tag ungeheuer viel Kraft gekostet. »Diese Interpolagentin schien mir lange nicht so leichtgläubig zu sein, wie du es gerne hättest. Ich würde keine zehn Cent darauf wetten, dass sie uns das Schauspiel abgekauft hat.«

»Wenn schon! Sie hat keine Beweise, sonst hätte sie uns nicht laufen lassen. Trink noch ein Glas, Friedrich, und entspann dich, bevor du mich nervös machst.«

Goller, der bisher nur wenig gesagt hatte, lehnte sich nachdenklich gegen die halbhohe Wand zwischen Küche und Wohnbereich. »Denkt ihr, es könnte passieren, dass Lina Sattler versucht, sich an uns zu rächen?«, fragte er.

»Jetzt hör aber auf!«

»Sie hat dich erst vor zwei Tagen in Norwegen überfallen, mein Junge.«

»Sie hat mich nicht überfallen. Sie hat meinen Großvater kidnappen wollen, um etwas über ihre Vergangenheit zu erfahren. Das ist ein Unterschied.«

»Glaubst du? Sie weiß, wo sie dich finden kann. Und über dich kann sie auch uns finden.«

Nils Rentwijk riss die Augen auf. »Willst du damit andeuten, ich könnte euch verpfeifen?«

»Meine Zeit beim Militär hat mich gelehrt, dass die allermeisten Menschen ihr Schweigen brechen, wenn man das richtige Druckmittel einsetzt. Es würde mich wundern, wenn ausgerechnet du eine Ausnahme bist. Deshalb stellst du für Professor Wartberg, Scylla und mich ein Sicherheitsrisiko dar. Lina Sattler kann dich jederzeit in Norwegen besuchen. Sie hasst dich. Sie kennt keine Angst. Und sie wird keine Skrupel haben, dich so lange ins Gebet zu nehmen, bis du deine Freunde verrätst.«

Mit diesen Worten richtete Goller seine Waffe auf Nils Rentwijk, der fassungslos die Hände hob. Mit zitterndem Kinn murmelte er etwas, das zu leise war, als dass Lina es hätte verstehen können. Es klang wie: »Das kannst du nicht tun, Bernhardt …«

Goller drückte ab.

Aber nichts geschah. Es gab nur ein kurzes Klicken, als der Bolzen auf Metall schlug. Eine Sekunde lang schien die Szene wie eingefroren.

Dann begann Goller, heiser zu kichern. »Gott, wenn du dein Gesicht hättest sehen können!«, keuchte er.

Nils Rentwijk brauchte ein paar Sekunden, um zu begreifen, dass der andere es gar nicht ernst gemeint hatte. Die Erleichterung wich augenblicklich der Wut. »Du verfluchtes Arschloch!«, brüllte er, jetzt mit hochrotem Kopf. »Wir haben erst vor ein paar Stunden eine Massenhinrichtung durchgeführt, und dir fällt nichts Besseres ein, als mich zu verarschen?«

»Ich entschuldige mich«, sagte Goller, immer noch breit grinsend.

»Ach, leck mich …«

»Nein, ehrlich, es tut mir leid.« Jetzt wurde er wieder ernster. »Ich wollte dir nur einen kleinen Schrecken einjagen, um dir begreiflich zu machen, dass Lina Sattler uns gefährlich werden kann. Darauf sollten wir vorbereitet sein. Verschärft eure Sicherheitseinrichtungen und tragt in der nächsten Zeit vorsichtshalber eine Waffe – auch du, Friedrich, obwohl ich weiß, dass du Waffen verabscheust.«

Ein Handy klingelte, und Goller ging ran. Die beiden anderen unterhielten sich daraufhin wieder so leise, dass Lina nichts mehr verstehen konnte.

Das verschaffte ihr etwas Zeit zum Nachdenken. Was sollte sie tun? Sich an die Polizei wenden? Aber in diesem Punkt hatte Nils Rentwijk wohl recht: Wer würde ihr glauben? Man fahndete nach ihr, weil sie des mehrfachen Mordes verdächtigt wurde.

Tief im Innern wollte sie die Sache auch gar nicht der Polizei überlassen. Sie war als Kind für irgendwelche Experimente missbraucht worden, die zur Folge gehabt hatten, dass sie sich an nichts mehr erinnern konnte, was vor ihrem achten Geburtstag geschehen war. Diese Leute hatten ihr einen Teil der Kindheit geraubt. Und Nils Rentwijk hatte ihr erst vor kurzem die schrecklichste Nacht ihres Lebens beschert.

Nein, Lina wollte gar nicht zur Polizei gehen – das Gefängnis war viel zu gut für diese Mistkerle. Sie wollte Rache üben. Aber zuerst brauchte sie noch ein paar Antworten.

Goller beendete sein Gespräch und steckte das Handy wieder weg.

»Ich muss gehen«, sagte er. »Probleme mit einer Videoüberwachungsanlage auf einer italienischen Militärbasis. Ich muss mich mit dem zuständigen Kommandeur in Verbindung setzen.«

»Dann werde ich mich auch auf den Weg machen«, sagte Rentwijk. »Gib mir Bescheid, falls die Bullen sich noch mal bei dir melden, Friedrich.«

Er bedachte Wartberg mit einem knappen Nicken, dann folgte er Goller über die Veranda nach draußen.

Um nicht entdeckt zu werden, verkroch Lina sich hinter

einem Busch. Auf Knien im feuchten Moos hockend, beobachtete sie, wie die beiden Männer zu ihren Autos gingen, die ein paar Meter neben der Hütte auf einem gerodeten Platz standen.

Alles in Lina schrie danach, sich an Nils Rentwijks Fersen zu heften, aber bis sie ihren Clio erreichen würde, wäre er längst über alle Berge. Außerdem würde sich ihr keine bessere Gelegenheit mehr bieten, Professor Wartberg ein paar Antworten abzuringen – schließlich war das ihr oberstes Ziel.

Neben der Hütte stand ein offener Geräteschuppen, in dem sie eine langstielige Schaufel fand – nicht wirklich geeignet, aber besser als nichts. Damit ausgerüstet schlich sie über die Veranda zum Eingang. Vorsichtig drückte sie die Klinke. Tatsächlich ließ sich die Tür problemlos öffnen.

Durch den entstehenden Spalt warf sie einen Blick ins Innere. Wartberg war gerade dabei, den Champagner abzuräumen. Als Lina hereinkam, erschrak er so sehr, dass er das Tablett mit dem Eiskühler und den Gläsern fallen ließ. Scheppernd ging alles zu Boden.

»Was ... wollen Sie?«, stammelte er.

Ohne darauf einzugehen, kam Lina näher. Glassplitter knirschten unter ihren Sohlen. Mit der Schaufel in der Hand und von oben bis unten verdreckt, wirkte sie offenbar ziemlich furchteinflößend, denn Wartberg wich ängstlich vor ihr zurück.

Lina machte den nächsten Schritt, um den Abstand wieder zu verkürzen. Sie wollte nicht zulassen, dass er in eines der angrenzenden Zimmer flüchten konnte. Ihr Ziel war es, ihn die die Küchenecke zu drängen, wo er in der Falle sitzen würde. Dort wollte sie ihn zur Rede stellen, um endlich alle noch offenen Fragen beantwortet zu bekommen.

Plötzlich veränderte sich etwas in Wartbergs Gesicht.

Seine Augen zuckten, ein Lächeln umspielte seine Mundwinkel. War das eine Art Hoffnungsschimmer?

Der Professor rief: »Vorsicht, sie hat eine Schaufel!«

In diesem Moment hörte sie Glassplitter hinter sich knirschen, genau da, wo sie eben noch gestanden hatte. Ohne darüber nachzudenken, wirbelte sie herum, wobei sie die Schaufel wie einen Baseballschläger schwang. Eine menschliche Gestalt huschte in ihr Gesichtsfeld. Ein Schuss löste sich.

Noch bevor sie Goller richtig erkannte, schlug das Schaufelblatt krachend gegen seinen Schädel.

85

Nach der Lagebesprechung in Warscheks Büro machte Emilia einen Abstecher ins forensische Labor, um sich über den aktuellen Stand der Spurenauswertung zu informieren. Anschließend stattete sie Avram Kuyper den zweiten Besuch ab. Diesmal blieb sie nicht im Eingang stehen, sondern setzte sich an den kleinen Tisch gegenüber seiner Pritsche.

»Wir sind vorhin unterbrochen worden«, sagte sie. »Ich bin gekommen, weil ich Ihre Version der Geschichte hören will. Offen gestanden, sieht es im Moment nicht gut für Sie aus. Ein paar Opfer wurden bereits obduziert. Die sichergestellten Patronenkugeln stammen nach den vorläufigen Erkenntnissen aus einer der Waffen mit Ihren Fingerabdrücken. Außerdem befinden sich Ihre Fingerabdrücke überall im Sanatorium. Im Augenblick spricht alles gegen Sie. Wenn Sie mit mir kooperieren und mir verraten, wo Lina Sattler sich versteckt, kann ich Ihnen vielleicht helfen.«

Avrams Mundwinkel verzogen sich zu einem freudlosen Lächeln. »Netter Versuch«, sagte er. »Aber Sie glauben doch nicht im Ernst, dass ich meine Komplizin verrate.«

»Dann kann ich nichts für Sie tun.«

»Weil ich den perfekten Tatverdächtigen abgebe?«

»Ja.« Ihre eigenen Zweifel behielt sie im Moment lieber noch für sich. Sie wollte ihn nicht beeinflussen, sondern ihn einfach erzählen lassen.

Seine Augen suchten den direkten Blickkontakt, sein Lächeln blieb kalt. »Ich bin seit Jahrzehnten im Geschäft, und wäre da nicht die Sache mit meinem Bruder gewesen, wüsste weder die Polizei noch Interpol, womit ich mein Geld verdiene.«

Das stimmte, dennoch fühlte Emilia sich durch seine Arroganz provoziert. »Sie halten sich wohl für superschlau«, sagte sie.

Er schüttelte den Kopf. »Nein, aber ich bin vorsichtig. Ich achte darauf, meine Spuren zu verwischen. Und jetzt hinterlasse ich gleich eine ganze Spurensammlung? Mehr als in den zwanzig Jahren davor? Für wie bescheuert halten Sie mich?«

»Was ich von Ihnen halte, spielt keine Rolle. Das Problem ist, dass kein Richter der Welt Ihnen glauben wird. *Jeder* Mörder achtet darauf, keine Spuren zu hinterlassen. Vielleicht waren Sie diesmal einfach in Zeitnot und haben deshalb schlampig gearbeitet. Oder Ihnen war diese Hinrichtung so wichtig, dass Sie alle Vorsichtsmaßnahmen in den Wind geschlagen haben.«

Avram antwortete nicht. Sein Blick sank auf die Tischplatte, seine Kiefer mahlten.

Emilia ließ ihn einen Moment nachdenken, während sie selbst versuchte, sich über ein paar Dinge klarzuwerden. Schließlich gab sie sich einen Ruck. »Ich glaube Ihnen«, sagte sie eindringlich. »Ich weiß nicht warum, und vielleicht ist es ein Fehler, aber aus irgendeinem Grund kann ich mir nicht vorstellen, dass Sie diese Morde verübt haben. Nur wird das nichts nützen, weil alle anderen vom Gegenteil überzeugt sind. Also bieten Sie mir Informationen an, mit denen ich arbeiten kann, verdammt nochmal.«

Avram seufzte. »Ich weiß nicht, wo Lina steckt«, sagte er. »Selbst wenn, würde ich es Ihnen nicht verraten – ich hoffe,

Sie können das verstehen. Aber ich denke, ich habe etwas Besseres für Sie: Ich kann Scylla identifizieren.«

Emilia strich sich eine Haarsträhne aus der Stirn und klemmte sie sich hinters Ohr. »Wir wissen, wer Scylla ist«, antwortete sie. »Besser gesagt: war. Er hat sich gestern Nacht in Lyon das Leben genommen.«

»Was mich wundern würde«, entgegnete Avram. »Er war heute Morgen im Rathnach-Sanatorium.«

Emilia spürte, wie ihr Magen plötzlich zu kribbeln begann. Wie konnte das sein? Hatte Varamont seinen Selbstmord etwa vorgetäuscht? Oder spielte Avram nur mit ihr, um seinen Kooperationswillen zu demonstrieren, obwohl er in Wahrheit gar nichts hatte, womit er verhandeln konnte?

»Wie bereits erwähnt, wurde ich kurz nach meiner Ankunft im Sanatorium niedergeschlagen«, fuhr Avram fort. »Aber ich bin zwischendurch aufgewacht, ohne dass es bemerkt wurde, weil sie da gerade ihre Exekutionen durchgeführt haben. Einer von ihnen war Scylla.«

»Woher wissen Sie das?«

»Weil sie sich danach unterhalten haben und Rentwijk ihn so nannte. Scylla sagte, er würde ein Signal geben, sobald das SEK das Gebäude stürmt. Dann bemerkten sie, dass ich aufwachte. Sie gaben mir eine Spritze, und ich war wieder weg.«

Emilia zog ihr Handy aus der Tasche, suchte in der Bildergalerie ein Foto von der letzten Weihnachtsbetriebsfeier und hielt es ihm hin. Die Aufnahme war in der Kantine gemacht worden. Sie zeigte Emilia mit ihren Mitarbeitern, außerdem Jerome Varamont. Mit der Glitzergirlande um den Hals wirkte er wie die Freundlichkeit in Person. Im Hintergrund waren ein geschmückter Tannenbaum, die Band und die Tanzfläche zu sehen. Kaum jemand ließ sich das traditionelle Weihnachtstreffen entgehen. Vom Generalsekretär bis zur Putzfrau kamen alle, die nicht gerade Dienst oder Urlaub hatten.

»Ist dieser Mann Scylla?«, fragte sie und deutete auf Varamont. Avram schob sein Gesicht näher an das Display, um besser sehen zu können. Mit in Falten gelegter Stirn betrachtete er das Bild, lange und eingehend. Endlich schüttelte er den Kopf.

»Nein, der da ist nicht Scylla«, sagte er. »Den habe ich noch nie gesehen. Aber ich bin ziemlich sicher, dass es der Mann dort hinten ist. Können Sie das Bild vergrößern?«

86

»Ich brauche einen Arzt!«

Professor Wartberg hockte keuchend auf einem Stuhl und hielt sich den blutenden Arm. Der Schuss aus Gollers Pistole hatte nicht Lina, sondern ihn getroffen.

»Sie kriegen einen Arzt – sobald Sie mir erzählt haben, was ich wissen will.«

Lina war zu keinen Zugeständnissen bereit, viel zu lange hatte sie auf Antworten gewartet. Jetzt war es endlich so weit. Durch Wartbergs Verletzung hatte sie ein Druckmittel.

»Lassen Sie mich wenigstens ein Schmerzmittel nehmen!«

»Sie bewegen sich nicht von diesem Stuhl.« Lina wurde polizeilich gesucht und wusste nicht, wie viel Zeit ihr noch blieb, bis man sie fand. Deshalb drängte sie auf Antworten. »Wenn Sie nicht endlich anfangen zu erzählen, schieße ich Ihnen auch noch in den anderen Arm!«

Sie hielt Gollers Pistole in der Faust und zielte damit auf den zitternden Professor.

»Ist ja schon gut!«, zischte er. »Hören Sie auf damit!« Kleinlaut fügte er hinzu: »Ich erzähle Ihnen alles. Aber stecken Sie die verdammte Pistole wieder weg.«

Lina ließ die Faust sinken, und Wartberg entspannte sich sichtlich.

»Nils Rentwijks Großvater behauptete, dass ich als Kind gar nicht entführt wurde«, sagte sie. »Ich will aus Ihrem Mund hören, was sich damals zugetragen hat.«

Wartberg nickte, sein Blick irrte unruhig über den Holzdielenboden, als seien dort seine Erinnerungen zu finden. »Es war ein Geschäft«, sagte er tonlos.

»Lauter, ich kann Sie nicht verstehen.«

Wartberg zuckte zusammen. »Es war ein Geschäft«, wiederholte er, diesmal mit fester Stimme. »Ihr Vater – besser gesagt, Ihr Stiefvater – hat Sie an uns verkauft, wegen Ihrer besonderen emotionalen Einschränkung.«

»Meiner Unfähigkeit, Angst zu verspüren?«

»Ja. Unter medizinischen Gesichtspunkten waren Sie für unser Projekt ein Hauptgewinn.«

Obwohl Lina diesen Teil der Geschichte schon kannte, trafen sie die Worte hart. »Ich kenne diese Gegend«, sagte sie. »Seit ich die Hütte und die kugelförmigen Felsen dahinter gesehen habe, weiß ich, dass ich schon mal an diesem Ort gewesen bin. Haben Sie mich damals hier festgehalten?«

»Ja, das ist wahr.«

»Ich erinnere mich aber nicht an diese Einrichtung hier. Nur an ...« Sie musste einen Moment überlegen, bis das verschwommene Bild aus ihrer Vergangenheit Form annahm. »Nur an eine Tür mit einer Aufschrift.«

»Was für eine Aufschrift?«

»Ich kann sie nicht erkennen. Haben Sie hier eine Tür mit einer Aufschrift?«

In der Ecke regte sich Goller, der bislang bewusstlos gewesen war. Wo ihn das Schaufelblatt getroffen hatte, war sein Gesicht von einer hässlichen Platzwunde entstellt. Lina hatte ihn geknebelt und ihm hinter dem Rücken die Hände mit den Fußknöcheln zusammengebunden. Alleine würde er sich ganz bestimmt nicht befreien können.

Sie wandte sich wieder Professor Wartberg zu. »Gibt es in dieser Hütte eine Tür mit einer Aufschrift?«, drängte sie.

Er zögerte, aber Lina sah ihm an, wie es hinter seiner Stirn arbeitete. Als wolle er etwas vor ihr verheimlichen, oder als suche er nach einer Möglichkeit, sie zu überrumpeln. Da er nicht antwortete, ging sie auf ihn zu und schlug ihm mit dem Pistolenknauf gegen den verwundeten Arm, so dass er gequält aufjaulte.

»Schauen Sie sich meinetwegen hier um«, keuchte er mit schmerzverzerrter Miene. »Sie werden keine Tür mit einer Aufschrift finden.«

Lina sah sich in der Hütte um. Auch in die zwei angrenzenden Zimmer warf sie einen Blick, aber es gab keine Tür, die mit ihrer nebulösen Erinnerung übereinstimmte.

»Hören Sie, diese Verletzung tut verdammt weh«, japste Wartberg. »Ich verspreche Ihnen, so lange zu erzählen, was sich damals ereignet hat, bis Sie keine Fragen mehr haben. Nur lassen Sie mich endlich ins Bad. Ich muss auf die Toilette, und außerdem brauche ich eine Schmerztablette ... *bitte!*«

Lina seufzte auf. »Also gut, meinetwegen. Aber beeilen Sie sich. Und keine faulen Tricks. Mein Geduldsfaden ist heute ziemlich kurz.«

Wartberg nickte hastig, stand auf und setzte sich in Bewegung, wobei er sich den blutenden Arm hielt.

Durch die geschlossene Tür hörte Lina, wie der Klodeckel nach oben geklappt wurde. Dann war es still.

Als sie eine Minute später immer noch nichts hörte, wurde sie allmählich unruhig. »Was ist mit Ihnen?«, rief sie und klopfte gegen die Tür. »Geht es Ihnen gut?«

Keine Antwort.

Was zum Teufel war da drin los? Ein Fenster gab es nicht, das hatte Lina schon bei der Suche nach der Tür mit der Aufschrift festgestellt. Wartberg konnte also nicht geflohen sein. Aber hatte er sich womöglich umgebracht, um ihren

Fragen und später einer Haftstrafe zu entgehen? Gab es in seinem Spiegelschränkchen womöglich nicht nur Schmerztabletten, sondern auch Mittel, die ihm einen schnellen, gnädigen Tod bescherten?

»Öffnen Sie! Sofort!«

Wieder reagierte er nicht.

Lina schoss das Schloss kaputt und riss die Tür auf.

Der Klodeckel war immer noch nach oben geklappt. Aber von Professor Wartberg fehlte jede Spur.

87

»Wie geht es dir?«

Emilia stand vor dem Polizeipräsidium in Bayreuth, das Handy am Ohr. Der Regen hatte aufgehört, aber die Straßen waren noch nass. In der frostigen Abendluft bildeten sich vor ihrem Gesicht bei jedem Atemzug Kondenswolken. Bis zum ersten Schnee würde es nicht mehr lange dauern.

»Man hat mich von der Intensivstation in ein normales Zimmer verlegt«, sagte Dorffler am anderen Apparat. »Also muss es mir schon bessergehen. Außerdem sind die Krankenschwestern hier hübscher – auch das fördert den Genesungsprozess.«

»Weißt du schon, wann du wieder rauskommst?«

»Der Arzt sagt, dass der Liegegips noch mindestens eine Woche dranbleiben muss. Danach geht's erst mal mit dem Rollstuhl nach Hause. Irgendwelche Neuigkeiten aus Bayreuth?«

In kurzen Worten schilderte Emilia die Ereignisse des heutigen Tages. Schließlich kam sie zum wichtigsten Punkt.

»Varamont war gar nicht Scylla. Ich habe gerade mit Avram Kuyper gesprochen, der behauptet, einem Komplott zum Opfer gefallen zu sein. Er war im Sanatorium und hat dort ein Gespräch belauscht, bei dem auch Scylla teilnahm. Als ich ihm Fotos unserer letzten Weihnachtsfeier zeigte, hat er eindeutig Rodtmann identifiziert.«

»Das ist nicht dein Ernst!«

»Und wie das mein Ernst ist. Rodtmann muss uns auf die

Schliche gekommen sein. Er hat alles so hingebogen, dass unser Verdacht auf Varamont fallen musste.«

»Dann müsste er auch Varamont das Mengele-Foto untergeschoben haben.«

Darüber hatte Emilia schon nachgedacht. »In der Zeit, als ich den Hartweiler-Fall betreute und das Mengele-Foto abhandenkam, war Rodtmann mein unmittelbarer Vorgesetzter«, sagte sie. »Wenig später wurde er dann befördert. Aber wenn er wirklich Scylla ist und der Wartberger Kreis nationalsozialistisch angehaucht ist, so, wie Caleb Coen es in seiner Akte vermerkt hatte, dann könnte Rodtmann auch ein Interesse daran gehabt haben, das Mengele-Foto an sich zu bringen. Vielleicht sammelt er heimlich Nazi-Utensilien.«

Dorffler pfiff durch die Zähne. »Als er mitbekommt, dass wir Scylla auf der Spur sind, bricht er kurzerhand bei Varamont ein und hängt das Mengele-Bild an die Wand mit der auffälligen Tapete, um es dort abzufotografieren. Auf die Rückseite dieses Fotos schreibt er, dass Varamont Scylla ist, und versteckt es in Caleb Coens Unterlagen.«

»Die sich zu diesem Zeitpunkt in meinem Büroschrank befinden«, ergänzte Emilia. »Deshalb schickt er mich wegen einer angeblich eiligen Angelegenheit nach Marseille, wodurch er alle Zeit der Welt bekommt, sein Bild in Coens Schuhkarton zu schmuggeln. Schon ist Varamont der Hauptverdächtige.«

»Denkst du, Rodtmann hat Varamont umgebracht?«

»Entweder er selbst oder ein Komplize von ihm. Ihm blieb gar nichts anderes übrig, weil Varamont sonst alles bestritten hätte. Das konnte er nicht riskieren.«

»Wenn das stimmt, sitzt in der Führungsspitze von Interpol also ein Mörder!«

»Sogar ein Mehrfachmörder«, sagte Emilia, »denn Kuyper behauptet, Rodtmann hat bei den Exekutionen im Rathnach-Sanatorium mitgemacht. Außerdem steckt er ganz bestimmt auch hinter Coens Tod. Im Moment haben wir nur leider nichts, um das zu beweisen. Der einzige Zeuge dafür, dass Rodtmann Scylla ist, ist Avram Kuyper – ein Profikiller, der selbst unter Verdacht steht, das Massaker von heute morgen begangen zu haben. Um Rodtmann ans Leder zu gehen, brauche ich mehr als das.«

»Woran denkst du dabei?«

»Gibt es eine Möglichkeit, an Rodtmanns Lebenslauf heranzukommen? Vielleicht können wir dort irgendwo ansetzen.«

»Wenn ich gesund wäre, könnte ich dir seine elektronische Personalakte besorgen«, sagte Dorffler. »Von hier aus geht das nicht. Aber ich kenne jemanden, der uns helfen kann. Manuel Grouchet.«

»Jemand aus der IT-Abteilung?«

»Ja – und absolut vertrauenswürdig. Die Personalakten sind eigentlich tabu, aber Grouchet weiß genauso gut wie ich, wie man mit ein paar Tricks da rankommt. Wenn du willst, kann ich ihn gleich für dich anrufen.«

88

In der Decke der Hüttentoilette gab es eine Lüftungsöffnung, kaum groß genug für einen Erwachsenen. Hatte Wartberg sich etwa dort durchgezwängt? Noch dazu mit seinem verletzten Arm? Blutspuren waren zwar keine zu sehen, aber einen anderen Weg aus dem Raum gab es nicht.

Lina eilte nach draußen, um dort zu suchen, gab es allerdings schnell wieder auf. Weit und breit keine Spur von ihm, es war geradezu mysteriös.

Er kann nicht einfach vom Erdboden verschwunden sein! Und wenn er über die Lüftungsluke entkommen wäre, hätte ich seine Schritte auf dem Dach hören müssen!

Sie rannte zurück in die Hütte, die – abgesehen von Goller – immer noch leer stand. Auf der Suche nach einer vernünftigen Erklärung fiel ihr nur noch eine Fluchtmöglichkeit ein. Sie ging auf die Knie, untersuchte den in der Optik von Steinfliesen gehaltenen Linoleumboden und fand zwei dünne Schnitte entlang der aufgedruckten Fugen. Rasch klappte sie das Linoleum nach oben. Darunter kam eine Bodenklappe mit der Aufschrift VORRÄTE zum Vorschein.

Augenblicklich begann ihr Herz, schneller zu schlagen. Da unten musste Professor Wartberg sich versteckt haben.

Sie nahm ihren Mut zusammen, riss die Klappe nach oben – und starrte in ein leeres, schwarzes Loch, das schräg nach unten ins Erdreich führte. Die Wände waren mit Beton verkleidet, auch die Treppenstufen auf dem Boden bestanden aus Beton.

Mit der Pistole im Anschlag ging Lina nach unten. Nach wenigen Stufen fand sie einen Lichtschalter an der Wand. Als sie ihn drückte, sprang die an der Decke angebrachte Neonröhre an.

Vorsichtig schlich sie weiter. Am Ende der Treppe erreichte sie einen Tunnel, der unter die riesigen Felsenfindlinge hinter der Hütte führen musste. Auch hier erhellte kaltes Neonlicht den Gang.

Nach einigen Metern betrat Lina einen Raum, der als modernes Labor eingerichtet war. An der rechten Wand stand eine Tischreihe mit Computern und Monitoren, die im Moment allerdings abgeschaltet waren. An der linken Wand reihten sich Stahlschränke mit blinkenden Lämpchen. Auf der Tischinsel in der Mitte des Raums thronte eine Art Konsole mit diversen Schiebereglern und Drehknöpfen. Hier sah es aus wie in einem Science-Fiction-Film.

Auf dem Boden erkannte Lina ein paar Blutsprenkel.

Er muss hier sein!

Sie durchquerte den Raum, bis sie an eine abgetrennte Kammer aus verdunkeltem Glas gelangte, die hinten in der Ecke stand. Die Kabine reichte bis zur Decke hinauf und hatte einen Grundriss von etwa zwei auf zwei Metern. Von außen konnte man keinen Blick hinter das dunkle Glas werfen. Erst, als Lina einen Schalter an der Kabinenwand betätigte, sprang drinnen das Licht an.

Was sie sah, rief weitere, längst vergessen geglaubte Erinnerungen in ihr wach.

Ein achtjähriges Mädchen ...

Eingesperrt in diesem Raum ...

Die klaustrophobische Enge ...

Die Schmerzen ...

In ihrer verschwommenen Erinnerung sah das alles ein

bisschen anders aus, viel rustikaler, viel weniger modern. Aber die Kabine an sich, diesen abstoßenden, schwarzen Quader, hatte es in einer ähnlichen Art schon damals gegeben.

Eine Bewegung erregte Linas Aufmerksamkeit, auf dem Boden, direkt an der Wand, an der sie stand. War das eine Schuhspitze? Sie musste sich strecken, um besser über die brusthohe Wandverkleidung hinabsehen zu können.

Wartberg!

Dicht in die Ecke gepresst, kauerte er mit angezogenen Knien an der Wand. Als Lina die Tür öffnete, blickte er verängstigt zu ihr auf.

»Raus hier, ich will mit Ihnen reden«, befahl sie.

»Ich kann nicht.«

»Sie sind nur am Arm verletzt. Stehen Sie auf!«

»Erschießen Sie mich, wenn Sie mir nicht glauben. Aber ich sage Ihnen, dass ich mich kaum noch rühren kann. Rufen Sie endlich einen Arzt.«

»Sobald Sie mir meine Fragen beantwortet haben.«

Wartberg keuchte, sein Kopf wackelte vor Anstrengung. »Wenn wir uns unterhalten wollen, werden wir das *hier* tun müssen«, keuchte er.

Der schlaffe, blutende Arm überzeugte Lina. »Also gut, meinetwegen. Bleiben wir hier.«

»Was wollen Sie wissen?«

»Dieses Labor – welche Art von Versuchen führen Sie hier durch?«

Wartberg verzog das Gesicht. »Können Sie sich das nicht denken?«

»Versuche, von denen die Öffentlichkeit nie etwas erfahren darf, so viel steht fest.«

Wartberg erwiderte nichts, aber Schuldbewusstsein suchte Lina in seinem Gesicht vergeblich.

»Ich war auch hier unten, nicht wahr?«, fragte sie.

Er nickte. »Sehen Sie sich ruhig alles an.«

Einen Moment lang verengten sich seine Augen, als wolle er Lina in eine Falle locken. Hatte er womöglich eine Waffe? Bestimmt keine Pistole, sonst hätte er sie viel leichter in der Röhre angreifen können. Aber vielleicht ein Messer, versteckt hinter dem Rücken oder in der Hosentasche?

Lina beschloss, vorsichtig zu sein. »Wenn Sie sich bewegen, drücke ich ab«, sagte sie. Den Lauf ihrer Pistole auf Wartbergs Brust gerichtet, trat sie in die Kabine.

Wartberg rührte sich nicht. Dennoch wurde sie das Gefühl nicht los, dass er auf einen bestimmten Moment wartete.

Dann zerrte plötzlich etwas an ihrer Jacke, und ein lauter Knall zerriss die Stille im Labor. Pulvergeruch erfüllte die Luft. Lina taumelte instinktiv zurück, wieder raus aus der Kabine. Was um alles in der Welt war geschehen?

Sie begutachtete ihren Jackenärmel und stellte fest, dass sich dort ein münzgroßes Loch befand. Hatte Wartberg doch auf sie geschossen? Aber er kauerte immer noch unverändert auf dem Kabinenboden.

Allerdings schien er überhaupt nicht überrascht von dem Zwischenfall zu sein. Er wirkte vielmehr enttäuscht. Dann erkannte Lina einen kleinen, schwarzen Gegenstand in seiner verletzten Hand, kaum größer als eine Streichholzschachtel.

»Was ist das?«, fragte sie.

Ein kaltes Lächeln legte sich auf seine Lippen. »Die Fernbedienung für die Kabinenfunktionen.«

»Was haben Sie damit gemacht?«

»Die Schussanlage aktiviert.« Er biss die Zähne zusammen, seine Kiefer mahlten. Er wusste, dass er verloren hatte. »Wir simulieren hier meistens Kampfszenarien«, erklärte er.

Lina war gottfroh, unverletzt aus der Kabine entkommen zu sein. Sie konnte sich in etwa vorstellen, wozu die Schussanlage benutzt wurde. Bei dem Gedanken daran lief ihr ein eisiger Schauder über den Rücken. Die Versuche, die hier unten durchgeführt wurden, waren menschenverachtend und barbarisch. Wie viele Opfer in der Kabine wohl schon ihr Leben hatten lassen müssen?

»Was genau testen Sie hier?«, fragte sie.

»Die Wirkung unserer Präparate.«

»Welche Präparate?«

»Angefangen haben wir mit Angstblockern. Später kamen Schmerzmittel und enthemmende Wirkstoffe dazu. Hochdosierte Präparate, entwickelt für den militärischen Einsatz in Kriegs- und Krisengebieten.«

Es bedurfte keiner allzu großen Phantasie, um sich vorstellen zu können, wie viel Profit in Wartbergs Forschungsprojekt steckte. Schon seit Jahrtausenden war die Rüstungsbranche ein florierendes Geschäft, für das es sich lohnte, auch über Leichen zu gehen.

Auf einmal fühlte Lina sich unendlich müde. Die lange Suche nach ihrer Vergangenheit fand heute zum Glück ihr Ende.

Nur eine Sache galt es noch zu klären.

»Wo finde ich Nils Rentwijk?«, fragte sie.

Etwas in Wartbergs Miene verriet ihr, dass er beschlossen hatte, nicht alleine unterzugehen. »In einer kleinen Pension in Mistelbach«, sagte er. »Sie heißt Sonnenhof. Dort übernachtet er immer, wenn unsere Treffen stattfinden.«

»Das heißt, er ist noch nicht auf dem Rückweg nach Norwegen?«

»Nein. Er muss sich genau wie ich noch ein paar Tage lang für die Polizei zur Verfügung halten.«

Lina nickte erschöpft. »Sobald ich Rentwijk gefunden habe, schicke ich Ihnen einen Arzt.«

»Bis dahin bin ich vielleicht verblutet.«

»Nach allem, was Sie getan haben, hätten Sie es nicht anders verdient.«

Mühsam kam Wartberg auf die Knie. »Lassen Sie mich gehen«, wisperte er. »Ich kann Ihnen Geld geben. Sehr viel Geld sogar.«

Doch Lina war daran nicht interessiert. »Ich schließe Sie jetzt in Ihrer Kabine ein«, sagte sie. »In zwei oder drei Stunden wird Hilfe eintreffen. Drücken Sie so lange auf die Wunde, um die Blutung zu stoppen.«

Spätestens in diesem Moment begriff Wartberg, dass es keine Chance für ihn gab, ungeschoren davonzukommen. Noch immer vor Lina kniend wie ein Büßer vor dem Herrn, drückte er auf die Fernbedienung in seiner Hand, bis sein toter Körper, durchlöchert von Kugeln, zu Boden fiel.

89

Emilia aß in einer kleinen Pizzeria namens *Luciana* zu Abend, ohne die Gesellschaft der Bayreuther Kollegen, weil sie Zeit zum Nachdenken brauchte.

Zeit für sich.

Während sie bei leiser, italienischer Hintergrundmusik ihre Tortellini aß, wanderten ihre Gedanken zu Mikka. Die Hochzeitsvorbereitungen hatte sie in den letzten Tagen völlig verdrängt. Im Augenblick fühlte sie sich restlos überfordert.

Was für eine Ehefrau ich wohl abgeben werde, wenn ich noch nicht einmal genügend Motivation aufbringe, meine eigene Hochzeit zu organisieren?

Das schlechte Gewissen nagte so sehr an ihr, dass sie darauf verzichtete, Mikka anzurufen, obwohl sie gerne seine Stimme gehört hätte. Sie war beinahe erleichtert, als die heißersehnte E-Mail-Nachricht von Luc Dorfflers Kollege Grouchet auf ihrem Handy einging. Endlich wieder Arbeit, mit der sich das schlechte Gewissen vertreiben ließ.

Grouchets Anhang enthielt Rodtmanns elektronische Personalakte sowie einige weitere Informationen aus dem Internet. Um die Unterlagen ungestört lesen zu können, rutschte Emilia um die Ecke, bis sie mit dem Rücken zur Wand saß.

Als Erstes studierte sie Rodtmanns Lebenslauf. Er war in Bielefeld geboren und aufgewachsen, seine Mutter stammte aus Deutschland, sein Vater aus Kanada. Nach einer erfolgreichen Polizeiausbildung und einem abgeschlossenen Studium der Informationstechnologie wurde er vom deutschen BKA angeworben. Dort entwickelte er ein Programm namens CH-DIS zur automatischen Schlüsselworterkennung in elektronischen Speichermedien. Später wurde er vom *Communications Security Establishment Canada* rekrutiert, wo er zwei Jahre lang für das ECHELON-Projekt arbeitete. 2002 wechselte er zu Interpol. Dort übernahm er zunächst die Entwicklung des Softwareprojekts CHA / R, wenig später übertrug man ihm die Leitung der Abteilung *Specialized Crime & Analysis.* Seit 2010 bekleidete er das Amt des Direktors des EDPS. Eine beachtliche Karriere.

Dass er vor rund zwanzig Jahren beim BKA gearbeitet hatte, passte genau ins Bild. Darüber hinaus fand sie in der Personalakte aber keine weiteren Hinweise, die Rodtmann belasteten.

Ein Kellner tauschte ihren leeren Teller gegen ein Schälchen mit Tiramisu aus. Während Emilia ihren Nachtisch aß, grübelte sie weiter über Rodtmanns Rolle in dieser ganzen Angelegenheit. Aus irgendeinem Grund blieb sie dabei immer wieder an diesem Programm hängen, mit dem er vor einigen Jahren befasst gewesen war. CHA / R. Davon hatte sie noch nie etwas gehört. Kurzentschlossen rief sie Luc Dorffler an, um ihn danach zu befragen.

Dorffler wusste zumindest, dass CHA / R etwas mit Codeworterkennung zu tun gehabt hatte – das schien Rodtmanns Spezialgebiet gewesen zu sein. Aber das Projekt war wegen technischer Schwierigkeiten eingestellt worden, noch bevor es richtig begonnen hatte.

Beim Espresso widmete Emilia sich den anderen Dokumenten, die Grouchet ihr geschickt hatte. Eine halbe Stunde lang klickte sie sich durch allerlei Textauszüge und

Internetlinks, die Rodtmann erwähnten, aber sie fand dabei nichts Brauchbares. Dann stieß sie auf einen Archivartikel im Bielefelder Lokalteil des Westfalen-Blatts, aus dem hervorging, dass Rodtmann als Jugendlicher einen Motorradunfall gehabt hatte. Ohne einen Helm zu tragen, war er auf einer regennassen Landstraße von der Fahrbahn abgekommen und gegen einen Baum geprallt. Dabei hatte er sich eine schwere Wunde am Hinterkopf zugezogen.

Emilias Magen begann zu kribbeln. Sie erinnerte sich an das Bild von Scylla, das Avram Kuyper ihr gegeben hatte. Es zeigte einen Mann von schräg hinten, mit kurzgeschorenem Haar und einem dunklen Schatten am Hinterkopf – einer alten Narbe, die von einem Motorradunfall herrührte? Auch das war natürlich noch kein Beweis, bekräftigte aber ihren Verdacht.

Demnach war Dr. Albert Rodtmann Scylla. Um den Fokus von vornherein in eine falsche Richtung zu lenken, hatte er die Spuren so gelegt, dass sie zu Jerome Varamont führten und ihn anschließend umgebracht – oder umbringen lassen, das spielte keine Rolle. Danach hatte er Luc Dorffler aus dem Fenster geworfen, weil er mitbekommen hatte, dass dieser nach Scylla fahndete.

Aber wie hatte Rodtmann davon erfahren? War es möglich, dass er bei Interpol ein eigenes Programm zur Schlüsselworterkennung eingeschleust hatte? Eines, das automatisch eine Meldung an ihn absetzte, wenn jemand auf den Interpol-Servern nach Begriffen wie »Scylla« oder »Wartberger Kreis« recherchierte?

Plötzlich fiel es Emilia wie Schuppen von den Augen.

CHA/R – das Projekt bei Interpol.

CH-DIS – die Software beim deutschen BKA.

Wenn man die Abkürzungen erst durchschaut hatte, waren sie ein weiterer, ziemlich klarer Hinweis auf Rodtmanns finsteres Doppelleben. Also hatte Avram Kuyper die Wahrheit gesagt.

Es wurde Zeit, ihn noch einmal in seiner Zelle zu besuchen.

Auf der Fahrt dorthin wurde ihr erst richtig bewusst, wie abgebrüht Rodtmann sie manipuliert hatte und was für ein zynisches Spiel er seit Jahren trieb. Nach außen hin war er ein ranghoher Beamter bei Interpol, der sich offiziell für Recht und Gerechtigkeit starkmachte. Insgeheim nutzte er seine Machtposition aber nur aus, um seine schützende Hand über eine Organisation zu halten, die menschenverachtende Versuche an unfreiwilligen Testpersonen durchführte.

Er hatte alle betrogen, mit denen er bei Interpol zusammenarbeitete, bis ganz hinauf zum Generalsekretär.

Und auch ich bin auf ihn hereingefallen!

Unglaublich, mit welcher schauspielerischen Perfektion er seine Rolle spielte. Er hatte Emilia derart unter Druck gesetzt, dass sie ernsthaft geglaubt hatte, ihr Job würde auf der Kippe stehen. Für morgen hatte Rodtmann sich sogar in Bayreuth angekündigt, um die vermeintlichen Fehler wieder geradezubiegen, die sie im Rahmen dieses Einsatzes begangen hatte. Wahrscheinlich wollte er sich nur vergewissern, dass Wartberg und Rentwijk nicht von der Polizei behelligt wurden.

Jetzt begriff Emilia auch, weshalb sie Rodtmann hatte anrufen müssen, damit er den offiziellen Startschuss für die Stürmung des Rathnach-Sanatoriums geben konnte: Auf diese Weise hatte er seinen Freunden den Rücken für das Massaker im Sanatorium freigehalten. Sie hatten ungehindert alle Morde begehen können, weil sie wussten, dass das SEK erst eintreffen würde, wenn sie ihre Spuren verwischt hatten.

Eine halbe Stunde später erzählte sie Avram in seiner Zelle, was sie herausgefunden hatte.

»Sie haben recht: Rodtmann ist Scylla. Er ist Experte im Programmieren von Schlüsselwort-Erkennungssoftware. In seinem elektronischen Lebenslauf stehen zwei Beispiele dafür: CHA / R und CH-DIS.«

»Nie gehört.«

»Lösen die Bezeichnungen keine Assoziationen bei Ihnen aus?«

»Bei mir klingelt da nichts.«

»Natürlich hat er die Abkürzungen so gewählt, dass man nicht sofort darauf kommt. Aber machen Sie sich bewusst, dass sein Deckname Scylla lautet.«

Jetzt hob Avram die Augenbrauen. »Sie glauben, dass die Abkürzungen für *Charybdis* stehen?«

»Ganz genau: Scylla und Charybdis. Wie in der griechischen Mythologie. Rodtmann muss schon seit seinen Tagen beim BKA dem Wartberger Kreis angehören, denn schon damals hat er an der ersten Version seines Programms herumgebastelt. Seitdem hat er es kontinuierlich weiterentwickelt. Ich bin inzwischen sicher, dass er Interpol damit ausspioniert, vielleicht auch nationale Polizeinetze, damit er weiß, wann jemand ihm oder seinen Kumpanen auf die Schliche kommt.«

»Das Problem ist nur, dass Sie Rodtmann nicht stichhaltig belasten können«, sagte Avram.

Emilia nickte. »Es passt alles zusammen, aber meine Indizien werden keinem Gericht auf der Welt für eine Verurteilung reichen. Und dass Sie ihn im Sanatorium gesehen haben, bringt nichts, weil Sie als Zeuge unglaubwürdig sind.«

Avram schmunzelte. »Wenn Sie mich hier rauslassen, kann ich ihn für Sie umbringen.«

Der Vorschlag brachte Emilia zum Lächeln. »Vielen Dank für das Angebot. Nach allem, was er getan hat, bin ich fast geneigt, ja zu sagen. Nur verträgt sich das leider nicht mit meinem Beruf als Polizistin.«

Das Lächeln verflüchtigte sich, sie wurde wieder ernst.

»Ich bin hier, weil ich Rodtmann hinter Gitter bringen möchte«, raunte sie leise. »Aber das schaffe ich nur mit Ihrer Hilfe. Sind Sie dabei?«

90

Der Sonnenhof war eine kleine, elegante Pension am Ortsrand von Mistelbach, rund fünf Kilometer außerhalb von Bayreuth. Mit seinem langen Vordach, den großen Balkonen und der holzverzierten Fassade hätte das Haus ebenso gut im Zillertal oder im Schwarzwald stehen können. Von den Dachschindeln bis zum weiß verputzten Sockel wirkte alles daran einladend und heimelig. Zum vollkommenen Klischee fehlte nur noch die Zithermusik.

Lina beobachtete diese riesige, bewohnte Kuckucksuhr vom nahe gelegenen Waldrand aus. Längst war die Nacht hereingebrochen. Im Schutz der Dunkelheit und der Bäume verschmolz Lina regelrecht mit ihrer Umgebung. Sie war wie ein dunkler, lauernder Geist, der geduldig auf eine passende Gelegenheit wartete.

Zeit spielte keine Rolle.

Sie wollte Rache üben.

Es regnete wieder, zudem senkte sich frostige Kälte über den Wald. Lina zitterte, sogar ihre Zähne klapperten. Aber sie ignorierte es.

Abgesehen vom Regen war der Standort ideal, denn sie hatte freie Sicht auf Nils Rentwijks Zimmerfenster. Schon seit einer halben Stunde lag er auf dem Bett und führte Telefonate, eins nach dem anderen. Vielleicht berichtete er jemandem vom heutigen Tag, oder er kümmerte sich um seine Geschäfte. Jedenfalls schien er ziemlich entspannt zu sein. Auf dem Nachttisch stand eine angebrochene Flasche

Rotwein und ein halbvolles Glas, im Hintergrund lief der Fernseher.

Er macht sich keine Sorgen. Er denkt, dass ich untergetaucht bin, um nicht von der Polizei geschnappt zu werden. Mit Goller hat er noch nicht sprechen können, weil der gefesselt in der Hütte liegt. Das Schwein glaubt tatsächlich, dass sein Plan aufgegangen ist.

Ihr Blick wanderte hinüber zu dem geklauten Clio, der nur hundert Meter von der Pension entfernt am Straßenrand parkte. Sobald sie mit Rentwijk fertig war, musste sie schnell von hier verschwinden. Bis die Polizei hier eintreffen würde, wollte sie längst über alle Berge sein.

Im Augenwinkel nahm sie eine Bewegung wahr, und sie richtete ihre Aufmerksamkeit wieder auf den Sonnenhof. Rentwijk war aufgestanden, um die Vorhänge zuzuziehen. Von da an konnte Lina nur noch den diffusen Schimmer des Fernsehers erkennen. Aber irgendwann erlosch auch er, und es wurde dunkel im Zimmer.

Alles in Lina drängte danach, endlich loszulegen, doch sie zwang sich zur Vorsicht.

Ich muss warten, bis er schläft, damit ich unbemerkt in sein Zimmer eindringen kann.

Eine halbe Stunde später verließ sie bibbernd ihr Versteck. Sie hatte bereits telefonisch herausgefunden, dass Rentwijk Zimmer Nummer 4 bewohnte. Außerdem hatte sie sich in einem günstigen Moment, als die Rezeption unbesetzt gewesen war, die elektronische Steckkarte aus dem Fach für die Putzleute geholt – gewissermaßen der Generalschlüssel für das gesamte Haus. Damit würde sie überall reinkommen. Bei dem Gedanken daran wurde ihr ganz warm ums Herz.

Sie wartete, bis die Lobby leer war, betrat die Pension und folgte dem Schild zu den Zimmern 1 bis 6. Im Flur schien nur die Notbeleuchtung. Auf leisen Sohlen schlich Lina zu Rentwijks Tür und lauschte daran. Von drinnen drang gleichmäßiges Schnarchen zu ihr.

Perfekt.

Langsam, um kein verräterisches Geräusch zu verursachen, schob sie die Stechkarte ins elektronische Schloss. Synchron mit dem nächsten Schnarcher entriegelte die Tür.

Einen Moment lang herrschte drinnen Stille, so intensiv, dass Lina schon fürchtete, Rentwijk geweckt zu haben. Doch dann sägte er weiter, noch lauter als vorher.

Von da an ging alles ganz leicht. Lina drückte die Klinke ... wartete auf das nächste Schnarchgeräusch ... schlüpfte ins Zimmer ... wartete wieder ... zog leise die Tür zu.

Jetzt war sie mit Nils Rentwijk allein.

Eine Minute lang blieb sie regungslos am Eingang stehen, bis ihre Augen sich wieder an die Dunkelheit gewöhnt hatten. Dann folgte sie dem Schnarchen bis zum Bett.

Rentwijk lag halb aufgedeckt vor ihr, ein Bein seitlich aus der Decke gestreckt, die Arme verdreht. Im Schein des Digitalweckers auf dem Nachttisch erkannte Lina, dass die Weinflasche inzwischen leer war.

Rentwijk sah harmlos aus wie ein kleiner Junge, mit seinem nach oben gerutschten T-Shirt sogar beinahe ... süß – ein anderes Wort fiel Lina dafür nicht ein. Noch dazu dieses lächerlich laute Schnarchen. Kaum zu fassen, dass hinter der knuddeligen Fassade der Geist eines gefährlichen Psychopathen hauste.

Während sie so neben dem Bett stand und ihn beobachtete, brachen unweigerlich wieder die Erinnerungen an Norwegen über sie herein. Sie spürte die Schmerzen, die er ihr zugefügt hatte, als er gewaltsam in sie eingedrungen war, sie roch seinen Atem, sie spürte seine Lippen auf ihrem Körper und die Hände auf ihrer Haut.

Vor allem aber erinnerte sie sich an seine Blicke. An die gierig zuckenden Pupillen, wenn sie vor Schmerzen schrie. An die weit aufgerissenen Augen, die besessen nach Anzeichen von Furcht bei ihr Ausschau hielten.

Nils Rentwijk hatte es nicht geschafft, ihr Angst einzujagen. Aber er hatte alles Erdenkliche dafür getan.

Leise schlich sie zum Balkon und zog den Vorhang beiseite. Das Licht der Straßenlaternen drang ins Zimmer und warf bizarre Schattenspiele an die Wand. Nils Rentwijk merkte davon nichts, er schnarchte unverändert weiter.

Lina öffnete die Balkontür. Um zum Auto zu gelangen, musste sie nur über die Brüstung springen und über die Wiese hinter dem Haus bis zur Straße laufen. Wenn sie rannte, würde sie die Strecke in wenigen Sekunden zurücklegen – der ideale Fluchtweg.

Sie ging zurück zum Bett, sammelte sich einen Moment lang und zog das Taschenmesser aus der Hosentasche, das sie auf dem Weg hierher an einer Tankstelle gekauft hatte. Ihre Finger waren immer noch ein wenig klamm, als sie die größere der beiden Klingen ausklappte.

Einen Moment lang überkam sie die Versuchung, Nils Rentwijk die Halsschlagader aufzuschlitzen. Aber das hätte ihm einen einfachen, schnellen Tod beschert, und das wollte sie nicht. Sie wollte ihn leiden lassen. Sie wollte, dass er nie wieder eine Frau mit seinen widerlichen, kleinen Dämonenaugen anstarren konnte. Sie wollte, dass er die Nacht in Norwegen bereuen würde, jeden Tag, für den Rest seines Lebens.

Sie beugte sich über ihn, führte das Messer ganz dicht an seine Lider.

Nur zwei Stiche.

Alles würde ganz schnell gehen.

91

Am kommenden Tag traf Dr. Albert Rodtmann um Punkt 9.00 Uhr in der Bayreuther Kripozentrale ein. Noch bevor er in Hauptkommissar Warscheks Büro platzte, hörte Emilia seine schweren Schritte im Gang.

Er hatte sich bereits am Vortag angekündigt, angeblich, um im Sinne von Interpol Schadensbegrenzung zu betreiben. In Wahrheit wollte er nur sichergehen, dass die von der Bayreuther Kripo sichergestellten Spuren nicht zu ihm oder seinen Freunden führten, davon war Emilia fest überzeugt. Außerdem hatte er bestimmt die Turbulenzen der vergangenen Nacht mitbekommen. Wahrscheinlich begriff er allmählich, dass sein Doppelleben ins Wanken geriet. Nun wollte er retten, was noch zu retten war.

Ohne zu klopfen, trat er ein. Er stellte sich Warschek mit knappen Worten vor und bat Emilia um ein Gespräch unter vier Augen. *Umgehend*, wie er betonte. Kurz darauf saßen sie in einem leerstehenden Zimmer auf der anderen Seite des Gangs.

»Was zum Teufel haben Sie sich dabei gedacht, Ihre Zeugen von gestern ohne Polizeischutz zu entlassen?«, dröhnte er los. »Einer tot, der andere schwerverletzt. In diesem Fall läuft aber auch wirklich alles schief!«

Einem anonymen Hinweis folgend, hatte die Polizei Professor Wartberg tot in einer Hütte bei Ebnath vorgefunden, außerdem einen Mann namens Bernhardt Goller, der bisher jede Aussage verweigerte. Wenige Stunden später war Nils

Rentwijk in seinem Hotelzimmer überfallen worden. Jemand hatte ihm beide Augen ausgestochen und war danach unerkannt entkommen.

»Unter den gegebenen Umständen halte ich es für nicht länger tragbar, Sie als Führungskraft bei Interpol zu beschäftigen«, donnerte Rodtmann weiter. Sein Gesicht war rot. Sein Kinn bebte. »Von einem Mitarbeiter in Ihrer Position erwarte ich mehr Verantwortungsbewusstsein. Sie haben den Einsatz vermasselt, das kann ich nicht einfach so hinnehmen.«

Emilia ließ den Anpfiff schweigend über sich ergehen. Die Nacht war anstrengend gewesen, sie fühlte sich unendlich müde. Außerdem sollte Rodtmann ruhig glauben, dass er gewonnen hatte. Je sicherer er sich fühlte, desto eher würde er einen Fehler begehen.

Es klopfte an der Tür, und ein uniformierter Beamter trat ein.

»Dr. Rodtmann?«

»Ja, bitte?«

»Gerade war ein Anwalt hier. Ich soll Ihnen ausrichten, dass Herr Kuyper mit Ihnen sprechen möchte.«

»Tut mir leid, aber dafür habe ich keine Zeit.«

»Er sagte, es sei dringend. Außerdem soll ich Ihnen das hier geben.«

Der Beamte reichte Rodtmann ein Briefkuvert. Der riss es auf und las den Inhalt mit unbewegter Miene, bevor er sich wieder an Emilia wandte.

»Ich will, dass Sie Ihre Sachen packen und schleunigst nach Lyon zurückreisen«, sagte er. »Morgen erwarte ich Ihr Kündigungsschreiben, andernfalls muss ich Sie Ihres Amtes entheben, das habe ich bereits mit dem Generalsekretär besprochen.«

Zum Schein gab Emilia klein bei. Mit betretener Miene verließ sie das Zimmer.

Hinter sich hörte sie, wie Rodtmann zu dem Beamten sagte: »Wo finde ich Herrn Kuyper?«

92

Eine Vollzugsbeamtin mit der Figur einer Preisringerin führte Avram aus seiner Zelle. An Händen und Füßen gefesselt, schlurfte er neben ihr durch den Gang. Bei jedem Schritt klimperte dabei die Kette zwischen seinen Knöcheln.

Einen Stock höher erreichten sie einen schmucklosen Besprechungsraum mit kahlen, weißen Wänden und vergitterten Fenstern. An einem großen Tisch wartete bereits Rodtmann auf ihn.

Die Vollzugsbeamtin führte Avram zu dem Stuhl auf der gegenüberliegenden Tischseite und befestigte seine Fesseln daran, so dass er sich nicht von seinem Platz wegbewegen konnte. Avram ließ es bereitwillig geschehen.

»Das wäre vorerst alles«, sagte Rodtmann zu der Beamtin, als sie mit Avram fertig war. »Ich denke, ab jetzt komme ich mit ihm allein zurecht. Ich rufe Sie, falls ich Ihre Hilfe brauche.«

Die Frau nickte und verließ das Zimmer.

Einen Moment lang herrschte Schweigen. Schließlich zog Rodtmann das Kuvert aus seiner Jackentasche und legte es auf die Tischplatte. »Was soll das bedeuten?«, fragte er.

Avram hatte auf den Zettel in dem Kuvert eine einfache Botschaft geschrieben:

Interesse an einem Geschäft, Scylla? Wenn ja, melden Sie sich möglichst bald bei mir. Sonst werden meine Videoaufnahmen der Polizei zugeleitet, und wir sehen uns im Gefängnis wieder.

»Ich weiß nicht, was Sie damit meinen«, raunte Rodtmann leise.

»Trotzdem sind Sie gekommen.«

»Nur, um Ihnen zu sagen, dass ich mich von Ihnen nicht einschüchtern lasse.«

»Alles, was ich will, ist, Ihnen ein Geschäft vorschlagen«, gab Avram zurück. »Ich will so schnell wie möglich wieder hier raus, Sie wollen gar nicht erst rein. Ich denke, wir können uns gegenseitig helfen.«

Ein überhebliches Lächeln legte sich auf Rodtmanns Gesicht. »Sie wollen mich erpressen? Mit einem Film, den Sie angeblich von mir gemacht haben?«

»Wenn Sie es so sagen, klingt es hässlich.«

»Es gibt keine Filmaufnahmen, die mich in irgendeiner Art belasten könnten.«

»Seit gestern schon.«

»Sie sprechen von den Morden im Sanatorium?«

Avram nickte. »Ich war dort, bevor das Treffen stattfand. Und ich habe eine Minikamera positioniert. Eigentlich wollte ich nur herausfinden, wer dem Wartberger Kreis angehört – ich konnte ja nicht ahnen, dass Sie und Ihre Freunde ein Blutbad planen.«

Rodtmanns Grinsen wurde breiter. »Gehen wir einmal davon aus, Sie besitzen tatsächlich eine solche Filmaufnahme – warum übergeben Sie sie dann nicht einfach der Polizei und entlasten sich damit?«

»Hätte ich geahnt, dass Sie ein Massaker planen, hätte ich mehrere Kameras installiert. So aber gibt es nur diese eine Aufnahme. Darauf sind zwar ein paar der Morde zu sehen, längst aber nicht alle. Mit anderen Worten: Ich könnte mich nicht entlasten, sondern nur belegen, dass Sie mein Komplize sind.«

Rodtmanns Gesicht blieb starr, dennoch glaubte Avram, eine Veränderung darin zu erkennen. Ein winziges Stirnrunzeln, ein marginales Zucken in den Augenwinkeln.

Er war verunsichert. Darauf ließ sich aufbauen.

»Sie behaupten also, eine Filmsequenz zu besitzen, die zeigt, wie ich jemanden im Sanatorium erschieße.«

»Drei Personen, um genau zu sein. Thomas Trendler, Albert Conradi und irgendeinen Tschetschenen, dessen Namen ich mir nicht merken kann. Sie alle sind mit zwei Kugeln getötet worden, eine in den Kopf, eine in die Brust. Und Sie haben den Abzug betätigt.«

In der Nacht hatte Emilia Avram die Fotos aller Opfer gezeigt. An ein Gesicht konnte er sich erinnern – das von Thomas Trendler. Er war derjenige gewesen, den Rodtmann vor seinen Augen umgebracht hatte. Die beiden anderen waren laut Obduktionsbefund mit derselben Waffe erschossen worden, was nahelegte, dass es sich auch um denselben Schützen handelte.

Natürlich war das nur ein Bluff, doch an den zuckenden Augenwinkeln erkannte Avram, dass er ins Schwarze getroffen hatte.

»Die Leute von der Spurensuche haben im Sanatorium keine Minikamera gefunden«, sagte Rodtmann.

»Selbst wenn – es würde nichts ändern«, erwiderte Avram. »Die Aufnahme wurde direkt auf mein Handy übertragen, und ich habe insgesamt fünf Kopien davon in Umlauf gebracht. Falls mir etwas zustößt, werden diese Kopien an die Polizei und an die Medien weitergeleitet. Damit würden Sie zu einem der meistgesuchten Verbrecher des Landes.«

Rodtmann überlegte, den Blick starr auf Avram gerichtet, als könne er dadurch seine Gedanken lesen. »Was wollen Sie für den Film?«, fragte er schließlich.

»Den besten Anwalt, den man für Geld kriegen kann. Und eine halbe Million Euro als Startkapital für ein geregeltes Leben.«

»Sie sind verrückt.«

»Ich habe alle Trümpfe auf der Hand.«

Rodtmanns Kiefer mahlten. »Also gut, einverstanden. Ich besorge Ihnen einen erstklassigen Verteidiger und das Geld. Aber ich warne Sie, Kuyper: Wenn Sie irgendwelche Spielchen versuchen, sind Sie ein toter Mann.«

Ohne mit der Wimper zu zucken, lehnte Avram sich in seinem Stuhl zurück. »Ich hoffe, Sie haben jedes Wort davon auf Band«, sagte er.

Eine Sekunde später flog die Tür auf, und Emilia betrat das Zimmer. »Klar und deutlich«, sagte sie. »Dr. Rodtmann, Sie sind verhaftet.«

93

Später am Tag besuchte Emilia Avram noch einmal in seiner Zelle.

»Ich möchte mich bei Ihnen bedanken«, sagte sie. »Rodtmann wird noch heute dem Untersuchungsrichter vorgeführt. Sie haben Ihre Rolle perfekt gespielt.«

»Es wäre mir lieber gewesen, ich würde diesen Film tatsächlich besitzen. Dann wäre ich nach meinem Prozess ein freier und wohlhabender Mann.«

»Ich werde beim Richter ein gutes Wort für Sie einlegen.«

Avram nickte. »Wir wissen beide, dass das nicht viel nutzen wird. Bei Interpol hat sich im Lauf der letzten Jahre bestimmt eine ziemlich dicke Akte über mich angesammelt – ich wäre enttäuscht, wenn es nicht so wäre. Ich werde das Gefängnis erst wieder verlassen, wenn ich zu schwach zum Laufen bin. Aber soll ich Ihnen etwas verraten? Aus irgendeinem Grund habe ich damit meinen Frieden geschlossen. Ich werde nicht mehr auf der Flucht sein und ein einfaches, geregeltes Leben führen. In gewisser Weise habe ich genau danach schon seit einer Ewigkeit gesucht – nur vielleicht mit etwas mehr Freiheiten.«

Emilia war erleichtert, das zu hören, auch wenn sie ahnte, dass er die Situation beschönigte. Niemand ging gerne ins Gefängnis, schon gar nicht mit der Aussicht auf eine so lange Haftstrafe.

»Irgendwann muss man für seine Sünden geradestehen«, sagte er. »Vielleicht ist das ganz gut so.«

Emilia nickte. Sie hoffte, dass das auch für Rodtmann galt.

Den besuchte sie direkt danach. Als sie die Zelle betrat, saß er mit hocherhobenem Haupt auf seiner Pritsche, als erwarte er, jeden Moment wieder freigelassen zu werden.

Verfolgt von seinen Blicken, setzte Emilia sich an den Wandtisch. Mit bösen Augen funkelte er sie an.

»Es gibt keinen Film, nicht wahr?«, fragte er. »Sie haben Kuyper gebrieft und ihn mit Insiderinformationen versorgt, damit seine Geschichte echt klang.«

Emilia nickte. »Ich wusste, dass Sie Scylla sind, ich konnte es nur nicht beweisen. Deshalb habe ich Kuyper mit ins Boot geholt und ihn mit einem Mikro ausgestattet.«

Rodtmann schnaubte. »Wenn schon. Die Richter werden mich laufen lassen. Es existiert kein Film, der mich als Mörder identifiziert, und es gibt auch keine anderen Beweise. Nur das Gespräch zwischen einem gesuchten Profikiller und einem ranghohen Interpolbeamten. Vor Gericht werde ich behaupten, dass ich nur zum Schein auf Kuypers Angebot eingegangen bin. Ich sage, dass ich ihm den Film entlocken wollte, weil ich dachte, er würde uns bei den Ermittlungen weiterhelfen.«

Emilia wusste, dass diese Möglichkeit bestand. Ein guter Anwalt – und den würde Rodtmann sich ganz bestimmt besorgen – konnte ihn womöglich freibekommen. Aber damit wollte sie sich im Augenblick nicht befassen.

»Was ich noch nicht verstehe, ist, was es mit diesem Bild von Josef Mengele auf sich hat«, sagte sie.

»Keine Ahnung, worauf Sie anspielen.«

»Ich bin nicht verwanzt.«

Ein freudloses Lächeln umspielte seine Mundwinkel.

»Also gut, ich werde es Ihnen verraten«, sagte er. »Das Bild ist keine Kopie aus einem alten Buch oder so etwas. Es ist ein Original-Foto von 1943 – für Sammler wie mich ein wahrer Schatz. Die Hartweiler-Sache, das war Ihr erster Fall bei Interpol, nicht wahr? Damals war ich Ihr Vorgesetzter. Als ich von dem Bild erfuhr, musste ich es mir einfach besorgen.«

»Und nachdem Sie mitbekommen hatten, dass Luc Dorffler und ich auf der Jagd nach Scylla sind, dachten Sie, das Bild wäre ein guter Köder, um uns auf eine falsche Spur zu locken – nämlich auf die von Varamont.«

Rodtmann nickte. »In der Coen-Akte steht, dass Scylla im Kontakt zu nationalsozialistischen Kreisen steht. Deshalb fand ich das Mengele-Bild ideal. Ein Freund von mir hat nachts bei Varamont eingebrochen, das Bild kurzfristig gegen ein anderes in seinem Homeoffice ausgetauscht und es dort abfotografiert. Dann habe ich auf die Rückseite geschrieben, dass Varamont Scylla ist und das Bild in Coens Unterlagen geschmuggelt.«

»Warum haben Sie Dorffler aus dem Fenster geworfen, mich aber in Ruhe gelassen?«

»Dorffler war nur ein Ablenkungsmanöver, um den Verdacht gegen Varamont zu erhärten. Sie müssen zugeben, dass das auch funktioniert hat. *Alles* hat funktioniert. Sie sind auf jede meiner Finten hereingefallen.«

Wie er es sagte, klang es ganz leicht, und tatsächlich war sie ihm eine Zeitlang auf den Leim gegangen. Aber am Ende hatte sie sein Spiel durchschaut und den Spieß umgedreht. Jetzt mussten die Richter über sein weiteres Schicksal entscheiden.

Sie verließ Rodtmanns Zelle mit einem schalen Gefühl. Erst als sie ins Freie trat und die frische Luft in ihrem Gesicht spürte, schaffte sie es, sich von ihren Zweifeln zu befreien. Es würde noch Monate dauern, bis die Polizei sämtliche Spuren ausgewertet hatte und der Prozess beginnen konnte – Zeit, die Emilia dazu nutzen wollte, weiteres Belastungsmaterial gegen Rodtmann zu sammeln. Vielleicht würde man bei der Durchsuchung seines Hauses auf Hinweise stoßen, die belegten, dass er dem Wartberger Kreis angehörte. Auch Professor Wartbergs Hütte, sein unterirdisches Labor und das Rentwijk-Anwesen in Norwegen waren aussichtsreiche Orte, an denen sie suchen konnte. Sie würde Rodtmanns Telefonate, E-Mails und seine Korrespondenz prüfen lassen, seine Computerdateien, Kreditkartenabrechnungen, Reisebelege, Quittungen und so weiter. Es gab noch viel zu tun.

Jetzt wollte sie aber erst einmal Mikka anrufen, seine Stimme hören, ihm alles erzählen, was sich seit ihrem letzten Telefonat ereignet hatte. Und sie wollte ihm versichern, wie sehr sie sich auf ihre gemeinsame Zukunft freute.

Danksagung

Es gibt wieder einige Menschen, die mich beim Schreiben dieses Buches in der einen oder anderen Weise unterstützt haben. Sie gaben mir wertvolle Tipps, halfen, Fehler zu finden, sprachen mir Lob aus, wenn ich es brauchte, oder verschafften mir ganz einfach die nötige Zeit und Ruhe zum Arbeiten. Ihnen allen möchte ich meinen aufrichtigen Dank aussprechen:

Meiner Familie für die vielen Stunden, die sie mir wieder einmal schenkte, meinem Agenten Bastian Schlück, der mich seit vielen Jahren begleitet, meiner Lektorin Andrea Diederichs sowie dem gesamten Fischer-Team für den bedingungslosen Rückhalt, meinen Clubkameraden für die Freundschaft sowie Melanie Walther und Christian Uhlemann für ihre wertvollen Anregungen.

Aber ich weiß auch, dass ein Buch nur dann ein Erfolg werden kann, wenn Sie, liebe Leser, Ihren Teil dazu beitragen. Allen, die mich wieder so tatkräftig unterstützen wie bei den ersten drei Post Mortem-Bänden, sage ich auch diesmal: Herzlichen Dank!

Mark Roderick
November 2017

Lesen Sie weiter

MARK RODERICK

POST MORTEM

HERR DER FINSTERNIS

Dieser Band erscheint im Mai 2019

Prolog

Karina Sukowa zitterte am ganzen Körper. Es passierte einfach, sie konnte nichts dagegen tun. Das war jedes Mal so, wenn er mit ihr fertig war.

Beim Atmen bildeten sich vor ihrem Gesicht dampfende Kondenswolken. Nur mit Unterwäsche bekleidet, hockte die junge Frau in ihrem grauen Betonloch, mit dem Rücken an der Wand, die angewinkelten Beine mit den Armen umschlossen. So ließen sich Hunger und Kälte am besten ertragen.

Und die Schmerzen.

Ihr ganzer Rücken war blutig. Diesmal hatte der *Herr der Finsternis* sie besonders hart bestraft.

Die Zelle, in der man sie gefangen hielt, maß etwa vier mal vier Meter. Möbel gab es hier keine, nur kahle, abweisende Wände. An einer davon befand sich ganz oben eine kleine, vergitterte Öffnung, durch die sie ein Stück vom Himmel sehen konnte – ihre einzige Verbindung zur Außenwelt. Bei schlechtem Wetter regnete es von dort herein.

Nebenan befand sich ein weiterer Raum, winzig klein, mit einer alten Toilette und einem Waschbecken – immerhin etwas. Zweimal am Tag schob jemand durch eine Klappe in der Tür einen Teller mit Essen herein. Viel war es nicht, und es war auch nicht besonders gut. Es reichte gerade so, um zu überleben.

Zum tausendsten Mal, seit sie hier unten gefangengehalten wurde, fragte sie sich, wie das alles passiert war? Wie sie in diese ausweglose Situation hatte kommen können? Über Schicksale wie ihre las man höchstens in der Zeitung, oder man sah Berichte darüber im Fernsehen. So etwas stieß *anderen* Leuten zu, Leuten, die nicht auf sich achtgaben, aber nicht einem selbst.

Zumindest hatte sie das geglaubt.

Bis es plötzlich zu spät gewesen war.

Wie lange hielt er sie nun schon gefangen? Mindestens vier oder fünf Monate, schätzte Karina. Irgendwann hatte sie aufgehört, die Tage zu zählen. Zeit spielte hier drinnen keine Rolle.

Wann wird er mich das nächste Mal zu sich holen?

Sie spürte, wie sie sich vor Angst verkrampfte. Ihre Finger tasteten über den Boden bis zu der Stelle, wo die Klinge lag – ein abgebrochenes Stück von einem Teppichmesser. Der Mann, der sie alle paar Tage besuchte, um sie zu missbrauchen, benötigte es, um die Kabelbinder und die Seile zu zerschneiden, die er zum Ausleben seiner kranken Phantasien benötigte. Vor ein paar Wochen hatte Karina die Klinge in einer Ecke seines dunklen Reichs gefunden. Seitdem behütete sie sie wie einen wertvollen Schatz.

Dass sie keine Chance haben würde, den Mann und seine Helfer damit zu bezwingen, war ihr klar. Aber sie dachte täglich daran, sich damit die Pulsadern aufzuschneiden. Die Versuchung war groß, wie eine verführerische Stimme aus einer besseren Zukunft.

Das Einzige, was sie davon abhielt, war ihr Baby. Aus irgendeinem Grund durfte sie es jeden Tag einmal sehen, für eine halbe Stunde, manchmal sogar länger. Am Anfang hatte Karina befürchtet, dass auch Elena missbraucht würde, aber das war nicht der Fall.

Gott sei Dank!

Eine Weile hockte sie reglos an der Wand, bemüht, die Schmerzen an ihrem Rücken und in ihrem Unterleib zu ignorieren, aber sie schaffte es nicht. Es tat so weh! Wie lange würde sie das hier noch aushalten können? Ein Teil von ihr wusste, dass sie längst am Ende angelangt war.

Wieder einmal fragte sie sich, ob jemand sie vermisste? Ihre Eltern jedenfalls nicht, zu denen hatte sie jeglichen Kontakt abgebrochen, seit sie vor zwei Jahren von zu Hause ausgebüchst war. Gregor, ihr ehemaliger Freund, vermisste sie wohl auch nicht. Er hatte sie während der Schwangerschaft sitzengelassen und sich seitdem nicht mehr bei ihr gemeldet. Einzig und allein ihrer Freundin Natascha mochte etwas an ihr liegen. Sie bewohnte das Nebenzimmer im Mütterheim, in dem Karina nach der Geburt ihres Babys untergekommen war.

Ob Natascha die Polizei verständigt hatte? Bestimmt! Aber gefunden hatte sie bisher niemand. Karina war mittlerweile sicher, dass man die Suche nach ihr längst eingestellt hatte.

Tiefe Hoffnungslosigkeit legte sich über sie wie ein dunkles Tuch. Warum hatte das Schicksal ausgerechnet sie so hart getroffen? Nachdem Gregor sie verlassen hatte war es nur noch bergab gegangen.

Gefangen in einem Sog der Verzweiflung, starrte sie minutenlang auf die gegenüberliegende Wand ihrer Zelle, während sie sich immer wieder dieselbe Frage stellte.

Warum ich?

Aber natürlich fand sie auch heute keine Antwort darauf.

Irgendwann – sie hatte die Zeit vergessen – wurde sie von Kindergeschrei aus ihren Gedanken gerissen. Wie aus weiter Ferne drang das zarte Gebrüll zu ihr.

Es klang wie Musik in ihren Ohren!

Endlich brachten sie Elena zu ihr. Das taten sie meistens, wenn die Kleine schrie. Dann steckten sie sie zu ihr, bis sie sich wieder beruhigte.

Eine Welle tiefempfundener Dankbarkeit durchflutete Karina. Die Zeit mit ihrem Baby war in diesem Verlies zu ihrem kostbarsten Gut geworden.

Sogar noch wichtiger als die abgebrochene Klinge, die neben ihr auf dem Boden lag.

Das Schreien wurde lauter, gleichzeitig näherten sich draußen im Gang Schritte. Dann machte sich jemand an der Tür zu schaffen.

Auf allen vieren kroch Karina zum Eingang.

Die Bodenklappe, durch die man sie auch mit Essen versorgte, wurde mit einem metallischen Geräusch entriegelt. Gleich darauf schob jemand einen Wäschezuber durch die Luke. Eingehüllt in dicke, weiße Laken lag Elena darin, aus vollem Halse brüllend, das Gesicht puterrot, die Augen zu schmalen Schlitzen zusammengepresst. Auch ein Milchfläschchen befand sich in der Plastikwanne.

Rasch nahm Karina das brüllende Bündel heraus, um es an sich zu drücken, es sanft zu schaukeln, seine Nähe zu spüren und das rote Köpfchen mit Küssen zu bedecken. Als das Krakeelen nicht aufhörte, hockte sie sich mit dem Baby an ihre Mauer und gab ihm das Fläschchen.

Es war ein eingespielter Ablauf. Später würde jemand dreimal gegen die Tür klopfen, woraufhin Karina das Kind und das leere Fläschen wieder abgeben musste – hier unten hielt das Glück nicht lange an. Einmal hatte sie sich widersetzt. Daraufhin hatte man ihr gedroht, das Baby mit Gewalt zu holen und ihm anschließend die Augen auszustechen. Seitdem akzeptierte sie die vorgegebenen Regeln widerspruchslos.

Nach dem Fläschchen tätschelte Karina ihrem Baby so lange den Rücken, bis es aufgestoßen hatte. Danach schlief es friedlich in ihren Armen ein.

Während sie den Anblick ihres Kindes wie ein ausgetrockneter Schwamm in sich aufsog, schien die Zeit um sie herum stillzustehen. Elena war wunderhübsch, ein Baby wie aus dem Bilderbuch: kaum Haare auf dem Kopf, ein kleines, plattes Näschen, rote Pausbacken, samtweiche Haut. Liebevoll streichelte Karina die Wangen der Kleinen, bis sie den Mund im Schlaf zu einer zuckersüßen Fratze verzog, das wie ein Lächeln aussah.

Auch Karina lächelte, aber es war ein Lächeln voller Wehmut. Elena war ein Geschenk Gottes – der einzige Grund, weshalb sie sich noch nicht die Pulsadern aufgeschnitten hatte. Andererseits war genau das ihr Wunsch: endlich einen Schlussstrich unter das fortwährende Martyrium zu ziehen. Doch wie konnte sie das tun, wenn sie Elena in dieser grausamen Welt zurücklassen musste?

Für ihr Dilemma gab es nur eine Lösung.

Es wird nicht lange dauern, mein Kind. Schon bald sehen wir uns wieder.

Tränen der Verzweiflung rannen Karina über die Wangen, während sie all ihren Mut zusammennahm.

Mark Roderick

Post Mortem – Zeit der Asche

Thriller

Band 03143

Das Morden geht weiter …

Ein bestialischer Foltermord in einem abgelegenen Landhaus in Südfrankreich. Eine Handschrift, die Emilia Ness und Avram Kuyper nur zu gut kennen. Jemand möchte, dass sie weiter auf die Suche gehen. Denn das kriminelle Netzwerk des Täters ist größer als gedacht. Und mächtiger als vermutet. Wer hat den Hinweis lanciert? Und wer möchte, dass die Suche weitergeht?